VQ

Svetlana Lavochkina ist Autorin sowie Übersetzerin ukrainischer und russischer Lyrik. Geboren und aufgewachsen in der östlichen Ukraine, lebt sie heute mit ihrer Familie in Leipzig, wo sie als Lehrerin und Kolumnistin arbeitet. Lavochkina schreibt auf Englisch, ihre Texte wurden bisher in zahlreichen Zeitschriften und Anthologien in den USA und Großbritannien veröffentlicht. 2013 wurde ihre Novelle *Dam Duchess* mit dem Pariser Literaturpreis ausgezeichnet. Der Roman *Puschkins Erben*, im Original *Zap*, stand 2015 auf der Shortlist vom Tibor Jones Pageturner Preis in London.

Diana Feuerbach ist Autorin und Übersetzerin, lebt in Leipzig. Die Absolventin des Deutschen Literaturinstituts hat zuvor in den USA studiert und gearbeitet. Darüber hinaus hat sie mehrfach die Ukraine und Russland bereist und sich in eigenen Texten mit der postsowjetischen Welt beschäftigt, etwa im 2014 erschienenen Roman *Die Reise des Guy Nicholas Green* (Osburg Verlag).

Sommer 1820: Alexander Puschkin, auf dem Weg in die Verbannung, verliert beim euphorischen Bad im wilden Dnjepr bei Zaporoschje, einem langweiligen ukrainischen Nest, seinen wertvollen Türkisring und bekommt starkes Fieber. Neun Monate später gebärt die Wirtin des ihn beherbergenden Gasthauses ein Kind. 31. Dezember 1976, Zaporoschje: Die Familie Katz feiert in großer Runde Silvester, selbst die über Hemingway promovierende Alka hat den langen Weg aus Moskau auf sich genommen. Doch sie ist mal wieder enerviert ob der provinziellen Rückständigkeit ihrer Verwandten, einzig der schöne Schwarzmarktkaufmann Mark aus Odessa scheint sich abzuheben vom familiären Pöbel. Schließlich nutzt Möchtegernpoet Josik, Ehemann von Alkas Cousine Rita, die Gelegenheit, Mark seine große Entdeckung mitzuteilen: Die Familie stammt vom berühmten russischen Dichter Alexander Puschkin ab!

Svetlana Lavochkina
Puschkins Erben

Die Arbeit der Übersetzerin am vorliegenden Text wurde vom Deutschen Übersetzerfonds gefördert.

Die Verwendung einiger Begriffe im Text spiegelt nicht die Haltung des Verlages wider.

Originaltitel: *Zap*, erschienen bei Whiskey Tit, Vermont 2017

Verlag Voland & Quist, Berlin, Dresden und Leipzig, 2019

Korrektorat: Kristina Wengorz
Umschlaggestaltung: HawaiiF3
Satz: Fred Uhde
Druck und Bindung: CPI books GmbH, Leck

www.voland-quist.de

Svetlana
Lavochkina

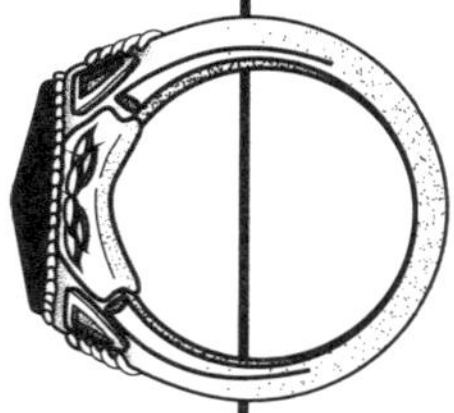

PUSCHKINS ERBEN

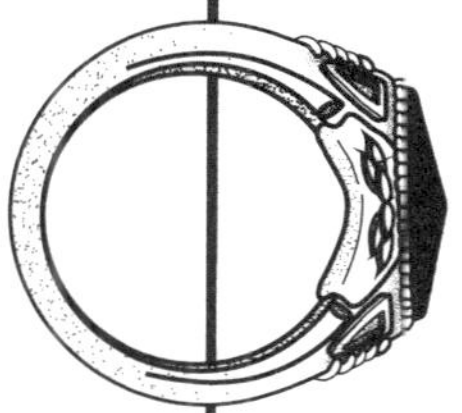

Roman

Aus dem Englischen
von Diana Feuerbach

Voland & Quist

Für meine Eltern Bella und Michael Lavochkin

Selten nur fliegt ein Vogel bis über die Mitte des Dnjepr.
Dieser Gewaltige! Kein Fluß der Erde kommt ihm gleich.

Nikolai Gogol

I

Ein kleiner Türkis geht verloren

1

Sommer 1820

Aus vollem Halse gähnend, öffnete der russische Dichter Alexander Puschkin mit seinen manikürten Fingern, an denen die Ringe leise klimperten, den schweren Brokatvorhang. Seine weißen Seidenhosen aus Paris, der Mode letzter Schrei, und die rote Rubaschka – ein Bauernhemd aus grobem Leinen, passend zu seinem derzeitigen Rang als Rebell – waren schmutzig und verknittert von der bereits eine Woche währenden Reise. Es war der Tag der Sommersonnenwende.

»Diese verdammte ukrainische Sonne wagt es, mich schon im Morgengrauen zu blenden«, sagte Puschkin, wie immer mürrisch beim Aufwachen.

»Das kommt davon, dass es Eurer Exzellenz gefallen hat, wieder bis zum Mittag zu schlafen«, murmelte der alte Leibeigene Nikita auf der gegenüberliegenden Sitzbank der Kutsche in seinen Bart.

Seine Majestät Alexander I. war gnädiger gewesen, als man es erwarten durfte von einem Monarchen: Er hatte sich dazu herabgelassen, das Flehen seines Reichshistoriografen Karamsin zu erhören und Puschkin ans Schwarze Meer zu verbannen, ins warme Odessa. Der junge Lackaffe hatte für seine boshaften Epigramme über hochrangige Hofleute und sogar den Zaren selbst eigentlich Sibirien verdient.

»Das Schwarze Meer wird ihm die Gockellaunen austreiben und ihn weit fortspülen von Sankt Petersburg und den Gezeiten der Geschichte«, sprach der Reichshistoriograf. »Es ist unsere Pflicht, das Teufelsblut in seinen Adern in die richtige Bahn zu lenken – immerhin war sein Urgroßvater der Lieblingsmohr von Zar Peter dem Großen.« Der Historiograf, in der russischen »Tabelle der Ränge« zur Rangklasse drei zählend, verneigte sich über Gebühr bis zur Erde, als wäre er von dreimal niedrigerem Rang, um seinem Gesuch Nachdruck zu verleihen. Es stimmte, dass Puschkin auch ihn, den liebevollen Mentor, nicht verschont hatte. Das Epigramm *Dein sirupsüßes Ziegenmeckern ist Tyrannenlob* schmerzte noch wie eine frisch empfangene Wunde. Trotzdem war Karamsin ein gütiger, ehrenwerter Mann, klug genug, seinen Einfluss bei Hofe darauf zu verwenden, Puschkin nicht in der tödlichen sibirischen Kälte krepieren zu lassen. Er wusste seit Langem, dass das Talent seines Zöglings sein eigenes weit übertraf und dass seine einzige Chance auf einen Platz in der Geschichte darin bestand, sich zum Retter und Wohltäter des künftigen Shakespeares der russischen Literatur, des künftigen Mozarts der russischen Poesie aufzuschwingen.

»Was für ein charakterloser Mensch Sie doch sind, Karamsin«, bemerkte Seine Hoheit mit einem Achselzucken. »Er spuckt Ihnen ins Gesicht, Sie wischen drüber und verhätscheln ihn weiter. Aber schön, es sei, wie Sie wünschen. Falls er vollends auf die schiefe Bahn gerät, ist es Ihre Schuld.« Höchstpersönlich schrieb Alexander I. die »Erlaubnis des Zaren für die Reise nach Odessa« in Puschkins Pass.

»Noch eine bescheidene Bitte, Eure Majestät«, sagte der Historiograf und wurde dabei puterrot. »Es wäre der Gipfel Eurer Gnade, Puschkin ein wenig Geld für unterwegs mitzugeben … Ich fürchte, er hat sich beim Glücksspiel ruiniert.«

Puschkin belegte in der imperialen Rangtabelle den zehnten von vierzehn Rängen: Kollegiensekretär. Dies berechtigte ihn zu einem steuerfinanzierten Dreigespann für seine Kutsche. Auf frische Pferde würde er unterwegs allerdings warten müssen, denn zuerst wurden staatliche Postkutschen und Beamte höheren Ranges versorgt.

Die Kutsche schaffte nur siebzig Werst am Tag. Die Wälder Weißrusslands, in deren dichtem Tannenpelz bisweilen Elche den Weg versperrten und Eichhörnchen aufs Kutschendach sprangen, um mit ihrem Schwanz über die Fenster zu fegen, wichen endlich der Steppe: kahl und bleich wie Packpapier, heiß wie ein Ofen und so staubig, dass man niesen musste. Hier und da war die graue Wüste mit lilafarbenen Disteln und Federgräsern gesprenkelt.

»Noch so ein unbedeutendes Nest«, brummte Puschkin und presste seine lange Nase an die Scheibe. »Wie heißt es diesmal?«

»Zaporoschje, Eure Exzellenz«, antwortete Nikita.

An der lustlosen Straße, unter müden Pappeln, standen wacklige Häuslein. Sie lugten hervor wie die faulen Zähne eines alten Mannes. Auf dem Dorfplatz jagte ein Hahn, dem der Kamm übers Auge hing, in gemächlichem Tempo eine Henne, darauf vertrauend, dass sie sich keine große Mühe geben würde, allzu schnell davonzurennen. Auf den Zäunen hing Kochgeschirr, als hätte man abgeschlagene Köpfe auf Latten gesteckt. Von den Ställen wehte ungeduldiges Wiehern herüber.

An einer Straßenecke hockte eine Zigeunerfamilie mit ihren Fiedeln und Gitarren. Die Zigeuner waren so geschwächt von der Hitze, dass sie selbst die vorbeifahrende Kutsche eines Adligen, voller Verheißung auf einen Verdienst, nicht auf die Beine brachte. Die Frauen fächelten sich mit ihren übereinander getragenen Röcken Luft zu, die Männer entblößten ihre gelockte Brust.

»Diese Gegend gleicht dir aufs Haar. Hast du nicht zur Abwechslung mal eine andere?«, jammerte Puschkin.

»Ihr schaut aus dem falschen Fenster, Eure Exzellenz«, sagte der Leibeigene Nikita.

Alexander Sergejewitsch Puschkin rutschte auf die andere Seite der Sitzbank. Das in Leder gebundene Versepos *Childe Harolds Pilgerfahrt* von George Gordon Byron fiel von seinem Schoß zu Boden.

Die Trauerweiden lächelten matt. Das Gras, sanft wie Lammwolle, stand voller weicher, scheuer Kornblumen. Die nächste Sakkade erfasste ein steiles Ufer: ein Spiegel so breit wie ein Leben, das blaueste Blau des Dnjepr, ein Fluss wie aus einer anderen Welt. Nun glaubte Puschkin den Geschichten Gogols, jenes verrückten ukrainischen Schriftstellers, der jedes Mal vor seiner Tür stand, wenn Puschkin gerade ein Nickerchen machen wollte oder wenn er Damen empfing, egal, ob adlige oder gewöhnliche. *Selten nur fliegt ein Vogel bis über die Mitte des Dnjepr.* Es konnte auch kein Schiff segeln in seiner Mitte. Scharfe Stromschnellen, umtost von reißenden Fluten, machten den Fluss unbefahrbar.

»Waaahnsinn!«, schrie Puschkin über die Köpfe der Pferde hinweg. Die Tiere bremsten so heftig ab, dass Nikita mit dem Kopf an das Kutschendach stieß und der Kutscher vorn auf dem Bock, von einer Staubwolke verschluckt, einen dreistöckigen Fluch ausstieß.

Als Puschkin ausgestiegen war, entledigte er sich seiner Stiefel aus spanischem Leder und riss sich Dutzende Ringe von den Fingern: Rubin, Smaragd, Karneol, Amethyst, Türkis … eine Handvoll Geschenke von diversen Gräfinnen, die Seine Exzellenz nun dem Leibeigenen Nikita entgegenschleuderte. »Lies sie wieder auf, alter Hund, und Gott bewahre, falls du einen einzigen Ring verlierst.« Dann riss er sich die rote Rubaschka vom Leib, gefolgt von den maßgeschneiderten Pariser Hosen, die so viel gekostet hatten, wie ein Leibeigener in einem ganzen Jahr verdiente. Er knüllte die Kleider zusammen und warf sie

Nikita hin. In seiner dunklen, geschmeidigen Nacktheit, knapp eins fünfzig groß, mit zierlichen Füßen, sprang der Dichter mit dem kompaktesten Körperbau der Welt kurz entschlossen ins Wasser, in die »brennend kalte Bestie von einem Fluss!«. Im Uferstaub suchte Nikita nach den Ringen. »Böses Blut, teuflisches Blut, dämlicher Mohr!«

Puschkin durchsteppte den Dnjepr mit kräftigen Kraulzügen. Er näherte sich einer Stromschnelle, wurde abgedrängt von der Strömung, wieder und wieder, hielt aber hartnäckig weiterhin auf einen finsteren Felsen zu.

»Den Rubin hab ich, den Karneol auch … Smaragd, Amethyst … alle da. Aber wo zur Hölle ist der Türkis?«, grummelte Nikita am Ufer und steckte sich die im Staub aufgelesenen Ringe, einen nach dem anderen, an seine rheumatischen Finger. Keinen konnte er höher schieben als bis zum ersten Gelenk.

Alexander Sergejewitsch meisterte eine große Stromschnelle und kletterte die warmen Klippen hoch. Er lag auf dem grauen Granit wie ein glückliches Kruzifix, keuchend von der Anstrengung: Die Arme mit den hüpfenden Bizepsen ausgebreitet, presste er seine dunklen Pobacken auf den rauen Stein. Wasser tropfte aus seinen dichten Wimpern. Sein Hodensack zog sich zusammen; das Schamhaar stand hoch wie Igelstacheln.

»Dnjepr, du schwangere Wölfin!«, rief Puschkin. »Du bist voller ertrunkener Kosaken, gesunkener Türkenschiffe und riesiger Welse! Alle, alle schlummern in deinem gefräßigen Blaubauch. Mir aber hast du deinen steinernen Nippel geschenkt, an mir hast du Gefallen gefunden, das weiß ich.«

Die Flusswellen stiegen empor, königlich, indigoblau, und senkten sich wieder, leicht, blaugrün, ehe sie in himmelszartem Schaum zu des Dichters Füßen brachen. Über ihm stand müdes Himmelsblau, bleich gebrannt von der verdammten ukrainischen Sonne.

»Dnjepr, du launische Braut! Du kannst ruhig an meiner Brust wüten und meinen Spatz zausen, ihn beißen mit deiner Kälte. All das macht mich nur stärker. In hundert Jahren aber, wenn der letzte Zar tot ist, werden dich die gewaltigen Kiefer und Zähne eines riesigen Wassermahlwerks bezwingen, und eine Stadt, schön und groß genug für eine Million Seelen, wird aus deinem Schoß herausspritzen! Nikita, alter Narr, bin ich nicht prachtvoll anzusehen?«

»Schwimmt lieber zurück, Eure zähe Exzellenz, oder Ihr holt Euch das Fieber und sterbt im Frühling Eures Lebens! Was soll ich dann Ihrer Durchlaucht, Eurem Vater, sagen?«

Puschkin drehte sich auf den Bauch und presste seine gesamte Vorderseite an den Fels. Herz und Lenden wurden eins mit den Stromschnellen, der nasse Backenbart rieb den rauen Stein. Als die ukrainische Sonne ihn genug gebrutzelt hatte, sprang der Dichter wieder ins Wasser und schwamm an Land.

»Du hast ja keine Ahnung, altes Wildschwein, wie es sich anfühlt, einen sauberen Körper in dreckige Kleider zu stecken«, sagte er zu Nikita, der ihm die rote Rubaschka hinhielt, damit er hineinschlüpfe. Angewidert schnüffelte er an den Achseln des Hemdes. »Du weißt ja nicht mal, was es heißt, sich zu waschen.«

»Eure unfaire Exzellenz sollten mich nicht beleidigen. Gehe ich nicht schon mein Lebtag jedes Weihnachten in die russische Banja? Wie ein Heiliger lasse ich mir den leibeigenen Dreck mit Birkenreisern abklopfen«, sagte der gekränkte Nikita mit einem Kopfschütteln und gab seinem Herrn die Ringe zurück, einen nach dem anderen.

»Dummkopf! Du denkst, ich merke es nicht, wenn du einen dünnen Ring mit einem winzigen Türkis verlierst!« Puschkin packte Nikita am Frackkragen. »Die Scheiß-Gräfin Woronzowa hat ihn mir geschenkt und dazu Diamanttränen an meiner Brust geweint, als wir uns verabschiedet haben. Lass mich raten,

Scheusal – du hast ihn mir geklaut, um ihn heute Abend mit den Stallknechten zu verzocken!«

Die Herberge gehörte dem Juden Nahum Knoblauch und seiner fruchtbaren Frau Rosa mit ihrer Matrjoschkaherde. Knoblauch- und Zimtlocken, die jedem Kamm widerstanden. Die Frau war leichter entflammbar als Schießpulver, ihre Reize quollen aus dem Korsett. Der Ort war dermaßen provinziell, dass der Wirt noch eine gepuderte Perücke trug ... in den Zwanzigerjahren des neunzehnten Jahrhunderts!

»Ich fürchte, Eure Exzellenz wird auf Ihre frische Troika warten müssen«, sagte Nahum und befahl seinem Stallknecht, erst einen staatlichen Postboten zu bedienen und dann einen armenischen Händler.

»Wenn ich schon warten muss und, wie es sich für einen Rebellen gehört, eine dreckige rote Rubaschka trage, so will ich in deiner Schenke zu Abend essen. Ich werde die ukrainischen Charaktere beobachten, von denen du dich ernährst«, sagte Puschkin.

»Eure edle Exzellenz«, bemerkte Nahum, »im Stall könntet Ihr noch viel mehr Eindrücke sammeln.«

»Werd nicht frech, Jude. Und mach flott, ich hab Hunger.«

Die Hühnerbrühe schmeckte meisterlich, die Käseknödel noch besser. Rosa, die Frau des Juden, servierte sie mit viel Schwung. Sie beugte sich über Puschkin in ihrem kurvenreichen Unterrock, der allerdings so undurchsichtig war wie eine Rüstung. Auf dem Kopf trug sie ein graues Haarnetz.

Augenblicklich sehnte sich Alexander Sergejewitsch nicht mehr nach Bœuf Stroganoff aus dampfenden Schüsseln, nach Foie gras oder dem berühmten, sündhaft teuren Oliviersalat, der in Sankt Petersburg unter den schwingenden Kronleuchtern des Talon serviert wurde. Die Kinder des Juden schwirrten wie

Fliegen um den alten Holztisch. Puschkin strich ihnen über die Köpfe, ein Zeichen volksnaher Zärtlichkeit. Die Wirtin neckte er mit der Beschreibung eines fabelhaften Schweinskoteletts von der Farbe ihrer Wangen. Er kippte ein Glas Horilka, roten Pfefferschnaps, mit derselben Leichtigkeit wie Veuve-Clicquot-Champagner zum Sonntagsfrühstück.

Die Zigeuner, wiederauferstanden nach Sonnenuntergang, spähten zum Kneipenfenster herein. Dünne, klagende Melodien ertönten von ihren Fiedeln. Eine nackte Frauenschulter schimmerte durch die Scheibe.

»Dieser Betrüger von einem Leutnant, letzte Nacht in Mogilew!«, sagte Puschkin, die Backen voller Buchweizenhonigkuchen. »Hätte ich nicht zweihundert Rubel beim Poker verloren, könnte ich jetzt diese sinnliche Schönheit des Südens einladen, damit sie ihre Nomadinnenliebe an mich verschwendet.«

Ein dicker und ein dünner Kosake betraten die Gaststube. Sie trugen weiße Hemden mit Stickereien und türkische, mit Seide gesäumte Schalwars, die sie dem abgereisten armenischen Händler zu Wucherpreisen abgekauft hatten. Bei den Kosaken galt es als ungehörig, sich auf seine Kleider etwas einzubilden, deshalb pflegten sie teure Seide absichtlich mit Teer zu beschmieren.

Die Köpfe der beiden Männer waren kahl wie Eier, mit einer aus dem Schädeldach wachsenden Strähne, die man »Heringsschwanz« nannte. Der dicke Kosake hatte seinen Heringsschwanz um das linke Ohr geschlungen, von dort über den Nacken gezogen und noch einmal um das rechte Ohr gelegt. Der Heringsschwanz des dünnen Kosaken hing nur bis zur Schulter, doch er kringelte sich wie die Locke einer Gräfin.

Die beiden waren der übelste und unehrenhafteste Rest des kühnen ukrainischen Kriegervolkes. Ihre Kleider wurden mühelos schmutzig, ohne jedes Zutun des Trägers. Der russische Zar hatte die Kosaken nach Osten verbannt, denn sie waren ein widerliches Volk, zu freiheitsliebend und grausam. Bevor sie sich auf den Weg machten, hatten viele von ihnen ihre Schätze vergraben – Raubgut aus den Türkenkriegen. Es hieß, die Hügel am Dnjepr seien voller Goldmünzen und juwelenbesetzter Musketen.

»Wollt wohl wieder nach Schätzen graben, miese Plünderer«, begrüßte sie Nahum.

»Halt's Maul und gib mir ein großes Glas Horilka, Jude«, verlangte der fette Kosake Nikolai.

»Mir auch«, sagte der dünne Petro, der schon stark schwankte. »Heute ist unsere letzte Nacht in der alten Heimat, unserem Mütterchen.«

»Nein, keinen Schnaps mehr für Petro, Jude. Er hat sich heute schon fürchterlich besoffen. Los, erzähl mal, was du gesehen hast!«

»Einen nackten schwarzen Teufel in unserem Dnjepr, auf unserem Fels. Er hat seinen Schwanz gezeigt«, sagte Petro, »unserem Dorf den Arsch zugedreht und den Stein gefickt!«

Der Jude Nahum schürzte die Lippen und ging in die Küche, um den Horilka zu holen. Dabei murmelte er etwas Deftiges in seinem Jiddisch.

»Mutter Gottes, behüte uns vor solchem Abschaum! Ich schwöre beim Heiligen Geist, ich hab den Teufel gesehen«, beteuerte Petro. Seine Augäpfel zuckten von der schrecklichen Vision. »Er hat Gott gelästert und widerliche Ketzereien gebrüllt.«

»Was, dummer Ochse, hat er denn gesagt?«

»Er hat unseren heiligen Fluss mit höllischen Flüchen belegt, die ich nicht verstehen konnte.«

Puschkin, unbemerkt geblieben in seiner Rubaschka, erhob sich von seinem Tisch. Er spreizte sich über die Anrichte und machte eindeutige Bewegungen mit seinem Hintern. Die Gläser in der Anrichte schepperten.

»Dnjepr, du schwangere Wölfin!«, heulte er. »War es so, dünner Kosake?«

Die Männer sprangen vor Schreck auf und ließen den Horilka stehen, ungetrunken und unbezahlt.

»Ich muss Eure Hoheit bitten, meine guten Möbel nicht zu entehren«, sagte der Jude Nahum streng. »Ihr bezahlt mir auf der Stelle das kaputte Glas. Und hört auf, meine Kunden zu erschrecken!«

»Schon gut«, lachte Puschkin. »Ich entschädige dich.« Er zog ein großes Goldmedaillon aus seiner französischen Hose. »Gefällt dir das? Ein Geschenk von Mademoiselle de Mignon persönlich. Stell dir vor, wie erstaunlich meine Manneskraft gewesen sein muss, dass die beste Kurtisane von Sankt Petersburg mir eine Locke schenkt.«

Nahum taxierte das Medaillon mit angeekelter Miene. »Für Hurenhaar ist kein Platz in diesem anständigen Haus. Nicht einmal, wenn es in Gold gefasst ist.«

»In diesem Judenhaus spukt es«, keuchte Petro, als sie weit genug weg waren. »Hab ich dir nicht gesagt, du sollst nicht hineingehen?«

»Tut mir leid, Kumpel, ich hab's nicht geglaubt. Ich dachte, du bist besoffen und übergeschnappt.«

»Gott mit uns, Satan mit ihnen!«, fluchte Petro.

»Haltet euch fern«, sagte er zu der Gruppe Zigeuner, »das ist ein Bordell für Teufel und Itzigs.«

Die Zigeunerin lachte aus voller Brust. Ihre Röcke wirbelten in der Dunkelheit.

»Was redest du mit der, die ist selbst eine Hure des Teufels«, sagte Nikolai.

Sie gingen zum Dnjepr. Die von Gott geschaffene Nacht senkte sich in einem zarten Schleier aus Mondlicht herab. Einträchtig kräuselten sich die Fluten. Sogar der verruchte Vielfraßfels ruhte schläfrig und friedlich. Das Wasser gluckste träge um ihn herum. Ein Romantik liebendes oder vom Fusel beduseltes Auge hätte mit Sicherheit kleine Goldkosaken erspäht, die auf tänzelnden Silberpferden entlang der Ufergefilde ritten.

Endlich setzten sie sich nieder, ihre Fingernägel schwärzer als die schwarze Erde, unter einer alten Eiche, die in grauer Vorzeit schon Stämme von Skythen und Mongolen hatte vorbeiziehen sehen. Jeder der kräftigen Äste erinnerte sich noch daran, wie er zum ersten Mal die Last eines Seiles mit einem Menschenkörper daran gespürt hatte. Könnte man alle Gehängten durch das Dickicht der Zeitalter sehen, wäre die Eiche ein Weihnachtsbaum aus der Hölle, geschmückt mit Kriegern verschiedenster militärischer Dienstgrade und mit Weibsbildern, deren Haare in allen Farben leuchteten.

Die beiden Männer starrten den Mond an und hätten ihn durchaus auch anheulen können.

»Diese Mistkerle müssen verdammt schlau gewesen sein. Ich weiß, dass die Erde hier zum Bersten voll ist mit Schätzen, aber wir finden rein gar nichts!«, jammerte der Kosake Petro. »Kosake Kupa hat eine ganze Fuhre Schmuck irgendwo in der Nähe vergraben, das weiß ich genau. Er führt uns an der Nase herum. Immer erwischen wir die falsche Stelle!«

»Hör mal, es ist eine Sünde, dass wir nach den Schätzen unserer Verwandten graben, solange der Staub ihre Spuren noch nicht bedeckt. Außerdem haben sie ihre Schätze natürlich mit Flüchen belegt, mit furchtbaren uralten Zaubersprüchen.«

»Weißt du was?«, sagte Petro. »Wenn wir heute Nacht schon leer ausgehen, so lass uns selbst einen Schatz herstellen und in der Erde vergraben. Sind wir etwa schlechter als die anderen? In dreißig Jahren können unsere Kinder dann herkommen und den Schatz wieder ausgraben.«

»Haha, und sie werden nur einen Scheißdreck finden! Los geht's!«

»Ich gebe meinen bestickten Gürtel. Hab ich dem Armenier etwa keine fünf Rubel dafür bezahlt? Aber was, Schwachkopf, willst *du* beisteuern? Ein Stück von deinem Heringsschwanz?«

»Du hast deinen ja abgeschnitten, blöd wie du bist. Ich aber hab meinen zehn Jahre wachsen lassen!«

»Siehst du, deshalb ist er ein Schatz.«

»Guck mal dort! Was zur Hölle ist *das*?« Nikolai zeigte ins Gras, wo etwas scheu glänzte.

»Ein Ring! Halt ihn mal ins Mondlicht!«

»Mann, das ist echter Schmuck! Feinstes Gold! Und ein Türkis! Aber winzig klein, wie eine Laus! Der würde meiner Braut nicht mal am kleinen Finger passen!«

»Und meiner nicht mal an einem einzigen Haar ihres Zopfs!«

»Es wäre sogar peinlich, ihn dem Juden Nahum zu verkaufen. Oder ihn nach Osten mitzunehmen.«

»Besser, wir vergraben ihn hier – unser Juwel, unseren Schatz. Jetzt sind wir wirklich nicht mehr schlechter als die anderen.«

Sie formten einen kleinen Erdhaufen und legten einen Stein darauf, groß wie ein Pferdekopf.

»Jetzt den Furcht einflößenden Fluch. Kennst du welche?«

»Wir denken uns einen aus.«

Kosake Nikolai zog eine Ahle aus seinem Schalwar und begann in kyrillischer Keilschrift zu kratzen. Die Worte diktierte er sich selbst; Petro half mit der einen oder anderen Formulierung. Verstoßene, die sie waren, konnten sie doch lesen und schreiben.

Wer diesen Schatz findet, ist eine Schweineschnauze, ein Stutenarsch, ein ungetaufter Hund, eine Schlangengeburt, ein Krampf in meinem Schwanz … Was der Teufel scheißt, musst Du fressen! Rühr diesen

Schatz an, und Deine Eier sollen platzen, und Deine Mutter soll im Arsch sein! Dafür küss meinen Kosakenarsch.

»Wieso hast du dreimal Arsch geschrieben?«, fragte Petro schüchtern. »Du hättest auch Kehrseite oder Hinterteil schreiben können, dann wäre der Fluch besser.«

»Halt's Maul, halbes Hemd. Wofür hältst du dich – König Salomon?«, erwiderte Nikolai. »Ein geschnitzter Arsch kann nicht furzen.«

Die Kosaken beendeten ihre Arbeit unter der Eiche und nahmen noch einen Schluck aus ihrem Horilka-Fläschchen. Die Wiese drehte sich vor ihren Augen, im Uhrzeigersinn und dagegen. Die Männer torkelten über das Gras und um andere Bäume. Sie beschimpften und verfluchten einander, bis sie ein paar Meter von der Eiche, zwischen einer Weide und einer Linde, zu Boden fielen und einschliefen.

Eine Zigeunerin tanzte im Wirbelschwung in die Taverne. Klimpernde Ketten, Salbeistrauch in den Achselhöhlen. »Huhu, Eure Exzellenz!«, girrte sie. »Ihr braucht mir kein Geld zu geben, Ihr habt sowieso keins. Aber ich will Euch berühren, Euch, den Unsterblichen, den Auserwählten! Welch zarte Hand, welch aristokratische Hand … die Lebenslinie so tief, so kurz! In hundert Jahren wird Euer Name anstelle von Gottes Namen erklingen. Wo wir jetzt stehen, wird ein großer Platz sein, nach Euch benannt, mit Euch aus Granit geformt in der Mitte. Kühles Brunnenwasser wird Eure französischen Granithosen netzen.«

»Erzähl mir noch mehr solcher Wahrheiten«, sagte Alexander Sergejewitsch freundlich und umfasste mit seiner Hand die entblößte Brust der Zigeunerin. Die Hausherrin Rosa drehte gleichgültig den Hahn auf. Aus dem Samowar floss bronzefarbener Tee in eine dünne Porzellantasse, deren Goldrand halb abgeblättert war.

»Hütet Euch vor Huren, Eure Exzellenz! Sie sind Euer Ruin. Eure künftige Ehefrau ist sehr sexy. Ihr werdet sterben für sie, dabei kennt sie keine einzige Zeile aus Euren Gedichten.«

»Zwischen Sodom und Gomorrha, zwischen Itzig und Neger«, lachte der Leibeigene Nikita um Mitternacht in der Dienstbotenkammer.

»Und Zigeunerabschaum obendrauf«, sagte der ukrainische Stallknecht und füllte die Gläser zum fünften Mal mit Selbstgebranntem. Nikita wünschte, er hätte den kleinen Türkisring nicht verloren, sondern eingesteckt, wie sein Herr es vermutete. Damit wäre er beim Durakspielen auf der sicheren Seite gewesen. Seine Exzellenz war aufbrausend, wurde aber schnell wieder friedlich: ein paar leichte Schläge, und die Sache war erledigt. Nun aber büßte Nikita seinen Frack ein. Der verfluchte ukrainische Mond bescherte ihm keine Trümpfe. Den Horilka spülte Nikita mit dünnem, modrigem Tee hinunter.

Puschkin saß auf dem gemachten Bett. Das Bettzeug war so gut wie weiß. Er hatte sein Etui geöffnet, in dem ein makellos weißer Gänsekiel und ein Tintenfässchen steckten. Dazu hatte er einen Stapel cremefarbenen Papiers vor sich liegen. Als Aufwärmübung vor dem Niederschreiben von Versen zeichnete der Dichter ein wenig: sich selbst auf der Klippe, eindeutig nackt, die Wirtin in ihrer undurchsichtigen Weiblichkeit, die Zigeunerin mit schimmernder Schulter, zwei erschrockene Kosaken und zwei Schnörkel, die man nicht lesen konnte. Dann schrieb er: *Frankreichs Grab, das blut'ge Waterloo!*

Europa war noch immer tief beeindruckt von Napoleon. Jedes zweite Gedicht handelte von ihm, Hass und Bewunderung verschlangen einander binnen Verslänge, von Britannien bis nach Sibirien. Knapp eins fünfzig groß, mit zierlichen Füßen, der kompakteste Tyrann der Welt.

Plötzlich färbten sich die Buchstaben vor Puschkins Augen rot. Sie sprangen vom Papier, die Schnörkel schnitten Grimassen. »George Gordon, Lord Byron, Ihr steht heute Nacht mit Eurem Klumpfuß auf meinen Versen«, murmelte Alexander Sergejewitsch. Er knüllte das Blatt zusammen und warf es unter den Tisch.

Als der Leibeigene Nikita weit nach Mitternacht zurückkehrte, roch er das Unglück sofort. »Mein edler Herr, mein zäher Herr ist krank! Der Fluss straft ihn mit Fieber!«, schrie er und rannte mit seiner Kerze ins Schlafzimmer der Wirtsleute.

Rosa zog einen Mantel über ihr Nachthemd. Erschreckend kahl ohne ihr Haarnetz stieg sie gähnend über ihren schnarchenden Gatten, watete zwischen den auf dem Boden schlafenden Kindern hindurch und schlurfte los, um einen Eimer Wasser, ein paar Lumpen und eine Flasche Essig zu holen.

Der Dichter lag auf der Bettdecke, die Glieder von sich gestreckt wie ein Seestern. Das Kissen lag auf dem Boden, auf der knurrenden Brust klebte Schweiß.

»Ein Eichbaum ragt am Meeresstrande.
An goldner Kette festgemacht,
kreist rund um seinen Stamm im Sande
ein weiser Kater Tag und Nacht.«

»Wie oft hab ich dir schon gesagt, du sollst schreiben lernen, elender Nichtsnutz!«, stöhnte Puschkin mit geschlossenen Augen. »Nun werden diese kostbaren Verse in den Muschelschalen des Dnjepr verschwinden, in der verfluchten Ödnis der ukrainischen Steppe.«

»Ich kenne ein heilendes Gebet, falls du nicht willst, dass er stirbt«, sagte die Wirtsfrau zu Nikita. »Aber ein Goj-Sklave darf es nicht hören. Du musst mich mit Seiner Exzellenz allein lassen.«

»Ich hol deinen Mann, du heidnische Schlampe!«

»Viel Glück, den kriegst du vor morgen früh nicht wach«, spottete Rosa. Die Wände des Gasthauses bebten friedlich von Nahums Schnarchen.

Das Auge am Schlüsselloch, das Ohr an der Tür, konnte Nikita nichts erkennen außer den Armen der Frau und ihrem schwingenden Kleid. Ein schauderhaftes Gebet quoll durch das Schlüsselloch wie beißender Klangrauch.

»Schöne Jüdin, schöne Jüdin«, stöhnte Puschkin in seinem Delirium.

*

»Guckt mich an, kleine Schnorrer!« Kosake Nikolai drohte mit seinem stummligen Zeigefinger. Seine Söhne, ein halbes Dutzend, lagen auf Strohsäcken zwischen dem Reisegepäck. Alle Jungen waren kahl geschoren bis auf die Mini-Heringe am Haarwirbel, die sie um ihre Finger zwirbelten. »In dieser letzten Nacht auf unserer mütterlichen Schwarzerde verrate ich euch ein schreckliches, aber überaus nützliches Geheimnis. Es geht um unseren Familienschatz. Unter einem Lindenbaum bei einem Felsen am Ufer des Dnjepr … Ach, nein, es war eine Weide. Also gleich gegenüber von der Vielfraßklippe liegt der Schatz vergraben, beschützt von einem furchtbaren Fluch. Wenn ihr vierzig Jahre alt seid, könnt ihr hierher zurückkommen und euch die Geschenke holen, die euer kühner Vater für euch in der Erde ließ. Auch wenn ihr sie nicht verdient, dort unter jener Weide liegen sie.«

»Also ist es nun eine Weide oder eine Linde, Väterchen?«, fragte einer der Jungen, sein Heringsschwänzchen über den Kopf haltend wie eine Suchrute.

»Wo zum Teufel ist der Unterschied? Ihr verwechselt ja sogar Heu mit Stroh«, sagte Nikolai und brach sich beinahe die Hand, weil der Hintern seines Sohnes so knochig war.

»Ich wüsste zu gern, wo der bestickte Gürtel ist, für den du unser letztes Geld verschwendest hat, als du ihn dem armenischen Sauhund abgekauft hast«, schimpfte Nikolais fette Frau und bedrohte seinen Solarplexus mit einer geballten zum Austeilen bereiten Faust. »Wie ich sehe, ist dein Wanst neun Monate schwanger. Wollen wir ihn ein bisschen flacher machen?«

»Weide oder Linde, Weide oder Linde, du Scheusal?«, skandierte Petros Frau zwei Hütten weiter, ihren dürren Gatten zwischen den Knien. Hilflos wand er sich zwischen den Schlägen, die sie ihm mit ihrem meterlangen, schwarzen Schiffstau von einem Zopf verpasste, wie immer, wenn sie ihm eine Lektion erteilte.

»Weide oder Linde, Weide oder Linde?«, wiederholten ihre kleinen Zwillinge mit frühreifem Rhythmusgefühl.

*

Es war Hochsommer, als der Reichshistoriograf Karamsin, unterwegs nach Odessa, Puschkin rein zufällig fand. Der Dichter fieberte noch immer. Die Waden in Essiglumpen gewickelt, hatte er noch dasselbe »schöne Jüdin, schöne Jüdin« auf den Lippen.

Der Leibeigene Nikita, rotzbesoffen, fiel Karamsin vor die Füße. Er verwechselte ihn mit Puschkins Vater. »Es tut mir leid, Eure Senior-Exzellenz Puschkin, dass ich nicht besser aufgepasst habe auf Euren Sohn. Aber Ihr liebt seinen Bruder sowieso mehr.«

Der Reichshistoriograf beglich Puschkins Schulden für Kost und Logis. Mithilfe des Wirts, der froh war, den Gast endlich los zu sein, und unter den sehnsuchtsvollen Blicken Rosas wurde Puschkin mit Lappen, die man in Brunnenwasser getränkt hatte, so gut wie sauber gewischt. Man zog ihm ein frisch gestärktes Hemd mit holländischer Spitze an, aus der persönlichen Garderobe des Reichshistoriografen. Seine Arme hingen schlapp an ihm herunter, an den Fingern steckten die verblassten Edelsteine. Nur der kleine Türkis fehlte. Man trug den Dichter in die Kutsche. Ein Dutzend ausgeruhte, wohlgenährte, lebhafte Rösser waren angeschirrt, wie es sich für einen Adligen des dritten Ranges der Tabelle ziemte. Mit fröhlichem Gebimmel setzte sich die Kutsche in Bewegung. Die knackigen, weißen Pferdeärsche bombardierten die staubige Straße mit dampfenden Äpfeln. Puschkin wurde entlang der Fluten des Dnjepr zum Schwarzen Meer getragen, der Genesung entgegen, auf zu neuen Juwelen, zu tollkühnen Hengsten, neuen Schulden, neuen Meilen von Jamben und Trochäen, auf zu neuen Gräfinnen und schließlich zur schönsten Ehefrau Russlands, bei deren Anblick sogar dem Zar der Schweiß auf die Stirn trat – jene Gattin, die Kostümbälle mehr liebte als Bücher und deren Ehre Puschkin das Leben kostete: eine übermütige Kugel, empfangen mit siebenunddreißig beim Duell.

*

»Falscher Gockel in meinem Stall! Hast du geglaubt, bei einem halbschwarzen Goj merke ich nichts?«, fragte Ehemann Nahum seine allzu fruchtbare Frau an einem kalten Märzmorgen und verpasste ihr einen kräftigen Schlag ins Genick. Die schöne Jüdin drehte sich weg, an der Brust ihren neugeborenen Sohn, seine Haut einen winzigen Hauch dunkler als der vertraute Knoblauchton der Familie.

II

Moskau–Odessa, Schnellzug 95

1

31. Dezember 1976

Alka zog den Kattunvorhang auf. Links im Stoff wellte sich der Rote Platz, rechts das Schwarze Meer. Moskau–Odessa. Der Schnellzug 95 hatte die ersten einhundert Schneekilometer zurückgelegt.

Entlang der Schienen rannten Schwärme von Fichten und Birken, um die letzten mageren Sonnenstrahlen zu fangen. Der Waggon Nummer 9 gehörte zur ersten Klasse: ein Schlafwagen mit nur zwei Betten pro Abteil, bezogen mit rotem Samt, der weiche Polster formte, nicht schlechter als die Sitze im Bolschoi-Theater. Der rote Teppich auf dem Boden war nahezu sauber, und der aktive Wortschatz der Schaffnerin beinhaltete »bitte« und »selbstverständlich«. Manchmal benutzte sie die Wörter sogar.

In der ersten Stunde der Fahrt saß Alka mit fest zusammengepressten Beinen, ihren Reisegenossen missmutig musternd. Ihre linke Hand entfernte sich nie zu weit von ihrem Schoß. Die Mutter hatte das Portemonnaie in Alkas Schlüpfer eingenäht – eine Vorsichtsmaßnahme gegen Raubüberfälle im Zug.

Alkas Mitfahrer war ein großer, Furcht einflößender Armenier Mitte fünfzig mit widerwärtigem Gesicht, pechschwarzen Augenbrauen und scharf konturierten, dunklen Lippen, über die ein grau gesprenkelter Schnurrbart hing. Sein Mantel aus teurem Bisampelz hing an einem Haken hinter ihm. Das dichte Haar auf seinem Kopf erweckte nicht den Eindruck, als ob es bald ausgehen würde. Während der ersten Stunde hatte der Mann Alka keines Blickes gewürdigt. Er hatte sie beim Einsteigen in Moskau auch nicht gegrüßt. Er starrte die gegenüberliegende Wand an, als befände er sich in tiefer Meditation. Dann ging er hinaus und ließ die Tür zufallen.

Alka öffnete ihre Tasche. Ernest Hemingways *The Sun Also Rises*, original und ungekürzt, die Scribner's Ausgabe von 1970, gekauft in der Buchhandlung für Internationale Literatur am Kalinin-Prospekt. Ihr Vater hatte Alka die fünfzehn Rubel für das Buch gegeben. Sie mochte das Titelbild: ein öliger, orangefarbener Eierkuchen als Sonne, dazu zerzauste spanische Wolken und gefurchte Hügel in verschiedenen Grüntönen, ein wärmender Anblick im russischen Winter.

Alka arbeitete an ihrer Dissertation mit dem Titel *Verfall und Kritik als Keimzellen des Sozialistischen Realismus und Klassenbewusstseins in Hemingways Helden*. Ihr hölzernes Englisch reichte, um der Romanhandlung folgen zu können, doch es gab zu viele Wörter, die sie nicht kannte. Das war nicht anders zu erwarten in Anbetracht von Universitätsprofessoren, die nie einem lebenden englischen Muttersprachler begegnet waren, nicht einmal am Moskauer Institut für Pädagogik. Zum Glück hatte die *Zeitschrift für ausländische Literatur* kürzlich eine Übersetzung des Romans veröffentlicht, sodass Alka in der Hauptsache die russische Version lesen konnte und nur hin und wieder im kostbaren Original nachschlug. Diese Übersetzung hatte, um ehrlich zu sein, den Ausschlag gegeben für die Wahl ihres Dissertationsthemas. Sie hätte ebenso Updike oder Joyce wählen können, aber die waren noch nicht auf Russisch erschienen. Sie legte die *Zeitschrift für ausländische Literatur* neben das elegante Original und ließ ihren kritischen Geist in Sherlock-Holmes-Manier walten.

Pernod ist ein grünlicher Absinthersatz. Wenn man Wasser zugießt, wird er milchig. Er schmeckt wie Lakritzensaft, pulvert einen kolossal auf, aber man fällt auch genauso schnell wieder ab.

Lakritze hatte Alka bislang nur einmal probiert, als kleines Mädchen, und es hatte scheußlich geschmeckt. Lakritze stand ohnehin ganz unten in der Hierarchie sowjetischer Süßigkeiten.

»Die dekadenten Trinkgewohnheiten in den kapitalistischen Ländern führen unter anderem dazu, dass dem Alkohol verfallene Schriftsteller nicht in langen Sätzen schreiben können. Stummeltext, Spiegelbild geschrumpfter Hirnmasse und schwachsinnigen Denkens«, schrieb Alka in Schönschrift, die Spitze des Kugelschreibers in ein dickes Notizheft pressend, das ihr Vater als Geschenk von einer DDR-Delegation erhalten hatte, die seine Fabrik besuchte. Es war doch schick, fand sie, so »vor sich hinzuarbeiten an der Dissertation, unterwegs im Zug, ins freiwillige Exil«, wie sie es für sich selbst formulierte.

Schade, dass dieser Satz nicht zum Thema der Doktorarbeit passte. Doch seine kluge Prägnanz gefiel Alka so gut, dass sie ihn unbedingt verwenden wollte, in irgendeinem Absatz gegen Ende der Abhandlung. Sie war neunundzwanzig Jahre alt und gehörte zu den fleißigsten Doktorandinnen Moskaus. Eine akademische Laufbahn brachte Vorteile; sie ersparte Alka die Erniedrigung, vor einer Klasse pubertierender Rüpel stehen zu müssen. Zurzeit war sie als Assistentin in einem Sprachlabor tätig, wo sie mehr mit Tonbändern aus den Dreißigerjahren als mit Menschen in Kontakt kam. Jedoch hatte die kilometerlange, aristokratische Abdankungsrede von König Edward VII. ebenso wenig auf ihre eigene Phonetik abgefärbt wie die *Received Pronounciation* von Henry Higgins.

Alka klemmte den Stift in die Mitte des Notizhefts und betrachtete ihre Handschrift mit tiefer Befriedigung. Dann fuhr sie sich mit den Fingern durch ihr dschungeldichtes Haar, das man afrikanisch hätte nennen können, wäre es nicht schreiend rot gewesen. Nicht einmal der beste Friseur Moskaus konnte diese Mähne in eine kultivierte Form zwingen. Der in alle Richtungen abstehende Fitz erinnerte an ein Stachelschwein. Alka machte sich nicht viel Hoffnung in Bezug auf den »scharfen Kavalier aus Odessa«, der am Silvesterabend auf der Party ihres angeheirateten Cousins Josik erwartet wurde, wie ihre Mutter ihr verraten hatte. Aber wer nicht wagt, der nicht gewinnt, wie ihr Vater zu sagen pflegte. Sie war nicht leicht an den Mann zu bringen, das wusste Alka selbst.

Was Zaporoschje anging, war sie einerseits ganz einer Meinung mit dem Dichter Alexander Sergejewitsch Puschkin: »Zap – der Blinddarm der Welt!« Andererseits, gestand sie sich zögerlich ein, ließ sie sich gern umsorgen von den hinterwäldlerischen Verwandten, die sich dort um sie scharten. Es war ihre Mission, ein wenig Licht in die Kleinstadttristesse dieser Leute zu bringen. Schließlich war sie von Kopf bis Fuß gebildet. Rita, ihre Zap-Cousine, hing ihr bei jedem Besuch an den Lippen.

Dieser Cousine, einer liebenswerten Deppin, brachte Alka gewöhnlich als Zeichen kultureller Wohltätigkeit etwas aus Moskau mit. Letztes Jahr war es eine Schallplatte von ABBA gewesen, die Alka für zwanzig Rubel, die natürlich von ihrem Vater stammten, einem kubanischen Kommilitonen abgekauft hatte. Ernesto hatte ihr sehr gefallen.

Wenn es um Männer ging, besaß Alka einen erlesenen Geschmack: dunkelhaarig und stark mussten sie sein, gute Manieren und feine Gesichtszüge mussten sie haben, ohne die mongoloide Verlängerung der Wangenknochen, mit der die meisten russischen Gesichter infiziert waren, was sie sofort disqualifizierte. Eine lebende Mischung aus Gregory Peck, Jack Nicholson und Clint Eastwood hätte unter Umständen Alkas Anforderungen genügen können. (Al Pacino und Dustin Hoffman waren von dieser Wunschmixtur ausgeschlossen, weil nicht groß genug.) Ehrlich gesagt traf Ernesto Alkas Geschmack nicht ganz, doch seine dunklen Haare und der insgesamt unrussische Typus regten sie zu Fantasien an. Mit einem verführerischen Havanna-Lächeln hatte Ernesto die zwanzig Rubel eingesteckt und Alka geheimnisvoll zugezwinkert. Seine Wimpern wuchsen dicht an dicht wie die Tannen in den Alleen des Alexandergartens, wo Alka und er vielleicht bald Hand in Hand spazieren würden.

In Anbetracht der Tatsache, dass Hemingway auf Kuba gelebt hatte, ähnelte Ernesto dem berühmten Schriftsteller ein wenig, auf eine eigentümliche Art. Die Übereinstimmung der Namen ließ sogar vermuten, dass Ernesto gut und gern Hemingways uneheelicher Sohn sein konnte.

Ganz allein in ihrem Zimmer wartete Alka auf seinen Anruf und hörte dabei immer wieder die ABBA-Platte, die sonnigen Stimmen in *Dance*, *King Kong Song*, *Waterloo*, *Hasta Mañana*. Sie starrte die zwei lichtstrahlenden Frauen auf dem Cover an, besonders die blonde, deren glattes Haar friedlich um die Schultern floss, ihren in der Farbe *electric blue* engelhaft leuchtenden Overall und ihre hohen, goldenen Stiefel (selbst in Moskau war es leichter, zum Mond zu fliegen, als goldene Stiefel zu finden).

Voller Schuldgefühle versuchte Alkas Vater, Ersatz zu beschaffen. Er kaufte ihr drei italienische Meisterwerke aus Kalbsleder: schwarz, braun und dunkelgrün. Die Eltern hatten striktes Zutrittsverbot zum Zimmer der Tochter, wo Alka stundenlang zu den ABBA-Songs tanzte, in wilder, schamloser Manier, wie sie es auf den abendlichen Tanzveranstaltungen des Pädagogischen Instituts niemals wagen würde.

Ihre Eltern bewunderten sie, während Alka ihre Mutter für eine primitive Glucke hielt. Sie verübelte ihr besonders, dass sie die leicht hervortretenden Augen von ihr geerbt hatte. Nathan Chaimowitsch Katz, respektierter Direktor der Moskauer Fabrik für Schuhcreme, kommunizierte mit seiner Tochter am liebsten in der Rubel-Sprache. Alkas einschüchternde Blicke erinnerten ihn allzu gut daran, dass er außer den verschiedenen Rezepturen für Schuhcreme nichts wusste. Wenn er in angeheitertem Zustand vergaß, dass er sich in Alkas Gegenwart nicht über das Drama der Mischungsverhältnisse von Wachs, Talg und Leinsamen auslassen durfte, über die Komödie der Harze oder die Tragödie überdosierter Schwefelsäure, stand Alka voller Verachtung vom Tisch auf. Dabei vergaß sie gern, dass die verhasste Schuhcreme ihr den Studienplatz am Moskauer Institut für Pädagogik gesichert hatte, der zweitbesten Wahl nach der Universität Moskau – und genau dieses »Zweitbeste« schrie Alka ihrem Vater ins Gesicht, wenn ihr etwas nicht passte.

Drei Wochen lang musste sie warten, bis sie Ernesto wiedersah, in einer Nische des Haupteingangs zum Institut. Er erforschte gerade die Rundungen einer für ihre Dummheit bekannten Blondine von der Fakultät für Grundschullehrer. Alka wollte die Schallplatte entzweibrechen und in den Müllschlucker im Treppenhaus werfen, doch der Gedanke an den stinkenden Schlund verursachte ihr Brechreiz. Also nahm sie die unglückselige Scheibe mit nach Zap. Ein sündhaft teurer Luxusartikel für den guten Zweck – oh, wie stöhnte Cousine Rita vor Bewunderung! Arglos und drollig, wie sie war, versprach sie »Allotschka«, alle Lieder auswendig zu lernen.

2

Eingehüllt in den Geruch des Tambours, des zugigen, nach Teer, Klo und Seife stinkenden Verbindungsteils zwischen den Waggons, betrat Alkas Mitreisender das Abteil und türmte sich vor ihr auf.

»Weißt du, wer ich bin?«, fragte er.

»Nein, leider nicht.« Alka sah erschrocken zu ihm hoch.

»Ich bin Arifón Armaïsowitsch Esaw-Yantz, Chefarzt für Gynäkologie und Geburtshilfe.«

Alka tat, als sei sie in ihre Lektüre und die Notizen für die Doktorarbeit vertieft.

»Vielleicht sollte ich dich, wo wir beide nun einen Tag und eine Nacht in diesem Zug verbringen und ich der beste Frauenarzt im Bezirk Zap bin, untersuchen? Wir machen einen Abstrich, testen auf Entzündung, Zervixerosion, Brustkrebs … Wir haben jede Menge Zeit zusammen, und alle meine Instrumente sind in dieser Tasche. Willst du sie sehen? Ich habe sie aus Moskau, brandneu und blitzblank. Schau dir mal dieses Spekulum an! Die Spreizung kann ich anpassen, je nach Mundform der Frau. Für dich passt die kleinste, glaub meinen dreißig Jahren Erfahrung.«

Alka ließ ihren Stift fallen.

»Ich werde in die Seele deines Schoßes sehen, und zwar besser als dein Liebhaber. Aber wahrscheinlich hast du gar keinen Liebhaber. Leg das Buch weg! Wir wollen uns deiner Gesundheit widmen, damit du kräftigen Nachwuchs hervorbringen kannst! Als Arzt muss ich dir leider sagen, Jungfer, dass deine Haare das einzig Starke an dir sind. Deine Gene, das verraten deine Gestalt und Gesichtsfarbe, müssen sich unbedingt mit armenischem Erbgut vermischen.«

»Betagter Bürger, Ihr Betragen ist inakzeptabel«, sagte Alka schließlich. »Mein Vater ist der Direktor der Moskauer Fabrik für Schuhcreme.«

»Wie du willst, Jungfer. Sich nicht untersuchen zu lassen, ist dumm und gefährlich. Dass du dir ständig zwischen die Beine fasst, ist ein Anzeichen für Pilze oder Fischfotze.«

Esaw-Yantz nahm die Zeitschrift *Herold der ausländischen Frauenheilkunde* zur Hand und begann, darin zu lesen, die Seiten mit dem Schnabel seines Spekulums umblätternd. Er nahm die topaktuellen medizinischen Neuigkeiten mit buddhistischem Gleichmut auf. Plötzlich warf er das Spekulum auf den Tisch und rief etwas wie »Dschi-Pott« oder »Jeans-Not«, Alka verstand ihn nicht richtig. Sein fetter Mittelfinger stach in die Luft.

»Befindet sich fünf bis acht Zentimeter tief in der vorderen Scheidenwand, zwischen Scheidenöffnung und Harnröhre. Stimulation führt bei allen Testpersonen zu multiplen Orgasmen. Merkwürdig, was diese Kapitalisten im Westen so alles entdecken. Und ganz ohne Medikamente! Zu blöd, dass dieser rote Stachelhering mir nicht helfen wird, die Sache zu überprüfen.«

Alka konnte sich in der Gesellschaft des Arztes nicht auf ihre Arbeit konzentrieren und holte stattdessen ihr Strickzeug hervor. Es war Abendbrotzeit. Esaw-Yantz stellte ein Glas mit Tabaka-Hähnchen auf den Tisch. Er klemmte ein Hühnerbein in sein Spekulum und begann, das Fleisch mit knackendem Kiefer zu verspeisen.

»Ich habe eine brave Ehefrau und eine heißblütige Geliebte. Oh, wenn du sie sehen könntest!«, berichtete er mit vollem Mund und zeichnete üppige Rundungen in die Luft. »Wenn mein Bruder in Moskau als Maler was taugen würde und nicht so ein hoffnungsloser Schmierfink wäre, würde ich ihn beide Frauen porträtieren lassen. Stell dir vor, wie sie sich beim Modellsitzen streiten würden! Haha! Ich habe ihm gesagt, er soll Breschnew und die anderen Parteibonzen malen. Aber nein, er bleibt bei seinem unverständlichen Kikeriki. Abstrakte Malerei! Puschkin sollte ihm den Arsch versohlen.«

Esaw-Yantz wischte sich die Finger an einer Serviette ab, ehe er erneut in seine bodenlose Tasche griff und ein zusammengelegtes Mieder aus Polyester auspackte, schwarz mit pinkfarbener Spitze an den Säumen und Strapsen. *Made in France*, stand auf dem Anhänger.

»Fünfzig Rubel für diesen hübschen Fummel, was sagst du dazu? Ich kann es kaum erwarten, ihn ihr anzuziehen und sofort wieder vom Leib zu reißen. Willst du ihn mal anprobieren? Nein, besser nicht, er würde an dir herunterhängen wie ein Sack. Ach, wie ich meine Geliebte vermisse! Wo ist sie nur, meine leckere Lende!«

Rote Flecken traten auf Alkas Gesicht, während sie darüber nachgrübelte, welche geistreich-beleidigende Antwort sie dem ungehobelten Doktor geben könnte. Doch die Wörter in ihr waren ein einziges Knäuel.

Schon wickelte Esaw-Yantz ein zweites Wäschestück aus: einen fallschirmgroßen, weißen Schlüpfer. Auf dem Etikett stand *Made in German Democratic Republic.*

»Der hier, Jungfer, ist für meine liebe Gattin. Ich sage dir, es war nicht leicht, die richtige Größe zu finden. Von einer guten Frau kann man nicht *genug* haben!«

Abgesehen von der enormen Größe besaß der Schlüpfer keinerlei Besonderheiten, denn »eine gute Ehefrau muss bescheiden und keusch sein«, wie Esaw-Yantz mit erhobenem Zeigefinger erklärte. »Ach, welche Mühen wir doch auf uns nehmen für unsere

Lieben: zwei Stunden Schlange stehen – eine angesehene Persönlichkeit wie ich!«

Als der Doktor das dritte Hühnerbein in Angriff nahm, überlegte es sich Alka mit dem Stricken noch einmal anders und legte das Strickzeug zurück in den Koffer. Sie konnte unmöglich zulassen, dass die zarte Wolle das aufdringliche Aroma kaukasischer Gewürze annahm. Schlimm genug, dass ihr Hemingway in der druckfrischen Übersetzungsausgabe der *Ausländischen Literatur* schon zu riechen anfing.

Acht Hühnerbeine aß Esaw-Yantz zum Abendbrot. Eins nach dem anderen nagte er ab und stapelte die Knochen zu einer Baba-Jaga-Hütte.

»Exzellentes Hühnchen! Die Lorbeerblätter und der Knoblauch … in Tomatensaft und Massandrawein geköchelt … Der Chefkoch des besten armenischen Restaurants von Moskau hat es für mich zubereitet. Da, nimm den letzten Schenkel, du musst ein bisschen zunehmen.«

Alka senkte den Kopf und hielt sich die Nase zu. Der zobelbraune Schnurrbart von Esaw-Yantz färbte sich blutrot.

Die Schaffnerin brachte den Tee. Esaw-Yantz bat sie, das Spekulum abzuspülen und danach in kochendes Wasser zu tauchen.

»Sie sind Frauenarzt, Genosse?« Die Schaffnerin war angenehm überrascht.

»Jawohl, und ein hervorragender dazu.«

»Was für ein Glück! Könnten Sie mich vielleicht untersuchen, Genosse Doktor? Ich habe absolut keine Zeit, in die Poliklinik zu gehen.«

»Aber natürlich, Schätzchen, sobald ich meinen Tee getrunken habe.«

Esaw-Yantz nahm zwei Zuckerwürfel mit dem noch dampfenden Spekulum und löste sie im Tee auf, den Metallschnabel auf und ab bewegend.

»Jungfer«, wandte er sich wieder an Alka, »zum letzten Mal biete ich dir die Teilnahme an einem überaus bedeutenden medizinischen Experiment an. Hilf mir, die Theorie zu überprüfen, die in dieser grundseriösen Zeitschrift beschrieben wird. Ich schwöre bei meinen vierzehn Kindern und ihren acht Müttern: Es dauert nicht lange.«

Alka presste ihre Knie so fest wie möglich zusammen. Sie wünschte, sie hätte ein Telefon, um ihren Vater anzurufen oder die 02 (die Miliz), doch so etwas war 1976 noch Science-Fiction.

»Mach dich unten herum frei und leg dich hin«, befahl Esaw-Yantz. »Wir werden den *G-Spot* suchen, um herauszufinden, ob nur die Frauen in den kapitalistischen Ländern einen haben oder ob er bei sowjetischen Frauen auch vorkommt.«

Alka stürmte aus dem Abteil und knallte die Tür hinter sich zu. Sie rannte zur Kabine der Schaffnerin an der Spitze des Waggons, wo ein Boiler gerade eine neue Tasse dünnen Tees ausspie.

»Ich muss das Abteil wechseln«, sagte sie der Schaffnerin mit zitternden Lippen.

»Zum Plätzetauschen ist es zu spät«, lächelte die Schaffnerin, und ihr goldener Eckzahn wurde sichtbar. »So ein höflicher, angesehener, respektabler Gentleman von einem Arzt! Ich wäre gern an deiner Stelle. Mädchen, du musst verrückt sein!«

»Aber er bedrängt mich«, beharrte Alka, »er ist zu einer Vergewaltigung fähig!«

Die Schaffnerin prustete los. »Guck sich einer die an!« Tränen füllten die Falten in ihren Augenwinkeln. »So ein feiner Knochen aus Moskau! Glaubst du wirklich, dass ein Mann bei dir einen Ständer kriegt? Kein Ständer für Knochen«, lachte die Schaffnerin noch lauter über ihren eigenen Witz.

Alka brach in Tränen aus.

»Ich verspreche dir, dass er dich nicht anrühren wird, Mädchen.« Die Schaffnerin klopfte ihr auf die Schulter. »Ist ja schon gut. Hier ist noch ein Tee für dich, nun geh zurück in dein Abteil.«

»Ich werde alles meinem Vater erzählen. Er leitet die Moskauer Fabrik für Schuhcreme«, heulte Alka. »Er wird dafür sorgen, dass man Sie feuert!«

»Nur zu«, erwiderte die Schaffnerin.

Alka wagte sich nicht zurück ins Abteil. Sie blieb eine Weile im Gang stehen und betrachtete die Verzierungen an der Fensterscheibe. Zahllose Hühnerfedern bedeckten das Glas. Sie lief zum anderen Ende des Waggons und stellte sich hinter eine breithüftige Frau in hohen Stiefeln, die an der Tür zum WC wartete. Die Frau hob ihren Rock hoch und zog an ihren gerippten Wollstrümpfen. Mit Schwenkbewegungen ihres Hinterteils brachte sie die Strümpfe in die richtige Position. Die Schaffnerin kam mit einem Teetablett vorbei. Sie schaute die Frau wütend an.

»Hau ab, du gehörst nicht hierher! Denkst du, ich hab dich nicht längst gesehen? Geh zu deinem Klo in der dritten Klasse.«

»Die Sowjetunion ist das Land der Proletarier«, antwortete die Frau stolz. »Ich scheiße verflucht noch mal dort, wo ich will.«

Die Klotür ging auf. Esaw-Yantz kam heraus mit einem Lächeln, das seine sechs Goldzähne zeigte. »Lass sie rein, Schätzchen«, sagte er leise. »Mehr Hygiene im Leben der sowjetischen Frau führt zur Verringerung von Pilzinfektionen.«

»Nur weil der verehrte Genosse Doktor es wünscht«, schmollte die Schaffnerin.

Im Abteil wischte Esaw-Yantz sein Spekulum mit einer Serviette ab und legte es in seine Ledertasche. »Schlaf wohl, Mademoiselle, mich erwarten Patientinnen, die meiner gründlichen Diagnostik und meines umfangreichen Expertenwissens bedürfen.«

Alka war sehr froh. Sie ging nun selbst zur Toilette, wobei sie empfindlich zusammenzuckte, als ihr das Portemonnaie beinahe entschlüpfte. Es berührte schon die metallene Innenseite der Kloschüssel. Alka putzte sich die Zähne und wusch ihr verquollenes Gesicht, wütend am geizigen Wassernippel zerrend.

Zurück im leeren Abteil zog sie das Fenster ein paar Zentimeter nach unten. Zungen frischer Luft leckten die Hähnchendämpfe fort. Sie machte ihr Bett zurecht. Weil sie Hausarbeit nicht gewöhnt war, verwechselte sie die Innenseite des Kissenbezugs mit der Außenseite. Aus der Decke stahl sich eine kleine Feder und stach Alka in den Daumen.

Für die Reisenden erster Klasse wurde die Bettwäsche trocken, gestärkt und beinahe weiß geliefert. Doch wer wusste schon, welche anderen Esaw-Yantzes die muffigen Kissen letzte Nacht zerdrückt hatten? Alka zog einen alten Flanellpyjama an, den sie von zu Hause mitgebracht hatte, um ihn der Eisenbahn zu opfern. Sie würde ihn im Zug lassen.

Sie legte den englischen Hemingway auf ihre rechte Brust, den russischen Hemingway auf ihre linke und las im gelben Licht der fahlen Lampe über der Liege:

Brett sah verdammt gut aus. Sie trug einen Jerseypullover und einen wollenen Rock. Ihr Haar war wie das eines Jungen glatt zurückgebürstet … Sie hatte Wölbungen wie eine Rennyacht, und es entging einem nichts unter dem wollenen Jersey.

Alka fragte sich, ob Brett weiter hinten im Buch noch genauer beschrieben wurde oder ob es vielleicht unanständige Szenen gab, in denen die entarteten Helden einander *körperlich* richtig nahe kamen. Natürlich würde sie diese Stellen, wenn sie sie fand, in ihrer Dissertation hemmungsloser Kritik unterziehen. Aber es war schon erregend genug, einfach nur Ausschau zu halten nach solchen Stellen, um sie begierig zu lesen und auswendig zu lernen. Sie blätterte weiter vor im Buch, erst in der russischen, dann in der englischen Ausgabe. Doch sie fand nichts wahrhaft Körperliches, sondern nur endlose Gespräche in immer neuen Cafés, immer mehr Alkohol und Zechereien. Es gab eine vielversprechende Szene in einem Taxi – ohne nennenswerte Fortsetzung. Was für ein Jammer! Der Protagonist Jake machte auf cool, doch dann weinte er, und es gab diese seltsame Stelle, wo er sich im Spiegel betrachtete … War er ein Narzisst? Alka wurde aus ihm nicht schlau.

Ein schwacher Luftzug drang durch das Fenster. Alka verbarrikadierte ihren Kopf mit ihrem Mantel und rollte sich zusammen wie ein Fötus. Sie erinnerte sich an jenes Bild im Puschkin-Museum, gemalt von dem französischen Künstler Paul Gauguin, der zum Post-Impressionismus zählte mit seinen allzu leuchtenden Farben und der die Frauen auf Tahiti so aufregend gefunden hatte. Wäre Alka ein wenig molliger, sähe sie genauso aus wie das nackte Mädchen in Gauguins Bild *Wie? Du bist eifersüchtig?*. Doch dem sowjetischen Geschmack nach galt sie nicht als hübsch. Die Provinzaffen auf den Straßen von Zap würden sich über sie lustig machen, wie immer.

Zu frühester Morgenstunde kehrte Esaw-Yantz zurück und füllte das Abteil mit mehrstimmigem Schnarchen. Nie hätte der Komponist Johann Sebastian Bach gewagt, von solchen Fugen zu träumen. Einmal murmelte der Chefarzt für Frauenheilkunde: »Was für eine Sintflut der Leidenschaften …«

3

Der Ruhm Zaporoschjes aus der Zeit Stalins war längst verblasst. Damals hatte die megalomanische Errichtung des berühmten Dnjepr-Staudamms in ganz Eurasien und Amerika für Schlagzeilen gesorgt, und das skandalöse Liebesdreieck zwischen dem aufbrausenden Bauleiter Chaim Katz, der dynamischen Ex-Herzogin Darja Katz, die auf der Baustelle für Personal und Propaganda zuständig war und »Zaporoschje« zum modisch-knappen »Zap« verkürzte, sowie dem Amerikaner Hugh Winter, dem weltweit besten Damm-Ingenieur, hatte Dichter und Romanautoren inspiriert. Bald nachdem der große Bau vollendet war, verschwand das Ehepaar Katz im Fleischwolf der Stalinschen Säuberungen und wurde im Betonfundament einer neuen Wohnsiedlung begraben, während Hugh Winter seinen am Dnjepr errungenen Ruhm mit dem Bau des Hoover-Damms noch übertraf. Zap räkelte sich eine Weile im Rampenlicht, bis es von anderen bahnbrechenden Heldenprojekten überstrahlt wurde.

Wäre Puschkin im Jahr 1976 vorbeigekommen, hätte er sich kaum anders geäußert als 1820: »Was für ein lahmer Gaul von einer Stadt, eine Zeitverschwendung für jeden Reisenden.« Die vierzig Kilometer lange Leninallee mit ihrem verlotterten Rokoko mochte zwar die längste Straße Europas sein, doch sie lockte nur wenige Touristen an, in der Hauptsache aus Polen, der Tschechoslowakei und der DDR. Der Name »Zap« hatte sich während der heldenhaften Zähmung des Dnjepr allgemein durchgesetzt und unter den Einheimischen überdauert, doch inzwischen spiegelte er die Seele der Stadt ebenso wenig wider, wie das Puschkin-Denkmal am Puschkin-Platz dem echten Dichter glich.

Nur die Fabriken stampften mit Vollkraft. Halb Zap arbeitete im Stahl- und Aluminiumwerk, in der Kokerei oder im Motorenwerk. Bei Tag stieg der Rauch in grauen Regenbogen zum Himmel. Ein Nebenarm des Dnjepr färbte sich auf seinem Weg durch die Stadt rot, genährt von metallurgischen Abwässern. Nach Sonnenuntergang und Schichtende picknickten die Arbeiter am Ufer des Roten Flüsschens. Sie hatten es nicht eilig, nach Hause zu gehen. Sie genossen, wie das Mondlicht den Abendhimmel und der selbst gebrannte Schnaps ihre Lebern durchtränkte.

Nach einem deutschen Bombenangriff im Jahr 1942 wurde der Dnjepr-Damm nicht vollständig repariert und erreichte, trotz eines Sanierungsversuchs nach Kriegsende, nie wieder seine frühere Leistung. Die Brückenpfeiler, verrostet und bröckelnd, trugen schwer an den Generationen der auf ihnen verewigten Schimpfwörter und obszönen Redensarten. Ob gemalt oder geritzt – für Sprachforscher waren sie Gold wert. Der gewaltige Dnjepr, unnötig schiffbar gemacht, floss gleichmütig unter der Brücke dahin. Am grauen Bauchnabel seines Piers legten nur selten Frachtschiffe an. In den ertrunkenen Dörfern auf seinem Grund wohnten riesige Welse.

Von Moskau trennten Zap eine Nacht und ein Tag im grünen Schnellzug, vom Schwarzen Meer ein Tag und eine Nacht im Bummelzug. Zap wippte ewig zwischen Nord und Süd und kam nicht vom Fleck. Aus Moskau brachten die südwärts rollenden Räder im Morsetakt die neuesten Nachrichten und Moden sowie Gerüchte vom Roten Platz. In Damenhandtaschen reisende Programmheftchen bezeugten kostbare Erinnerungen an einen im

Maly-Theater gesehenen *Kirschgarten* oder an einen *Schwanensee* im Bolschoi. Zu Hause wurden sie dann in einer Lackschatulle neben dem Bett auf ewig gehütet. Doch in der Hauptsache beförderten die Waggons der Klassen eins bis drei materielle Trophäen, erkämpft beim tagelangen Warten in feindseligen Schlangen, verstaut in alten Lederkoffern und Einkaufsnetzen: ein Halstuch aus Spanien, ein Stück französische Wäsche, ein jugoslawisches Kleid oder sagenhaft hochhackige Stiefel aus Italien, die so viel gekostet hatten, wie ein Arbeiter in einem Monat verdiente. Die Kühe, die für diese Stiefel verendet waren, hatten auf seidigen Wiesen geweidet und in Champagner gebadet. Ihr Leder war viel weicher als die Haut der glücklichen Frauen, die diese Stiefel zehn, fünfzehn Jahre lang tragen würden. In die Züge nach Norden nahmen die Passagiere aus der Provinz ihre Träume von einem Leben in der Hauptstadt mit, vom Wohnen in jenen neuen, schwindelerregend hohen Plattenbauten, weiß mit blauen Streifen.

Aus Odessa kam in den schleppenden Schlafwagen des Südens der Sand an den Füßen der Reisenden und der Vanilleschweiß eines kurzen, heimlichen Seitensprungs, wehmütig abzuspülen tags darauf unter der Dusche. Über die Schlafpritschen in den Waggons wehte ein warmes Lüftchen, das der Zug vom Schwarzen Meer entführt hatte, und infizierte die Reisenden mit einer unerklärlichen Sehnsucht nach fernen Ländern, die sie niemals erblicken würden.

4

Josiks Scheitel reichte anderen Leuten bis zum Kinn. Es war sechs Uhr früh am letzten Tag des Jahres, bei minus fünfzehn Grad. Das Bahnhofsgebäude war noch verschlossen, doch auf dem Bahnsteig scharten sich schon Dutzende Menschen, denn ein Zug mit Geschenken aus Moskau war nicht zu verachten.

Zwei Männer, der eine kräftig, der andere dünn, warteten neben Josik. Sie sahen aus wie waschechte Proletarier. Sie rauchten gereizt und spuckten Flüche auf den Boden. Bei dieser Kälte zu rauchen, war harte Arbeit. Die billigen Zigaretten der Marke Polarkreis hielten das Feuer nicht. Die Männer, immer aufs Neue fluchend, fummelten mit ihren groben Fingern an den Streichholzschachteln und kratzten die rauen Schwefelwangen in der Hoffnung auf einen Funken. Wenn das schwächliche Hölzchen zerbrach, fummelten und zerrten sie erneut an der Schachtel, bis sie ihr ein winziges gelbes Flämmchen entlockten, das sie mit den Handtellern fingen, um es über die Stummel tanzen zu lassen. Sie grunzten, zufrieden wie Neandertaler, und hielten ihre Zigaretten mit wütenden, fauchenden Zügen am Leben.

Mit den Füßen stampfte Josik den Rhythmus eines innerlichen Amphibrachys. Dazu murmelte er etwas durch die Nase. Ein paar Wörter entflohen seinen Lippen und erstarrten sofort: »*Das ganze himmlische Russland … heiß übergossene Lüfte … zuckrige Süße.*« Eiszapfen wuchsen an seinen Augenbrauen unterhalb der Uschanka aus Hasenfell. Josik klappte die Pelzohren der Mütze herunter und band sie unter dem Kinn zusammen. Irgendein Geistesblitz schien ihn zu erleuchten, er sah beseelt und glücklich aus, ohne dass es dafür einen Grund gab.

»Moskau–Odessa, Schnellzug füüünfundneunziiig, Schnellzug fünfundneunzig, Ankunft eine halbe Stunde später wegen Schneeeeeesturm, wegen Schneesturm Verspäääätung«, rieselte eine sinnlich-raue Frauenstimme aus dem Lautsprecher.

Der Mann links von Josik sagte: »Fick dich zweimal.«

»Hure kreuz, Hure quer«, sagte der Mann rechts von Josik.

Die Putzfrau schloss die Eingangsstür auf. Der Kräftige und der Dünne trampelten ihre Kippen in den Schnee und stürzten in die Bahnhofshalle, geradewegs zur Kantine.

»... *will sieden im Herz grauer Biester*«, murmelte Josik und folgte ihnen.

Die Kittelschürze der Bahnhofskellnerin war einst weiß gewesen. Auf ihrer steif gesprühten, platinblond gebleichten Turmfrisur thronte ein gestärktes Häubchen. Sie spülte zwei dicke geschliffene Gläser im Eimer aus und füllte sie, die Flasche mit roten Fingern haltend, mit Moskowskaja. In der Nacht zuvor waren der Kantine die zum Wodka gehörigen sauren Gurken und auch die Heringe ausgegangen, und so sagte der Kräftige, der zum Lautsprecher »Fick dich zweimal« gesagt hatte, nun dasselbe zur Kellnerin. »Fick dich dreimal«, erwiderte die Kellnerin, nicht im Geringsten beleidigt. Die Männer gingen zum Steintisch am Fenster und prosteten einander zu.

»Ich bin Nikolai«, sagte der Kräftige.

»Und ich Petro«, sagte der Dünne.

»Auf uns! Auf Gesundheit und Reichtum!«

Sie leerten die Gläser in ihre frostigen Hälse, und Petro, der zum Lautsprecher »Hure kreuz, Hure quer« gesagt hatte, nahm in Ermangelung eines Bissens seine Straßenköter-Uschanka vom

Kopf und schnüffelte an ihrer Innenseite. Nikolai leckte ein bisschen Schnee von seinem braunen Mantelärmel.

»Wen holst du ab?«, fragte Petro.

»Meinen Chef, von einer Dienstreise. Ich bin sein Chauffeur.«

»Und ich meine Schwiegerhexe, Meerrettich in ihre Bratpfanne!«

»Mein verdammter Armenier lässt sich immer nur von der Arbeit zu seiner Nutte und von dort zu seiner Frau fahren. Wenn er wütend ist, krieg ich Angst.«

»Und ich muss bei meiner Schwiegerhexe wohnen. Ach, hätte ich doch mein erstes, hübsches Frauchen nicht verlassen!«

Josik bestellte einen Tee bei der Kellnerin. Sie nahm noch ein trüb geschliffenes Glas aus dem Regal, setzte es in einen Blechhalter und stellte einen Blechlöffel hinein. Den Löffel übergoss sie mit einer heißen, kupferfarbenen Flüssigkeit aus einem zerbeulten Aluminiumkessel. Josik legte die Hände um das Glas und hielt seine lange Nase in den süßen Dampf.

»Und du, Zweikäsehoch«, sagte Petro freundlich zu Josik, »gibst deine letzte Kopeke für Teepisse aus?«

»Ich wette, der ist Lehrer«, sagte Nikolai. »Kaufen wir ihm sto gramm.«

»Danke, ich habe schon etwas zu trinken«, antwortete Josik höflich.

»Du trinkst wie meine Oma im Grab!«, lachten die Männer. Der Schnaps machte sie gutmütig, und so ließen sie von Josik ab.

»Puschkin mit uns, Dickens mit denen«, sagte Petro. Mit »uns« meinte er sie beide, mit »denen« den Rest der Welt.

Die Bahnhofshalle füllte sich mit Menschen und Straßenhunden. Die Bauern aus den benachbarten Dörfern Balabino und Kuschugum kamen mit den Vorstadt-Elektritschkas zum Kolchos-Markt von Zap. Sie schleppten lumpige Säcke voller vereister Kartoffeln und Möhren, Milchkannen sowie grüne, mit Lappen bedeckte Emailleeimer voller Hühner- und Enteneier.

Gerupfte Suppenhühner baumelten auf den Rücken der Frauen. Mit dem düsteren Ernst von Hirschkäfern hielten aserbaidschanische Männer alte Zeitungen im Arm, aus denen rote und weiße Nelkensträuße lugten. Die frigiden Nelken waren die einzigen im Winter erhältlichen Blumen, dank der verwegenen Völker aus den kaukasischen Sowjetrepubliken. Eine weiße Nelke kostete zwanzig Kopeken mehr als eine rote.

Inmitten der Morgenmenge ließ sich auf dem grau-schwarz gemusterten Marmorboden eine Zigeunerfamilie nieder: in bunte Tücher gehüllte Frauen mit Säuglingen an der Brust, dunkelhäutige Halbwüchsige, die hier ein Ei, dort ein Stück Speck stibitzten. Dazu kam ein Teppich aus Hunden, allesamt inzestuös miteinander verwoben: wolfsgroß, rattenklein, schwarz, rötlich, weiß, schorfig, schwanzlos, schielend, pelzig und kahl. Mit hängenden Zungen trotteten sie einem Fleischer hinterher, der eine große Rinderkeule auf der einen Schulter trug und einen Kranz Blutwürste auf der anderen. Die Lebensmittel vom Markt schmeckten viel besser als die vom staatlichen Gastronom, doch kurz vor Neujahr waren die Marktpreise doppelt so hoch.

Eine Alte im Schafsmantel, ganz mit mottenlöchrigen Tüchern umwickelt, lehnte ihren Stock an die schmierige Wand. Sie band sich einen Hocker vom Rücken, nahm Platz und hob den Deckel von einem riesigen Topf, der ihr bis zum Knie reichte. Ein scharfschwüler Geruch zog durch die Bahnhofshalle.

Kein sowjetischer Mann konnte je einem Tscheburek widerstehen. Halbmondpasteten, gefüllt mit würzigem Hackfleisch, rotem Pfeffer und Koriander, goldgelb frittiert in heißem Fett. Eine gewissenhafte Straßenhändlerin verwendete mageres Lammfleisch, Schwein und Rind für die Füllung, aber derart gewissenhafte Damen gab es nur in Georgien, wo das Gericht herstammte. In der Ukraine mischte die Händlerin, falls sie noch einen Rest an Gewissen besaß, jede Menge Fett unter das

Hackfleisch. War sie gegen ihr Gewissen immun, konnte der Anteil an Ratten- und Mäusefleisch Gott weiß wie hoch sein. Ein Tscheburek von der Straße zu essen war wie mit einer Prostituierten zu schlafen. In voller Kenntnis der Gefahr – ganz gleich, welches Ungeziefer in den dunklen Höhlungen lauern mochte – konnte trotzdem kein geistig gesunder Mann dem Fieber dieser Flammenzungen widerstehen. Die Folgen ertrug er mit Würde und ohne Reue.

»Heife Feburek! Heife Feburek für fehn Kopeken daf Ftück! Verflingt fie fufammen mit euren Fingern! Kommt, Leute, groff und klein. If liebe euf alle«, schrie die Alte, der die Vorderzähne fehlten. »If liebe euf, weil ihr mif befahlt!«

Josik kapitulierte kampflos. Er öffnete seine Brieftasche.

»Flinker Kleiner, bringft mir Geld, hier haft du eine Leckere.«

Die Alte, deren ölige, rheumatische Finger aus zerlumpten Handschuhen ragten, wickelte das heiße Tscheburek in raues Papier, das sich sofort mit Fett vollsaugte.

»Und du, Dreckfftück! Hau ab, du befahlft mif ja nift«, lispelte sie in Richtung einer Zigeunerin mit dicken, schmutzigen Zöpfen und einem Gefieder aus papageienbunten Röcken, in dem sich zwei kleine Zwillingsmädchen versteckten. Eins der Mädchen zeigte einen frechen Daumen zwischen zwei Fingern. Die Alte langte nach ihrem Stock, um dem Balg eine Lektion zu erteilen. Die Zigeunerin schüttelte ihre Röcke, schob die Kinder beiseite und verdeckte den Topf vor der Händlerin. Einen Augenblick später mischte sie sich unter die Menge, drei Tscheburek im Schal.

»Verfluchtef Bieft, fmuffige Flampe!«, kreischte die Alte, bevor sie still wurde für einen Moment. Sie hustete, spuckte aus und setzte den Werbetext in ihren Ganglien neu zusammen.

»Kauft leckere, farfe Feburek, liebe Leute, fwanfig Kopeken daf Ftück, befter Preif im alten Jahr!«, begann sie mit neuem Elan.

Die von ihr so geliebten Menschen sollten den Verlust der drei Pasteten wettmachen.

»*Behende Zigeunerin … taucht flink aus dem Nebel*«, flüsterte Josik zu sich selbst. Er hob das Tscheburek an seine Lippen. Ein junger, rötlicher Dackelmischling mit Fuchsschnauze, sehr schäbig, rannte zu Josik und rieb sich an seiner Hose, schwanzwedelnd und erwartungsvoll schnaufend.

»Kaschtanka!«, rief Josik. »Anton Pawlowitsch Tschechows *Kaschtanka*, du gleichst ihr wie ein Ei dem anderen! Komm, ich füttere dich ein bisschen.«

Er riss den heißen Halbmond auseinander, um ein Viertel davon mit der Hündin zu teilen. Die kochend heiße Brühe aus der Pastete spritzte dem Tier direkt auf die Schnauze. Kaschtanka heulte auf und sprang vor Schmerz davon. Josik entschuldigte sich in Gedanken bei ihr und aß sein Tscheburek allein

»Achtung, Achtung, Bürger! Schnellzug fünfundneuunzig aus Moskau, füüünfundneunzig aus Moooskau, Einfahrt auf Gleis eins. Haltet Abstand zur Lokomoootive, springt nicht zwischen die Räder, Anna Karenina hat das schon für euch getan«, säuselte der Lautsprecher.

»Hat die Lautsprecherhure gesagt, ob Kopf oder Arsch vorn ist?« Petro gelangte nur mit Mühe durch den Ausgang zu den Bahnsteigen. Seine Zunge gehorchte ihm ebenso wenig wie seine Beine. Nikolai war ein klein wenig nüchterner. Das halbe Gläschen, das er klugerweise hatte stehen lassen, würde ihn dazu befähigen, seinen Chef gewissenhaft im Dienstwolga nach Hause zu fahren. Nikolai stützte Petro. Sie schwankten im festen Jambus brüderlich begossenen Frohsinns, ihre Beine pentametrisch ineinander verstrickt.

Josik rührte der Versuch der Männer, sich in ihrem Zustand mit Zahlen zu beschäftigen. Die Waggonnummern derjenigen, die sie abholen sollten, würden ihnen bestimmt nicht mehr einfallen. Die Schwiegermutter, falls sie so gütig war, die Geste schwiegersöhnlichen Anstands zu würdigen, würde ihr Gepäck selbst tragen und den Schwiegersohn mit der freien Hand zum Bus nach Hause ziehen, ihre Strapazen mit gurrenden Flüchen begleitend. War sie jedoch bissig und streng, würde sie Petro mit ihrem Koffer einen kräftigen Stoß verpassen und ein Taxi rufen, ihn wie einen Sack hineinstopfen und das Taxigeld von seinem nächsten Klempnerlohn abziehen.

Der grüne Schnellzug 95 näherte sich mit schwerem Atem. Seine kurzsichtigen Scheinwerfer tränten vom Sturm, sein Eisenbart fegte durch den Schnee.

»*Aus seinem Bart steigen die Terrassen Edens herab*«, dichtete Josik weiter und starrte den Zug an.

»Der Zwerg ist … haha … besoffen vom Tee«, bemerkte Petro. Er rutschte auf dem Eis aus und fiel auf den Hintern.

»In seinem Tee war Selbstgebrannter«, vermutete Nikolai und half seinem Freund hoch.

»Biiitte beachten Sie die Waggonnummerierung beginnend an der Lokomotiiiive«, sang der Lautsprecher. Der Moskauer Schnellzug kreischte klagend, als er den Bahnsteig entlangrollte.

»Fick dich, Schlampe«, sagte Petro und rieb seinen Hintern.

»Dreimal kreuz, zweimal quer«, sagte Nikolai und rieb Petros Hintern auch.

5

Beim Aussteigen stellte Alka ihren sperrigen Koffer auf Josiks Stiefel. Die Spange ihres Blaufuchskragens kratzte über seine Wange, als sie ihn geziert umarmte.

»Josik! Was für ein Albtraum, eine Reise wie in der Steinzeit!«, hauchte sie.

Sie umarmte ihren Cousin nur mit rechts. Ihre linke Hand blieb tief in der Tasche des Pelzmantels.

»Der Graustich und die Feuchte der Bettlaken, die Kraftlosigkeit und Überzuckerung des Tees, den die Schaffnerin für ganze fünfzig Kopeken gebracht hat: ›wie Pipi von Waisenkindern‹, habe ich zu ihr gesagt, das schwöre ich, ich habe es der Schaffnerin ins Gesicht gesagt.«

Nach Alka stieg Esaw-Yantz aus, im Bisampelz mit passender Mütze, ein zufriedenes Grinsen unter dem Schnurrbart. Josik, der ihn bemerkte, drehte sich weg. Der Chefarzt für Geburtskunde runzelte die Stirn: Sein Chauffeur war nicht da. Mit strengem Blick suchte er den Bahnsteig ab, blies die Nasenflügel auf, zog die kohlschwarzen Brauen wie ein Gewitter zusammen. Nikolai eilte zu ihm, unterwürfig. Er schwankte nur leicht.

»Willkommen daheim, Dr. Chef!«

»Fettes Frettchen, ich riech dein versoffenes Maul aus hundert Metern«, sagte der Armenier und packte Nikolai am Kragen.

»Machen Sie sich keine Sorgen, Arifón Armaïsowitsch, ich kann mit geschlossenen Augen fahren.«

Alka beugte sich zu Josiks Ohr. »Siehst du dieses armenische Monster? Das ist Kara-Jantz, ein berühmter Dirigent.«

»Ach wirklich?« Josik kannte die Neigung seiner Moskauer Cousine, die fade Leinwand des Lebens mit Tigerlilien zu besticken. Doch er sagte nichts. Er erinnerte sich sehr gut an jenen Schuft von Arzt – er hatte Rita von Töchterchen Sonka entbunden.

»Stell dir vor, Josik, er hat sich sofort in mich verliebt. Er sagte mir, er habe noch nie ein schöneres Mädchen gesehen. Er hat mir sofort einen Antrag gemacht, doch ich lehnte natürlich ab. Dann sagte er: ›Wenn du nicht meine Frau sein kannst, sei meine Muse.‹ Auf einer Serviette hat er mir zu Ehren eine Fuge komponiert. Leider habe ich Tee auf ihr verschüttet und musste sie wegwerfen.«

»Feburek für feine Mofkauer Mäfchen, fünffig Kopeken Fonderpreif«, schrie die Alte mit den Tscheburek, als sie durch die Bahnhofstür kamen.

»Tante Manja hat mich vor diesen Dingern gewarnt. Sie sagte, sie sind aus Rattenfleisch«, bemerkte Alka.

»*Wer nie ein fremd' Gewürz in Schmutzpapier gekostet, der hat das Leben nicht gekannt*«, erwiderte Josik.

»Du und dein Dichterdurchfall«, seufzte Alka.

Aus dem Waggon 15, dritte Klasse, stieg eine korpulente Frau mit schweren Hüften und hohen Stiefeln. Nachdem sie mit Schwung ihre Strümpfe hochgezogen hatte, entdeckte sie Petro zu ihren Füßen. Er schlief. Sie schlug ihn mit ihrer großen Einkaufstasche.

»Du Scheusal, betrunken um sieben Uhr früh! Meine Geduld mit dir ist am Ende. Ich nehme ein Taxi, und du, Elender, wirst es bezahlen!«

»Kara-Jantz hat seinen Dirigentenstock für keinen Moment aus der Hand gelegt«, fuhr Alka fort, eingehängt in Josiks Arm. »Er hat sogar den Zucker damit gerührt, in seinen Noten geblättert und ihn als Gabel genutzt, für seine Foie gras. Nach dem Abendessen wurde er von seiner gewaltigen Leidenschaft überwältigt. Ich sinnierte gerade über meine Dissertation, Josik, ich stellte einen linguistischen Vergleich an zwischen Pernod und Absinth. Aber du weißt ja gar nicht, was das ist. Ich zückte meine Stricknadel wie einen Degen und sagte dem Kerl, dass ich sie ihm in den Harnleiter stoße. Ich schwöre dir, das habe ich zu ihm gesagt. Er kam zur Besinnung. Den Rest der Reise war er still und betrübt.«

Die Zigeunerin, deren Röcke sich mit den Zwillingsmädchen bauschten, berührte Alka am Arm. »Ich sage jungen Frauen die Zukunft voraus. Salze meine Hand mit Münzen, Moskauerin, und ich verrate dir dein Schicksal. Schade, dass du dein Portemonnaie im Schlüpfer trägst. So kannst du heute Abend kein Glück haben. Der Kreuzkönig wird dir in dieser Neujahrsnacht das Herz brechen.«

»Ich wünschte, man würde sie alle mit Petroleum behandeln, wie Läuse«, sagte Alka.

Fürchterlich anzusehen, ein Sturm im Pelzmantel, platzte Esaw-Yantz in die Bahnhofshalle, Nikolai im dunklen Schlepp, vorbei an der Händlerin mit den Tscheburek, die plötzlich aufschrie: »Mein Gott, mein Erlöfer perfönlich!« Die alte Frau fiel auf die Knie und griff nach der Hand von Esaw-Yantz. »Gütiger Arifón Armaïfowiff! Du haft mir daf Leben gerettet! If hatte Krebf in meinen Eiern – fo groff.« Sie umschlang ihren Kochtopf, um dem Bahnhof die Größe des Tumors zu zeigen. »Der Doktor hat ihn heraufgefnitten wie ein Kartoffelauge. Nimm ein Feburek, göttlicher Efaw-Yanff, du kannft bei mir immer umfonft effen, fooft du willft, Doktor Fef!«

»Schon gut, Babuschka«, feixte Dr. Chef. Er nahm ein Tscheburek und stopfte es Nikolai in den Mund. »Rattenfleisch, hahaha! Wenn du das überlebst, sorge ich dafür, dass du dir heute Nacht Füße und Zunge wundscheuerst.«

»Und du, Moskauer Hering«, er zeigte auf Alka, »falls du je heiratest, komm zu mir. Ich schneide dir dein Hymen durch, oder dein armer Bräutigam bricht sich den Aal.«

Josik öffnete den Mund für eine Zeile Prosa, überlegte es sich aber anders und wandte sein Gesicht ab vom Star der Frauenheilkunde.

Am Bordstein parkten gelbe Wolgas. Das Schachbrettmuster auf ihren Dächern verriet, dass es Taxis waren. Die Nelkenverkäufer besetzten sie schnell, eins nach dem anderen. Auch die dicke Frau schleppte sich in Richtung der Taxis. Sie schleifte Petro hinter sich her.

»Du Drecksstück, du Hohlkopf«, beschimpfte sie ihren Schwiegersohn und schob ihn zum Ausgang in Richtung Stadt, »alle Bräute spucken auf dich. Sogar diese wasserstoffblonde Schlampe von Krankenschwester hat dich rausgeworfen. Und jetzt willst du *mein* Mädchen und ihr gutes Herz ruinieren. Bratpfanne in deinen Meerrettich, Halunke!«

»Muuuh Kuuh«, wimmerte Petro.

»Pack das Arschloch in den Kofferraum«, befahl seine Schwiegermutter dem Taxifahrer.

»Nein, nein, Schwiegermami, nicht noch mal, wie kannst du einen armen Burschen nur so behandeln …«, murmelte Petro, ehe die Kofferraumklappe zuschlug.

»Könnten Sie mir bitte sagen, wie viel es bis zur Helden-von-Stalingrad-Straße kostet?«, fragte Josik den nächsten freien Fahrer.

»Drei Rubel, Rumpelstilzchen«, sagte der Fahrer.

Josik fühlte in seiner Tasche, ob er genug Geld dabei hatte. Oma Manja hatte ihm zu Hause exakt drei Rubel und zehn Kopeken in den Geldbeutel gesteckt. Der Geldbeutel war jedoch nicht zu spüren. Josik suchte in der anderen Tasche. Der Geldbeutel war fort.

»Ich fürchte, Allotschka«, sagte er, »dass ich beim Warten auf dem Bahnsteig zu sehr in Gedanken war. Ich bin wohl gerade nicht in der Lage, ein Taxi zu bezahlen. Es sei denn, du bezahlst den Fahrer, und Manja Chaimowna entschädigt dich, wenn wir ankommen.«

»Mein Geld befindet sich an einem unzugänglichen Ort«, presste Alka durch die Zähne.

»In diesem Fall, Allotschka, bleibt uns nichts anderes übrig, als mit dem Bus zu fahren«, schlussfolgerte Josik bekümmert, »aber keine Bange, in einer halben Stunde sind wir da.«

Nikolai verpasste dem Gaspedal des schwarzen Dienstwolgas einen kräftigen Tritt. Der Wolga drehte eine Pirouette und schlug eine tiefe Delle in die Seite eines geparkten Moskwitsch. Nikolai stieg aus und klemmte einen Dreirubelschein unter den Scheibenwischer des beschädigten Wagens. Er setzte sich wieder ans Steuer. Mit seiner schweren Hand gab ihm Esaw-Yantz einen empfindlichen Schlag ins Genick. Nikolai trat aufs Gas. Im Rückspiegel pflückte die Zigeunerin den Geldschein.

Der Trolleybus, ein klappriges Gefährt mit Hörnern auf dem Dach, öffnete seinen Mund, um die Fahrgäste einsteigen zu lassen, die allem Anschein nach meinten, das letzte Schiff über den Atlantik lege ab. Josik entschuldigte sich pausenlos auf seinem Weg durch die fluchende, graue Menge und ergatterte den letzten freien Platz, leider nicht am Fenster. Er zwängte Alka auf den Holzsitz, neben eine Person ungewissen Geschlechts. Mithilfe ihrer getönten, unerhört modischen, Zap-abweisenden Sonnenbrille ergab sich Alka in ihr Schicksal. Josik stand dicht über ihr, eingequetscht zwischen heftig schnaufenden Pelzmänteln. Alkas buschige Schneefuchskapuze kitzelte seine Nase; ihr schwerer Koffer zerdrückte seine Stiefel noch mehr. Die Person ungewissen Geschlechts atmete gegen das Fensterglas, das der Frost mit dicken Eisblumen verziert hatte. Alka äugte durch das Loch: Die Leninallee war emsig wie eine Ameisenkolonie. Vorbei an Marx-Kino, Gogol-Theater und Rathaus, bis in die letzten Winkel der Hinterhöfe, schleppten graue Menschen dürre Neujahrsbäume durch den Schnee. Eine Frau mit einem Neujahrsbaum versuchte, sich in den Trolleybus zu drängeln. Sie schaffte es bis auf die Treppe, rotwangig vor Glück. Der Baumstumpf klemmte in der Tür, der stachlig-grüne Besen fegte die Straße.

Alka zog Josiks Ohr an ihren Mund. »Hier in Zap würdest du das niemals erfahren, Josik, aber der letzte Modeschrei in Moskau heißt Poncho. Feinste Alpakawolle, fünf Rubel das Knäuel. Man braucht sechs Knäuel für einen guten. Ich habe Rita ein Schnittmuster mitgebracht. Für ihren Poncho kann sie ja irgendeine Wolle von hier nehmen, das ist für Zap gut genug.«

Die Fahrgäste drehten sich nach Alka um. Sie hatten den unverkennbaren Moskauer Akzent gehört. Sie schnalzten mit den Zungen und schüttelten verachtungsvoll die Köpfe, vereint in ihrem Hass auf eingebildete Hauptstädter.

»Ich habe ein Knäuel Packzwirn, strickst du mir daraus einen Poncho für meine Kartoffeln?«, fragte Alkas Sitznachbar.

6

In jeden Millimeter des Fahrstuhls im Wohnblock war ukrainische Sexualkunde geritzt.

»Ein feines Beispiel für die niederen Stufen kultureller Entwicklung«, sagte Alka. Vor ihrer Nase prangte eine Zeichnung, die einen riesigen Frauenschoß im Querschnitt zeigte. Esaw-Yantz hätte sein größtes Spekulum gebraucht.

»Schau dir nur diese dicken Linien an, die mangelhafte Darstellungsweise, die gigantische Größe der primären Geschlechtsmerkmale, die einsilbigen Beschriftungen … wie in einer Neandertalerhöhle.«

»Ich fürchte, die Neandertaler konnten noch nicht schreiben«, entgegnete Josik verzagt.

»Unser Hausflur in Moskau ist ganz anders«, fuhr Alka fort. »Die Zeichnungen dort ähneln griechischen Vasen. Falls ich dich jemals nach Moskau einlade, könntest du unsere Nymphen und Satyrn bestaunen. Sie sind künstlerisch überaus vollendet. Und was die Verse neben ihnen betrifft: Sie sind alle in Hexametern geschrieben.«

»Kein Wunder, Allotschka, den Moskauer Jugendlichen wird die Literatur ja auch viel näher gebracht«, sagte Josik traurig. »Hier gebe ich mein Bestes und kann doch nur zweihundert Schüler erreichen.«

»Ich hoffe, du lehrst sie ein paar alte Klassiker und nicht deine eigenen Werke.«

Mit Alkas Koffer auf den Stiefeln öffnete Josik die Tür. Die Wohnung war kaum größer als der Fahrstuhl. Ein miefig-warmer Bau, geschützt vor der kalten Hand von Vater Frost. Die Wohnstube diente gleichzeitig als Arbeitszimmer; das Schlafzimmer war das alleinige Reich von Oma Manja. An den Wänden hingen schäbige Teppiche. Einst hatten ihre Farben gestrahlt. Doch selbst im gelblichen Kunstlicht flüsterten sie noch immer in Burgunder- und Zinnoberrot, nicht weniger märchenhaft als teure Perser.

In der Mitte des Wohnzimmers pisatürmte eine buschige Tanne. Sie bestand aus zwei halb kahlen Bäumchen, die man zusammengebunden hatte. Am stachligen, fingerblutigen Abend zuvor hatte Josik unter Oma Manjas Verwünschungen die Bäume mithilfe einer Kordel vereint und die Stümpfe in das Holzkreuz am Boden gezwängt.

Rita übergab Sonka rasch an Josik. Warm und duftend in ihrem alten Hausmantel, den Busen noch voller Milch, warf sie sich gierig auf ihre kapitale Cousine, um die Aura Moskaus einzusaugen.

»Allotschka«, rief sie, »*Napoleon did surrender*! Ich habe alles auswendig gelernt, wie versprochen.«

»Schon gut, schon gut«, sagte Alka, geschmeichelt und genervt zugleich. Sie wollte sich losknoten aus Ritas Umarmung.

»*Waterlooo — I was defeated, you won the war*«, sang Rita in Alkas Ohr. »*Waterlooo — finally facing my Waterloo!*«

»Gut gemacht, gut gemacht, Rita«, sagte Alka und zog ihre stürmische Cousine am Zopf, um sich von ihr zu befreien. »Dir fällt es vielleicht nicht auf, aber dein Englisch ist noch immer sehr hölzern. Schade, dass ich so beschäftigt bin mit meiner Dissertation. Ich habe keine Zeit, um an deiner Aussprache zu feilen. Aber gräme dich nicht, für Zap reicht sie ja aus.«

»Oh, vielen Dank, Allotschka«, sagte Rita mit entzücktem Lächeln. »Bringst du mir auch diesmal was Schönes bei?«

»Ganz bestimmt, liebes Cousinchen«, versicherte Alka und zog den Schneefuchs aus, der ihrer Frisur nicht gutgetan hatte.

»Allotschka, meine teure Nichte, welch Freude, dich zu sehen«, rief Oma Manja. »Ich hoffe, mein Schwiegersohn hat dich im Taxi hergebracht. Du weißt ja, wie es ist mit so einem Lehrergehalt: fünf Fahrten, und Josik ist pleite. Aber ich habe meine eigene magere Rente geplündert und ihm drei Rubel gegeben. Lehrer für russische Literatur ist zwar ganz hübsch, aber ein richtiger Beruf für einen Mann ist es nicht«, fuhr Oma Manja fort. »Zahnarzt oder Goldschmied wäre viel besser, die sind immer bei Kasse … Ach, und dabei hatte ich meiner Rita so viele sagenhaft reiche Junggesellen vorgestellt!«

»Also, euer Trolleybus war durchaus eine nützliche Erfahrung für mich«, sagte Alka. »Ich bin Josik sogar dankbar, dass er seine Brieftasche verloren hat.«

»Also, eigentlich …«, wollte sich Josik zu Wort melden, aber eine schmerzliche Grimasse verzerrte sein Gesicht. Er hielt sich den Bauch und trabte ins Bad.

»Nicht schon wieder! Dieser Josik Winter ruiniert mich noch«, erklärte Oma Manja mit schwungvoller Geste.

Sie hatte früher eine Musikschule für Kinder geleitet und war gefürchtet gewesen, denn sie hatte Falschspielern ohne zu zögern auf die Finger gehauen. Als Rentnerin verkaufte sie Lebensversicherungen und war auch darin mehr als erfolgreich: Sie konnte einem Toten einreden, seinen Sarg gegen Würmer zu versichern.

Oma Manjas Gesicht war rund, mit schlauen, nussbraunen Augen und gebogener Nase. Schwere, kastanienbraun gefärbte Zöpfe legten sich um ihren Kopf. In ihren lang gezogenen Ohrläppchen blitzten zwei Rubine, die nicht größer als Erbsen waren. Oma Manjas Körper steckte in einem schwarzen Seidenkleid, das in den frühen Fünfzigerjahren einen erotischen Schock produziert haben musste. Auch jetzt war das Kleid noch elegant, bedruckt mit feisten Tulpen und fetten Mohnblumen, um die sich Lianen rankten. Das Scharlachrot auf dem Kleid passte zum Ziegelrot auf Oma Manjas Lippen. Sie neigte dazu, ihre natürlichen Lippenkonturen mit surrealistischer Freiheit zu interpretieren.

»Du bist ja auch *Philologierin*, Allotschka, aber du bist eine Frau und wirst hoffentlich bald jemanden heiraten, der sich aufs Geldverdienen versteht. Ich kann mir vorstellen, dass junge Männer von beachtlichem Rang und Namen dir die Tür einrennen.«

Oma Manja wusste aus erster Hand von ihrer Moskauer Schwägerin, dass keinerlei junge Männer in Sicht waren. In einem verrauschten Ferngespräch hatte sich Ljuba, die Frau ihres Bruders Nathan, ihr flüsternd anvertraut: »Wir verzweifeln! Sie ist wie ein bissiger Hund! Sie lässt niemanden in ihre Nähe, und ihre eigentümliche Erscheinung ist auch keine Hilfe. Die Uhr tickt, Manja! Mit dreißig wird Alkas Schicksal als alte Jungfer besiegelt. Manja, von uns aus kann es auch jemand aus der Provinz sein! Tu etwas, du warst immer geschickt in diesen Dingen.«

Hin und wieder hatten sechzigjährige Professoren, die sich junge Frauen nur leisten konnten, wenn sie ihre Ansprüche an deren Aussehen begruben, es gewagt, Alka in die Große Konzerthalle des Moskauer Konservatoriums einzuladen. Alka hatte nur ein einziges Mal eingewilligt – der silberhaarige, verheiratete Professor Worobjow war ihr Doktorvater. Für ihren akademischen Erfolg strapazierte sie ihre Ohren mit mehr Tschaikowski, als ihnen guttat. Sie ließ zu, dass ihre Hand von einem keuschen Kuss genetzt und ihre Schulter von einer schwachen Hand gestreift wurde, als der Professor ihr in den Pelz half.

Alka verteilte die Geschenke, die sie nicht selbst gekauft hatte. Die Mutter hatte alles besorgt: Salami, schrumplige Apfelsinen, Nylonstrümpfe für Rita, eine Flasche armenischen Kognak für Josik, eine Dose Belugakaviar, eine Dose Lachskaviar, ein Paar wollener Hausschuhe für Oma Manja … und für Sonka eine

Schachtel feiner Pralinen mit dem Namen Schwanenmilch. Offenbar lag Moskau so weit entfernt vom Geburtsgeschehen, dass man das Alter der Kleinen vergessen hatte. Sie war gerade erst dabei, wenn auch spät, von der Mutterbrust entwöhnt zu werden.

»Drei Tage habe ich in der Küche gestanden und hatte kaum Zeit, mir den Schweiß von der Stirn zu wischen«, sagte Oma Manja. »Aber wo, Allotschka, ist das weiße Mieder aus der DDR, das mir deine Mutter versprochen hat? Sie sagte mir, sie hat zwei davon gekauft, in der Schlange, in der halb Moskau angestanden hat.«

»Ich bin nur für die geistigen Geschenke verantwortlich, Tante Manja«, sagte Alka eitel und ging ins Bad, das endlich wieder frei war, nachdem Josik mit grünem Gesicht, aber sichtlich erleichtert, herausgekommen war.

7

»Ach, Josik, Josik«, sagte Rita. Sie stand auf einem Hocker. Ihr Mann stützte sie an den drallen Waden. »Du hast dir wieder mit Tscheburek den Bauch vollgeschlagen.«

»Sorge dich nicht um mich, Ritotschka, sondern um die arme Kaschtanka. Ich hätte sie beinahe verbrüht«, sagte Josik und hob Rita keuchend vom Hocker.

»Beim letzten Mal war es Turgenews *Mumu.*«

Vom Regal unter der Zimmerdecke holte Rita den größten und leichtesten Karton im Haus. Seinen Inhalt hatte sie schon als Kind auswendig gekannt. Es war der Neujahrsschmuck, der leider Jahr für Jahr ein bisschen weniger wurde. Die wertvollsten Stücke waren zwei undurchsichtige Kugeln, groß wie Babyköpfe. Sie waren aus hauchdünnem Glas, eine dunstblau und eine milchkaffeebraun, verziert mit feiner Spitze, die sich rau anfühlte. Diese Kugeln waren Kriegstrophäen. Oma Manja zufolge hatte ihr zweiter Ehemann sie den weiten Weg von Berlin hergebracht, ohne sie zu beschädigen. Ihnen gebührte ein Platz in den obersten Zweigen des Tannenbaums, dicht unter der Spitze, auf der ein roter Stern steckte, der dem Kremlstern glich.

Josik reichte Rita drei gläserne Eiszapfen: rot, grün, golden.

»Liebst du mich noch, jetzt wo Alka hier ist?«, fragte er.

»Liebe kreuz, Liebe quer«, lachte Rita und küsste Josiks wirren Scheitel. »Du bist mein täglich Brot, sie ist die Schokolade.«

»Und du bleibst für immer mein Rosinenbrötchen.« Josik legte eine Hand auf den Hintern seiner Frau. »Wirst du auch Mark nicht allzu sehr anhimmeln, wenn er nachher kommt?«

Ritas rundes Gesicht wurde rot. Mit einem Fuß schob Josik den Karton beiseite. Durch die angelehnte Tür kam Sonka gekrabbelt und biss in Josiks Ferse, um die Liebkosungen der Eltern zu befeuern. Der Baumwollpfirsisch, die Porzellanzitrone, ein paar gläserne Tannenzapfen und würfelähnliche Gebilde gerieten für einen zerbrechlichen Moment in Vergessenheit. Sie baumelten an Bindfäden von Ritas Fingern. Vorsichtig öffnete Rita ihre Arme und den Hausmantel für Josiks fiebriges Zitat von den zwei schönen Zwillingssonnen. Tannennadeln bohrten sich von hinten in ihr Kleid und zwischen die Härchen auf Josiks Handrücken. Der Baum im hölzernen Ständer krängte immer bedrohlicher.

Sonka wollte nicht länger ignoriert werden. Sie biss ihre Mutter in die rosige Wade. Rita schob Josik ein Stückchen zur Seite. Sie ließ eine ihrer Sonnen auf das Kind scheinen, die Arme weit, und klimperte mit dem Baumschmuck an ihren Fingern. Josik formte einen Kranz aus Lametta und schmückte den Baum fertig. Wie in jedem Jahr zerbrach er etwas. Diesmal war es die Porzellanzitrone.

»Das war meine Lieblingszitrone, du Unglücksrabe«, jammerte Rita.

»Rita, ab in die Küche, Kaviar aufs Brot streichen! Josik, ab ins Wohnzimmer, Tisch decken!«, befahl Oma Manja. Sie zog die Schürze aus, wischte sich die Hände daran ab und ließ sich auf den Hocker fallen. Das Telefon auf den Knien, meldete sie ein Ferngespräch nach Moskau an.

»Ljuba, hallo, hallo! Ja, Allotschka ist gut angekommen. Aber dir ist beim Kofferpacken ein Fehler passiert: Das weiße Mieder aus der DDR war nicht drin. Zu schade, immerhin hast du einen halben Tag danach angestanden. Wie bitte? Du hast keins erwischt? Ich hör wohl nicht richtig, die Verbindung ist miserabel … Ljuba, ich habe schon fünf Paar Hausschuhe! Ich bin sehr enttäuscht, nach all meinen organisatorischen Mühen für deine Tochter!«

Oma Manja knallte den Hörer auf die Gabel. Ein Zopfende fiel aus ihrer Frisur. Sie machte es wieder fest und lief ins Wohnzimmer, um die Festtafel zu betrachten, die sich, so kurz vor der Ankunft der Gäste, im letzten Moment vollständiger Unberührtheit befand.

Eine Stadt von Köstlichkeiten erhob sich auf dem alten Leinentischtuch. Würzig-gewagte Gerüche tanzten bis zur Zimmerdecke. Oliviersalat und samtiges Bœf Stroganoff in lackierten Schüsseln, ein schwarz-rotes Schachbrett aus zitronengelockten Kaviarhäppchen, ein Hügel von Goldpasteten und unter einer Decke aus Rote Bete der träumende Stör, bewacht von einer Garde feuriger Tomaten. In der Mitte der Tafel kremelte eine Karaffe Wodka. Ihr zur Seite standen armenischer Kognak, Krimsekt und Massandrawein, ein Cuvée von 1971. Oma Manja glättete einen störrischen Zipfel des Leintuchs an der Tischkante. Ihre surrealen Lippen zeigten ein zufriedenes Lächeln.

Alka kam aus dem Bad, von Kopf bis Fuß gestylt trotz der Steinzeitdusche, deren Temperatur Arpeggios spielte – zehn Grad rauf, zehn Grad runter. Als Erstes hatte sie ihren Schritt vom Joch des Portemonnaies befreit. In Zap gab es nichts zu kaufen, doch die zwanzig Rubel im Portemonnaie waren auch nicht sein kostbarster Inhalt. Ihren eigentlichen Schatz fand Alka, dem Schicksal sei Dank, unversehrt. Es war eine Farbfotografie von ihr, etwa so groß wie ein Reisepass. Auf dem Bild waren Alkas Haare *glatt*. Sie waren nass gekämmt fotografiert worden. Eine spezielle Make-up-Technik ließ Alkas Augen weniger stark hervortreten. Die

Schminktipps hatte sie aus einer widerlich bunten Hollywood-Zeitschrift, die vom häufigen Ausleihen voller Eselsohren war. *Cosmo-Polen*, *Cosmo-Colon* oder so ähnlich. Leider war das Magazin in derart kapitalistischem American English geschrieben, dass Alka nur die Präpositionen und Bindewörter erkannte. Sie begnügte sich mit dem Studium der Abbildungen. Der Direktor der Moskauer Lenin-Bibliothek war ein Freund ihres Vaters. Mit seinem streng geheimen Bibliotheksausweis hatte er Alka das *Cosmo-Golem*-Heft für einen halben Tag ausgeliehen.

Auf der Rückseite des Fotos stand in Alkas Schönschrift:

Alla Nathanowna Katz
Doktor der Englischen Sprache
Gorki-Straße 10, Wohnung 188
Telefon 095 9119695

Ihr offizieller Name war Alla, gleichklingend mit dem arabischen Wort für Gott, wie ein marokkanischer Kommilitone einmal angemerkt hatte, und nicht Alka, diese aus der Kindheit übrig gebliebene, längst nicht mehr passende Verniedlichung, die nach »Alkohol« klang. Eine Vorahnung sagte ihr, dass sie sich schon bald von ihrer glamourösen Visitenkarte trennen werde. Sie sah darauf aus wie ABBA – wenn schon nicht wie Agnetha, so doch wenigstens wie Frida.

Ihren Hemingway unter dem Arm, ging sie ins Wohnzimmer, wo sie den reich gedeckten Tisch erblickte. Sie kratzte ein Fingerhütchen Beluga vom Brot, probierte ein, zwei Kügelchen und führte dazu Selbstgespräche in ihrem eigentümlichen Englisch, dramatisch und in wechselnden Stimmlagen: »Barbarische Gräuel im Angesicht wilder Stiere … dubioses Vergnügen des Angelns, bourgoise Verwüstung spanischer Seen … Zieh deinen Rollkragen aus, Brett, ich will deine jungfräuliche Ehre besudeln!«

8

Um achtzehn Uhr verkündete das nasale *Ding-Dong!* der Türklingel die Ankunft von Josiks Familie. Eine aggressive Wolke Rotes Moskau, eine sowjetische Kopie von Chanel No. 5, drückte sich in den engen Flur. Großmutter Sheila wurde von Wowik, Josiks unverheiratetem Bruder, aus ihrem Astrachanmantel befreit. Wowik war eine grimmige Mischung aus Dennis Hopper und Peter Sellers. Er sprach, so lange man denken konnte, kaum ein Wort mit anderen Menschen, mit einer Ausnahme: seiner verehrten Mutter. Von Rita wegen ihrer pingeligen Sauberkeit »Oma Stubenrein« genannt, trug Großmutter Sheila eine eng am Hals geschnürte Kette aus dunklem Bernstein, deren Perlen so schmuck und oval waren wie sie selbst. Ihr braunes Wollkleid war von klösterlicher Strenge und hatte riesige Brustabnäher. Das Kleid passte zu ihren runden Augen und den grau melierten, kurz geschnittenen Locken.

Großvater Salomons Hände lagen stets untätig auf seinem Bauch. Er trug einen grauen Anzug mit Krawatte und sein immerwährendes Lächeln. Die engelsblauen Augen blickten leer. Von Beruf Ingenieur und schon halb pensioniert, nahm er sich Arbeit mit nach Hause, um sich hinter seinem Zeichentisch vor Frau und Sohn zu verstecken.

Der Sonderbonus dieses Silvesterabends war ein Gast aus Odessa. Er war mit dem Zug gekommen, königlich einsam im Abteil erster Klasse, denn er hatte für zwei Schlafliegen bezahlt.

Mark Knoblauchs Scheitel berührte die Zimmerdecke. Seine lebhafte Miene mit den flinken, dunklen Blicken wechselte so schnell wie das Wetter in London. Die Augen waren von Robert de Niro, die Lippen von Jack Nicholson, das Antlitz von Clint Eastwood. Seine Ohren waren unverzeihlicherweise von Michael York, doch sie wurden von modisch-üppigen, kastanienbraunen Koteletten verdeckt, und überhaupt übertrumpften die zahlreichen Vorzüge in Marks Erscheinung diesen einen Makel mit Leichtigkeit. Mark trug eine Doubljonka – einen Wildledermantel mit Nerzbesatz – dazu eine Nerz-Uschanka, einen schwarzen Rollkragenpullover aus Nylon und eine Levi's mit Schlag. Wer vermochte zu schätzen, wie viel dieses herrliche Outfit gekostet hatte? Marks sparsame Gesten – kein Händeschütteln, sondern nur eine leichte Berührung, die Umarmung nur angedeutet, der Begrüßungskuss nur skizziert – steigerten noch seinen Charme. Ein wenig sonderbar schien allein seine Art, mit der er hin und wieder den Kopf schief legte. Seine Aufmerksamkeit wurde, wie Josiks, von den eigenen, überaus wichtigen Gedanken beansprucht, doch Mark trug diese Innerlichkeit so bedeutsam zur Schau, dass niemand darüber spottete.

»Welch majestätischer Vogel erfreut unser Auge und beehrt uns mit seinem Besuch. Solch prächtige Federn!« Oma Manja betrachtete Mark gierig. »Das nenne ich einen jungen Mann, Sheila Aaronowna. Und Sie haben diesen Neffen die ganze Zeit vor uns versteckt!«

Mark zog den Reißverschluss einer großen, original Adidas-Sporttasche auf und holte zwei Bluejeans heraus. Gelbe Nähte, Gesäßtaschen, ein Levi's-Schild an der Taille.

»Ich traue meinen Augen kaum, Mark! Ist dieser Luxus für uns?«, quiekte die erstaunte Rita. »Wir bezahlen natürlich dafür, wir können ja solche teuren Geschenke unmöglich annehmen.«

»Beruhige dich«, sagte Mark mit einem verhaltenen Lächeln, »und freu dich einfach, dass deine Verwandtschaft Beziehungen hat.«

Wowik, der eine solche Jeans voller Verachtung verschmäht hatte, hielt ein prall mit Papierpäckchen gefülltes Einkaufsnetz. Er legte es auf die Kommode und kniete nieder vor Großmutter Sheila, um die Reißverschlüsse ihrer hohen Stiefel zu öffnen. Dann griff er ins Netz und holte ein Päckchen heraus, in dem sich Filzpantoffeln der Größe sechsunddreißig befanden, und danach ein längeres Päckchen mit Größe dreiundvierzig für sich selbst. Großpapa Salomon musste sich mit den Hausschuhen der Gastgeber begnügen, die nicht sehr sauber wirkten.

Rita kam mit Sonka auf dem Arm aus der Küche. Sie trug ein langes, besticktes Flanellkleid mit asymmetrischem Kragen, das ihre ein wenig zu üppigen Formen kaschierte. Es war beidseitig geschlitzt. Rita hatte eine Woche an dem Entwurf gezeichnet und ihn dann von der alten Matrone, die über ihr wohnte, nähen lassen. Zehn Rubel hatte sie der Frau bezahlt; sie wollte sich nicht gemein machen mit einer ungebildeten Rentnerin aus der Unterschicht. »In diesem Kleid will ich das neue Jahr begrüßen.« So klang Ritas offizielle Version. Doch Josik neckte sie, indem er sagte, sie wolle bloß nicht zurückstehen hinter Alka, die sich weiß Gott wie anziehen würde. Insgeheim jedoch fürchtete er, Rita könne noch ein anderes, weniger unschuldiges Ziel verfolgen.

»Meine Madonna«, sagte Mark in samtigem Bariton, und Rita wurde rot wie Bete. Oma Manja zog sie am Ärmel ihres Kleides in die leere Küche.

»Hast du etwa vergessen, warum du den Zwerg heiraten musstest?« Sie hob den Zeigefinger. »Hab wenigstens den Anstand, nicht mit allem zu flirten, was männlich ist und vor dir zappelt! Du siehst ja selbst, wie der Jeansschnösel dich anstarrt! Deinen Mehlsack von einem Kleid kannst du von mir aus anbehalten, hast schließlich einen Haufen Geld dafür verschwendet. Aber zeig um Himmels willen nicht so viel Haut!«

»Bitte Mutter, fang nicht wieder an«, seufzte Rita und gehorchte.

Großmutter Sheila öffnete Sonkas Mund. »Das Kind zahnt normgerecht«, bemerkte sie und streckte ihre Hand nach dem Einkaufsnetz aus. Der mürrische Wowik an ihrer Seite nahm ein großes Bündel heraus, augenscheinlich ein Stapel weißer Tücher.

»Rita«, wandte sich Sheila an ihre Schwiegertochter. »Ich mache niemals Geschenke, die unpraktisch sind. Hier hast du zehn frische, schneeweiße Windeln. Ich hoffe, du weißt, wie man sie kocht, um sie zu entkeimen, und wie man sie anschließend bügelt: von beiden Seiten.«

In der Haltung Kleopatras präsidierte Alka im Polstersessel. Die Plisseefalten ihres Schottenrocks fluteten über die Armlehnen. Die langen Nägel an ihren vermicellidünnen Fingern waren dunkelrot lackiert. Der Lippenstift glich dem sattesten Braunton ihres unglaublichen Ponchos: Die beige Alpakawolle des Schussfadens chamäleonisierte auf dem Weg zum Hals allmählich zu Eidechsengrün, mit einer Herde winziger, nachtblauer Rentiere, die in zwei perfekten Reihen von Alkas Sonnengeflecht bis hoch zu den Schultern rannten. Alkas Augen waren stachlig getuscht mit rentierblauer Mascara aus Frankreich, die ihre Wimpern wie dürre Geweihe hervorstehen ließ.

Sie besaß sämtliche französischen Parfums, die man in Moskau kaufen konnte, und sie hatte sie alle nach Zap mitgebracht: Climat und Magie Noire von Lancôme, Fidji von Guy Laroche und L'Air du Temps von Nina Ricci. Sie war so nett gewesen, Rita für den Abend Climat zu leihen. Sie selbst trug Magie Noire. Der originale Hemingway auf ihrem Schoß war großzügig mit L'Air du Temps eingesprüht und die russische Übersetzung mit Fidji.

Mit wohlwollender Belustigung beäugte Alka Josiks Verwandte, als wären diese ein Stamm von Eingeborenen, die sich vor ihrem Thron tummelten. Doch als sie Mark sah, der das Wohnzimmer als Letzter betrat, fuhr sie mit ihrem Zeigefinger nervös über den Poncho und folgte dem rechten Pfad der bergauf fliehenden Rentiere.

Mark holte einen großen, pfirsichfarbenen Teddybär aus seiner Adidas-Tasche und tätschelte mit einer Tatze Sonkas Wange.

»Was für ein grässliches Biest«, wagte sich Alka vor und wallte empor aus ihrem Sessel. Sie streckte Mark die Hand hin. »Mein Name ist Alla, Staatliches Pädagogik-Institut Moskau, English and American Studies, Doktorandin der Sprachwissenschaften.«

»Mark, Polytechnikum Odessa, Fakultät für Abwässer, ewiger Student«, sagte Mark, ihre schmale Hand touchierend.

»Was gibt es denn so ewig zu lernen über Abwässer?«

»Die faszinierende Ähnlichkeit ihres Fließverhaltens mit dem des menschlichen Denkens.«

»Es muss Sie doch zu Tode langweilen, Sheila Aaronowna, dass Sie jetzt im Kindergarten arbeiten, nach all den engagierten Jahren im Krankenhaus«, begann Großmutter Manja sanft.

»Ganz im Gegenteil, Manja Chaimowna, es macht mir Spaß. Impfungen, Schnupfennasen und Läuse«, sagte Großmutter Sheila.

»Sie müssen ein großes Herz für Kinder haben.«

»Ja, mein Herz ist riesig«, antwortete Großmutter Sheila, »wenn es um meine eigenen Söhne geht.«

Wowik schien gleichermaßen stolz auf die Geistesschärfe seiner Mutter und empört über die Schwiegermutter seines Bruders.

»Aber warum mussten Sie denn fort aus dem Krankenhaus?«, hakte Oma Manja nach. »Wir sind Ihre Verwandten, Sie können uns ruhig alles erzählen.«

»Jetzt wo Salomons Magengeschwür meiner medizinischen Betreuung so häufig bedarf«, erklärte Großmutter Sheila, den Blick fest auf Oma Manja gerichtet, »ist die neue Arbeit bequemer, denn der Kindergarten befindet sich in unserem Wohnblock.«

Wowik fasste Oma Stubenrein am Handgelenk. Er maß ihren Puls.

»Die Jeans, die er mitgebracht hat, sind gefälscht«, flüsterte Alka zu Rita. »Schau dir das grob genähte Label an. Und die Säume sind nicht gerade genug. Aber er selbst trägt eine echte Levi's.«

»Schluss mit dem Getuschel, Mädchen«, rügte Oma Manja, »unsere lieben Gäste nehmen gerade Platz an der Tafel.«

Wowik tauchte mit der Hand noch einmal ins Einkaufsnetz, für das letzte Päckchen: ein winziges, fest gestopftes Kissen. Er eilte zum Sofa und scheuchte mit bösen Blicken alle anderen beiseite, damit Großmutter Sheila sich setzen konnte.

Josik nahm kleine Gläser aus Böhmischem Kristall. Den Männern goss er Wodka ein, den Frauen Sekt.

»Liebe Gäste: der Oliviersalat!«, verkündete Oma Manja feierlich. »Bitte seht mir nach, dass ich einfache Schweinswürstchen verwendet habe und keine Hühnerbrust. Josik ist daran schuld. Er hat in der Schlange geträumt, und so hat eine lahme Alte vor ihm das letzte Geflügel erwischt. Nicht einmal seine Tochter im Kinderwagen hat er benutzt, um sich den Weg frei zu schieben.«

»Ich habe immer geglaubt«, sagte Großmutter Sheila, »dass die Versorgung der Familie mit Lebensmitteln die Aufgabe der Hausfrau ist. Ich zumindest habe es stets so gehalten. Rita ist ja noch im Erziehungsurlaub und hat viel freie Zeit, nicht wahr?«

»Für mich sind Schweinswürstchen eine willkommene Abwechslung. Das Leben hat mir in letzter Zeit zu viel Hühnchen offeriert«, bemerkte Alka.

»Schlimmer kann man den Salat nicht machen«, warf Josik mit plötzlicher Kühnheit ein. »Der echte Olivier wurde vermutlich nach dem französischen Koch benannt, der ihn kreiert hat. Dieser Salat wurde den russischen Adligen in den feinsten Restaurants des neunzehnten Jahrhunderts serviert, und der Dichter Alexander Sergejewitsch Puschkin liebte ihn über alles. Der Olivier kostete fast so viel, wie ein Leibeigener in einem ganzen Jahr verdiente, und er hatte wenig zu tun mit der Kopie, die wir heute Oliviersalat nennen, die sauren Gurken ausgenommen.«

»Verrätst du uns die wahren geheimen Zutaten?«, fragte Alka.

»Nun, laut den Kochbüchern von damals braucht man zwei Moorhühner, ein Viertelpfund gepressten Störkaviar, fünfundzwanzig gekochte Hummer, Kabuler Sojasoße, ein Viertelpfund Kapern und eine Dose Anchovis. Das Dressing ist eine Sauce provençale. Aber fragt mich nicht, was Anchovis und Kapern sind – ich habe nie welche gesehen.«

»Vielleicht können Sie, als in der Hauptstadt Beheimatete, uns Provinzler über diese seltenen Delikatessen aufklären?«, fragte Mark Alka ehrerbietig.

»Ach, das ist doch ganz einfach.« Alka blinzelte hastig mit ihren blauen Geweihwimpern. Trotz all ihrer Privilegien hatte sie im ganzen Leben weder Kapern noch Anchovis erblickt. »Kapern sind kleine Zappelfische. Die Etymologie führt den Namen zurück auf das gleichlautende Verb«, improvisierte sie mit Expertenmiene. »Und Anchovis sind schwarze, herb schmeckende Beeren, die am Mittelmeer wachsen.«

9

Die Türklingel meldete sich wieder. Es war Swetka, die frisch geschiedene Nachbarin von gegenüber, zügellos und laut, im Minirock. Ihr langes, naturblondes Haar ließ das Ordinäre ihrer Erscheinung und ihres Benehmens ein wenig vergessen. Ihre Augenlider waren tropischblau, die Wimpern schwarze Krallen. Ukrainische Mascara war ein Klumpen aus trockenem Teer, den man vor dem Auftragen nass spucken musste. Straffe Nylonstrümpfe umspannten Swetkas Beine, die der Winter bedrohlich rot gefärbt hatte. Sie arbeitete als Krankenschwester im städtischen Krankenhaus, in der Frauenklinik.

»Du wirst dir die Eierstöcke abfrieren, Swetotschka, wenn du mit nacktem Hintern durch die Kälte läufst«, äußerte sich Oma Manja.

»Zur Hölle mit meinen Eierstöcken«, erwiderte Swetka fröhlich. »Auf das neue Jahr! Puschkin mit uns, Dickens mit denen!«, rief sie vom Flur aus. Sie warf ihren schmuddligen Pelzmantel ab, der offenbar aus Katzenfell war.

»Schenkt mir zur Strafe ein Glas ein, ich brauche einen Schnaps nach dieser Kälte! In der Klinik war es auch wie im Eisschrank. Stellt euch nur vor, drei Eileiterschwangerschaften auf einmal bei mir auf Station: Frauenbeine wie Eiszapfen auf dem OP-Tisch.«

Mark lenkte seinen Blick vom kalten Aufschnitt auf den neuen Gast. Swetkas Kinnlade klappte herunter. »Junger Mann, Sie sehen so ausländisch aus, so neu und ungezähmt! Wie heißen Sie?«

In seiner undurchsichtigen Freundlichkeit zog Mark die linke Augenbraue hoch.

»Mark, Mademoiselle, einfach Mark.«

»Also, *einfach Mark*, Sie bringen meine Hormone in Wallung.«

Der Anblick der Festtafel verdrängte die männliche Offenbarung aus Odessa kurz aus Swetkas Blickfeld. »So viel leckeres Zeug!«, schwärmte sie. »Kaviar! Und die Hälfte davon schwarz! Das letzte Mal, dass ich so was gegessen habe, war mit meinem Schiffskapitän aus dem Fernen Osten. Kaviar ist gut für die Gesundheit der Männer, müsst ihr wissen, er macht sie stark und *ausdauernd*.«

Rita kicherte. Mark hob seine rechte Braue. Wowik umklammerte das Messer mit seiner rechten Hand. Mit der linken fasste er Großmutter Sheila ans Handgelenk, um ihren Puls zu messen, obwohl sie weder nervös noch empört aussah.

»So trinken wir ehrlichen Russen«, sagte Swetka, ihr Glas hoch haltend, »in einem Zug. Nicht wie ihr Juden mit euren Tricks. Ihr trinkt, ohne betrunken zu werden. Ich wette, ihr gießt euch den Wodka in die Ärmel, nicht wahr, Josik? Nicht wahr, junger Mann, der bestimmt auch jüdisch ist?«

»Nehmt doch vom Oliviersalat, liebe Gäste«, sagte Oma Manja. Ihre erbsenkleinen Rubinohrringe leuchteten unheilvoll. »Swetotschka, stopf nicht so in dich rein, dir nimmt keiner was weg. Und du, Josik, machst dir ja nichts aus Kaviar, stimmt's? Also bin ich auch nicht böse, wenn du stattdessen etwas Billigeres isst.«

»Ich kann gar nicht glauben, dass Sonka schon zwei Jahre alt ist«, sagte Rita. »Sie blieb so lange in mir, dass ich schon dachte, sie kommt niemals heraus. Ihr hättet ihr beleidigtes Gesicht sehen sollen, als man ihr einen Klaps gab, damit sie zu atmen anfängt.«

»Es war Dr. Chef persönlich, der ehrenvolle Esaw-Yantz, der zur Zange griff«, sagte Oma Manja zärtlich. »Als wir Rita in die

Klinik brachten, hat er gefragt: ›Warum trägt sie so alte Stiefel? Verdient ihr Mann nicht genug, um ihr gute Stiefel zu kaufen?‹«

»Ach, Doktor Esaw-Yantz«, sagte Swetka fröhlich, »er könnte dich pimpern, während du in den Wehen liegst, und es würde dich nicht stören. Die Oberschwester und die grimmige Gynäkologin … alle haben Kinder von ihm. Aber keine Angst, Josik, er hat deine Frau nicht gepimpert, als sie in den Wehen lag!«

Bei der Erwähnung des Namens zuckte Alka zusammen. Aber sie behielt für sich, dass sie das Missvergnügen gehabt hatte, den ganzen vorigen Tag und die Nacht in der allzu nahen Gesellschaft des Oberarztes für Geburtshilfe zu verbringen.

Der Fernseher in der Ecke zeigte das Silvesterprogramm mit Ausschnitten von sowjetischen Sportlern, die im alten Jahr erfolgreich gewesen waren. Die Eiskunstläufer in schimmernden Kostümen wirbelten ihre Pirouetten zu einem sinnlich-knisternden Tango. Sie wanden ihre Körper voll Leidenschaft, stachen mit den Kufen ins Eis, schlüpften ineinander und entzweiten sich wieder, todesmutig im Salto mortale. Hoch über der Zuschauersee im kapitalistischen Innsbruck glitten sie souverän zu olympischem Gold.

»Oh, wie schön, ich muss heulen … Seht ihr, das ist wie im Kosmos, das Yin und das Yang«, rief Rita.

Nach ihrer Kür wurden die Eisläufer keuchend und mit verschwitzten Gesichtern gezeigt. Die Punktrichter gaben ihnen astronomische Wertungen. Als ihr klar wurde, dass sie gewonnen hatte, brach die Läuferin in Glückstränen aus, mörderisch für ihr Make-up.

»Sie wohnt im Haus gegenüber«, sagte Alka beiläufig und zeigte auf die weinende Läuferin auf dem Bildschirm. »Ich sehe sie oft beim Bäcker.«

»Meine Verlobte ist Rhythmische Sportgymnastin«, sagte Mark.

»Jetzt gibt es also plötzlich eine *Braut.*« Oma Manjas Stimme stürzte ins Bodenlose und richtete einen Wutpfeil auf Großmutter Sheila.

»Sie turnt in der sowjetischen Nationalmannschaft«, fügte Mark nonchalant hinzu.

»Warum haben Sie sie nicht mitgebracht, damit wir sie kennenlernen?«, fragte Swetka.

»Weil sie sich gerade auf die Weltmeisterschaft in der Schweiz vorbereitet«, erklärte Mark ohne Aufhebens. Genauso hätte er sagen können, seine Braut läge mit einer Grippe zu Hause.

»Also, wenn Sie mich fragen, ich glaube ja, dass Sie Streit hatten mit Ihrer Liebsten, weil Sie sich nicht einigen konnten, ob sie ihren BH auf Größe A oder B polstern soll«, sagte Swetka. »Alle Welt weiß ja, wie dürr diese Gymnastinnen sind. Ihre Braut war nicht einverstanden mit Größe B, und deshalb haben Sie ihr nicht erlaubt mitzukommen – aus Angst, dass ich sie auslachen würde.«

»Tante Sheila hat nicht genug Platz für zwei Gäste«, sagte Mark ruhig, ohne auf Swetkas Frechheit einzugehen.

»Das stimmt, wir haben überhaupt gar keinen Platz für zwei extra Leute«, bestätigte Wowik.

Alkas Gesicht glühte von roten Flecken. Sie bohrte ihren Vermicelli-Zeigefinger in ihren schrillen Haarschopf und drehte eine dicke Strähne. Wie eine Schraube drehte sie den Finger weiter, hektisch und immer fester, bis ein unlösbarer Knoten entstand, ein toter, nelkenroter Widerhaken.

»Auf ein Wort zwischen uns Löwinnen, Sheila Aaronowna«, befahl Oma Manja und winkte sie in die Küche. Die Tatsache, dass sie zusammen im jüdischen Waisenhaus von Odessa aufgewachsen waren, minderte keineswegs die Abneigung, mit der die beiden Frauen einander ansprachen: mit Vatersnamen und dem förmlichen Sie.

»Ganz die Ihre«, erwiderte Großmutter Sheila und erhob sich vom Sofa, nicht ohne den zur Hilfe bereiten Wowik mit einer Geste zu beschwichtigen.

»Warum haben Sie mich nicht gewarnt, dass Ihr Neffe bald heiraten wird?« Oma Manja, den Spüllappen wie eine Peitsche haltend, beugte sich bedrohlich über Oma Stubenrein.

»Ich hätte nicht geglaubt, dass Sie Ihre Kupplerkrallen in mein Familiennest schlagen würden«, antwortete Großmutter Sheila würdevoll, obwohl man sich kaum jemanden vorstellen konnte, der weniger in ihr »Nest« passte als Mark. Ein Neffe war ein Neffe, und Neffen konnte man sich noch weniger aussuchen als die eigenen Kinder, Manieren und Modemacken inklusive.

»Ich dachte«, fuhr Sheila fort, »Sie hätten aus Ihrem kläglich gescheiterten Versuch, meinen Bruder 1941 in Ihre Gewalt zu bringen, genug gelernt. Wer hat je von einer erwachsenen Frau ohne jeden Anstand gehört, mütterlicherseits nicht einmal jüdisch, der es gelungen wäre, dem Stern von Odessa seine glänzende Zukunft zu rauben? Jawohl, *rauben*, sage ich. Sie hätten den armen Dod umgebracht, lange bevor er in den Krieg zog und ein Held der Sowjetunion wurde! Wie gut, dass die weise Selda Sinowiewna aufgepasst hat!«

»Ach was, Sie glauben doch nicht, dass Ihr geliebter Dod auch nur eine Kopeke wert war. Oder dass er eine Frau mit Grips verdiente, bei seinem schlechten Geschmack. Aber wenigstens hatte er einigermaßen Statur, während Sie fast eine Zwergin sind. Ich bedaure, dass ich Sie damals in jener unvergesslichen Nacht von Nowosibirsk nicht erwürgt habe«, erwiderte Oma Manja.

»Um Ihre Neugier ein und für alle Mal zu befriedigen, Löwin Chaimowna: Unser Mark wird nach seiner Heirat in die Vereinigten Staaten von Amerika emigrieren«, verriet Großmutter Sheila schadenfroh. »Er erzählt es gerade den anderen Gästen.«

»Diese Familie ist ein widerliches Wespennest!« Omas Rubine schlugen zornige Flammen.

Großmutter Sheila hob ihren winzigen Zeigefinger. »Und nur zwischen uns Schwiegerleuten gesagt: Mir ist vollkommen klar, dass mein Josik ein spezieller Fall ist. Trotzdem hat er sich in meinen Augen schlecht verheiratet. Unser makelloses Judentum wurde gründlich verdorben von Ihrer Mutter, die so russisch war wie eine Balalaika.«

»Meine Mutter war keine Balalaika, sondern eine adlige Harfe. Im Gegensatz zu Ihrem Taugenichts von einem Vater, der nur ein Schneider war, war sie eine echte Herzogin – und Personalchefin des glorreichen Dnjepr-Damms. Und wenn Sie der Wahrheit ins Gesicht blicken könnten, Kobra Aaronowna, dann würden Sie sehen, dass es genau *Ihre* Gene sind, unter denen wir leiden, denn unsere Enkeltochter ist das Abbild von Josik.«

Oma Manja warf den Lappen ins Spülbecken. Das Wasser spritzte auf Großmutter Sheilas braunes Kleid.

10

Alka ergab sich nicht in ihre Blamage. Schließlich hatte dieser Schlauberger aus Odessa Ohren wie Michael York und eine Sportlerin zur Braut.

»Mit Ihrer künftigen Frau können Sie eine Fußballmannschaft zeugen«, wandte sie sich an Mark. »Sie werden die englische Sprache sprechen müssen. Beherrschen Sie sie schon ausreichend?«

»Genug, um durchzukommen.«

»Ich frage mich, wie Sie das Volk, mit dem Sie den Rest Ihres Lebens verbringen werden, kennenlernen wollen, ohne im Besitz fundierter Kenntnisse seiner Sprache zu sein. Soll ich ein bisschen mit Ihnen üben?«

»Mit dem Buch, das Sie da auf den Knien halten?«

»Genau.«

»Eine glänzende Idee, aber dieses Buch wurde in den Zwanzigerjahren geschrieben. Die sowjetischen Übersetzer hatten es offenbar nicht eilig.«

»Geben Sie zu, dass Sie Angst haben!«

»Stimmt. Wer wäre nicht voller Ehrfurcht vor so einer *dame sans merci*? Bitte prüfen Sie mich mit stählerner Strenge.«

»Nun gut.« Mit ihrer dunkelroten Fingerkralle pinnte Alka eine Zeile fest. »Wie würden Sie das hier übersetzen: *The street was dark again and I kissed her. Our lips were tight together and then she turned away and pressed against the corner of the seat, as far away as she could get*«, las sie in pedantischem Tonfall.

»Ich weiß nicht, wie mir diese Stelle dabei helfen soll, mit meinen künftigen Kindern zu kommunizieren«, lächelte Mark. »Es scheint da um eine besondere Form der Liebe zu gehen, nämlich eine unglückliche. Stellen Sie sich vor, Sie lieben einen Mann, der im Krieg kastriert wurde. Wie würde es sich anfühlen, ihn zu küssen?«

Gereizt rieb Alka ihre Wimpern zwischen den Fingern. »In dem Buch steht nichts von einer Kastration des Erzählers.«

»Als Doktorandin der Sprachwissenschaft, im Gegensatz zu einer der Medizin, muss man vor allem zwischen den Zeilen forschen, nicht wahr?«, fragte Mark.

»Wir in Moskau brauchen überhaupt nichts *dazwischen* zu forschen! Wir haben von allem mehr als genug«, sagte Alka stolz. »Ich schaffe es kaum, vom Bolschoi-Theater zum Maly zu flitzen.«

»Darf ich Ihnen das Buch zeigen, das ich zum Englischlernen benutze? Es ist auch nicht mehr das neueste, aber ein bisschen zeitgemäßer.«

Mark fischte noch einmal in seiner Adidas-Tasche und holte zwei Exemplare von *Lolita* hervor, ein englisches und ein russisches. Nabokov war streng verboten in der Sowjetunion und daher unbekannt – außer in der Hauptstadt, wo die Intelligenzija dank geschmuggelter Bücher eine Vorstellung von ihm besaß. Die eine Hälfte dieser Moskauer Leser betete Nabokov an; die andere verfluchte seine Eingeweide.

»Sie in Odessa lesen immer den neuesten literarischen Schmutz.« Alkas Gesicht wurde hochrot – ob aus Ärger oder Neid, war schwer zu sagen.

»Oh, zeig doch mal«, Rita rückte näher an Mark. Ein Ärmel ihres Kleides berührte seinen Unterarm.

»Geben Sie mir das Buch«, verlangte Alka. Sie las den ersten Absatz. »*The fire of my* … was? *Loins*? Ich kenne dieses Wort nicht, aber es klingt ganz eindeutig nach einer üblen Schweinerei!« Alkas Miene bebte.

»Ich weiß ja nicht, über welches Sodom und Gomorrha ihr euch unterhaltet«, sagte Oma Manja heiter. »Ich jedenfalls achte nur eine Art von Literatur. Sie ist groß und wahrhaftig, nicht wahr, Sheila Aaronowna?« Liebevoll strich Oma Manjas Hand an dem Regal mit der stolzen, in braunes Kunstleder gebundenen Sammlung von Scholem Alejchem entlang. Mit seinen Büchern schlief sie am liebsten ein, meist mit den *Abenteuern des Menachem Mendel.*

»Im Waisenhaus hatten wir viele Bücher, aber meiner Meinung nach haben sie bei niemandem das Wohlbefinden erhöht«, erwiderte Großmutter Sheila. »Deshalb bin ich überzeugt, dass wir in erster Linie für unsere Gesundheit sorgen müssen, indem wir richtig essen. Zu diesem Zweck bevorzuge ich nützliche Texte, zum Beispiel das Magazin *Sowjetische Gesundheit.* Wären Sie auf diesem Gebiet ebenso bewandert wie ich, Manja Chaimowna, dann wüssten Sie auch, dass in Ihrem Neujahrsmenü eine todbringende Überdosis an Fett und Kalorien steckt. Der Oliviersalat mit Schweinsmortadella ist der schlimmste, blutrünstigste Meuchelmörder der Menschheit. Darüber hinaus stärkt die *Sowjetische Gesundheit* die moralischen Grundsätze. Auf eloquente Weise führt sie den Beweis, dass ein Mädchen seine Unschuld nicht den jungen Männern vor die Füße werfen sollte.« Großmutter Sheila blickte Rita vielsagend an.

»Ich gebe Mutter recht«, sagte Wowik. »Ich glaube, dass die Literatur ein Bordell für die Seele ist.« Nachdem er »Bordell« gesagt hatte, stockte er und wurde rot. Er schnappte sich Mutters Handgelenk. Gott sei Dank war ihr Puls stabil. Aber wie schmal ihre Lippen waren!

Sonka zeigte erste Anzeichen von Müdigkeit. Sie hatte zur Genüge mit dem gutmütigen Großpapa Salomon und dem neuen

Plüschteddy gespielt. Nun zog sie an der Tischdecke und brachte Großmutter Sheilas Weinglas ins Wanken. Dann kroch sie unter den Tisch, um den Gästen die Hausschuhe von den Füßen zu ziehen. Als sie bei diesem Spiel Wowiks Füße erreichte, hob er das Tischtuch ein Stückchen hoch, holte sich seinen Pantoffel wieder und gab Sonka damit einen heimlichen, überaus gefühlvollen Klaps auf den Po.

11

In Walzern und Quadrillen umwirbelte der Schneesturm den Mond. Alle Fenster im Plattenbauviertel waren erleuchtet. Vom neunten Stock aus sah man den Dnjepr, der seinen silbernen Prachtpelz zur Schau stellte. Die Schwarz-Weiß-Fernseher zeigten das runde Gesicht von Generalsekretär Leonid Iljitsch Breschnew, der sich in seine Neujahrsansprache an das sowjetische Volk hustete.

»Lie-be Ka-me-ra-den, lie-be Bür-ger«, sagte Breschnew endlich aus seinen buschigen Brauen. »Verehrte Werktätige und Bauern, Bergleute in den Bergwerken, Melkerinnen in den Kuhställen, Arbeiter in den Wüsten! Das neue Jahr wird uns noch größeren Wohlstand bescheren, dank der Milch eurer Kühe und des Schweißes eurer Kohlen. Der goldene Weizen wird zum Neid der Kapitalisten gedeihen und unsere mächtigen Völker gesund erhalten. Erheben wir die Sektgläser! Auf den Beginn eines neuen, glorreichen Jahres!«

Die Kreml-Uhr wurde bildschirmfüllend gezeigt. Beide Zeiger rückten auf zwölf. Nun erdröhnte die Hymne der Sowjetunion:

Ein ewiges Bündnis aus Volksrepubliken
In Freiheit aus unserm Großrussland erstund …

Sonka jaulte jazzartig zur Melodie.

Josik reichte jedem Gast eine Wunderkerze und löschte das Licht. Die Glutfäden brachten die Wohnstube zum Funkeln. Er küsste Rita auf den Mund. Sie erwiderte seinen Kuss halbherzig, ohne Zunge. Wieder ein neues Jahr, in dem sich die Schülerhefte auf der Ausziehcouch türmen würden, mit einem Glas starken Tees obendrauf. Früher oder später kippte der ganze Turm auf den Boden, wobei so mancher Fehler in den Aufsätzen verwischt wurde, aber auch besonders hübsche Textstellen über Puschkin, Gogol, Turgenew und Tschechow verloren gingen. Solche Stellen las Josik Rita gern vor, unter der Ehedecke. Dabei küsste er sie, doch dann vergaß er seine weiteren Absichten, weil ihm plötzlich ein Vers einfiel und er zu seinem Notizbuch eilen musste, um ihn niederzuschreiben.

Josik war besessen von mehr oder weniger exzentrischen Literaturprojekten. Im ersten Jahr seiner Ehe führte er eine neunte Klasse, mit der er Leo Tolstoi las, zum Bahnhof von Zap. Er ließ die Teenager entlang des Bahnsteigs antreten und auf die Gleise schauen, bis sie Mitgefühl für Anna Karenina spürten. Die Jungs zogen Grimassen, lachten und fluchten, aber ein empfindsames, feinfühliges Mädchen fiel auf die Schwellen und wiederholte dabei die letzten Worte der Karenina: »*Wo bin ich? Was tue ich? Weshalb?*« Ein Zug war weit und breit nicht in Sicht, und der Bahnhofsvorsteher hievte das Mädchen schnell wieder hoch, doch Josik erhielt vom Schulleiter einen »strengen Tadel«, verbunden mit der Warnung, seine Unterrichtsmethoden künftig vorsichtiger auszuwählen.

Sonkas erstes Lebensjahr hatte im Zeichen von Nikolai Gogol gestanden. Um dessen Werk zu unterrichten, dachte sich Josik eine andere didaktische Methode aus. Die Dummköpfe seiner achten Klasse sollten unter ihren Verwandten, Bekannten und Nachbarn nach optischen oder charakterlichen Doppelgängern aus Gogols groteskem Roman *Die toten Seelen* suchen. Bei der monatlichen Zusammenkunft mussten die Schüler ihre Ergebnisse präsentieren und am Ende verraten, um welchen Prototyp es sich handelte. »Dieser Mistkerl namens Pljuschkin ist genauso geizig und hässlich wie mein Opa!« Die Schüler amüsierten sich, ihre Eltern nicht. Sie beschwerten sich schriftlich bei der städtischen Schulbehörde. Josiks Schulleiter erteilte ihm den »allerstrengsten Verweis« und trug die Strafe in seine Personalakte ein. Er drohte Josik mit Entlassung, sollte er seine antipädagogischen Methoden jemals wieder anwenden.

Noch konnte niemand erraten, was das neugeborene Jahr bringen würde. Denn Josik zeigte keinerlei Anzeichen, sich in das Schicksal des linientreuen Lehrers zu ergeben. Tschechows Kaschtanka, die er noch am Morgen in einem Straßenköter erkannt hatte, mochte die Vorbotin seines nächsten literarischen Opfers sein. Allerdings konnte es ebenso gut Turgenew treffen, dessen vom Unglück verfolgte Mumu Josik angeblich einen Monat zuvor mit Tscheburek gefüttert hatte.

12

Die müde Türklingel keuchte zum ersten Mal im neugeborenen Jahr.

»Tut mir leid«, sagte Josik verblüfft und ließ den Fremden herein, »wir haben kein Väterchen Frost bestellt.« Es war ein hünenhafter Mann im roten Gewand, mit dickem Wattebart, Hirtenstab, hoher Mütze und einer sehr roten Nase. »Das Kind, das hier wohnt, ist dafür noch zu klein.«

»Wo hab ich dich schon mal gesehen, Kumpel Zweikäsehoch? Du kommst mir bekannt vor. Ob du ein Väterchen Frost bestellt hast, ist mir egal.« Der Atem des Raufbolds wog Zentner von Schnaps. »Ich befolge allerhöchste Befehle. Ihr seid meine letzte Wohnung für heute.«

»Wessen Befehle?«, fragte Josik.

»Wessen Befehle, wessen Befehle, Puschkins Befehle! Glotz nicht, lass mich rein und gib mir meinen zwölften Kognak. Warte, erst musst du hier unterschreiben. Dr. Chef kontrolliert morgen, ob ich meine Pflicht erfüllt hab.«

Väterchen Frost reichte Josik ein fast vollgekritzeltes Schulheft.

Helden-von-Stalingrad-Straße 10.
– Wohnung 1: geklingelt, gratuliert, Im Walde ist ein Tannenbaum geboren *gesungen, zwei Gläser Selbstgebrannten getrunken.*

– *Wohnung 2: geklingelt, gratuliert, Puschkin vorgetragen, drei Gläser Portwein.*
– *Wohnung 3: drei Wodka,* Moskauer Nächte.

Die ersten Einträge verrieten die souveräne Hand eines Schülers der Mittelstufe, doch die folgenden wurden immer abstruser. Die Wohnungsnummer von Familie Winter war schon in Keilschrift gehackt.

»Wo hab ich dich gesehen, Langnase? Ich kenn dich doch! Schenk mir ein Schlückchen ein, während ich deine Sippe beglückwünsche.«

Der Hüne schob Josik beiseite und torkelte ins Wohnzimmer.

»Euer Väterchen Frost ist da! Und bringt euch viele Geschenke!«, rief er laut wie ein Blasorchester. »Für Dr. Chef, dreimal quer, zweimal kreuz, musste ich meinen ganzen Silvesterbonus für beschissene Kekse ausgeben. Jetzt sind sie alle, jetzt gebt ihr mir was zu essen.«

Väterchen Frost schnappte sich ein Kaviarhäppchen und kippte ein Glas Kognak hinterher.

Sonka fand den neuen Gast spannend und trippelte auf ihn zu.

»Na, kleines Hosenscheißerchen? Kannst du ein Gedicht aufsagen? Kekse hab ich keine mehr, aber ich geb dir eine von meinen Fluppen.«

Väterchen Frosts trüber Stierblick wanderte durch den Raum und stolperte über Ritas Gesicht.

»Heeeheee, hoppla, Amerika-Australia! So sieht man sich wieder in einer Nacht voller Sterne. Hast zugenommen, tut mir leid, aber es stimmt. Gut, dass Dr. Chef mich hergeschickt hat. Wie ich sehe, bist du eine ganz gewöhnliche Eheschlampe geworden.«

Rita schaute weg und drückte sich zitternd in die Sofapolster.

»Sag bloß, du hast einen Kerl abgekriegt, noch dazu so einen Riesen!«

Oma Manja stand auf. »Raus aus meinem anständigen Haus!«, sagte sie klar und deutlich.

»Puschkin sei Dank, dass ich damals nicht reingefallen bin auf deine jüdischen Tricks«, fuhr Väterchen Frost unbeirrt fort. »Mein Vater war der berühmte Erbauer des Staudamms. Er hat den »Orden der Sowjetischen Arbeit« getragen. Ohne ihn gäbe es gar keinen Damm. In meinen Adern fließt außergewöhnliches Blut – eine Jüdin zu heiraten, hätte meinen Stammbaum versaut!«

Josiks kurzsichtige Augen blinzelten hilflos. Wowik drückte Großmutter Sheilas Hand. Ein triumphierendes Lächeln erschien auf ihrem Gesicht. Alkas Ohren spitzten sich in höchster Anspannung unter dem Stachelhaarschopf.

»Sogar Väterchen Frost segnet uns mit seiner Anwesenheit in dieser bedeutsamen Nacht?«, warf Opa Salomon ein.

Swetka lachte los. »Hau ab, Hackfresse, oder ich sag Dr. Chef morgen, dass er dich feuern soll.«

»Hure kreuz, Hure quer, ich wusste gar nicht, dass unsere Lieblingsschlampen auch da sind! Eine Nacht ist das …«, röhrte Väterchen Frost. Der Tannenbaum neigte sich bedrohlich.

Mark stand leise auf. Väterchen Frost war groß, doch sein Scheitel reichte Mark nur bis zu den Augenbrauen. Mit der linken Hand, exakt und schnell, fing Mark den Tannenbaum auf. Mit der rechten packte er den Eindringling am schmutzigweißen Fellkragen. Als sei der Mann nicht schwerer als ein Stuhl, warf er ihn aus der Wohnung und schloss die Tür.

»Die Dreistigkeit der Betrunkenen heutzutage«, kommentierte Oma Manja trocken.

»Die lästige Bürde der Vergangenheit«, sagte Großmutter Sheila und strich über die Brustabnäher ihres braunen Kleides.

Rita starrte Mark an wie verzaubert. Ihr Mund stand halb offen, ihr Kleid war aufgeknöpft, ihre Schlüsselbeine sprachen aus, was die Lippen nicht durften. Ein Schwarzes Meer des Verlangens erhob sich vom schlafenden Meeresgrund, unerfüllbar, aber dafür umso entschlossener. Quallenschwärme nesselten Ritas Busen und würgten sie sanft mit salzigen Algen. Zum ersten Mal in ihrem Leben war ein Mann mehr für sie gewesen als nur ein Gentleman. Letzteres kannte sie auswendig von Josik, der immer höflich war in seiner langweiligen Rittermanier. Doch nie zuvor hatte ein Mann aus der Spitzenliga für sie einen echten Wildschweinkeiler erlegt – eine Heldentat, wie sie sonst nur in Büchern vorkam. Ihr gefiel auch nicht, dass Josik nicht verstanden hatte, wer der Eindringling war, und somit die einmalige Chance verpasste, die Ehre seiner Frau vor allen anderen zu verteidigen und dadurch sein Ansehen in der Familie zu stärken.

Zu spät – er hatte die Gunst seiner Dame verloren, für immer.

13

Oma Manja öffnete den Hahn des Samowars. Als satter, heiterer Kupferstrahl sprudelte der Tee in weiße, goldrandige Tassen aus beinahe durchsichtigem Porzellan – noch eine Kriegsbeute aus Deutschland. Die Tassen waren Oma Manjas Stolz und Manie, denn ihr zweiter Mann hatte auch sie den weiten Weg von Berlin heil nach Hause gebracht, in Fußlappen gewickelt. Es waren ihrer zwölf gewesen, doch mittlerweile – oh, die vermeintliche Sicherheit des Küchenschranks! – waren es nur noch zehn. Wer den doppelten Teetassenmord verübt hatte, war nicht schwer zu erraten. Servierte man Tee zu festlichen Anlässen, musste Josik aus einer Aluminiumtasse trinken, damit nicht noch mehr Schaden entstand. Er unterwarf sich dieser lebenslangen Strafe, ohne jemals die Wahrheit über den Tod einer Porzellanschönheit zu erwähnen, den Oma Manjas eigener Ellbogen verursacht hatte.

»Aua! Mein Zahnfleisch blutet«, jammerte Swetka.

Rita gab Sonka nichts von Oma Manjas Kuchen. Sie wusste, dass ihre Mutter beim Knacken der Walnüsse für die Kuchencreme geflissentlich die Schalenreste übersah, jene bösen, winzigen Dreieckssplitter, die schon einiges Zahnfleisch traktiert und viele Prothesen zerstört hatten.

Neben dem Kuchen stand einladend die Schachtel Pralinen, die Alka aus Moskau mitgebracht hatte: Schwanenmilch, gefüllt mit Cremelikör, jede Praline einzeln in Goldfolie gewickelt. Es glitzerte und raschelte, als Sonka die Pralinen auszog, eine nach der anderen. Das Kind versteckte sich unter dem Tisch und biss mit all seinen acht Zähnen in die Schokolade. Der Geschmack erinnerte an Muttermilch. Sonka brachte Rita bettelnderweise immer noch dazu, für sie ihre Bluse zu öffnen, vorausgesetzt, Oma Manja war nicht in Sicht. Doch noch nie hatte Sonkas Gaumen ein solch kitzelndes Aroma geschmeckt. Es war so köstlich wie die Bartstoppeln ihres Vaters an Sonkas Hals, sogar aufregender. Sonka fühlte sich stark wie Mark und drall wie Rita, sogar noch viel hübscher. Mit einem Mal wusste sie, dass sie für immer genug hatte von der faden Biomilch aus der Brust. Sie flüchtete ins Schlafzimmer und steckte eine tropfende Hälfte Schwanenmilch unter den Teppich, damit sie dort Wurzeln schlug und zu einem Busch wuchs, groß wie der Kronleuchter über dem Bett. Autsch, wie ihr Po brannte! Oma Manja hatte sie sofort entdeckt.

»Wenn du noch eine isst, musst du sterben«, sprach sie dem Kind klar und deutlich ins Ohr.

14

Rasieren musste sich Josik höchstens einmal pro Woche. Seine Gene waren extrem geizig gewesen bei der Zuteilung von Testosteron. In Zap tratschte man nicht über Intimes, doch Rita wünschte sich eine Freundin, der sie verraten konnte, dass Josiks Körper so gut wie unbehaart war. Auf Josiks Kopf sah es anders aus: Der dort wachsende kastanienbraune Schopf tanzte Boogie-Woogie, hielt nie still. Er türmte sich auch gern zu Widderhörnern auf. Oder er boxte in Josiks Augen. Einzelne Haare klebten an seinen Lippen.

Mitten beim Teetrinken begannen Josiks Augenlider, zwanghaft zu zwinkern. Dies war das Zeichen für Josik, dass er sich mitteilen musste. Er wusste, dass er damit vielleicht das Fest ruinierte, doch er konnte nicht anders. Er machte den Mund auf, schloss ihn wieder, öffnete ihn erneut. Er hustete, als müsse er seinen Mut aus der Tiefe des schmalen Brustkorbs hissen. Mit dem Teelöffel klimperte er schließlich in seinem Aluminiumpott und stieß dabei versehentlich mit seinem Heuschreckenellbogen an Ritas Untertasse.

»Ich habe mir zur Begrüßung des neuen Jahres etwas Besonderes überlegt«, sprach er unter den Blicken seiner Verwandtschaft, deren Ausdruck von Großpapa Salomons freundlicher Geistesabwesenheit bis hin zu Oma Manjas ätzendem Sarkasmus reichte. »Unsere alljährliche, festliche Samowarrunde und meine große Schwäche für Tee haben mich zu einem Gedicht über dieses herrliche Getränk inspiriert. Ich widme meine Zeilen dem soeben angebrochenen neuen Jahr, mit den besten Wünschen für alle Anwesenden.«

Josik errötete, stand auf und zog sein abgewetztes Notizbuch aus der Hosentasche. Die knittrige Seite zitterte in seiner Hand. Er trug vor:

»Ganz Russland, das himmlische, labt sich
am heißen Tee, von Zucker so süß.
Über den Erdball der Teedrache düst,
will sieden im Herz grauer Biester.
Verbrüht ist der Himmel vom Tee,
selbst die Katzen zischen verdrießter.

Zwischen Euphrates und Tigris,
zwischen den Schenkeln von Osiris und Isis,
Verschluckte die Asche die Tassen und Siebe.
Tee, heiß mit Liebe, ein Göttertrank.
Om! Rekcuz tim eet reßieh – Küchenschrank.«

Josiks Gedicht erhielt keinen Applaus, erntete aber nicht wenig Kopfschütteln und Kichern. Großmutter Sheila durchlitt eine komplexe subkutane Abfolge von Stimmungen. Da war die alte Wunde der Scham über den Erstgeborenen, die bei jeder neuen Tölpelei von ihm wieder aufriss. Da war die über persönliche Gefühle hinausreichende Pflicht, den Sohn so anzunehmen, wie er war, gefolgt von der alten Gewohnheit, ihn zu verteidigen. Und schließlich war da Großmutter Sheilas selbstgefälliger Gleichmut, für den sie sich im Geiste einen Orden verlieh.

»Josik, du weißt doch genau, dass Puschkin das alles schon für dich erledigt hat«, brach Oma Manja das Schweigen. »Wann gibst du endlich zu, dass du kein Talent hast? Hör auf mit dem Unsinn und fang lieber an, auf die wirklich wichtigen Dinge zu achten, wie ein richtiger Mann. Dieser schöne Buchara-Teppich zum Beispiel muss dringend im Schnee geklopft werden. Der Teppich bettelt um Aufmerksamkeit, aber Seine Majestät ist mit Versen beschäftigt. Mein seliger Abram Osipowitsch hat ein Vermögen für diesen Teppich bezahlt! Zum Glück hat er dich nicht mehr kennengelernt. Er hätte mich für meine Gutmütigkeit umgebracht.«

»Immer schön langsam, wenn Sie von Begabungen sprechen«, meldete sich Oma Stubenrein. »Manch einer in diesem Raum fehlen sogar Ehre und Anstand, von Talent ganz zu schweigen.«

»Also, mir hat in dem Gedicht die Stelle *zwischen den Schenkeln* gefallen. Ich finde, das klang sehr begabt«, warf Swetka gutmütig ein.

»Dass eine Krankenschwester, die kaum lesen und schreiben kann, sich über Verse auslässt, ist schon erstaunlich«, bemerkte Alka. »Und was dein sogenanntes Gedicht angeht, Josik: Es ist eine ungeschickte Nachahmung des kapitalistischen Dichterstils namens Absurder Surrealismus, alles andere als anständig. Was zum Beispiel meinst du mit dem Kauderwelsch am Ende?«

»Das nennt man Palindrom, Lady«, sagte Mark. »Von hinten nach vorn gelesen ergibt es ›heißer Tee mit Zucker‹.«

»Hat Nabokov Sie das gelehrt?«

»Nein, es waren die flüsternden Abwässer.«

»Euphrates-Schmeuphrates!«, spottete Wowik. Seine Zunge drängte darauf, das Gedicht des Bruders noch persönlicher zu kommentieren, doch er durfte Großmutter Sheila nicht ärgern.

Rita sagte nichts, stieß aber einen erleichterten Seufzer aus. Offenbar würde sich Josik im neuen Jahr auf seine Gedichte konzentrieren, und das war in jedem Fall harmloser als die Klassiker. Man konnte sicher sein, dass er so anständig war, seine Schüler nicht mit der eigenen Poesie zu behelligen.

Großpapa Salomon aß sein Stück Neujahrskuchen auf. Er hatte die Diskussion verpasst, vertieft in diffuse Betrachtungen.

»Schmeckt gar nicht übel, liebe Schwägerin«, sagte er nun, als hätte ihn jemand nach seiner Meinung über den Kuchen gefragt. »Aber ich muss immerzu an die Backkunst meiner Mutter denken. Ihre Sahnetörtchen waren die besten. Sie nannte sie ›Kackhäufchen‹. Das Rezept hatte sie von meinem Vater, dem weltweit besten amerikanischen Ingenieur von Staudämmen.«

Großmutter Sheila rollte mit den Augen. Zu viel war zu viel! Sie erinnerte sich an ihre verstorbene Schwiegermutter Rosa, eine fette, ungebildete, jiddische Putzfrau, die sich vor allem fürchtete und nie genug Russisch gelernt hatte, um sich zu verständigen. Salomon sah seiner Mutter nicht im Geringsten ähnlich. Seine helle Haut und die Kornblumenaugen, unvermutet in einem jüdischen Gesicht, hatten es der jungen Großmutter Sheila vor langer Zeit sehr angetan.

Großpapa Salomon wiederholte für sein Leben gern die senilen Lügen der alten Rosa, die seine Geburt als Bastard rechtfertigen sollten. Ihr Sohn, der »beste Ingenieur der Welt«, war angeblich, man stelle sich vor, halb Amerikaner! Bislang hatte Salomon diesen Unsinn nur in der Vertrautheit des heimischen Schlafzimmers von sich gegeben. Dass er nun anfing, ihn auch öffentlich zu verbreiten, war eine beunruhigende Entwicklung der Dinge. Oma Stubenrein zog Großpapa Salomons Ohr an ihre Lippen und wisperte scharf: »Ist dein ältester Sohn nicht genug? Musst du deine kranken Fantasien auf feindlichem Terrain ausplaudern und deine Familie noch mehr dem Gespött aussetzen? Halt deine Klappe, Salomon, sonst verweise ich dich der Tafel.«

Großpapa verstummte. Er lächelte jedoch unbeirrt weiter und füllte seinen Dessertteller mit Nachschlag. Zwei Kellen Oliviersalat. Weder Oma Manja noch Rita hatten den Salat weggeräumt; Väterchen Frosts brachialer Auftritt hatte sie zu sehr durcheinandergebracht.

Mark saß eingezwängt auf dem engen Sofa zwischen Swetka und der Wand. Seine langen Beine waren eingeschlafen. Es war an der Zeit für ihn, das Bad aufzusuchen, obwohl man sich einen solchen Mann nur schwer im Zusammenhang mit Miktion vorstellen konnte. Mit dem Zeigefinger stupste er Swetka sanft an. Swetka bauschte ihr blondes Haar, hob das schöne Fleisch ihrer Hüften und Waden und dehnte es längs des Sofas, um Mark Platz zu machen. Ihr Minirock störte kaum bei dieser Balz. Im Vorbeigehen berührte Marks Jeansknie ihre Chiffonzehen. Er flüsterte ihr etwas ins Ohr, woraufhin sie begeistert nickte.

»Schluss jetzt mit den unsittlichen Verrenkungen, junge Frau! Schenken Sie mir lieber Tee nach«, verlangte Großmutter Sheila und reichte Swetka die Tasse. Swetka nahm die Großmutter ins Visier. Anstatt die Tasse unter den Strahl des heißen Samowars zu halten, stellte sie sie resolut auf den Tisch.

»Den ganzen Abend hab ich versucht, mich zu erinnern«, verkündete sie, »aber die Party hat mich abgelenkt. Jetzt weiß ich, woher ich Sie kenne. Man hat Sie letztes Jahr aus der Kinderklinik gefeuert, wegen eines Behandlungsfehlers. Sie haben einem Jungen mit Husten eine Pferdedosis Penizillin gespritzt, und was danach passiert ist, war keine *Lappalalie*!«

»Was verstehst *du* denn von Medizin, geschminkte Muh-Kuh?«, zischte Wowik.

»Es heißt ›Lappalie‹, Fräulein«, sagte Großmutter Sheila kalt. Sie hüstelte und stützte sich auf Wowiks Schulter, um aufzustehen.

»Na, na, Swetotschka, wo sind denn deine Manieren?«, sagte Oma Manja. Ihre Rubine strahlten siegreich. »Sheila Aaronowna«, wandte sie sich mit Zuckerlächeln an Oma Stubenrein, »ist ein kleiner Ausrutscher jugendlichen Benehmens schon Grund genug für Sie zu gehen, mitten in unserer Festtagsfreude? Hören Sie nicht auf das Mädchen, sie ist betrunken und hat Sie bestimmt mit jemandem verwechselt.«

Doch Josiks Familie brach unwiederbringlich auf, auch Großpapa Salomon, dem man einen unmissverständlichen Schubs gegeben hatte. Verwundert erhob er sich und folgte den Seinen.

»Aber der Neujahrskuchen … bitte, Mama, du hast ihn nicht aufgegessen!«, flehte Josik. Großmutter Sheila versengte ihn mit einem enterbenden Blick. Josik stolperte ihr nach in den Flur. Zeitungspapier raschelte nervös, Großmutters Astrachanmantel plumpste zu Boden. Es folgte ein Moment gedämpfter Aufregung, nur Josiks klagende Vokale und Wowiks boshafte Zischlaute waren zu hören.

Mark fühlte sich nicht verpflichtet, den Verwandten zu folgen. »Ich komme mit dem Taxi nach«, rief er Großmutter Sheila zu und ging ins Bad, eine Sekunde bevor die Wohnungstür zukrachte.

Josik kehrte in die Wohnstube zurück. Er schüttelte den Kopf, sein liebes Gesicht war gramerfüllt. »Swetka, du hast mich von Kopf bis Fuß beschämt.«

»Ach Quatsch, ich hab's ja nicht so gemeint. Außerdem darf man ja wohl noch die Wahrheit sagen.«

15

Mark öffnete eine Packung Marlboro und winkte Josik in die Küche. Josik rauchte nur, wenn er trank, und jetzt war es höchste Zeit für eine Zigarette. Er hatte Swetkas Verleumdung keinen Moment geglaubt, doch ein giftiger Nachgeschmack war geblieben, den er mit einer Dosis Nikotin loswerden wollte. Großmutter Sheila hatte ihn nie mit Liebe verwöhnt, doch Josik respektierte seine Mutter und dachte nie unfreundlich von ihr. Er wünschte jedoch, dass sie einander näher wären. Vor langer Zeit hatte sich die Mutter zurückgezogen in einen fernen Orbit, mit ihrem jüngeren Sohn als treuem Satellit. Josik war nicht eifersüchtig auf Wowik. Er betrachtete ihn als eine andere Spezies, unvereinbar mit ihm auf der geistigen Ebene und im Verhalten.

In der Hoffnung auf eine Marlboro erhob sich Alka aus ihrem Sessel. Sie hatte sich beigebracht zu rauchen, ohne zu husten, während Rita nicht einmal das beherrschte. Doch mit seiner naturgegebenen sanften Autorität, begleitet von einem beredten Zungenschnalzer, gab Mark den Frauen zu verstehen, dass sie in der Küche unerwünscht waren. Er schloss die Tür und zündete erst Josiks, dann seine eigene Zigarette mit einem Zippo-Feuerzeug an.

»Bezahlst du das als ewiger Student von deinem Stipendium?«, fragte Josik und inhalierte den teuren Marlboro-Rauch.

»Von Stipendien zu leben, ist schlechter Stil«, erwiderte Mark. »Wir Odessiten wissen, wie man zu Geld kommt. Von allen Leuten in diesem Land sind wir die westlichsten. Aber wir sind keine modernen Europäer, auch wenn wir so tun.«

»Du bist hier geboren und solltest so leben, wie es zu diesem Land passt«, sagte Josik mit plötzlichem Ernst. »Aber deine sklavische Gier nach dem kapitalistischen *way of life* ist so groß, dass du dein Vaterland im Stich lassen willst. Bist du wenigstens verliebt in deine Braut?«

»Ja, das bin ich, und zu dieser Liebe gehören mein Koffer, ein Buch und mein amerikanisches Visum.«

»Welches Buch?«

»Ach, egal, eins, das du nicht kennst.«

Josik bemühte sich, nicht beleidigt zu sein von Marks Hochnäsigkeit. Er musste seiner patriotischen Pflicht nachkommen, und das verschaffte ihm einen seltenen Genuss.

»Was, wenn deine Braut dich verlässt? Dann bist du allein im bösen Westen«, beharrte er. »Mark, ach, Mark! Willst du wirklich auswandern? Wir werden hier schon bald im kommunistischen Paradies leben. Es steht in allen Zeitungen und in den Sternen. In spätestens zehn Jahren ist es so weit.«

»Josik, mach mal die Augen auf! Das Monster namens Sowjetunion pfeift aus dem letzten Loch. Schau dir Breschnew an, er weiß schon nicht mehr, wie er heißt. In zehn Jahren werdet ihr hungern wie die Kirchenmäuse und euch noch immer dieselben Lügen anhören. Ihr werdet eure Leber verfluchen, weil ihr so dumm wart.«

»Aber wieso glaubst du denn, dass Amerika dich mit einem Silbertablett voller Dollars empfängt?«, legte Josik nach. »Jene Welt ist gefährlich und gleichgültig. Sogar die Farben sind wider die Natur. Ich habe in der *Literaturzeitung* gelesen, dass Sowjetbürger in amerikanischen Lebensmittelgeschäften ohnmächtig werden. Die Abertausenden von grellbunten Plastikflaschen sind Gift für die Augen!«

»›Jene Welt‹ lässt mich tun, was ich will. Sie gibt mir eine Chance. Hier darf ich nur so tun, als ob ich schlechte Kläranlagen plane, aus denen jeden zweiten Tag Scheiße quillt. In diesem ganzen Land quillt überall Scheiße hervor, in gesunden, natürlichen Farben.«

»Unser Land ist nicht schuld, dass du deine Berufung nicht findest. Im Übrigen muss eine wahre Berufung nicht gleichzeitig die bezahlte Arbeit sein, die man verrichtet. Herzenswunsch und Bürgerpflicht sind zwei verschiedene Dinge. Ich zum Beispiel habe meine Berufung gefunden – obwohl ich nicht so dreist bin zu sagen, dass meine Gedichte gedruckt werden sollten. Aber ich weiß auch, dass die Kinder von Zap einen Mittler brauchen, jemanden, der ihnen die Schatzkammer ihrer heimischen Literatur aufschließt. Das ist meine Bürgerpflicht und zudem eine Ehre. Mir reicht es, dass *sie* mich von ihren Gräbern aus wärmen: Tolstoi, der Gigant; Gogol, der König des Schalks; Dostojewski, der Zerreißer der Herzen; der filigrane Anton Tschechow und Puschkin, *mein Gott Puschkin!* Er brennt so heiß, dass ich an ihm verglühe.«

Mark streifte einen hübschen Zylinder silberner Asche in ein leeres Marmeladenglas.

»Übrigens«, sagte er, »sind ein paar von *ihnen* auch auf der anderen Seite des Ozeans: der toxische Elfenkönig Nabokov, um weiter in Metaphern zu sprechen, und Brodsky. Die können mich ›in jener Welt‹ auch wärmen. Und ich lerne sie vielleicht sogar kennen.«

»Nein, Mark«, bestritt Josik. Seine glutschwere Asche fiel auf den Tisch, zwischen die Brotkrümel. »›In jener Welt‹ regiert das kalte, lispelnde Brüllen der falschen Zunge. Deine literarischen Idole sind alle verdorben. Sie wurden der schwarzen Heimaterde entrissen und sanken hinab in die zweitklassige englische Sprache, die nur an den Krücken ihrer Präpositionen gehen kann. Ich habe *The Voice of America* im Radio gehört, es klang so fremd. Und

Brodsky wurde wegen Schmarotzertums angeklagt und ausgebürgert, er kann nicht gut sein.«

»Hat Shakespeare etwa auf Russisch geschrieben?«

»Nein, das nicht«, gab Josik zu. Sein letzter Zug an der Marlboro fraß sich in den rötlichen Filter. »Aber sage mir trotzdem: Wie willst du überleben ohne den zarten Flieder der russischen Deklinationen, ohne die glitzernde Spule der Konjugationen, ohne den prachtvollen Chinchillapelz der Zischlaute?«

»Om«, sagte Mark leise. »Musst du immer Poesie scheißen, anstatt zu reden? Lass uns zurückkehren zu deiner ersten, durchaus vernünftigen Frage. Du wolltest wissen, weshalb ich so angenehm lebe.« Er gestikulierte bedeutungsvoll mit seinem Zippo-Feuerzeug und zündete sich eine neue Zigarette an, um ein neues, wichtiges Gesprächsthema zu beginnen.

»Es gibt da etwas Gutes, dass mein sowjetisches Ich dir gern vererben möchte, bevor es abreist. Immerhin dienst du ja so eifrig der Heimat.«

»Meinst du deine *Bibliothek der Abenteuer*?«, fragte Josik hoffnungsvoll.

»Es ist etwas, von dem du dir hundert Bibliotheken und tausend Abenteuer kaufen kannst. Ich will, dass du meine illegale Jeansfabrik in Odessa übernimmst.«

»Wie bitte? Mark, oh Mark, wie kannst du es wagen!«

»Sei still und hör zu. Alles ist gut organisiert und läuft wie geschmiert. Du musst nicht viel tun. Es ist leicht verdientes Geld. Du musst nur ein bisschen die Produktion überwachen, ansonsten kannst du dich hinhocken und deine albernen Gedichte schreiben, kilometerweise sogar. Mein Vater will das Geschäft nicht übernehmen. Ich verstehe ihn, er ist zu alt für innovative Unternehmungen, und er ist der beste Schneider Odessas. Er verdient genug. Du aber brauchst Geld wie die Luft zum Atmen, du musst eine Familie ernähren.«

»Niemals, Mark, hörst du? Ich werde mich niemals auf unredliche, zwielichtige Weise betätigen. Nicht für eine Million Rubel!«

»Josik, hast du nie bemerkt, dass deine Frau das Zeug zu einer Romy Schneider hat? Kein Wunder, dass Tante Sheila mir damals verboten hat, zu eurer Hochzeit zu kommen. Siehst du nicht, wie sie sich nach *Stil* sehnt in dieser armseligen Stadt? Schau dir das Kleid an, das sie heute Nacht trägt. Selbst genäht, aber so liebenswert ehrgeizig! Verdient sie kein Kleid von Halston, keinen BH von Aubade? Du musst ihre Bedürfnisse befriedigen, sonst lässt sie dich sitzen. Denk daran, du siehst nicht gerade aus wie Clint Eastwood.«

»Rita ist vollauf zufrieden. Sie gehört nicht zu den Frauen, die sich von Firlefanz blenden lassen. Wir besuchen in jeder Spielzeit das Gogol-Theater, und ich lese ihr jeden Tag grandiose russische Klassiker vor. Was will sie denn mehr?«

»Du hast wirklich keine Augen für sie. Hinter ihren rundlichen Formen steckt eine Gazelle, von Kopf bis Fuß frustriert und hungrig, nicht zuletzt zwischen den Schenkeln. Glaub mir, ich sehe so was.«

Josik wurde rot und sprang auf. »Du gehst zu weit, Mark! Das lasse ich mir nicht gefallen. Hör auf, mich zu quälen.«

»Schon gut, Cousin, ich wollte dich nicht beleidigen. Ich wünsche dir ja nur das Beste. Aber lass mich dir die simplen Mechanismen des Jeanshandels erklären. Danach entscheidest du selbst.«

Josik setzte sich wieder. Mit niedergeschlagenen Augen zupfte er noch eine Marlboro aus der Schachtel seines Cousins. Seine linke Hand hing kraftlos auf der Tischkante, ungeachtet der Brotkrümel, die ins Handgelenk stachen.

»Also, merk es dir gut.« Spielerisch aber bestimmt berührte Mark mit dem rechten Zeigefinger Josiks linke Fingerspitze. Michelangelos Gott erweckte Adam zum Leben. Josik spürte die anmaßende Arroganz dieser Geste, beschloss jedoch, sie zu ignorieren, um seiner eigenen Ehre nicht noch mehr zu schaden. Vielleicht war die Geste auch nicht so gemeint. Auf jeden Fall enthüllte ihm Mark Ungeheuerlichkeiten.

»Der Jeansstoff kommt aus Moldawien«, sagte der weltmännische Odessit. »Die Reißverschlüsse, Knöpfe und Nieten bringen Matrosen aus dem Ausland mit. Die modischen Schnitte sind aus dem Sears-Katalog. Meine Näherinnen leisten Qualitätsarbeit. Sie nähen pro Tag hundert Jeans. Einmal habe ich einen Test gemacht. Ich habe meinem Großeinkäufer aus Moskau eine echte Levi's neben eine von meinen Mädchen gelegt. Er dachte, ihre sei echt und die originale Levi's gefälscht. Ja, meine Mädchen sind besser als die neurotischen Fabrikarbeiterinnen aus Oklahoma.«

»Und wie viel kostet eine deiner teuren Fälschungen?«

»Zweihundert Rubel.«

»Mehr als mein Monatsgehalt«, sagte Josik entmutigt.

»Der *jeunesse dorée*, den Kindern der Parteibonzen, verkaufe ich sie für vierhundert. Ich bin ein ziemlicher Robin Hood – die Reichen bezahlen das Doppelte.«

»Wie außerordentlich edel von dir«, grinste Josik. »Aber wieso sitzt du nicht längst im Gefängnis?«

»Ich lege nicht alle Eier ins selbe Körbchen. Meine Fabrik hat verschiedene Zweigstellen. Die erste schneidet zu, die zweite näht, die dritte bringt die Nieten und Label an, die vierte verpackt. Erst dann holt ein Zwischenhändler die fertige Ware ab und verkauft sie im ganzen Land. Wenn mich die Miliz ab und zu schnappt, konfisziert sie nur die Jeans, um sie dann selbst zu verkaufen.«

Josiks Gesicht wurde streng. Da es jedoch von Natur aus weich war, konnte es diesen Ausdruck nicht aufrechterhalten. Josik konnte nie lange wütend oder nachtragend sein. Sein Geist streikte, ihm fehlten die Worte, die stark genug gewesen wären, um seine Meinung über die kriminellen Machenschaften des Cousins auszudrücken. Marks Bericht beschämte ihn so, dass ihm schlecht wurde. Er bewirkte aber auch etwas Unerwartetes. Josiks ewiger Neid auf den genialen Cousin wurde hinweggefegt. Nun waren sie einander ebenbürtig, denn Marks moralische Makel machten all seine unerreichbaren Vorzüge zunichte.

Ein ganzes Jahrzehnt lang, seit er sechs Jahre alt war, hatte Josik regelmäßige Einblicke in das Leben des Mark Knoblauch erhalten. Immer im Juni unterzog Großmutter Sheila die Köpfe ihrer Söhne einer frischen, hygienischen Rasur und packte die Koffer randvoll für den Schnellzug 95 nach Odessa. Am Gleis winkte ihnen Großpapa Salomon begeistert nach, nicht im Geringsten beleidigt, dass man ihn wie jeden Sommer kategorisch zurückließ.

Onkel Dods Familie bewohnte zwei Zimmer einer riesigen Gemeinschaftswohnung in einer alten Villa, deren architektonischer Stil in Zap völlig unbekannt war. Äonen von Stuck schälten sich als schuppiger Schorf von den Wänden. Zwei Karyatiden in knappen Togen stützten den Portikus. Oma Stubenrein, deren Kopf bis zu den Hüften der Statuen reichte, betrat brüsk die Vorhalle, stieg die Wendeltreppe nach oben und drückte heftig die Klingel: das Signal für den Beginn einer zweimonatigen Belagerung. Mark öffnete die Tür, blendend aussehend mit seiner glänzenden Fülle dunkler, kastanienbrauner Haare. »Das ist ein Mekka für Läuse! Deine Eltern ziehen einen Hippie groß«, pflegte Großmutter Sheila zu sagen, um dann unerwartet zärtlich durch die Mähne des Neffen zu strubbeln.

Familie Knoblauch trug die Bürde der drei zusätzlichen Esser gut gelaunt und ohne Klagen. Großmutter Sheila und Wowik schliefen auf der Ausziehcouch. Josik durfte in Marks Bett schlafen, während Mark auf die Luftmatratze am Boden umzog.

Tagsüber war Großmutter Sheila gewöhnlich unterwegs, begleitet von Wowik, entweder am Strand oder in ambulanten Kureinrichtungen, wo sie ihre ohnehin tadellose Gesundheit stärkte. Josik ließ sie in der Obhut von Vera, der lieben Tante mit den Hängeohren. Trotz der Gerüchte über Veras zweifelhafte Vergangenheit hielt Großmutter Sheila große Stücke auf sie – nicht weil Vera sie freundlich behandelte, sondern weil sie der »echten Ärztin in der Familie« mit ehrfürchtigem Respekt schmeichelte.

Onkel Dod hatte zu den jüngsten Helden des Zweiten Weltkriegs gehört und besaß eine Sammlung von Medaillen und Orden. Er huldigte dem Andenken an seinen Vater Aaron, der wohl Schneider gewesen und im Jahr 1932 an Typhus gestorben war. »Er nähte Maßanzüge für Genosse Gott«, war Onkel Dods Lieblingsspruch. Großmutter Sheila glaubte das nicht so recht; sie war erst zwei gewesen, als man sie und den Bruder ins jüdische Waisenhaus brachte. Es kam ihr jedoch gelegen, dass Dod auch Schneider wurde. Er nähte ihr jeden Sommer ein neues Kleid, absolut kostenlos natürlich.

Marks Pony war so lang, dass er die Hälfte seines makellosen Gesichts stilvoll verhängte und die angeberische Art rechtfertigte, mit der Mark seinen Kopf schief legte, um sich die Haare aus den Augen zu halten. Nicht nur Marks Aussehen, auch seine Besitztümer befeuerten Josiks Neid: eine Schachtel voller Murmeln, eine Spielzeugeisenbahn, ein sprechender Wellensittich … und später ein Notizbuch voller Telefonnummern von Mädchen, das Mark nicht brauchte, weil die Mädchen immer ihn anriefen.

Mark war freimütig und bescheiden wie ein Prinz, der glaubte, alle anderen Jungen lebten auch so wie er. Mit sechs ermutigte er den scheuen Josik freundlich, mit seinem Spielzeug zu spielen. Mit sechzehn bot er Josik die Nummern der Mädchen an. Josik schrieb sie sich ab, wagte aber nicht, auch nur eine Einzige anzurufen. Bei seinem ersten Date war er schon vierundzwanzig, und das Mädchen war Rita.

Mark besaß jedoch einen Schatz, auf den sich Josik begierig stürzte: die *Bibliothek der Abenteuer* in zwanzig Bänden, eine Sonderausgabe, teuer und rar. Großmutter Sheila sah nicht ein, weshalb sie Wucherpreise bezahlen sollte für einen Stapel staubfängerischen Altpapiers, also verschlang Josik in jedem Odessa-Sommer zwei Romane. Er wollte Mark einholen, der die *Bibliothek* das ganze Jahr über für sich hatte. In den Winternächten von Zap träumte er von den kostbaren Buchrücken, die in der rosa Villa an der Gogol-Straße noch auf seine Berührung warteten: die scharlachroten *Drei Musketiere*, die wollweißen *Erinnerungen an Sherlock Holmes*, der silberne *Quentin Durward*, die maulwurfsgraue *König Salomos Schatzkammer*, der zinnoberrote *Robinson Crusoe*, die violetten *Abenteuer des Tom Sawyer*. Doch insgeheim ahnte Josik, dass die Rollen, die Mark ihm beim Spielen zuteilen würde, unvermeidlich die von Watson, Friday und Becky Thatcher sein würden.

Mit sechzehn hatte Josik die *Bibliothek der Abenteuer* ausgelesen. Mit siebzehn endeten auch seine Besuche in Odessa. Im Sommer darauf stieg Großmutter Sheila nur noch mit Wowik in den Zug, weil Josik, wie sie erklärte, nun eine Erwachsenenfahrkarte brauchte. Diese Bürde war für die Familienkasse entschieden zu hoch.

Josik litt unter schweren Entzugserscheinungen. Weil es keine anderen Abenteuerromane in russischer Übersetzung gab, musste er Ersatz suchen. Einheimische Klassiker fand man an jeder Straßenecke, und so begann er, Puschkin zu verschlingen, gefolgt von Tolstoi, gefolgt von Dostojewski. Allmählich lernte er die Abenteuer der russischen Seele zu schätzen, und seine Erinnerungen an Defoe und Conan Doyle verblassten. Bald darauf fing er an, Gedichte zu schreiben.

Um stets von Büchern umgeben zu sein, wollte er Bibliothekar werden. Großmutter Sheila fegte diese Torheit beiseite. Bibliothekar, das war ein Job für faule Frauen. Junge jüdische Männer ohne besondere Begabung hingegen sandte man üblicherweise ans Pädagogische Institut von Zap.

Mark, müheloser Bestschüler, schockierte die Familie, als er sich an der verachtenswerten Fakultät für Abwässer an Odessas Polytechnikum einschrieb. Josik schrieb er, ihm sei höhere Bildung egal. Hemingway habe keine gehabt und Mark Twain auch nicht. Mark würde trotzdem zur Uni gehen, um die Eltern nicht zu enttäuschen, doch für das Erreichen seiner Lebensziele sei das vollkommen unwichtig. Was diese Lebensziele waren, verriet er nicht, doch selbst im freiwilligen Abstieg auf eine niedere Bildungsstufe schien er erstklassig und überlegen.

Als Josik seine fünfte Marlboro in dieser Nacht ausdrückte, schlug sein Herz schneller, und seine Augen strahlten. Der Cousin war endgültig herabgesunken – zum Gangster. Er war nicht länger Josiks Rivale, er würde nicht einmal sein jämmerliches Studium abschließen.

Dank seines moralischen Sieges über Mark dachte Josik mit neuer Inbrunst an ein wundersames, noch säuglingsfrisches Geheimnis, das ihm im fatalen Verlauf des Abends vorübergehend entfallen war. Eine Enthüllung hatte ihn erst kürzlich von Grund auf verwandelt und seinem Leben neuen Sinn eingehaucht. Am Morgen, als er auf Alkas Ankunft gewartet hatte, hatte ihn diese Enthüllung sogar immun gemacht gegen die Kälte. Jetzt brannte sie ihm wieder voll ins Bewusstsein, verteilte sich im ganzen Körper und versetzte ihn in Entzückung. Er war in Hochstimmung. Er wusste, dass er platzen würde, wenn er das Geheimnis für sich behielt. So ungern er es auch teilte: Es gab nur einen Menschen auf der Welt, dem er es anvertrauen konnte. Er musste die Gelegenheit nutzen.

»Selbst wenn ich so abgebrüht wäre wie du«, sagte er nach einer wohlüberlegten Pause zu Mark, »würde ich für dein grässliches Geschäft meine Schüler nicht im Stich lassen. Ohne mich werden sie die Literatur vollkommen vergessen. Ihre Bildung wird vor die Hunde gehen. Aber es gibt noch einen anderen, *nobleren* Grund, weshalb ich nicht tun kann, worum du mich bittest. Versprich mir, dass du keinem davon erzählst. Sonst denken sie, ich bin übergeschnappt.«

»Du benimmst dich schon, als ob du es wärst«, sagte Mark.

»Einen Moment!« Josik stolzierte aus der Küche. Um ein Haar stieß er Oma Manja um, deren linker Ohrring erpicht an der Tür lauschte.

»Nimm Rücksicht auf eine alte Frau!«, kreischte sie. »Er ist verrückt geworden«, grummelte sie bei sich, »was für eine Geschäftsofferte … und der Zwerg lehnt ab!« Sie konnte nicht weiter unbemerkt lauschen und war zum Rückzug ins Wohnzimmer gezwungen. Sie würde *shtum* bleiben über das Gehörte, bis sie herausfand, ob es für sie von persönlichem Interesse sein könnte.

16

Mit dem vierten Band der *Gesammelten Werke* Alexander Sergejewitsch Puschkins kehrte Josik in die Küche zurück. Mark legte den Kopf schief, wie er es als Teenager getan hatte, obwohl sein Pony nun kurz war. Er faltete sittsam die Hände und deutete ein Lächeln an. Ob diese Angeberei à la Mona Lisa Absicht war, interessierte Josik nicht mehr. Eine neue Überheblichkeit überzog die schlanke Demut seiner Miene.

»Hör mir gut zu, Cousin Mark. Du brauchst vielleicht Mumm für deine kriminellen Manöver. Mein Beruf jedoch erfordert eine andere Art von Mut, von unschätzbar höherem Kaliber. Du stanzt Nieten, ich säe Kultur. Du schneidest Stoffmuster, ich forme Charakter. Du steppst mit Maschinen, mein Saum ist von Hand genäht. Du vergötterst die Mode, ich huldige der Ewigkeit. Du pinnst Label auf Hosentaschen, ich drücke jugendlichen Köpfen den heißen Stempel meiner Werte auf. Das ist mühsam. Die jungen grauen Zellen widersetzen sich wie ungezähmte Mustangs. Zum Glück habe ich meine eigene Methode entwickelt, neuartig und nicht immer vom Direktor geschätzt. Nein, ich züchtige die Schüler nicht auf dem Amboss des Gehorsams. Meine Herangehensweise ist feiner. Auf den ersten Blick denkt man vielleicht, die Schüler hätten keine Achtung vor mir. Sie werfen mir Papierkugeln ins Gesicht, spannen ein Seil zwischen den Bänken, damit ich stolpere und stürze, kleben mir Zettel mit dem Spitznamen

»Nachttopf« auf den Rücken. Aber ich nehme mir das nicht zu Herzen. Ich bin mir allzeit meines Bildungsauftrags bewusst: Ich muss den Schülern die Handlungsstränge der klassischen Literatur in die Matrizen ihres Seins weben, muss ihnen den edlen Faltenwurf des russischen Literaturgenius ins Knochenmark drücken und auch den letzten Schwachkopf erleuchten. Du wirst nie verstehen, was Anna Karenina fühlte, wenn du dich nicht selbst unter den Zug wirfst. Du kannst nichts für Turgenews Gerassim empfinden, wenn du nicht deinen geliebten Hund ertränkst. Dein Herz kann nicht mit Dostojewski schlagen, wenn du nicht in Handschellen nach Sibirien läufst. Natürlich kann ich meinen Schülern die Dinge nicht so lebensecht darbieten. Doch mit geschickten Aufgabenstellungen komme ich der Sache nahe. Im März zum Beispiel wird die achte Klasse wieder Puschkin lesen. Sie haben den Namen schon seit der ersten Klasse satt bis obenhin. Ich werde mich anstrengen müssen, um ihr Interesse neu zu wecken.«

»Sollen sie etwa sein letztes Duell mit geladenen Pistolen nachspielen?« Mark hob die rechte Braue und blies einen schmucken Rauchkringel aus.

»Warte ab, du Zyniker. Das Wichtigste kommt noch, und ich halte alle Trümpfe in meiner Hand. Jedermann weiß, dass der junge Puschkin auf seinem Weg nach Odessa im Jahr 1820 durch Zap kam. Er hielt an einer Herberge, die einem Juden gehörte. Es war Sommersonnenwende und sehr heiß, deshalb ging Puschkin im Dnjepr schwimmen. Beim Auskleiden verlor er einen Türkisring im Sand. Er gab seinem linkischen Diener die Schuld. Der Ring war ihm teuer, er war das Geschenk der Gräfin Woronzowa, seiner Herzensdame zu jener Zeit. Wenn ihn kein Schatzgräber gefunden hat, wurde er wohl mittlerweile in den Fluss gespült. Durch tobende Sturzfluten schwamm Puschkin bis zum schrecklichen Vielfraßfelsen und tanzte nackt auf der Klippe. Er zeigte seine dunkle Haut, erschreckte zwei betrunkene Kosaken am Ufer, die ihn für den Teufel hielten. Beim Abendessen sagte ihm eine Zigeunerin die Zukunft voraus. Am Abend wurde er krank. Anstatt eine Nacht auf der Durchreise blieb er drei Wochen lang in der Herberge, im Fieberdelirium! In Briefen an seine Freunde deutete er an, die jüdische Wirtin habe sich seine Krankheit nicht nur zu Herzen genommen, sondern ihn mit ihrem ganzen Leib zu kurieren versucht.«

»Aha, ein Geschichtsporno.« Marks Mona-Lisa-Lächeln wurde breit wie das der Grinsekatze. Doch Josik ließ sich nicht verunsichern.

»Zuerst wollte ich einen Schwimmwettbewerb zum Vielfraßfels und wieder zurück veranstalten. Aber im Winter ist es dafür zu kalt. Dann kam mir die Idee mit der Schatzsuche. Ich will einen Blechring mit einem blauen Plastikstein am Ufer des Dnjepr verstecken. Der Schüler, der ihn findet, bekommt ein ›Ausgezeichnet‹ in russischer Literatur auf sein Zeugnis, ungeachtet der schulischen Leistung. Diese hervorragende Idee hatte in mir bereits Gestalt angenommen, und trotzdem ging ich ins Heimatmuseum, um vielleicht noch mehr Anregungen zu finden. Ich betrachtete die Exponate aus dem neunzehnten Jahrhundert, als ein steinalter jüdischer Museumswärter auf mich zukam. ›Liebes jüdisches Jünglein‹, sagte er, ›bistu der erste Mensch in fuffzig Joren, der kommt von ganz allein un nisht als Teil einer Pflicht-Exkursion für eine Kolchos-Brigade. Auch klingstu nit wi a Traktorist.‹ Ich erzählte dem netten alten Herrn alles über mich und die Gründe für meinen Besuch. ›Es is dein Glückstag‹, sagte der Wärter. ›Ikh hob was Sheynes, di is gewesen in der Abstellkammer, un war verbotn vile Jorzentn, verbotn auszustelln, weil es wirft unappetitliches Licht auf den Vater der russischen Poesie. Jetzt hot der Kulturkomittee mir befoln, es zu farbrennen. Aber ikh bin zu alt, zu bezoln Gehorsam. So wi ikh es ins Feuer werfen kann, so kann es auch in deiner Tasche sein, far mir – alles gleikh.‹«

Josik vermochte die Maske der Eitelkeit nicht länger zu tragen. Seine braunen Augen wurden feucht, und mit einem kindlichen Grübchen im Mundwinkel bekam seine unpassende Arroganz einen Sprung und flutschte weg. Aus Band vier nahm er ein bleiches, fleddriges Blatt Papier mit fransigen Rändern. Der Schreiber hatte sich die Zeit mit Zeichnen vertrieben und Notizen in die Margen gekritzelt: ein nackter Mann auf einer Klippe, eine Vollbusige mit Haarnetz im langen, taillierten Kleid, eine Zigeunerin mitten im Tanz, zwei erschrockene Kosaken, zwei unleserliche Schnörkel. *Frankreichs Grab, das blut'ge Waterloo!*, mit forsch aufgedrückter Feder, und dann, zum Ende der Seite hin, mit immer schwächer werdender Hand: *Schöne Jüdin … Schöne Rosa … Dein Schleienschlitz so wohlig eng …*

Triumphierend schwenkte Josik das Blatt vor Marks Nase. »Unter tausend Handschriften würde ich diese heiligen Schnörkel erkennen! Ich habe im Stadtarchiv recherchiert. Zu jener Zeit gab es in Zap nur eine einzige Herberge. Rate mal, wem sie gehörte? Nahum *Knoblauch*. Seine Frau hieß Rosa, sie hatten dreizehn Kinder, und der jüngste Sohn wurde neun Monate nach Puschkins Ankunft geboren. Man braucht keinen IQ von zweihundert, um zwei und zwei zusammenzuzählen. *Mark, wir sind Nachfahren von Puschkin*, du und ich, Mutter und Onkel Dod!«

»Nun, es ist ja nicht neu, dass Puschkin im ganzen russischen Reich uneheliche Kinder gezeugt hat. Und selbst wenn er unsere Urahnin geschwängert hat – wie kannst du sicher sein, dass wir von ihrem jüngstem Spross abstammen?«

»Mein Herz fühlt es, und nur die Wahrheit des Herzens zählt! Ich will aber gar nicht weiter angeben damit«, sprach Josik. »Ich will nur, dass du zur Vernunft kommst, dein amerikanisches Visum wegwirfst und nach Zap ziehst. Mensch, Mark! Meine

Schule sucht gerade einen Physiklehrer! Du hast genug Physik gelernt an deiner Fakultät für Abwässer. Wir werden junge Seelen erziehen! Wir, zwei stolze Erben des großen Geistes, verbunden durch unser wunderbares Geheimnis.«

Von Josiks Hochmut war nichts mehr übrig. Seine Stimme klang sanft, flehend, lyrisch. Seine Augen waren geschlossen, die Finger huschten entlang der Tischkante wie die eines Pianisten. Sie spielten unhörbar Chopin. Mark zuckte gleichgültig die Achseln. Er ließ sich nicht dazu herab, auf Josiks Vorschlag zu antworten.

»Mach nicht den Fehler und lass das Blatt in dem Buch vor sich hin marinieren wie eine Gurke im Glas«, riet er nüchtern. »Zuerst musst du herausfinden, ob es gefälscht ist. Ich kenne Leute in Moskau, die dir dabei helfen können. Falls es echt ist, verkaufst du es an einen Auktionator auf dem Schwarzmarkt und verdienst eine hübsche Summe. Ob wir von Puschkin abstammen oder nicht, macht dabei keinen Unterschied.«

»Nein, du widerlicher, hartgesottener Mark! Nein, nein und nochmals nein! Das Schriftstück bleibt hier, als Zeugnis und Talisman. Halte davon, was du willst, aber ich bin von jetzt an ein anderer Mensch. Mein Leben ist reicher und besser, denn ich weiß: Ich bin gesegnet. *Er* steckt in *meinen* Genen! Das erhabene, wenn auch verdünnte Blut Puschkins fließt in *meinen* Adern!«

»Ich glaube, dein Leben wäre reicher und besser, wenn du zur Abwechslung mal deinen Arsch segnest – mit einer guten Jeans«, erwiderte Mark. Er zerknüllte die leere Zigarettenschachtel und warf sie aus dem halb geöffneten Fenster.

17

Während die Küche von männlicher Offenheit qualmte, kräuselten sich im Wohnzimmer hochtrabende Reden. Zu fortgeschrittener Stunde wurden im fein gesiebten Licht des Kronleuchters immer dreistere Lügengeschichten gesponnen.

»Männer verweigern den Damen die Zigaretten! Männer schließen die Damen vom Gespräch aus! Was für mittelalterliche Bräuche! Solches Benehmen wäre in Moskau undenkbar!«, meckerte Alka.

»An den Bräuchen der Männer ist gar nichts verkehrt«, konterte Oma Manja. »Mark erteilt unserem Josik vielleicht ein paar geheime Ratschläge in Sachen Manneskraft. Gib ruhig zu, Allotschka, dass der Ärger aus dir spricht. Kein Wunder bei so einem verdrießlichen Fehlschlag, mit dem dreißigsten Lebensjahr dicht auf den Fersen. Aber ich an deiner Stelle wäre erleichtert. Ich wollte es dir nicht sagen, aber Mark hat den Ruf eines schlimmen Schürzenjägers.«

»Wenn du das wusstest, wieso hast du die beiden dann zusammengebracht?«, fragte Rita.

»Was?! *Mich* mit Mark verkuppeln? *Mich*, mit einem schlecht gebildeten Schlappohr-Provinzler?« Alka gab sich alle Mühe, eine angewiderte Miene zu machen. »Und überhaupt – wusstest du nicht, Tante Manja, dass ich verlobt bin?«, platzte sie plötzlich heraus.

»Verlobt? Deine Mutter ruft mich völlig aufgelöst an, ›Manja, tu was, rette unsere Allotschka vor dem Tod als alte Jungfer!‹ Und ich suche und suche, und natürlich sind alle guten Männer vergeben, und dann schlucke ich meinen Stolz und frage die widerwärtige Sheila nach ihrem Neffen.« Oma Manjas Rubine zitterten vor Zorn. »Ich habe wohl das Recht zu erfahren, wer der Glückliche ist!«

»Ähm … ähm … er ist Botschafter …« Alka kratzte nervöse Lackflöckchen von ihren vanilleschotigen Fingernägeln. »… der Botschafter des King-Kongo!«

Das Wohnzimmer stürzte sich in wildes Gelächter. Sonka erwachte von ihrem Schlummer auf dem Buchara-Teppich und brach in verwirrte Tränen aus, doch niemand beachtete sie. Oma Manjas Butterbrüste wogten. Die Tulpen und Mohnblumen auf ihrem Kleid schüttelten die Blütenblätter und flatterten beinahe aus der Seide. Die heftig wiehernde Swetka verstreute ihre vanillegelbe Mähne über den gesamten Sofarücken. Nur Rita erstickte ihr eigenes kleines Kichern im Keim, aus Mitleid mit der bewunderten Cousine, die noch immer so steif im Sessel hockte wie zu Beginn des Abends.

»Seien Sie mir nicht böse, Manja Chaimowna, aber warum teilt ihr Juden die besten Bissen immer nur mit Euresgleichen?«, erlaubte sich Swetka zu fragen. »Sie könnten Mark ja auch mir überlassen, als Hilfe für eine arme Geschiedene, wo er doch den Moskauer Hering nicht will oder der Moskauer Hering ihn nicht, oder was auch immer euer jüdisches Drama ist.«

»Sei *du* mir nicht böse, Swetotschka, aber eine Schachtel teuren Konfekts hat armen Leuten noch nie geholfen. Was die Armen wirklich brauchen, ist grobe Wurst«, erwiderte Oma Manja.

»Warum war Mark nicht auf meiner Hochzeit?«, fragte Rita.

»Das war der einzige Punkt, in dem Sheila und ich uns je einig gewesen sind«, sagte Oma Manja. »Er hätte dich unnötig abgelenkt.«

»Könnte er das nicht auch jetzt, in unserer Wohnung?«

»Als veheiratete Frau ist es dein Problem, wenn du dich ablenken lässt. Sogar mir ist Mark nicht gleichgültig, aber aus einem anderen Grund. Ich muss immer daran denken, dass seine Ohren perfekt wären, wenn ich seine Mutter wäre. Wisst ihr, dass mir genau das bestimmt war?«

Mit einem Ruck stand Oma Manja von ihrem Stuhl auf. Sie fasste mit beiden Hände in ihre Frisur und zog alle Haarnadeln heraus. Zwei braun gefärbte Zöpfe, fette Boas, fielen herab. Oma Manja zupfte wild an ihnen herum, bis sich die haarigen Eingeweide öffneten und ihren Körper mit einem dichten, knielangen Mantel bedeckten.

»Das nenne ich *Haar*! Nicht die blonden Daunen, die du so stolz auf meinem Sofa verteilst, Swetotschka, oder deine verrückten roten Stacheln, Allotschka, durch die kein Kamm kommt. Und nun stellt euch mich mit zwanzig vor. Ich war das schönste Mädchen von Odessa, sogar ich bin dieser Meinung.« Oma Manja nahm das gesamte Wohnzimmer ein: ein Gesicht von Kokoschka auf einem Körper von Rubens.

»In den ersten Jahren im jüdischen Waisenhaus verbrachte ich viel Zeit damit, der Heulsuse Sheila das nächtliche Rufen nach Mama abzugewöhnen. Außerdem schlug ich sie, wenn sie meine Puppe anfasste.«

»Du hast *meine* ersten Jahre damit verbracht, mich zu schlagen, wenn ich diese Puppe nehmen wollte«, beklagte sich Rita.

»Eigene Tochter oder nicht, man muss immer gerecht sein. Du warst nie brav genug, um mit der Puppe spielen zu dürfen. Sie war ein Geschenk von meiner Mutter, und diese war eine außergewöhnliche Frau, eine echte Herzogin und eine Schönheit dazu. Ich erinnere mich noch an den Glanz ihres sonnigen Haares. Wie sie mich vergötterte! Sie kleidete mich wie eine Prinzessin, wusch und kämmte mein Haar. Ich bekam kein einziges Mal Läuse, trotz des furchtbaren Baustellendrecks am Damm, wo wir wohnten. Mutter sprach nur Französisch und Englisch mit mir. Ich beherrschte diese Sprachen im Schlaf. Mein Vater, Gott lasse ihn ruhen, war explosiv wie ein Streichholz. Aber Mutter, oh, immer sanft und besonnen. Sie starben beide am selben Tag bei einem schrecklichen Unfall, die Ärmsten, erfasst von einem frischen Betonschwall.« Oma Manja glaubte fest an ihre Geschichte. Die Lauge der Jahrzehnte hatte ihre ätzende Kindheit zu den zärtlichen Salztröpfchen neutralisiert, die sie sich nun aus den Augen wischte.

»Ich habe aus deinem Mund noch nie ein Wort in einer Fremdsprache gehört«, bemerkte Alka.

»Sch-sch, Allotschka! Im Waisenhaus hättest du sogar deinen eigenen Namen vergessen, ganz zu schweigen von Fremdsprachen! An deiner Stelle wäre ich ohnehin lieber still. Ohne mich gäbe es dich nämlich gar nicht. Deinen Vater, damals ein kleiner Knirps, hätten die hungrigen Waisenkinder aufgefressen, wenn ich nicht Tag und Nacht auf ihn aufgepasst hätte.«

»Mutter, Vater, Mutter, Vater!«, spottete Swetka. »Warum seid ihr Juden so verrückt nach denen? Meine Alte hat Beton gegossen, und wenn sie das nicht machte, hat sie mich verdroschen. Und mein Vater ... ach, ich hatte jeden Monat einen neuen.«

»Weißt du, Swetotschka, ich will mit dir gar nicht über dieses ›ihr Juden‹ streiten. Denn obwohl ich von Mutters Seite eine Mischung aus verschiedenen Adelsgeblüten bin, keineswegs jüdisch und auch kaum russisch als vielmehr königlich-englisch-französisch, trage ich die Bürde der väterlichen Katz-Seite, ohne zu murren. In meiner Person hat mein Vater, obwohl er ein Schustersohn war, den Stammbaum meiner Mutter nicht verdorben, sondern verfeinert. Schaut mich an! Und nimm's mir nicht übel, Swetotschka, aber jedes russische Weib hätte dich mit jedem beliebigen Säufer zeugen können. Dein Gesicht ist vom Fließband, hübsch, von der Stange. Deshalb machst du dir nichts aus deinen

Eltern, während ein *maßgeschneiderter* Mensch seine Erzeuger respektiert.«

»Sie sind so eine ungerechte Frau, Manja Chaimowna«, schmollte Swetka. »Ich bin nett zu Ihnen, frage Sie höflich, und Sie beleidigen mich. Pfui! Wollen Sie etwa andeuten, dass ihr Juden alle etwas Besonderes seid?«

»Ganz genau. Juden bringen nur Juwele zur Welt – mögen es schöne oder hässliche sein, geistreiche oder stumpfsinnige. Du wirst nie einen Juden mit einem anderen Juden verwechseln. Sogar unser Josik ist ein exzentrischer Solitär, und Sheila ist einmalig mies. Wenn ich bloß daran denke, dass dieselben Eltern meinen Dod hervorgebracht haben … Oh, die unergründlichen Wege des Schicksals!«

»Marks Vater gehört plötzlich dir? Mutter, diese Geschichte ist neu.«

»Nun, ich habe mir auch nicht immer etwas aus Dod gemacht. Er war zwei Jahre jünger als ich, ein dürrer Wurm, der mir gerade mal bis zum Kinn reichte, während ich mit vierzehn schon herrliche Kurven und die ersten Verehrer besaß – alles platonisch, egal, was die Leute dachten. Im Jahr 1941, als ich meine Ausbildung zur Musiklehrerin anfing, wohnte ich noch im Waisenhaus. Dod war gerade fertig mit der Schule. Der Sommer kam, und plötzlich schoss er in die Höhe. Er wurde eins achtzig groß und sein Brustkorb breit wie ein Fass. Seine Zuneigung zu mir wuchs zu wilder Liebe, nein, zur Besessenheit. Aus dem Blumenbeet des Waisenhauses riss er sämtliche Rosen, schlich sich in den Mädchenschlafsaal und streute sie auf mein Bett. Unsere Erzieherin Selda Sinowjewna sperrte ihn dafür eine Woche lang in den Karzer. Dod nutzte die Zeit, um Liebesgedichte zu lernen. Er überflutete mich mit Puschkin – ›*so komm mit mir ins Zwiebelmeer, mit Seide süß wie Marzipan*‹ – und ich erhörte ihn! Im romantischen Sinn, nicht im fleischlichen. Zur Sommersonnenwende spazierten wir auf der Deribasowskaja, und es gab keinen einzigen Baum, unter dem er mich nicht geküsst hätte. Natürlich wollte er *es*, doch ich sagte ihm, erst müssten wir heiraten. Unter einer Platane fragte er mich, ob ich seine Frau werden will. Die Lautsprecher verkündeten gerade den Krieg. Dod band mir seinen Schnürsenkel um den Ringfinger, und wir rannten zum Standesamt, um uns anzumelden für die Hochzeit im Juli.

Im Waisenhaus war schon Sperrstunde, doch Dod wollte nicht ohne mich sein. Er stellte sich unter das Fenster des Mädchenschlafsaals und machte bittende Gesten. Ich sollte ihm meine Brüste zeigen. Nur ganz kurz. Nur eine Brust. ›Warte nur, ich zeige dir mehr‹, flüsterte ich. Ich zog mich nackt aus unter der Bettdecke und löste meine Zöpfe wie jetzt. Dann stellte ich mich für den Geliebten ans Fenster, nackt im Mondlicht, in den Schutzmantel meiner Haare gehüllt. Er war wütend, weil ich ihn neckte, denn er konnte keinen Zentimeter nacktes Fleisch sehen. Und dann wachte die scheußliche Sheila auf und sah meine Kleider zusammengeknüllt auf dem Bett und mich, wie ich am Fenster stand und ihr Bruder sich leidenschaftlich verzehrte. Sie glaubte, ich würde ihrem Bruder *alles* von mir zeigen. Gleich am nächsten Morgen verpetzte sie uns bei Selda Sinowjewna. Der Schnürsenkelring, den ich trug, machte die Sache noch schlimmer.

›Jetzt schlägt die Stunde zur Verteidigung der Heimat, Dod Knoblauch, nicht zum Verhätscheln einer Ehefrau‹, sagte die alte Schlange. Sie stellte uns vor die Wahl: Entweder ich ging wegen Hurerei ins Gefängnis, oder Dod meldete sich an die Front. Natürlich kam ich nicht ins Gefängnis, und er wurde binnen einer Woche eingezogen. Zwei Wochen später wurde unser Waisenhaus nach Nowosibirsk evakuiert, sodass Dod und ich jeden Kontakt zueinander verloren. Doch die sibirische Kälte fror ihn ebenso wenig aus meiner Seele, wie sie meinen Hass auf die Verräterin Sheila abkühlte. Vier lange Kriegsjahre schafften das nicht. Eines Nachts jedoch schaffte ich es beinahe, die Teufelin mit einem Kissen zu ersticken. Aber sie schrie so laut, dass Selda dazwischenging, und so landetet ich in der Nervenklinik.

Die Ärzte verschrieben mir Arbeitstherapie. Ich musste Wassereimer vom Fluss Ob schleppen, genug, um die Klinik und das Waisenhaus zu ertränken. Einmal im Jahr 1945 verzweifelte ich vor Kummer. Ich stellte mir Dod vor: von einer Bombe zerrissen, von einem Panzer zerquetscht. Ich wollte im Wasser sterben und hätte es auch geschafft, doch Doktor Goldberg fischte mich an meinen Haaren aus dem Eisloch. Ich war das hübscheste Mädchen von Nowosibirsk und verdiente es, gerettet zu werden. In seiner Baracke goss mir Doktor Goldberg eine Tasse mit Selbstgebranntem ein, um mich zu wärmen. Auf dem Gasherd schmolz er ein Löffelchen Zucker für mich – ein köstlicher Leckerbissen unter der Bettdecke.«

»War das die Bettdecke, unter der du mich empfangen hast?«, fragte Rita.

»Falls du meine Tugend anzweifelst: Du kannst beruhigt sein, wir haben am nächsten Tag geheiratet. Aber mein armer Doktor starb sehr bald an der Schwindsucht. Er hinterließ mir dich als Geschenk, Ritotschka.«

»Wie spannend, du hast den Typen befördert«, hielt Rita dagegen. »Als du die Geschichte das letzte Mal erzählt hast, war er ein Krankenpfleger, der dich im Jahr darauf sitzenließ.«

»Halt den Mund, Rita, sonst widmen wir uns den Details *deines* vorehelichen Daseins«, zischte Oma Manja. »Du lebst in Saus und Braus, bist eine verwöhnte Närrin und hast keine Ahnung, was ich durchgemacht habe als schöne, hungernde Witwe mit einem Säugling im Schlepp. Der Krieg ging vorbei wie ein schlechter Traum, aber du bist geblieben, für immer. Oh, wie ohrenbetäubend du gewimmert hast im Güterzug nach Südwesten!

Und was sah ich als Allerserstes daheim, auf der Deribasowskaja? Dod! Quicklebendig und stattlich wie immer, die Brust steif von Orden. An seinem linken Arm klebte ein junges Weibsbild mit Schlappohren, und auf dem rechten Arm trug er einen kleinen Sohn! Ganz Odessa kannte das Weibsstück; sie kellnerte in der Hafenkantine. Es hieß, sie sei mit vielen ausländischen Matrosen *sehr vertraut*. Mein armer Dod, ich wette, er war nicht sicher, ob Mark wirklich von ihm ist. Ich versteckte mich hinter einer Platane und drückte Rita an meine Brust. Pfundschwere Tränen brannten mir in den Augen. Ich drehte mich auf dem Absatz um und kaufte eine Fahrkarte nach Zap. Es schien mir ein guter Plan, mich in der Stadt meiner Kindheit niederzulassen, und so war es auch. Ich habe mein Schicksal bei den Hörnern gepackt. Wie ihr alle wisst, wurde ich eine bekannte Klavierlehrerin und heiratete den guten Abram Osipowitsch, einen Kriegshelden nicht schlechter als Dod. Gott sei Dank hat er nicht mehr erlebt, welche Entscheidungen seine Stieftochter traf. Er hätte uns beide umgebracht.«

Das mörderische Temperament ihres verstorbenes Ehemannes übertrieb Oma Manja am liebsten. Als legendärer Panzerschütze hatte Abram Osipowitsch in der gesamten Ukraine ganze Bataillone von Deutschen niedergemäht. Doch im Nachkriegsleben war er nicht gewalttätiger gewesen als eine Kommode. Den schweigsamen beleibten Fagottspieler mit der Beinprothese hätte es nicht gestört, wenn Rita eine Fußballmannschaft oder eine Elefantenherde geheiratet hätte. Zwanzig Jahre nach Kriegsende schaffte es Abram Osipowitsch, ein weiteres Mal unsterblich zu werden. Er vollführte einen Staatsstreich auf dem Gebiet der Musik, indem er die Partitur von Schostakowitschs *Leningrader Sinfonie* änderte. Der Dirigent des Philharmonischen Orchesters von Zap gab wie immer das Zeichen zum Einsatz des Fagotts, doch stattdessen hörte er eine Basstrommel. Angeführt von seinem Holzbein plumpste die Körpermasse des Abram Osipowitsch auf die Bühnenbretter. Mit diesem Ereignis endete das Konzert, und Oma Manjas zweite Witwenschaft nahm ihren Anfang.

»Jawohl, ich wurde aus Liebe zur Märtyrerin, aber ich habe niemals gesündigt.« Oma Manja drehte ihren Kopf, damit die jungen Frauen ihre kühn gebogene, durch die Prüfungen des Lebens besänftigte Nase betrachten konnten. »Und ich bedaure zutiefst, dass es mir nicht gelungen ist, meine hohen moralischen Prinzipien an Rita weiterzugeben. Ich bin schuld an ihrem mangelnden Selbstwertgefühl, schuld an den Fehlern, die sie gemacht hat.«

»Es ist dir gelungen, mich als Menschen auszulöschen! Du redest über mich in der dritten Person, als wäre ich gar nicht hier!« Rita brach in Tränen aus und rannte ins Bad. Swetka und Alka wussten nicht, wie sie reagieren sollten. Sie taten beide, als wäre nichts passiert. Lautes Schluchzen und Naseputzen beeindruckten Oma Manja nur wenig.

»Achtet nicht auf Rita. Ihr Gemüt ist schon viel ruhiger geworden. Eheleben und Fortpflanzung haben ihr gutgetan. Aber ihr hättet sie vor zwei Jahren sehen sollen! Überreif und gereizt saß sie an der Bibliotheksinformation. Der Wurm der Vergangenheit nagte an ihr. Ich war drauf und dran, mich einzuschalten und ihr einen geeigneten Gatten zu suchen. Doch dann erzählte sie mir, dass sie mit einem jungen jüdischen Lehrer ausging: ein glühender Bücherfreund mit dem eleganten Namen Winter. Als er uns besuchte, brachte er mir einen Strauß Rosen und machte, trotz seines Aussehens, einen angenehmen Eindruck auf mich. Mit Ritas Karten konnte man ohnehin nicht mehr wählerisch sein.«

»Aber welchen schrecklichen Fehler hat Rita gemacht?« Alka klang äußerst gespannt und erfreut über Ritas Demütigung.

»Das, liebe Nichte, muss, fürchte ich, ein Geheimnis bleiben.«

»Und warum redest du die ganze Zeit davon?«

»Weil ein Eisberg eben eine Spitze hat.«

»Kümmere dich lieber um deine Moskauer Probleme, neugieriges Ding, und hör auf das, was ältere Leute dir sagen«, mischte sich Swetka ein. Entgegen ihrem herrischen Naturell beschützte sie Rita.

»Nenn mich nicht älter, Swetotschka«, sagte Oma Manja. »Die Jahre haben meinem Aussehen viel weniger geschadet als Sheila. Als ich Josiks Eltern einlud, um die Hochzeitsvorbereitungen zu besprechen, erkannte ich sie nicht wieder: erschreckend fett und ganz grau auf dem Kopf. Ich merkte auch noch nichts, als sie ihren Vornamen nannte. Salomon und sie hatten sich in Nowosibirsk kennengelernt und dort kurz nach dem Krieg geheiratet. Dann kamen sie nach Zap, weil er den Staudamm wiederaufbauen sollte. Das war ein Zufall, aber kein spektakulärer, denn die Welt ist klein. Doch dann prahlte sie plötzlich, sie sei Ärztin geworden, trotz ihrer bescheidenen Anfänge als Waisenkind, das um ein Haar von einer wahnsinnigen Mitwaisin ermordet worden wäre. Ich wurde misstrauisch. Zwei Stück Kuchen später zeigte sie uns ein kürzlich aufgenommenes Familienfoto mit ihrem Bruder … Was für ein Schock, wie eisiges Wasser … Dod, der leibhaftige Dod! Eine Zeitbombe. Er sah noch besser aus als früher, mit edel ergrauten Schläfen. Seine verwelkte Frau erkannte ich nur an den Hängeohren. Aber mein Gott, was für ein Sohn! … Das war zu viel für mich. Ich schrie: ›Rotzschnute!‹, den Spitznamen, den ich Sheila im Waisenhaus verpasst hatte. Sie erstarrte für einen Moment, nicht länger. Sie wusste, wie man die Fassung bewahrt. Salomon merkte nichts. Sheila verkündete, die Vergangenheit sei nicht mehr zu ändern, und als weise Eltern, denen das Glück ihrer zweitbesten Kinder am Herzen liegt, müssten wir unseren Streit begraben. Es verstand sich von selbst, dass Dod Knoblauch und die Seinen nicht eingeladen wurden zur Hochzeit und auch nicht erfuhren, mit wem Sheila von nun an verwandt war.«

»Ohne Arztkittel hab ich sie heute Abend nicht erkannt«, sagte Swetka. »Aber je mehr Sie von ihr erzählen, Manja Chaimowna, desto überzeugter bin ich, dass Doktor Esaw-Yantz alles richtig gemacht hat, als er sie reinlegte.«

Bei der zweiten Erwähnung des Doktor Esaw-Yantz fühlte Alka eine Mischung aus Ekel und Neugier.

»Warum hat er sie reingelegt?«, fragte sie scheinbar beiläufig.

»Weil sie, Moskauer Haken, seiner wissenschaftlichen Arbeit im Weg stand. Doktor Esaw-Yantz glaubt, dass die sowjetischen Frauen ihren Eierstockkrebs, ihre Zysten und Fischfotzen als Strafe dafür bekommen, dass sie wie ein Klotz im Bett liegen und nie ihre *Schauer* erleben. Aber unser Arifón Armaïsowitsch liebt die Frauen und will nur das Beste für sie. Deshalb hat er beschlossen, diese Krankheiten auszurotten. Mit einer Pille. Eine Pille gegen die … wie heißt es noch … Friginität … Vaginität … Mist, ich kann mir die hochgestochenen Wörter nie merken.«

»Das heißt ›Frigidität‹, Steinzeitfrau«, korrigierte Alka.

»Na klar, Moskauer Eisjungfern kennen sich damit aus«, stimmte Swetka ihr zu. »Der Doktor hat es immer wieder probiert und schließlich eine Pille aus Zwiebeln, Cannabis und Marzipan hergestellt. Als Erstes hat er sie an Säuen aus der Balabino-Kolchose getestet. Die Biester haben sich sofort im Schlamm gewälzt, mit den Zitzen nach oben, und gegrunzt wie geile Huren. Am nächsten Tag verteilte Dr. Chef seine Pille an die Schweinehirtinnen. Er wollte sich der Wirkung versichern, bevor er Frauen aus der Stadt behandelte. Tatsächlich rannten die Weiber aus dem Schweinestall und warfen sich wahllos auf Traktorfahrer, Erntehelfer und Stallknechte. Diese Kolchos-Orgie hättet ihr sehen sollen!

Danach bestellte Doktor Esaw-Yantz das Klinikpersonal zur gynäkologischen Untersuchung. Er hatte die Pillen wie Bonbons eingewickelt. Jede Frau bekam eins nach der Untersuchung: Ärztinnen, Schwestern, Sprechstundenhilfen. Er sagte ihnen, das Medikament wirke vorbeugend gegen Gebärmutterkrebs, und fügte streng hinzu, dass die Frauen es erst abends vor dem Schlafengehen einnehmen dürften. Doch als Sheila an der Reihe war, klingelte das Telefon. Dr. Chef war für einem Moment abgelenkt. Als er sich wieder umdrehte, hatte Sheila die Pille schon gefressen. Ich schwöre euch, sie war schlimmer als die Schweinehirtinnen.

Wie eine Furie hat sie Dr. Chef durch das Behandlungszimmer gescheucht und dabei geschrien wie eine Hyäne. Den Rock hochgezogen, mit schwabbelnden Arschhälften, hat sie ihn beinahe vergewaltigt. Sämtliche Spekulums und Fläschchen sind durcheinandergeflogen. Ich spreche die reinste Wahrheit, ich schwöre bei Marx und Puschkin! Dann zitterte sie wie eine Epileptikerin, fiel zu Boden und kam zur Besinnung. Sie tat, als wäre nichts passiert, aber sie schämte sich, das konnte ich sehen.

Die ganze Woche lang standen die Klinikfrauen Schlange vor dem Zimmer von Dr. Chef. Sie wollten mehr Pillen, sie sagten, die Nebenwirkungen hätten ihre Männer umgehauen. Aber die Woche war kaum vorbei, als Dr. Chef einen ›strengen Tadel‹ von der Gesundheitsbehörde erhielt, nach dem Motto, er würde sowjetische Frauen mit einem Lustvirus vergiften. Man verbot ihm weitere Versuche mit den Schauerpillen. Komisch, aber im selben Monat bekam Sheila eine Prämie. Ich weiß das, weil die Buchhalterin meine Freundin ist. Sheila hat die Kohle bekommen, weil sie Doktor Esaw-Yantz beim Ministerium angeschwärzt hat. Das war ihr Ende. Dr. Chef und ich haben uns krummgelacht über die todtraurige Story vom Penizillin-Baby, die wir uns für die Anklage gegen sie ausgedacht haben. Sie tut mir nicht leid, sie war immer gemein zu den Schwestern.«

»Darf ich fragen, Swetotschka, wie *du* auf die Pille reagiert hast?«, erkundigte sich Oma Manja.

»Ach, Dr. Chef hat mir keine gegeben. Ich bin so heiß, dass ich sie nicht brauche. Aber alle anderen Frauen brauchen sie, und unser Doktor bemüht sich um jede einzelne, sogar um solche wie dich«, Swetka zeigte auf Alka. »Deshalb ist er nach Moskau gefahren, um auf dem Schwarzmarkt medizinische Zeitschriften aus dem Ausland zu kaufen und darin vielleicht noch wichtige Hinweise zu finden.«

Mit einem Knarren ging die Küchentür auf. In beißenden Rauch gehüllt, steuerte Mark auf die Wohnstube zu. Josik folgte ihm auf dem Fuß. Im selben Moment kam Rita aus dem Bad, halbwegs beruhigt, mit geschwollenen Augen und roter Nase, schmollend wie ein launisches Mädchen. Aus Versehen stieß sie mit Mark zusammen. Ihre Wange streifte seine Schulter. Der Odessit lächelte freundlich. Zu Ritas Glück kaschierte ihr vom Weinen rosiger Teint die schrille Farbe erregter Beschämtheit. Mitfühlend tätschelte Josik die Wange seiner Frau. Er hatte erraten, dass sich seine Schwiegermutter einen besonders boshaften Neujahrshieb nicht hatte nehmen lassen.

»Josik, Schluss mit deinen lüsternen Eskapaden! Geh zurück in die Küche!«, befahl Oma Manja. »Mädels, hinterher zum Geschirrspülen. Jaja, du auch, Allotschka, auch wenn du in Moskau wohnst.«

»Oje, es ist halb vier, und ich hab Frühschicht.« Swetka eilte zur Tür. »Danke für Fraß und Spaß, ihr seid besser als Kino!« Sie gab Oma Manja einen deplatzierten Abschiedskuss auf die Wange und lief zu ihrer Wohnung gegenüber.

18

»Wir sehen uns in zwanzig Jahren«, sagte Mark früh um vier. »Ich nehme ein Taxi zu Tante Sheila. In ein paar Stunden fahre ich nach Moskau und hole meine Verlobte ab. Amerika wartet.«

»Jawohl, wir sehen uns, wenn Sie zurückkommen in die Sowjetunion und wir Ihnen Lichtjahre voraus sind, wenn wir im Kommunismus leben und Sie sich vor Neid in die Ellbogen beißen«, rief Alka aus dem Wohnzimmer. Doch das Schloss der Wohnungstür war schon zugeschnappt, schnell und endgültig.

Alka war schrecklich verstimmt. Mark hatte sie nicht einmal nach ihrer Telefonnummer gefragt. Ihre kunstvolle Maniküre war hoffnungslos zerstört worden im Kampf mit dem Geschirr. Zum vermutlich ersten Mal in ihrem Leben hatte sie sich in einer Küche abrackern müssen. Und ein Proletarierweib hatte sie über die Maßen beleidigt.

Von der schnarchenden Oma Manja durch den Nachttisch getrennt, im Bett des verstorbenen Abram Osipowitsch, starrte Alka in die russische Übersetzung ihres Hemingway. Auf dieser Seite wurde Robert Cohn von Bretts Verlobtem Michael tyrannisiert, und das nur, weil das Flittchen Brett wie Circe sämtliche Männer in Schweine verwandelte, wenn sie mit den Augen zwinkerte. Alka fühlte Mitleid mit Cohn, Neid auf Brett und Groll gegen Michael, ohne eine kluge, wissenschaftliche Formulierung für deren Benehmen finden zu können … und bemitleidete sich schließlich selbst in Ausbrüchen salziger Inbrunst. Vor ihren pitschnassen Wimpern verschwamm die russische Hemingway-Seite zu arabesken Schnörkeln. Die Sonne würde wieder aufgehen, aber erst in mehreren Stunden. Alka stand auf und ging zum Fenster. Aus dem gefrorenen Glas kratzte sie ein sauberes Viereck und lugte mit dem linken Auge hindurch. Vom neunten Stock aus glich der Dnjepr einem eisigen Betonfeld. Nicht einmal der Mond durfte sich darin spiegeln. Genau wie Mark, ein undurchsichtiger Betrüger, ein vor Stil triefender Schuft. Bestimmt floss in ihm ausländisches Blut. Alka würde es nicht wundern, falls Marks Mutter ihn außerehelich gezeugt hatte. Von Tante Manjas Tirade mochte nur jeder vierte Satz stimmen, aber *diesen Fakt* würde Alka sich merken.

*

Sonka wälzte sich in ihrem Bettchen. Sie konnte jeden Augenblick aufwachen neben dem schnaufenden, altersschwachen Sofa der Eltern, das die Bürde der festlich gefüllten Mägen sorgenvoll registrierte. Rita drehte sich zur Wand, sodass die Couch noch ein weiteres Mal leidvoll ächzte.

»Du siehst aus wie Danaë«, flüsterte Josik und glitt mit seiner Handfläche über ihre steile Flanke. »Verzeih, dass ich dich nicht mit reicherem Goldregen beglücken konnte.«

»Am liebsten würde ich dieses verdammte Sofa zum Fenster rauswerfen«, sagte Rita plötzlich.

»Wenigstens haben wir ein ganzes Zimmer für uns«, versicherte Josik.

»Selbst wenn wir einen Palast für uns hätten, würde das nichts ändern! Wir sind auf ewig verflucht, so zu liegen, zu keuchen, zu ächzen. Ich fühle mich wie ein Ofen ohne Feuer.«

»Ein schönes Gleichnis. Das könnte ein hübscher Anfang für ein Gedicht sein.«

»Deine Gedichte sollen in der Hölle schmoren!« Ritas Tränendrüsen arbeiteten auf Hochtouren. »Warum hörst du mir nie zu? Du fummelst mit Wörtern, aber dir fällt nur *eine* einzige Art ein, um *es* zu tun? Jeder Straßenhund hat mehr Fantasie.«

»So etwas hast du noch nie gesagt.«

»Ich sage es, weil du nicht merkst, was für jeden normalen Mann längst offensichtlich ist. Es kann doch nicht schwer sein zu verstehen, was mir fehlt, wenn ein Mann, der mich zum ersten Mal sieht, genau weiß, was für Geschenke ich mag und wie er meine Ehre verteidigen muss.«

»Oh weh, dieser Mark hat schon wieder seine Finger in meiner Suppe.«

»Mit Mark hat das überhaupt nichts zu tun. Du hast ja nicht mal kapiert, wer das besoffene Väterchen Frost war: mein erster Freund, derjenige, der mich entjungfert und geschwängert hat. Ich hab bei Doktor Esaw-Yantz abgetrieben, Swetka war die OP-Schwester. Und du hast nicht mal gemerkt, dass ich keine Jungfrau mehr war.«

Josik schwieg vor Bestürzung und zog seine Hand von Danaës Hüfte. Der Neujahrswind heulte erbittert und zerbrach beinahe das Fenster. Er kratzte immer neue, schärfere Ornamente in das struppige Glas.

»Was soll ich tun, um dich glücklich zu machen, Ritotschka?«, fragte Josik schließlich.

»*Glücklich* ist ein Wort aus einer anderen Galaxie. Du wirst nicht mehr wachsen, und du wirst auch nicht mehr *größer*«, sagte Rita.

Josik bedeckte seine Augen. »Stimmt, ich fürchte, daran kann ich nichts ändern«, gab er zu.

»Das ist mir auch klar. Aber mit ein bisschen mehr Grips würdest du versuchen, deine Mängel wettzumachen, indem du mich auf andere Weise als Frau behandelst. Mir hübsche Sachen kaufst, zum Beispiel.«

»Ich wusste nicht, dass du dich nach *derartigen* Zeichen der Aufmerksamkeit sehnst.« Josiks Hand begann zu zittern.

»Natürlich kannst du dir das nicht leisten«, Rita begann den Satz in angeklagendem Ton, doch dann gewann ihr Mitleid mit dem Gatten die Oberhand. »Na ja, auch ohne Geschenke machst du mir im Grunde nichts aus. Ich kann dich sogar leiden. Ich meine nur, sei einfach … *lebendiger*! Du bist nie ganz bei mir. Eine Nacht schlafe ich mit dem toten Tschechow, in der nächsten mit dem begrabenen Puschkin.«

Josik und Sonka brachen in Tränen aus, gefolgt von der Couch. Josik stellte sich ans Fenster und hauchte ein warmes Fleckchen frei. Mit dem rechten Auge schaute er auf den graubraunen Dnjepr.

»Die stille Weite meiner Sorgen, des Dichters Feind und Schicksal«, flüsterte er. Einzig das wunderbare Geheimnis, das sich lauwarm in ihm regte, ließ ihn weiterleben.

»Worüber hast du mit Mark in der Küche geredet?«, fragte Rita plötzlich vom Sofa mit Plauderstimme, in krassem Kontrast zu jenem Abgrund, der sich nur wenige Augenblicke zuvor vor ihnen aufgetan hatte.

»Über Literatur«, antwortete Josik heiser.

19

Nur am ersten Tag des neuen Jahres darf man zwei Uhr nachmittags »Morgen« nennen. Zu genau dieser Stunde tauchte Mark wieder auf, unerwartet und unangemessen, seinem schwerwiegenden Lebewohl auf zwanzig Jahre zum Trotz. Rita fiel die Gabel aus der Hand, Alka verschluckte sich an ihrem Butterbrot. Ungekämmt und unausgeschlafen sah Mark noch verstörender aus. Scheinbar war ein üppiges Restefrühstück das Taxigeld wert. Es gab noch reichlich verrutschte Kaviarhäppchen. Der Oliviersalat schmeckte inzwischen noch besser, lieblicher, getränkt in saurer Sahne und Mayonnaise. Die Familie schlang das Essen hinunter mit dem Tee von letzter Nacht: ein dickflüssiger, berauschender Sud, bedeckt mit einer rötlichen Kruste.

Offenbar war der Fahrstuhl kaputt. Schwere Stiefelschritte erklommen das Stockwerk mit stampfendem Crescendo und verstummten vor der Wohnung gegenüber. An ihrer Stelle hörte man heiseres Keuchen, aus dem ein grimmiger Bass wurde.

»Mach auf, Teufelsluder! Ich erniedrige mich schon genug! Schließlich klettere ich ohne Chauffeur bis zu deiner Höhle! Dabei kennt mich jeder Straßenköter in dieser Stadt! Swetka, ich stehe hier und rufe deinen Namen wie ein Wahnsinniger! Bitte sehr, ich werfe dir das Glück vor die Füße. Nur für dich, verdammte Nutte, habe ich im Moskauer Kaufhaus in der Schlange gestanden. Und nur für dich habe ich das Geheimnis des *G-Spots* gelüftet! Alle Frauen im Zug haben in heftigen Zuckungen geschwelgt und ihre lustvolle Dankbarkeit für meine wissenschaftliche Forschung herausgeschrien. Alles für dich, undankbare Schlampe! Du weißt ja gar nicht, was du verpasst! Versuch mal, morgen zur Arbeit zu kommen, ich erdolche dich mit meinem Spekulum!«

Es kam keine Antwort. Der Besucher polterte die Treppe hinunter; sein Schimpfen verschwand mit ihm. Unten klirrte der eisige Nachmittag vom metallischen Zuschlagen einer Autotür. Der schwarze Dienstwolga röhrte davon. Nikolai wusste, dass Dr. Chef sich ebenso schnell wieder beruhigte, wie er sich aufregte. Ein paar Hiebe in den Nacken des Fahrers, und schon war die gute Laune zurück. Allerdings verletzte es Nikolais Stolz, dass sein Nacken leiden musste wegen der blonden Mätresse des Chefs.

Mark küsste Oma Manjas Hand. »Ihre Kochkünste beschämen mich, ich bin ihrer nicht würdig«, sagte er.

Von dem krummen Nagel neben der Wohnungstür nahm er den Schuhanzieher und half sich selbst in die polierten Stiefel. Geschickt kniend, schnürte er die Stiefel und band an beiden perfekt symmetrische Schleifen. Sein jeansbedecktes Knie noch auf dem Boden, legte er den Kopf schief und warf einen Blick in Richtung Alka, die mit niedergeschlagenen Augen im Rahmen der Wohnzimmertür lehnte und die Karoschlingen auf ihrem Rock studierte.

»*Dame sans merci*«, wandte sich Mark feierlich an sie und hob seine rechte Braue, »würden Sie mir Ihre Adresse und Telefonnummer geben?«

Alka vergaß ihre feinen Manieren und stürzte ins Schlafzimmer. Ohne Mitleid riss sie eine Seite aus der Mitte ihres teuren

Notizbuchs und machte dabei die Bindung kaputt. In hastiger Blockschrift, aber in der Größe und Lesbarkeit eines Theaterposters, brachte sie ihre Straße, Hausnummer, Postleitzahl und Telefonnummer zu Papier.

»Bitte sehr«, sagte sie, »aber bedenken Sie, dass ich selten zu Hause bin. Grüßen Sie Ihre Verlobte!« Dann erinnerte sie sich plötzlich an ihre wunderschöne *Doktor-der-Philologie*-Karte, die sie im Zug vor so vielen Unannehmlichkeiten bewahrt hatte. Sie hatte geplant, die glamouröse Karte bei exakt dieser Gelegenheit einzusetzen. Doch nun war der Moment verpasst, und es wäre stillos gewesen, Mark die Karte noch im Nachhinein zu geben.

Im Hausflur hörte man neuen Lärm, wenn auch von anderer Art. Die Schritte klangen nach einem verräterischen Herzen. Sie kamen ebenfalls vor der Wohnung gegenüber zum Stehen, doch der dazugehörige Atem keuchte nicht wie der eines erbosten Menschen, sondern wie der eines Esels. Etwas Schweres plumpste auf den Abstreicher.

»Fick dich zweimal, Sweeetka, nimm mich zurück, nimm deinen Petro zurück! Du warst mein bestes Frauchen. Mein Schwiegerdrache hat mich rausgeworfen, denn ich liebe meine neue Schlampe nicht mehr, i-ah! Ich will mich benehmen, versprochen, ich mach die Teppiche sauber und bring auch den Müll raus! Ich trink nur einmal die Woche, versprooochen, Sweeetka, bitte, du grausame Hexe, nimm mich verdammt noch mal wieder zurück!«

Sein *I-ah!* erhielt keine Antwort. Der Flehende schien vor Erschöpfung auf den Fußabstreicher gefallen zu sein. »Was zur Hölle ist das? Oh … wie protzig … Schwarz, pink, feine Spitze … Solche Schätze liegen hier einfach so rum? Ich nehm den Fummel meiner Alten mit, dann muss sie mich wieder reinlassen.« Papier raschelte, Zellophan knisterte, flatternde Knie krochen treppabwärts.

»Ich lasse euch den Hemingway hier«, verkündete Alka eifrig, obwohl sie noch eine Woche hatte dableiben wollen, »die russische Übersetzung natürlich. Ich brauche sie nicht, ich lese ausländische Literatur lieber in der Sprache, in der sie geschrieben wurde. Meine Bildung befähigt mich dazu.«

Rita nahm das Geschenk dankbar an. Sie erwähnte nicht, dass die Bibliothek des Wohnviertels, in der sie arbeitete, seit Jahrzehnten die *Zeitschrift für ausländische Literatur* abonnierte.

Alkas generöser Anfall dauerte an. Sie zog ihren herrlichen Poncho aus. Die kobaltblauen Rentiere flohen in alle Richtungen.

»Das ist noch ein Geschenk für dich, Rita«, sagte sie. »Ich wollte dir beibringen, wie man so etwas strickt und hatte jede Menge Muster dabei. Aber ich schätze, es wäre für dich zu kompliziert. Deshalb, bitte schön, trage den Poncho mit Freude. Ich reise nach Moskau. Dringende Dissertationsforschungen zwingen mich dazu. *Mister Eternal Student*, bringen Sie mich zum Bahnhof?«

»Es wäre mir eine Ehre bis auf die Knochen. Und Josik, denk nach über meinen Vorschlag, dann kannst du dir auch jeden Tag fünf Taxis bestellen.«

»Ja, Josik, nimm deinen letzten Grips zusammen und denk nach über den Vorschlag«, wiederholte Oma Manja, unterbrach sich aber abrupt, um den Satz neu zu bilden, damit sie nicht als Lauscherin dastand, »… über meinen Vorschlag, den Buchara-Teppich mal so richtig zu dreschen.«

Mark zog seine Doubljonka an, während die Familie im engen Flur zur Abschiedsparade antrat. Oma Manjas Rubine weinten blutige Tränen. Ritas Schlüsselbein blieb nicht im Einklang mit ihrem Hauskleid.

»Allotschka, sag deiner Mutter, es war ein schlechtes Omen, dass sie versucht hat, das mir zustehende Geschenk gegen unnütze Hausschuhe zu tauschen«, sprach Oma Manja.

Mark ging mit weichen, weiten Schritten. In seinem schicken Schnurrbart schimmerte ein schwarzer Rogen. Die Adidas-Tasche über der Schulter, nahm er fünf Stufen auf einmal. Alka trabte ihm nach, zwei Stufen auf einmal nehmend, mit einer Mascara-Landkarte Frankreichs um beide Augen.

Mark bestand darauf, Alkas Fahrkarte zu kaufen. Er buchte zwei Abteile in Einzelbelegung, eins für sie, eins für sich, in verschiedenen Waggons. Die Fahrt nach Moskau verlief überaus ruhig. Der Tee war zuckrig und heiß, die Bettwäsche rein, die Schaffnerin süß wie Sirup. Der Frost schnitzte silberne Zackenfriese ins Fenster. Mit dem Finger streichelte Alka die Umrisse. Der englische Hemingway lag auf dem Tisch, unaufgeschlagen.

Dreimal während der Fahrt verließ Alka ihr Abteil, um fünf bitterkalte Tamboure und vier garstige Waggons dritter Klasse zu durchqueren, vorbei an fluchenden, zockenden, saufenden Proletariern. Angekommen in Marks Waggon, stand sie lange vor seinem verschlossenen Abteil. Sie legte die Knöchel an seine Tür, jedes Mal, wagte aber nicht zu klopfen. Beim dritten Besuch seufzte sie und schob ihre schöne *Doktor-der-Philologie*-Karte durch den Spalt unter der Tür.

III

Geniale Gene

1

Frühjahr 1979

In Zap nimmt der Frühling viele Anläufe. Er zieht sich immer wieder zurück, schickt Grippewinde und Anginagraupel, bevor er im späten April endlich ernst macht. Die Temperatur springt plötzlich auf zwanzig Grad, und alle Bäume entflammen gleichzeitig in fiebriger Blüte. Der Himmel ist schwarz gestreift von heimkehrenden Staren. Sie kommen zurück aus weiß Gott welchen kapitalistischen Ländern, von weiß Gott welchen Exzessen auf orientalischen Basaren oder von Ausschweifungen, die sie durch die Fenster eines mediterranen Hotels beobachtet haben. Die Lenin-Allee füllt sich mit dem Duft von künftigen Kirschen, Birnen und Äpfeln. Die Menschen träumen von saftigen Torten. Sie vergessen, dass die Abgase der vorbeifahrenden Laster, Busse und Autos die Früchte im Nu vergiften.

Schon seit einer Woche dämpfte der Frühling die Ausdünstungen der Fabriken. Der Rote Fluss, ein Nebenarm des Dnjepr, schimmerte beinahe sauber. Sogar eingefleischte Stubenhocker kamen ohne bestimmten Grund aus ihren Käfigwohnungen. Um sieben Uhr abends jedoch rannten die Leute nach Hause. Die Straßen leerten sich, als hätte eine Kuhzunge sie sauber geleckt. Es war Zeit für *Die Schwarze Katze*.

Das ganze Land, von Süd bis Nord, klebte an den Fernsehschirmen und fieberte mit dem hartgesottenen Kriminalkommissar Gleb aus Odessa und seinem hübschen Assistenten Wladimir. Die beiden jagten eine brutale Bande, die »Schwarze Katze«. Diebe, Mafiosi und freizügige Frauen sorgten beim Fernsehpublikum für angenehmen Nervenkitzel. Man grübelte über den Jargon der Verbrecher und ihren tödlich-präzisen Wortwitz, bis die knappen Redewendungen Eingang fanden in die russische Umgangssprache. Ob jung oder alt, reich oder arm, *Die Schwarze Katze* brachte die Frauen in Wallung.

»Wladimir ist total süß«, schnalzte Swetka.

»Wladimir ist nur eine Rotznase. Aber Gleb – was für ein Kerl!«, rief Oma Manja. »Siehst du, Rita? *Das* ist ein *Mann*!« Und sie blickte mitleidig auf Josik.

Rita seufzte nur. Sie wollte nicht zugeben, dass sie komischerweise der Bandenchef, ein dunkler, sechzigjähriger Schurke, am meisten anzog.

Nur Großmutter Sheila mied die Serie. »Ich kann Gewalt nicht ausstehen, auch nicht im Fernsehen«, erklärte sie. Sie schaltete um auf den indischen *Disko-Tänzer*, und Wowik hypnotisierte sich selbst, bis er glaubte, dass sirupsüße Melodien und Glyzerintränen genau das waren, was ihm gefiel.

Unerwartete Wallungen befielen Wowik in der Nachrichtensendung *Wremja* im Ersten Programm. Die Sendung berichtete ausführlich über den Krieg zwischen Tansania und Uganda. Afrikanerinnen überschwemmten den Bildschirm. Nie zuvor hatte Wowik einen weiblichen Bewohner Afrikas erblickt. Die schwarzen Studenten an der Medizinischen Fakultät von Zap waren allesamt männlich. Sie waren vermutlich die Söhne unbedeutender Stammeshäuptlinge, die es sich nicht leisten konnten, ihren Nachwuchs nach Westeuropa oder Amerika zu schicken. Wowik fand schwarze Frauen auf schreckliche, apokalyptische Weise schön. Er fürchtete sich vor ihnen auf dem Bildschirm, als wären sie zornige Göttinnen. Eines Tages dann erschien auf der letzten Seite der *Prawda*, in der Spalte »Kuriositäten«, ein kleiner Artikel: »Letzte Amazone stirbt in Benin«. Schlauerweise zeigte das dazugehörige Foto die legendäre Alte nicht in ihren letzten Erdentagen, sondern auf einer Zeichnung aus dem neunzehnten Jahrhundert, als junge schwarze Kriegerin aus der Blütezeit des Königreichs Dahomey. Sie trug eine kurze gestreifte Tunika und einen eleganten Anglerhut mit Eidechsenschnalle, der Großmutter Sheilas winterlicher Kopfbedeckung nicht unähnlich war. Das Gesicht der Amazone war zart und weiblich, ihre Lippen prall und geschwungen, die athletischen Unterarme entspannt. An ihren Seiten ruhten mächtige neunschwänzige Katzen, und als wäre nichts dabei, hing ein abgetrennter Kopf vom linken Handgelenk der Amazone – wie eine Handtasche. In drögen Worten beschrieb der Artikel die Kühnheit der Kriegerinnen auf dem Schlachtfeld, ihre Überlegenheit gegenüber männlichen Soldaten sowie ihre Unbeflecktheit. Nie sickerte auch nur entfernt Verspieltes oder Neckisches aus sowjetischen Zeitungsberichten. Aber als Wowik den Text studiert hatte – es war kurz vor seiner Bettzeit – zuckte sein Adamsapfel vor Aufregung.

In der Nacht hüpften seine Träume vom öden Grund der Katzenfische empor zum klammen Zwielicht der Schlangensterne. Bei Tagesanbruch gelangten sie an die Oberfläche: als zerflossene Qualle auf dem Bettlaken. Aus Angst, Großmutter Sheila könnte die Qualle entdecken, rannte Wowik ins Bad und wusch sie aus. Er legte das feuchte Laken zurück auf die Matratze und machte sein Bett wie immer, denn das Laken auf dem Balkon oder in der Küche zu trocknen, ließe Mutter sicher Verdacht schöpfen. An den folgenden Tagen machte jeden Morgen eine neue eklige Qualle Wowiks Beckengegend matschig. Im Teufelskreis der geheimen Handwäschen roch das Laken bald wie ein kleines Gewächshaus. An der Stelle, die niemals trocknete, wuchs ein Schnurrbart aus Seegras.

2

Zur morgendlichen Spielzeit im Kindergarten knickten Sonka und Lilka je eine kleine beige Weidenrute vom Strauch und rupften die Knospen ab, bis auf eine in der Mitte. Besonders wertvoll war eine Knospe, wenn aus ihr ein halber Millimeter Grün lugte, der Keim eines Blattes. Die Mädchen bastelten sich ihren eigenen Gleb und Wladimir. An die Spitze der Ruten steckten sie goldene Knöpfe, die Lilka von der alten Armeeuniform ihres Großvaters abgerissen hatte. In jeden Knopf war ein Stern geprägt, mit Hammer und Sichel. Natürlich bekam Sonka den kleinen und Lilka, die Besitzerin der Knöpfe, den großen. Aus alten Zeitungsseiten falteten die Mädchen ihren Helden schicke Uniformen, darauf achtend, dass die Knospen in der Mitte der schlanken Weidenfiguren unbedeckt blieben.

»Gleb ist mein Ehemann«, behauptete Lilka.

»Und Wladimir ist meiner«, sagte Sonka.

Sie brachen dicke hässliche Zweige von Sträuchern mit dunklerer Rinde und tunkten die Spitzen in Schlamm oder Hundekacke. So entstanden die »bösen Kerle«, Mitglieder einer grausamen Bande. Sie erhielten weder primäre Geschlechtsmerkmale noch Kleidung.

Den Mädchen ging es nicht so sehr um das Nachspielen der Serienhandlung. Vielmehr machte es ihnen Spaß, die guten Milizionäre langsam durch die Luft zu schwenken und die bösen

Gangster, die nur eine Hand Vorsprung hatten, grazil zu jagen. Sie liebten die Anmut, mit der die honigfarbenen Weidenzweige auf ihr Kommando in der Luft schwebten, die Gangster unweigerlich einfingen, sie zu Boden warfen und begruben. »*Ein Weib kann man nicht trügen, sie sieht die Lügen mit ihrem Herz …*«, sang Lilka und bewarf ihren Gleb mit Schlamm. Als die Erzieherin Galina Michailowna die Kinder zum Mittagessen rief, nahmen die Mädchen die Goldknöpfe von den Heldenköpfen und legten Gleb und Wladimir sorgsam zum Schlafen unter die Weiden. Sie ermahnten sich gegenseitig, sich die Stelle zu merken, damit sie sie am nächsten Tag wiederfanden. Aber am nächsten Tag waren sie sich nicht einmal einig, unter welchen Baum sie die zwei Helden gelegt hatten. Somit wurden die Kommissare neu erschaffen, fleischern und süß duftend, und mit ein bisschen Glück lugte ein noch hübscherer grüner Blattfötus aus der zentralen Knospe.

»Die bösen Kerle« war das einzige gemeinsame Spiel der Mädchen. Waren die Weidenruten vergraben, rannte Lilka fort zu den lärmenden Mitgliedern der Kindergartengruppe, um sich unter starke, gesellige Kinder – Arbeitersprösslinge – zu mischen. Sie brachten Lilka die neuesten Schimpfwörter bei und heckten Gemeinheiten gegen Eigenbrötler wie Sonka aus. Die Jungen konnten Lilka leicht überreden, mit hinter das Gartenhäuschen zu kommen und ihr Höschen runterzuziehen.

Ohne Lilka an ihrer Seite lief Sonka gewöhnlich zur Sprossenwand. Sie war nie besetzt. Mit den Füßen nach oben und dem Kopf nach unten träumte Sonka davon, wie sie etwas Schönes anfertigen könnte. Eine Rose aus Margarine vielleicht, mit Rote-Bete-Saft rosa gefärbt. Oder sie träumte von einem Zauber, der sie davon erlöste, in den Kindergarten gehen zu müssen.

Sonka verspürte das Bedürfnis zu pullern. Doch sie hatte Angst vor dem Klo: kein Toilettenbecken wie daheim, sondern eine klaffende Latrine. Sonka hatte noch immer nicht gelernt, wie man sich richtig darüberhockte. Die Erzieherin Galina Michailowna ohrfeigte sie jedes Mal, wenn sie daneben traf, oder sie steckte Sonkas Fuß in das Loch. Sonka zauderte, mit den Füßen nach oben an der Sprossenwand hängend, so lange, bis ein warmer Strahl in ihren Kragen lief.

Großmutter Sheila arbeitete als Ärztin im Kindergarten, doch sie weigerte sich, ihre Enkelin auch nur zu grüßen. Die Wurzeln der Vetternwirtschaft mussten von Beginn an ausgemerzt werden. Das Mädchen musste lernen, sich allein zu behaupten. Einmal kam sie zufällig dazu, wie eine Hilfserzieherin Sonka ohrfeigte, weil sie ins Bett genässt hatte. Die Hilfserzieherin erschrak. »Na, na«, sagte Großmutter Sheila, »Sie arbeiten streng, aber gerecht.«

*

Die Erzieherin Galina Michailowna befahl den Kindern, sich im Kreis auf den Boden zu setzen. Dann teilte sie Puppen aus: eine große Puppe und vierzehn kleine, alle in nationale Trachten gekleidet. Mütterchen Russland und ihre Töchter. Das Gewand der aserbaidschanischen Puppe war einer Prinzessin würdig, und die usbekische Puppe besaß einen Schopf reizender, schwarzer Zöpfe. Es war an der Zeit, die Vorschüler mit der »einmütigen Familie der Sowjetnationen« vertraut zu machen.

»In unserer Stadt leben vorwiegend Russen und Ukrainer«, sagte die Erzieherin. »Doch hier und da trifft man auch bei uns auf andere sowjetische Völker. Sie sehen vielleicht anders aus, aber sie sind fast so gut wie wir. In unseren Kindergarten geht Manana aus Georgien, und Aidar ist kasachisch.« Aidar wurde rot und blinzelte mit seinen schrägen Augenlidern. Galina Michailowna blickte Sonka an, als wolle sie etwas sagen, ließ es dann aber.

Simon drehte die ukrainische Puppe um und schob ihren Rock hoch.

Ihren Mittagsschlaf hielten die Kinder auf leichten Aluminiumliegen, die sie im Spielzimmer aufstellten. Nach kurzem Kommando und Händeklatschen von Galina Michailowna mussten sich die Kinder hinlegen und auf die rechte Seite drehen. Auf der linken Seite durften sie nicht liegen; die Gesundheitsbehörde warnte vor zu viel Gewicht auf den jungen Herzen. Wer nicht still lag, bekam zur Strafe sofort einen stumpfen Klaps verpasst.

Die Liegen von Simon und Sonka standen nebeneinander. Lilkas Liege stand links von Simon.

»Ich hab ein echtes Krokodil dabei«, sagte Simon. »Willste mal sehn?«

Sonka war überglücklich, dass Simon sie ansprach.

»Zuerst musst du's anfassen. Gib mal deine Hand.«

Sonka ahnte nicht, dass die raffinierte Einladung des hübschen Jungen kein Zeichen persönlicher Zuneigung war. Simon wollte einfach nur wissen, wie es sich anfühlte, wenn ein anderes Mädchen außer Lilka, egal wer, ihn berührte. Die schrullige Sonka kam ihm gerade recht.

»Was hast du zu ihr gesagt?«, fragte Lilka eifersüchtig.

»Nichts«, sagte Simon und drehte sich weg.

Lilka zog Sonka zur Seite und schubste sie hart. »Fass ja nie den Pimmel von meinem Simon an! Niemals nie, klar? Sein Pimmel ist meiner, sonst steck ich dich ins Kackloch!«

3

»Mist, ich muss immer noch an ihn denken.«

»An wen denn? Wer ist es diesmal?«, fragte Rita mit der Ironie der moralisch Überlegenen. Swetkas Liebhaber wechselten oft, das hatte sie ebenso mitverfolgt wie die Tatsache, dass der wichtigste Gönner ihrer Freundin noch immer der aufbrausende Dr. Chef war.

Sie holten Sonka vom Kindergarten ab und gingen die Helden-von-Stalingrad-Straße entlang. Blühende Kastanien säumten den Weg; die üppigen Blütenkerzen puderten sich die Nasen mit gelbem Pollenstaub.

»Erinnerst du dich an Silvester vor drei Jahren? Du hattest dieses Etepetete-Ding zu Besuch, deine Cousine aus Moskau. Und Mark aus Odessa.«

Bei der Erwähnung von Mark füllte sich Ritas Magen mit Würmern.

»Ihr habt alle über Josiks Gedicht gelästert, aber ich habe unterdessen meine Zeit genutzt. Ich sagte zu Mark, dass ich nebenan wohne, und er flüsterte zurück, dass er kurz nach meinem Verschwinden von der Party rüberkommen würde.«

Ritas Achselhaare bissen nass in die Ärmelnähte ihrer Polyesterbluse.

»Er hat an meiner Tür geklopft«, fuhr Swetka fort, »und anstatt über mich herzufallen wie die meisten Typen … Rate mal, was er gesagt hat? ›Mascara-Muse, geh und wasch dein Gesicht!‹ Erst danach sind wir zusammen in die Kiste. Ich hatte ja schon viele Männer, das weißt du, aber keinen mit solchen Füßen: die Zehennägel waren gepflegter als die Fingernägel der feinsten Dame. Und ich verrate dir nicht, wo er mich geküsst hat.«

»Von Doktor Esaw-Yantz hast du in fast denselben Worten geschwärmt«, argumentierte Rita, um sich zu trösten, und damit Swetka aufhörte mit den schamlosen Andeutungen, die wie Spanische Fliegen an ihr klebten. »Dann kann Mark ja nicht so toll sein.«

»Du hast ja keine Ahnung, was du da schwafelst! Doktor Esaw-Yantz ist ein keuchender Bär. Mark und ich wussten, dass wir nur dieses eine Mal zusammen sein konnten. Er wäre bald in seinem Amerika, und wir würden uns nie wiedersehen. Aber er tat *es*, als wäre ich die Liebe seines Lebens! Er redete komisch – so ähnlich wie dein Josik, wenn er seine Gedichte schwallt, aber nicht so viel und auch nicht so schnell. Er benutzte nur anständige Wörter, aber ich wusste, dass jedes einzelne eine erotische Anspielung war.«

Ritas Wangen wurden viel heißer, als sich mit den kühlen zwanzig Grad entschuldigen ließ.

»Sein Gesicht hatte einen seltsamen Ausdruck«, fuhr Swetka schonungslos fort, »als täte er etwas Angenehmes, das aber gleichzeitig so alltäglich und gewöhnlich war wie eine Tasse Malzkaffee. Er legte mich schräg aufs Sofa, als wäre ich ein Stück Stoff, das man auf ein Schnittmuster legt. Dann schnitt und faltete er mich, als würde er meinen ganzen Körper umschneidern, und dann legte er los wie eine Nähmaschine. Oh, wie er sich drehte und bog! Später schlang er meine Haare um sein Handgelenk und hielt meinen Nacken in seiner Hand.«

»Sei ruhig, Swetka, Sonka hört zu!«, flehte Rita.

»Ach was, sie versteht ja kein Wort.« Man konnte Swetka ebenso wenig bremsen wie die dicken Regenwolken am Himmel. »Ja, jetzt erinnere ich mich: Da war noch etwas Irres an ihm. Er hielt seine Augen offen, die ganze Zeit. Dunkel wie lachende Rosinen, flink wie Schaben. Und dann sagte er ›Danke‹, und ich verrate dir nicht, welchen Teil von mir er vor Augen hatte, als er das sagte.«

»Beeil dich«, sagte Rita mit krebsrotem Gesicht und wischte ihre Schweißhände am rauen Rock ab, »wir kommen zu spät für *Die Schwarze Katze*. Und siehst du die Regentropfen? Jeder wiegt ein Pfund, wir werden nass bis auf die Knochen.«

Die ersten Wasserperlen hüpften in ihre Steckfrisuren: Ritas war dunkel wie Bitterschokolade, Swetkas hühnchengelb. Diese Frisuren waren zwei Jahre zuvor in Moskau Mode gewesen. Die Frauen erreichten den überdachten Eingang zur Helden-von-Stalingrad-Straße 10 und rannten die kleine Treppe nach oben. Sonka drückte den Plastikknopf für den Fahrstuhl. Das Feuerzeug eines Vandalen hatte ihn breiig geschmolzen.

»Mami, Gleb und Wladimir sind gleich im Fernsehen, ich will sie sehen!«, sagte Sonka. Doch die Frauen ignorierten sie.

»Hast du damals auch den Zirkus gehört, den Dr. Chef am Neujahrsmorgen vor meiner Tür gemacht hat?« Swetkas kräftige Kehllaute übertönten das Seil des Kontergewichts, als der Fahrstuhl brummfurzend abwärtsfuhr. »Ich wollte Mark nicht fortschicken, deshalb verschlief ich meine Schicht. Dr. Chef ist ausgerastet und hat gebrüllt, dass er mich feuern will. Aber am nächsten Tag hat er sich wieder beruhigt, und alles ging weiter: jeden zweiten Tag in der Wäschekammer der Klinik, dazu die hübschen Geschenke … und andere Typen hatte ich auch, das störte ihn nicht.«

»Wieso erzählst du mir das, nachdem du es drei Jahre für dich behalten hast?«

»Wegen Marks Vorschlag, den du nicht kennst. Ich dachte ja selbst, ich hätte die Sache vergessen. Ich war ziemlich zufrieden mit meinem Leben als OP-Schwester. Du weißt ja, die prima

Schmiergelder von den Frauen, die sich bei mir und den Chirurgen bedanken, und dann natürlich Doktor Esaw-Yantz, der großzügigste Liebhaber, den man sich wünschen kann. Dazu all die anderen Typen … Aber in mir brennt eine Sehnsucht, die ich nicht bezwingen kann.«

»Was denn? Steh nicht im Weg, Swetka, steig in den Fahrstuhl, sonst verpassen wir die Folge.«

»Mark hat gesagt, dass ich wie Marilyn Monroe aussehe. Und dass ich Schauspielunterricht nehmen soll.«

Rita stand stocksteif vor den epischen Schichten einheimischer Sexualkunde an der Kabinenwand. *Die Schwarze Katze* hatte längst begonnen. Rita dachte nicht mehr daran. Sie bemerkte auch nicht, dass Sonka in eine verdächtige Pfütze auf dem Boden der Kabine tappte.

»Wie bitte? Was? Hör auf, jetzt übertreibst du wirklich!«

»Ich schwöre es bei meinen zwei Möpsen! Er sagte: ›Mach nicht den Fehler, beim Vorsprechen Puschkin oder Äsop zu rezitieren. Nimm ein Sonett von Shakespeare.‹ Ich habe mich nie getraut, danach zu fragen, aber heute Abend trinke ich mit euch Tee und esse euer leckeres jüdisches Abendbrot. Und ich frage Josik, wer zum Teufel Shakespeare und Äsop sind und was ein Sonett ist. Ich meine es ernst!«

»Ich fürchte, Josik ist zu beschäftigt, er muss seinen Unterricht planen. Und wir haben nicht viel zu essen da«, sagte Rita. Ihre erzürnten Finger brachten den Schlüssel nicht ins Schlüsselloch.

»Komm schon, ihr Juden seid schlau, ihr könnt sogar aus einer Axt Suppe kochen«, sagte Swetka fröhlich. »Und deine Etepetete-Cousine – ihr Vater ist doch ein hohes Tier in Moskau, nicht wahr? Deine Mutter könnte ihn anrufen, damit ich in der Woche der Eignungsprüfungen bei ihnen wohnen kann.«

4

Im märchenhaften Rokoko-Bauch der Moskauer Metro, an der Station Pawelezkaja, schlug Alka den Weg nach Südwesten ein. Sie ging an Bord der *Leopoldina*. Sie trug einen roten Sommermantel mit weiß besticktem Revers, darunter einen dünnen Pullover mit V-Ausschnitt. Der Pullover war kanariengelb. »Kanarienbrüste«, artikulierte Alka in Gedanken und genierte sich. Eine hauchzarte Bluse rüschte sich unter dem Pullover um ihre winzigen Warzen. Alkas moosgrün gelackte Plateauschuhe klopften einen exzentrischen Takt. Ihre Finger glitten unruhig wie Wasserläufer über den glänzenden Schutzumschlag eines Buches. Sie klimperten unter ihrer Silberrüstung, pro Finger ein wuchtiger Ring. Um den Mittelfinger wand sich eine Schlange. Am Zeigefinger stemmte sich ein Mondsteindelfin gegen eine Handgranate aus Bernstein. Den Ringfinger schmückte ein Löwenkopf mit Turmalinaugen, und den kleinen Finger küsste ein winziger Türkis, von dem der Professor für russische Literatur an Alkas Institut gesagt hatte, er gleiche dem sagenhaften, verschollenen Türkis Puschkins. Alka hatte verächtlich gelacht: Puschkin, ein alter Hut, pathetisch verklärt von den ewigen Jungfern, die über ihn promovierten und hässliche Brillen trugen. Alka war anders, genau wie ihr literarischer Held.

Während sie in der *Vogue* blätterte, einer streng verbotenen, grellbunten amerikanischen Zeitschrift, für die der Chauffeur ihres Vaters auf Alkas Befehl sämtliche Untergrundbuchläden

Moskaus abgegrast hatte, staunte sie über die Fotos einer amerikanischen Sängerin namens Cher. Sie erkannte in ihr auf Anhieb ihr Double – abgesehen davon, dass Alkas aquamarinblaue Augen hervorstanden, während Cher braune Augen in Mandelform hatte. Und, nun ja, Alkas roter Stachelschopf unterschied sich von Chers schwarzer Wuschelmähne. Diese Cher trug eine Rüstung aus Türkisschmuck indianischen Stils. Zuerst wollte Alka das Bild zum Juwelier bringen, damit er den Schmuck kopierte, egal, was es Alkas Vater kosten würde. Doch dann überlegte sie sich, dass sie ja nicht über Cher forschte, sondern über Ernest Hemingway. Sie durfte sich nicht allzu sehr ablenken lassen. Immerhin, sie besorgte sich Chers neuestes Album *Take Me Home*, auf dem die Sängerin so gut wie nackt posierte, eingezwängt in gefährlich spitze Dessous aus Metall, auf dem Kopf das Geweih einer Hirschkuh mit Hängeohren. Ein solches Outfit wäre schwer nachzuahmen und riskant zu tragen.

Alka legte die Schallplatte auf, wenn sie an ihrer Dissertation schrieb. Die Musik klang gut im Hintergrund, doch bald langweilte sie Alka. Ihre Cousine Rita in Zap würde mal wieder ein sündhaft teures Geschenk absahnen und eine neue Lektion in Sachen Glamour erhalten. Diese Großzügigkeit wäre ganz nach Hemingways Geschmack, und so tat es Alka nicht leid um die vierzig Rubel ihres Vaters, die ihr auch ein Paar neuer Schuhe gekauft hätten. Sie schloss das Kapitel mit einem Kompromiss: der kleine, kaum sichtbare Ring an Chers kleinem Finger. So viel zu Puschkin.

Ihre Dissertation war ganz unerwartet vom Weg abgekommen. Zu Beginn war es Alkas Absicht gewesen, den Schriftsteller aus dem kapitalistischen Amerika zu kritisieren. Nun hatte sie ihre Meinung geändert. Der dicke Band unter ihren Fingern war eine monumentale Biografie Ernest Hemingways, geschrieben von Carlos Baker. Das Buch, in russischer Übersetzung, war zu ihrem Manifest geworden, zu ihrer Bibel. Es dokumentierte jeden Atemzug, jede Mahlzeit und jeden Pups des berühmten Autors. Alka las zudem gerade *Wem die Stunde schlägt*.

Der Abschnitt ihrer Arbeit mit der Überschrift »Kapitalistische Dekadenz und politische Kurzsichtigkeit in Hemingways Fiktion« hieß nun, zu Professor Worobjows Entsetzen, »Heldenhafter Stil und künstlerische Details in Hülle und Fülle – in der Fiktion und im Leben«. Der Professor beschwor Alka, zurückzukehren auf den politisch korrekten Pfad, indem er »Erhören Sie mein Flehen, Alla Nathanowna!« in ihre saphirbesetzten Ohrstecker keuchte und mit seinen spröden Fingerknochen über ihr entblößtes linkes Knie strich, während auf der Bühne des Maly-Theaters Gogols *Der Revisor* gegeben wurde.

Alka verwandelte die Moskauer Metrolinien in Hemingways Reiserouten. Sie strich die langweiligen Sowjetnamen der Stationen (Revolutionsplatz, Proletarskaja, Dynamo, Majakowskaja …) und taufte sie stattdessen Key West, Kuba, Kenia, Paris, Spanien, Petoskey, Uganda, Wyoming. Sie fuhr nicht mehr Metro, sondern ging auf Safari, angelte Speerfische, jagte Gorillas, Bären, Löwen und Kudus mit Schraubengehörn. In den blauen Wandkacheln der Westlinie erblickte sie den Atlantik. Zwischen den vergoldeten Stucklocken züngelten feurige Löwenmähnen hervor, und im rosa Tuffgestein erwachte die Morgenröte Kenias. Jedes Mal, wenn sie ein Fünfkopekenstück in den Münzschlitz am Eingang zu den Rolltreppen steckte, »buchte« sie eine »Überfahrt«. Sie lernte, verschiedene Zugtypen zu unterscheiden, jedenfalls glaubte sie das, denn sie wusste immer genau, wann sie an Bord der *Île de France* oder der *Gripsholm*, der *Leopoldina*, *Antonia*, *Orita* oder der *Guiseppe Verdi* segelte. Obwohl die Waggonräder nicht wie atlantische Wellen klangen, erinnerten sie doch zumindest an das lebhafte Klappern von Kastagnetten: *Pam-plon, plon-plon-plon-a, plom-plomplomplom-a.*

Hemingways bissiger Antisemitismus störte Alka nicht. Vielmehr störte sie ihr eigenes Judentum, um ehrlich zu sein, die verfluchte »fünfte Zeile« im Pass, wegen der selbst ihr Vater ihr keinen Zugang zur Staatlichen Universität Moskau oder zum Moskauer Institut für Internationale Beziehungen, kurz MGIMO, verschaffen konnte – der piekfeinsten Bildungsstätte der UdSSR, wo künftige Diplomaten studierten.

»Hemingway war verwegen und tapfer. Er wurde in Italien verwundet, seine Beine waren voller Kugeln, und er bekam einen Orden. Ich muss herausfinden, wie man derart abenteuerlich lebt«, sagte sich Alka. Die Teilnahme an einem echten Krieg würde die Glaubwürdigkeit ihrer Forschung erhöhen. Doch aktuell war die Sowjetunion in keinen Konflikt involviert. Böse Zungen an Alkas Institut behaupteten zwar, die Kommunistische Partei plane einen Krieg in Afghanistan, doch Alka glaubte das nicht. Sie konnte es sich auch nicht erlauben, in den Krieg zu ziehen – wer würde dann ihre Doktorarbeit vollenden?

In der Zwischenzeit, im zivilen Leben, behandelten ihre lästigen Eltern sie wie ein seltenes, unberechenbares Tier. Alka wusste, dass sie mit ihnen viel, viel weniger verband als mit ihrem *Papa*. Sie wusste nur noch nicht, warum. Ihre schwachsinnige Mutter wehrte sich nicht, als Alka die erste Katze nach Hause brachte: *Snowflake*, wie die Lieblingskatze von Hemingways Sohn. Die Mutter knurrte, als *Princessa* einzog, und verlor peinlicherweise die Beherrschung bei der dritten, *Boise*, und der vierten, dem Streuner *Friendless*.

An diesem Tag war Alka unterwegs zu einem echten Abenteuer, das Heminway persönlich stolz gemacht hätte: eine inoffizielle Ausstellung von Kunst aus dem Untergrund. Sie sollte auf einer Brache am Rande Moskaus stattfinden, nahe einem Waldstück. So sehr es Alka auch vor den schlimmen Lustmolchen graute, die an solchen Orten angeblich lauerten (am Ende waren sogar die Untergrundmaler persönlich sexsüchtig), so setzte sie doch ihre Metrofahrt ganz im Sinne ihres Hemingway-Themas als *Reise zur Bärenjagd in Wyoming* fort. Ihre Lippen im exakten Rotton des Mantels, würde sie gewiss die Aufmerksamkeit eines Triebtäters auf sich ziehen. Doch für den Fall, dass sie es nicht schaffte, dem Angreifer zwischen die Beine zu treten, würde sie ihn leichterhand niederstechen, mit ihrem Haar. Testweise schüttelte sie ihre unbezwingbare Mähne. Die Sitznachbarn rückten ab.

»Hast dir wohl Leim in die Haare geschmiert, schräger Vogel?«, fragte der Nachbar zur Linken.

»Fräulein, legt Euren Drahtverhau ab«, sagte der Nachbar zur Rechten.

Hemingway hatte die hartnäckige Erinnerung an Mark so gut wie verdrängt. Es war Alka gelungen, sich einzureden, dass Mark ihr aus irgendeinem geheimen Grund seine Gefühle nicht offenbart hatte. Er war natürlich äußerst beeindruckt gewesen von Alkas Klugheit und Eleganz, das war ihr nicht entgangen. Vermutlich hatte ihn ihre Gelehrsamkeit, ihr Lexikonwissen der englischen Sprache, eingeschüchtert. Oder er fürchtete, er wäre nicht fähig, ihr den gewohnten Lebensstil zu gewährleisten. Eine weitere Erklärung besagte, dass Mark Gleichgültigkeit vortäuschte, um Alkas Leidenschaft zu entfachen. Sie hatte gehört, dass Männer gern zu derartigen Tricks griffen. In jedem Fall wusste sie, dass ihre Begegnung mit Mark voller Verheißung gewesen war und dass er sich früher oder später bei ihr melden würde.

Aus der Station kommend, trat sie in den gereizten Nieselregen. Dieses Wetter war eine Einladung an Straftäter. Doch als sie die Brache am Waldrand erreichte, sah Alka erleichtert, dass sie hier keineswegs allein war. Die Einöde wimmelte von Menschen wie der Rote Platz an Sonntagen. Ausländische Journalisten klickten ihre Kameras und berichteten in haarige Mikrofone. Mit skurrilem Frohmut fuhren Lastwagen hin und her, beladen mit Ahornschösslingen, um einen Park zu pflanzen, als wäre der Wald nicht genug. Die Fahrer waren alle betrunken, und ihre Laster torkelten in launischen Kurven wie Benzinmoleküle in Gasform.

Die Menge wurde immer größer. Alka erkannte einen beliebten Theaterschauspieler unter den Zuschauern. Er trug eine gelbe Jacke, die zu ihrer Bluse passte, wie Alka befriedigt feststellte. Histrionische weibliche Fans standen Schlange nach Autogrammen.

Schmollend schaute sich Alka die ausgestellten Bilder an. Sie hatten wenig gemein mit allem, was sie bislang gesehen hatte. Sie ähnelten weder den Klassikern in der Tretjakow-Galerie und der Eremitage noch dem ideologisch korrekten Sozialistischen Realismus. Es waren abstrakte Schmierereien ohne Sinn und Verstand, verzerrte Figuren wie auf Kinderzeichnungen, sogar ein menschliches Embryo, bei dessen Anblick Alka Brechreiz verspürte, rudimentäre Landschaften und Früchte, vermutlich mit den Augen von Neandertalern gesehen … alles in allem sehr, sehr enttäuschend. In Jeans, die wohl schon ein Dutzend Kriege mitgemacht hatten, standen die struppigen Maler neben ihren schmuddligen Sammlungen. Ihre Meisterwerke waren in Sackleinen gepackt. Seile wurden gelöst, wacklige Staffeleien aufgestellt, die Bilder enthüllt. Blind für das Publikum blickten manche Maler zärtlich auf ihre Werke. Andere wirkten nervös und tauschten kurze Zurufe mit ihren Nachbarn.

Nur ein Bild sah mehr oder weniger annehmbar aus. Es war ein See im Mondlicht. Sein Schöpfer, ein sehr großer, finsterer Mann von schwer schätzbarem Alter, hofierte das Bild, als wäre es eine schöne Frau. Alka trat näher, und der Maler, unsäglich struppig wie die anderen, musterte sie amüsiert, aber mit ernsthaftem Interesse. Noch nie hatte sie jemand so angesehen, ja, man musste sagen, bewundert.

Plötzlich erfüllten Schreie den Platz. Einer der Fahrer war bei laufendem Motor aus seinem Lastwagen gesprungen. Er warf sich auf einen ausländischen Reporter und traktierte dessen Körper und Gesicht mit Schlägen. Der Lastwagen holperte unbemannt weiter, verlor seine Setzlinge, jagte die panische Menge. Die anderen Fahrer drehten die Fenster herunter und johlten wie Hadschi Murat: »Verschwindet, ihr entarteten Gammler! Ihr steht den sowjetischen Gärtnern im Weg!«

Wie aus dem Nichts tauchten Dutzende Milizionäre auf. Sie drängten die Maler beiseite und beschlagnahmten die Gemälde. Manche Bilder warfen sie in den Dreck, andere trugen sie fort. Das Bacchanal der Lastwagen tanzte davon. Verstärkung traf ein, mit Wasserwerfern und Wassertanks. Sie verwandelten die Brache in ein schlammiges Pompeji. Einige Maler wurden brutal verprügelt, andere in Polizeiautos verfrachtet.

»Das ist nicht Wyoming, sondern Pamplona«, dachte Alka, als der Bart einer riesigen Planierraupe den Morast aus Kuhmist und Müll, der aus den geöffneten Bäuchen der Lastwagen quoll, über ihre teuren moosgrünen Schuhe verteilte. Sie stand stockstill in ihrem roten Mantel. Die Planierraupe stürzte sich auf das Bild mit dem See und riss es entzwei.

Jemand näherte sich von hinten, stülpte Alka einen Regenmantel über und warf sie sich wie eine Stoffpuppe über die Schulter. »Also doch ein Lustmolch!«, schoss es ihr durch den Kopf. Sie biss ihren Entführer in den Ärmel, der nach Muskat und Terpentin roch. Mit dem Fuß tastete sie nach seinen Genitalien. Als das nicht glückte, stichelte sie seinen Hals mit ihrer Mähne. »Hör auf, mich zu kitzeln«, sagte der Mann mit leichtem, aber erkennbar armenischem Akzent. In Erinnerung an ihre Begegnung mit dem grässlichen Arzt im Schnellzug Moskau–Odessa spannte Alka jede Faser ihres Körpers an und wurde zu einem Knäuel.

»Wärst du lieber unter der Planierraupe gelandet?«, fragte der Mann leicht und ohne eine Spur von Bosheit.

Alka wurde auf etwas Weichem abgeladen. Sie blickte sich um. Sie saß auf einem Sofa in einer winzigen Wohnung. Sie schaute aus dem Fenster: eine obere Etage in einem Wohnblock.

Noch nie hatte sie ein derart schäbiges Domizil erblickt. Ohne erkennbares Ordnungsprinzip, am Rande der Sammelwut, verstopften Bilderrahmen, Tische, Staffeleien, Leinwände, Farbpaletten, Decken, Entwürfe und fertige Bilder den Raum. Alka fühlte sich keineswegs in Gefahr. Sollte dieser Maler sexsüchtig sein, so war er ein angenehmer Vertreter der Spezies. Sie bemerkte, dass die Wohnungstür nur angelehnt war.

»Warum schließen Sie nicht ab?«, fragte sie.

»Ein wahrer Künstler schließt niemals ab«, erwiderte der Maler herzlich. »Übrigens, ich bin Tigrán.«

Alka drehte sich um. An der Wand über dem Sofa, auf dem sie saß, hing das Gemälde mit dem See im Mondlicht.

»Das Bild auf der Ausstellung war nur eine Kopie«, sagte Tigrán. »Wir wussten, dass der KGB so etwas in der Art veranstalten würde. Alles andere wäre eine Überraschung gewesen. Wir wollten einfach nur zeigen, dass es uns gibt. Morgen weht der ganze Wirbel durch die westliche Presse. Unter diesem Druck wird ihnen nichts anderes übrig bleiben, als uns noch einmal ausstellen zu lassen, und zwar richtig.«

Das Telefon zirpte lang und hoch: ein Ferngespräch. Widerwillig nahm Tigrán den Hörer ab.

»Was, schon wieder dein Höhlenmensch?«, brummte er. »Du denkst wohl, ich hab nichts Besseres zu tun, als mich um deine halbseidenen Geschäfte zu kümmern? Die Objekte, die du mir schickst, sind in erbärmlichem Zustand. Ich könnte ein neues Meisterwerk malen, aber nein, ich muss den Dreck von deinem Zeug kratzen. Beim letzten Mal waren es mehr Menschenschädel als alles andere. Meinst du wirklich, das sind Schätze?«

Die Stimme des Anrufers donnerte im Hörer, doch Alka verstand kein einziges Wort. Tigrán sprach weiter. »Die schönste Frau der Welt ist gerade bei mir zu Besuch. Ich habe sie sprichwörtlich gekidnappt, damit sie mir Modell sitzt ... Nein, du weißt doch, dass ich meinen Anteil nicht will. Ich bestreite mein Leben nur mit der Kunst ... Ja, lach nur, so viel du willst, es kümmert mich nicht. Ich helfe dir nur, weil ich meinem Bruder nichts abschlagen kann.«

Alka wurde rot. Schönste Frau der Welt – so hatte sie noch niemand genannt. Doch sie hatte immer gewusst, dass es stimmte.

»Ich koche dir einen Kaffee«, sagte Tigrán, als er aufgelegt hatte. Alka fürchtete, er werde nackt aus der Küche zurückkehren, doch er kam voll bekleidet. In seinen riesigen behutsamen Händen trug er ein Cezve-Kännchen, gefüllt mit duftendem Kaffee *à la turque*. Seine Finger waren knallbunt von vielen Schichten alter und neuer Farben, doch sie stießen Alka nicht ab. Diese Finger sahen eher aus wie Pfauenfedern, und Pfauen mochte Alka. Sie schlürfte den dunklen, bitteren Schaum.

»Jetzt, wo ich mitten im Abenteuer stecke, müssen Sie mir mehr von Ihrer sogenannten Kunst zeigen«, verlangte sie.

Der Maler grinste über das »Sogenannt«, ließ es aber unkommentiert und führte Alka ins Nebenzimmer, wo er seine fertigen Werke lagerte. Ein Stillleben mit mondbeschienenen Trauben, eine brennende Kirche, eine schief gewachsene Fette vor einem lila Teppich, gemalt in dicken Rührkuchenschichten.

»Das ist meine Mutter«, sagte Tigrán. »Ohne sie wären mein Bruder und ich im Waisenhaus gelandet und verhungert. Sie hat das Geld, das mein Vater verdient hatte, in ihrem Geburtskanal versteckt. Die Miliz kam nicht auf die Idee, dort zu suchen. Mein Vater wurde als Volksfeind hingerichtet, dabei war er nur ein normaler Ladenbesitzer am Dnjepr-Damm, der hin und wieder ein paar kleine Geschäfte machte. Unter Stalin reichte das für die Todesstrafe. Mein Vater wollte immer, dass mein Bruder Arzt wird und ich Maler, wie Toulouse-Lautrec, aber groß und gut aussehend, und dass ich die Farbe seines unerfüllten Traumes finde. Vor der Revolution hatte er einige Jahre in Paris gelebt, auf dem Montmartre. Er erzählte immer, er habe Toulouse-Lautrec sehr gut gekannt. Manche meiner Bilder sind tatsächlich ein bisschen wie Lautrecs, und dass ich groß bin, kannst du auch sehen.«

»Und Ihr Bruder?«

»Er ist wirklich Arzt, sogar ein sehr guter. Er und ich sind völlig verschieden. Und womit beschäftigen Sie sich, Mademoiselle?«

»Ich arbeite an meiner Dissertation«, sagte Alka stolz. »Sie wird die Philologie revolutionieren. Und ich bin mit dem Botschafter von Madagaskar verlobt.«

»Ich wollte nur wissen, was du so machst. Ob du verlobt bist, kümmert keinen eingefleischten Junggesellen und Künstler«, lächelte Tigrán. »Hat man dir eigentlich schon gesagt, dass du aussiehst wie eins von Gauguins Mädchen aus Tahiti, gemischt mit einem Pariser *gavroche*? Du kriegst sicher viel Spott ab in dieser unbarmherzigen Stadt. Erlaube mir, deine besondere Schönheit zu würdigen, indem ich ein paar Skizzen von dir zeichne.«

»Wie denn, etwa nackt?«, frage Alka schüchtern.

»Nein, das ist nicht nötig. Es sei denn, du bestehst darauf.«

Tigrán holte etwas, das wie ein Sortiment von hundert und mehr Lippenstiften in allen erdenklichen und unerdenklichen Farben aussah. Er begann, eine Blechtafel mit ihnen zu beschmieren, als wolle er eine Miniatur der im Schlamm versunkenen Brache erschaffen, dank der Farben noch überzeugender als das Original.

Alka erkannte das Rot ihres Mantels, den Gelbton ihres Pullovers und ein interessantes Aquamarin oder Moos, ob für ihre Augen oder Schuhe, wusste sie nicht.

Tigrán zeichnete. In den Falten unter seinen Augen, um seinen Mund, auf seiner Stirn tanzte seine eigene Farbpalette in Perlmutt, Blau und warmem Braun. Alka spürte, dass er den Saum ihres Rocks zeichnete. Sie fühlte einen wellenförmigen Juckreiz, sonderbar wie eine große Septime in ihrer Sehnsucht nach Auflösung. Alka durfte dieser Sehnsucht nicht nachgeben, sonst wäre sie bald eine Pfütze. Entlang der Stimmgabel ihrer Nerven würde sie erschaudern und zu schmelzen beginnen. Sogar ihre Finger würden sich verflüssigen und all ihre Ringe in den Sirup fallen. Vor Anspannung zitterte und fröstelte Alka. Tigrán warf ihr eine karierte Decke zu, doch die feindselige Wolle verstärkte den Juckreiz. Noch eine Sekunde, und die bekannte, einzigartige Persönlichkeit Alkas würde wegtauen. Übrig bliebe ein vulgäres Weib. Der Maler war unmodisch und alt, vom Igelhaarschnitt bis zu den zottigen Stiefeln unpassend. Dennoch nahm Alka ihre Visitenkarte aus der Manteltasche. Kaum in der Hand, steckte sie die Karte wieder zurück, zog sie wieder heraus, schob sie wieder zurück. Bei diesem Hin und Her rutschte ihr die Karte aus der Hand und fiel in den samtigen Staub unter der Couch. Alka wollte sie aufheben. Sie zwirbelte ihre Beine zusammen, damit der Maler ihre Strumpfhalter nicht zu sehen bekam. In dieser Stellung war es unmöglich, sich zu bücken. Der Reiz der großen Septime wurde unerträglich.

»Besitzt Ihr einen Schlafsack?«, platzte Alka heraus. Bis zu diesem Moment hatte sie den Maler normal gesiezt.

»Einen Schlafsack?«, wiederholte Tigrán ungläubig.

»Einen Schlafsack mit Flanellfutter, in dem Ihr ruht in sinnlicher Erschöpfung.«

Tigrán hielt seine Überraschung im Zaum. Aus den Moskauer Untergrundsalons kannte er viele exzentrische Frauen, die ihre

Wünsche auf noch bizarrere Weise zum Ausdruck brachten. Und tatsächlich besaß er aus der Zeit, in der er als Neuankömmling und Nomade in der Hauptstadt gelebt hatte, noch einen Schlafsack. Aus seiner Kammer holte er eine dicke, zusammengerollte Decke. Schwungvoll wie ein Magier löste er die Riemen. Der Schlafsack rollte auf und plumpste zu Boden. Tigrán verwandelte seine Körperhöhe in Länge und lud Alka ein, es ihm gleichzutun. Die Augen geschlossen, sank sie in den sündigen Flanelltunnel. Die Dämmerung erleichterte ihr das Fallen.

»Ist das eine Pistole?«, fragte Alka im Sack.

»So was Ähnliches. Aber keine Angst, sie steckt fest und sicher in ihrem Schaft.«

»Ich warne Euch, mein Leben war reich an Tragödien. Ich wurde mehrfach entehrt«, sagte Alka.

»Mein kleines Stachelschweinchen, du wirst sehen, ich bin die Zärtlichkeit in Person.«

»Nennt mich lieber Hase.«

»Du? Hase? Auf keinen Fall. Einem Hasen ähnelst du nicht. Höchstens einem Hering.« »Hase« und »Hering« gehörten zu den wenigen Wörtern, die Tigráns Ethnie phonetisch verrieten, er sagte »Chase« und »Chering«. Alka schreckte zurück, doch dann fiel ihr ein, dass Hemingway mit Fischen vertraut war. Gleichwohl musste ein edlerer Spitzname her, der zu ihr passte.

»Marlin ist besser«, stieß sie hervor.

»Gut, ich nenne dich Marlin.«

Er nahm ihre Hand, streichelte den silbernen Zoo, küsste ihren korallenverschmierten Schmollmund.

»Ich weiß nicht, wo meine Nase hin muss, und Eure Borsten kitzeln mich arg!«

»Sei still, mein Hals blutet von deinen Haaren! Und du beraubst mich der optischen Freuden. Immerhin bin ich Maler«, beschwerte sich Tigrán.

»Ich schäme mich sehr in elektrischem Licht«, flüsterte Alka.

»Dann lass mich dich fühlend bewundern.«

Ein sanfter Wind wehte in den Schlafsack. Er zerteilte die Rüschenwolken und sandte die Kanarienbrüste nach Norden und dann Süden. Alka lag starr, knochig und lang. Sie gab nichts, doch langsam empfing sie. Tigráns kleiner Pfauenfinger tastete sich an die oberen Säume der Polyesterstrümpfe. Er wurde zum vibrierenden Haken. Der weibliche Marlin schluckte den Köder. Die Fischin schlug um sich, zuckte und zappelte, bis ihre Augen noch mehr hervortraten und sie schlaff wurde, reglos gefangen. Lang ausgestreckt im Flanellfutter, löste sich die Spannung in einer erschöpften Oktave.

»Dich hat noch niemand angefasst, hab ich recht?«, schmunzelte Tigrán. »Dieser kleine Angelausflug bringt dich vielleicht auf den Geschmack.«

»Ich liebe dich nicht und kann nicht deine Frau werden«, sagte Alka trocken, vergaß das ungewohnte »Ihr« und zog ihre schlammbespritzten Kleider wieder an.

»Selbstverständlich gehört dein Herz dem Botschafter von Afrika oder sonstwo. Das stört mich überhaupt nicht. Übrigens, für den Fall, dass du mich noch immer für einen Triebtäter hältst und mich der Polizei melden willst: mein Nachname ist Esaw-Yantz.«

Bevor er bis eins zählen konnte, sprang Alka auf und rannte mit einem herzzerreißenden Schrei zur Wohnungstür. Sie wollte die Tür mit aller Kraft öffnen und vergaß, dass sie, künstlergemäß, schon offen stand. Alka rannte die Treppen hinunter, vor ihren Augen ein Tanz eisiger Hühnerbeine. Dieser fürchterliche Arzt, sie hätte es wissen müssen! Vielleicht spielten ihr die Nerven einen Streich, und der Name Esaw-Yantz kam so häufig vor wie der russische Name Iwanow. Trotzdem war sie heilfroh, dass sie weggerannt war.

Hastig buchte sie ihre Heimreise zur *Finca Vigía* an der Twerskaja-Straße. Die Passagiere an Bord der *Gripsholm* warfen einander vielsagende Blicke zu, als brillante Fetzen der revolutionären Dissertation in alle Richtungen flogen: »Boshafte Wirren der Handlung … Duplizität des serientäterischen Falschrums … hemingwayeskes, gefahrenträchtiges Dasein … das Schicksalsfeuer im Schlafsack … die lieblichen Pfauen Madagaskars.«

Friendless kämpfte mit Snowflake auf einem Päckchen aus Amerika. Im Päckchen fand Alka zwei fremdartige Schraubgläser, »Kapern« und »Anchovis«, und dazu einen Brief.

Ich kann nicht länger verhehlen, dass Ihr Verstand und Ihre umwerfende Erscheinung sehr oft in meinen Träumen vorkommen. Ich hege keinerlei Zweifel an unserem Wiedersehen. Ich bedaure sehr, dass ich die Moorhühner nicht auftreiben konnte. Aber Hemingway wird Ihnen helfen, welche zu schießen. Bitte schreiben Sie mir an die Adresse des Caffe Reggio auf dem Umschlag. Ich habe das Café vor Kurzem eröffnet, es ist ein Magnet für die Literaten New Yorks. Da mir Ihre fundierte Kenntnis der Feinkost noch im Gedächtnis ist, akzeptieren Sie bitte meinen bescheidenen Beitrag zu Ihrem echten Oliviersalat.

Selbstredend machte Alka sich längst nichts mehr aus der sowjetischen Küche, doch das konnte er nicht wissen. Immerhin hatte er nicht vergessen, dass sie eine Hemingway-Koryphäe war. Das Paket und der Brief belohnten sie für ihre Rückkehr aus Wyoming-Pamplona, im Grunde unbeschmutzt. Jawohl, sie hatte es immer gewusst, dass er sie liebte und Kontakt zu ihr wünschte, dieser Mark!

5

Das Verschwinden seines Modells überraschte Tigrán nicht sonderlich. Er war es gewohnt, dass sein Nachname die Leute verschreckte. Die Puppe von eben war keine Ausnahme. Zum Glück hatte er es geschafft, ein paar gute Skizzen dieses ungewöhnlichen Geschöpfs zu zeichnen, pseudo-intellektuell und verrückt wie der Hutmacher aus dem Wunderland. Er würde sie sitzend malen, ihr linkes Schulterblatt auf Blech und das rechte auf braungrauem Schmirgel. Blanchierte Mandel und Mumie für die Haut, Chromgrün mit irisierendem Ocker für die Schuhe, Gummigutta und Kadmiumgelb für den Pullover und die Bluse. Und er würde mit dem Korallrot für die Lippen nicht geizen wie Shakespeare in seinem Sonett. Für das Haar würde er echten Stacheldraht nehmen. Er würde das essigsaure Mädchen kratzen und zerren und ausziehen … bis auf die verrückten Zappelknochen. Der Titel des Bildes: *Dr. Martin.*

Tigráns derzeitiges Faible waren Ölkreiden. Sie erschienen ihm allmächtig. Er hatte Schluss gemacht mit den mühsamen Ölfarben auf klassischer Leinwand und zeichnete stattdessen auf allem Möglichen: Packpapier, Metall, Holz, Sackleinen. Ein einziges Mal hatte er seine Regel gebrochen, laut der er an den Geschäften seines Bruders nichts verdienen durfte. Für siebenhundert Dollar hatte er ein luxuriöses Set von einhundertzwanzig Sennelier-Kreiden gekauft, darunter schillernde, fluoreszierende und camaïeuse. Der französische Botschafter Baron Bruno Jaune-Gris, den Tigrán aus dem Untergrundsalon von Elena Stevens kannte, hatte ihm das sumptuöse Set aus Paris mitgebracht.

Tigrán wusste, dass ihm in der UdSSR nicht mehr viel Zeit blieb. Man würde ihn bald in den Westen ausweisen. Umso bewusster genoss er die Reste seines sowjetischen Lebens.

Die Brüder Esaw-Yantz waren von klein auf ungleich gewesen. Arifón war der Macher und Wegbereiter, der die Dinge vorantrieb. Tigrán war der nachdenkliche Bummler, der immer Zeit hatte. Seine Route verlief weniger geradlinig und siegreich. Das heldenhaft gerettete, durch die Inflation abgewertete Geld des Vaters reichte nur für Arifóns Studium an der Medizinischen Fakultät. Bildung war das Privileg des Erstgeborenen. Arifón wurde nicht zur Armee eingezogen, doch Tigrán musste in den Krieg. Die Infanterieläuse zerfraßen ihn bis auf die Knochen, doch verwundet wurde er zum Glück nicht.

Auf den Baustellen der Nachkriegszeit brachte er es vom Klempner zum Vorarbeiter. Dann sehnten sich seine großen Hände nach Kunst. Er bestand die Aufnahmeprüfung an der Moskauer Kunsthochschule mit Bravour und wurde als junger Kriegsveteran zugelassen. Schnell wurde ihm klar, dass seine Vorstellung von Malerei nicht zum Staatsgeschmack passte. Um Geld zu verdienen, musste man Parteiführer oder kitschige Landschaften malen. Letztere waren bei ausländischen Diplomaten beliebt. »Male ein bisschen was für die Knete, und dann schmier jeden Quatsch, den du willst«, pflegte Arifón dem Bruder zu raten. Doch Auftragsarbeit stumpfte Tigráns Fantasie ab, und das Geld, das er damit verdiente, rann ihm durch die Finger.

Er beschloss, von seiner ehrlichen Kunst zu leben, auf Gedeih und Verderb. Um sich von Arifón zu lösen, malte er *Dr. Hades*, ein experimentelles Leinwandporträt mit Teer und weißen Hühnerfedern. Eindrucksvoll zeigte das Bild die zwei Seiten von Arifóns Charakter. Dieser wanderte, je mehr Macht und Einfluss Arifón in Zap erlangte, immer weiter in Richtung Teer. Ursprünglich ein Renaissance-Mann mit vielen Talenten, hatte Arifón seine medizinische Laufbahn glanzvoll und voller guter Absichten begonnen. Doch die gemeine Geldsucht, für den Jugendlichen noch nicht spürbar, begann, in ihm zu dröhnen wie eine obszöne Melodie. Sein grandioses Schaffen als Arzt trat zurück, bis das äußerlich sichtbare Weiß vollends beschmutzt war.

Eins teilten die Brüder: ihr genießerisches Faible für ungewöhnliche Frauen. Es zeigte sich auf sehr verschiedene Weise. Arifón fleischwolfte die Damen mit seinen demiurgischen, haarigen Pranken. Er verwandelte, besamte, säuberte, heilte, verfluchte die zur Passionsfrucht Erwählten und ließ sie schließlich zurück, kahl wie Bäume nach einem Orkan und gefühlstot wie Felsen.

Für Tigrán waren solche Zwangsumwandlungen ein Verbrechen. Bei ihm wurden die Samen des ersten Anblicks einer interessanten weiblichen Spezies zum Gewächshaus der rechten Gehirnrinde befördert – behutsam, jede Wimper und Laune genauso gekringelt wie im Moment des ersten Eindrucks, ohne ein einziges Haar in Unordnung. Die Frauen fermentierten in ihm. Sie setzten Schimmel an, safteten und tropften in ihre ureigene Palette von Farben – der Beginn ihres zweiten Lebens als Kunstwerk.

6

Die neuen Verse, aus der Flut des Abendgeistes getaucht, fielen dem Vergessen anheim. Josik spürte, dass es unhöflich wäre, sein Notizbuch zu öffnen. Es würde Rita in ihrer empfindlichen Abendstimmung verdrießen.

Er hatte versucht, wie sein Vorvater Puschkin zu dichten. Doch das schaffte er nicht.

Grizzlybären hoch am Himmel
Schwänze wedeln hin und her
rosa Säue werfen Ferkel
in den Scheunen kreuz und quer.

Seine eigenen Zeilen, das musste Josik zugeben, neigten zu Kinderreimen. Doch wenigstens waren sie ein gutes, selbstverfasstes Epigraf für seine nächste Unterrichtsstunde über Tschechows Humor, »Worüber lachen wir?«.

In der Dämmerung lagen Josik und Rita auf ihrem Schlafsofa im Wohnzimmer. Unter einer Decke drifteten sie in zwei verschiedene Welten.

Josiks neues Thema für die achte Klasse hieß »Tropfen für Tropfen: Presst den Sklaven aus euch heraus!«. Er wollte den Kindern beibringen, ihre Selbstachtung und innere Freiheit zu stärken. Das Material dazu lieferte Tschechows Kurzgeschichte *Der Dicke und der Dünne*.

»Quetscht die Kacke aus eurem Arsch!«, rief der Klassenclown Mischka, als er das Unterrichtsthema an der Tafel las. Die Klasse brach in wildes Gelächter aus, das erst nach einer Viertelstunde nachließ, als der Schuldirektor Pawel Wladimirowitsch, ein fülliger Mann, der stets wütend nach Atem rang, den Raum betrat und sich für den Rest der Stunde in die letzte Reihe setzte, um die Disziplin zu gewährleisten und gleichzeitig zu sehen, ob Josif Salomonowitsch seine Schüler im Griff und seine Lehrmethoden verbessert hatte. Der »allerstrengste Tadel« sollte Ansporn genug sein für diesen glücklosen Pädagogen. Früher war es Josik peinlich gewesen, wenn die Schulleitung bei ihm im Unterricht saß. Doch jetzt war er mehr oder weniger immun, und auch ohrenbetäubender Lärm im Raum störte ihn nicht.

Die Klasse wurde mit einem Mal still. Endlich konnte Josik den nächsten Satz sagen. »Nun, Kinder, stellt euch einen reichen, fetten Mann vor, der nach Sherry und Fleur-d'Orange duftet und dessen schmierige Lippen wie Kirschen glänzen. Und dazu einen armen Mann, der nach Schinken und Kaffeesatz riecht. Die beiden sind gerade aus dem Zug gestiegen.«

Josiks Plan war, *Der Dicke und der Dünne* in verteilten Rollen lesen zu lassen. Der plumpe Raufbold Boris sollte den reichen Geheimrat lesen und der dürre Serjoscha den armen Beamten. Doch stattdessen zwang ihn eine übermächtige Kraft, den Direktor in der letzten Reihe anzusprechen: »Pawel Wladimirowitsch, würden Sie bitte vorkommen? Ich möchte, dass Sie den Dicken lesen, ich lese den Dünnen.«

Als Josik das ausgesprochen hatte, erstarrte er vor Schreck. Die Klasse erstarrte auch, vor Spannung.

»Nun, wieso nicht«, sagte der Direktor langsam und erhob sich von seinem Platz, »die Rollen sind uns wohl auf den Leib geschrieben.«

Einmal begonnen, wollte Josik die Sache durchziehen. Er verwandelte sich in einen richtigen Schauspieler. Um die Unterwürfigkeit des Dünnen gegenüber dem Dicken zu zeigen, wand und krümmte er sich bis auf den Boden. Nur die Angst vor dem Direktor unterdrückte das ungestüme Gelächter der Schüler. Die Schulklingel ließ es explodieren.

»Josif Salomonowitsch«, sagte der Direktor, als die Schüler fort waren, »Sie wollen den Kindern Selbstachtung beibringen, aber besitzen Sie denn selbst einen Funken davon? Sie ignorieren die Anzeichen pädagogischer Mangelernährung, welche die Schüler unentwegt aussenden. Sie sind ein netter Mann, und ich habe Verständnis für Sie. Doch für die Schule sind Sie eine Schande.«

Josik ertrug seine eigenen Defizite, ohne zu murren, obwohl ihn jede Kränkung durch seine Schüler und jede misslungene Unterrichtsstunde noch lange schmerzten. Er wusste genau, dass er beim Revolutionieren der sowjetischen Erziehung kläglich scheiterte. Doch er besaß eine Würde, die ihn an seinen Ansichten festhalten ließ, egal, wie dringend er diese Ansichten hätte ändern müssen. Zusätzlich zu dieser Würde trug er einen »wirklichkeitsabweisenden Taucheranzug«, wie er ihn nannte.

Die Freude über seinen geheimen Fund flaute ab, wärmte kaum noch in den kalten Zeiten drohender Verzweiflung. Doch noch immer nahm Josik mindestens einmal pro Woche heimlich die heilige Reliquie zur Hand, Puschkins originale Manuskriptseite. Er verwahrte sie in einer Plastiktüte und berührte das hundertfünfzig Jahre alte Papier nur durch die Hülle: *Frankreichs Grab, das blut'ge Waterloo!* Urahn Puschkin nackt auf der Klippe, eine

Vollbusige mit Haarnetz im langen, taillierten Kleid, eine Zigeunerin mitten im Tanz, zwei erschrockene Kosaken, zwei unleserliche Schnörkel. Mit forsch aufgedrückter Feder und dann, zum Ende der Seite hin, in immer schwächerer Hand: *Schöne Jüdin … Schöne Rosa … Dein Schleienschlitz so wohlig eng …* Josik wünschte, er sei zu all den groben Dingen fähig, nach denen Rita sich sehnte. Wenigstens würde er über diese Dinge schreiben, im leichten Champagnerstil Puschkins.

Er studierte einen der rätselhaften Schnörkel, bis seine Augen brannten. Könnte er ihn doch dechiffrieren! Bestimmt enthielt er einen geheimen Rat, einen Geistesblitz, der Josiks eigene Schöpferkraft stärken würde. Manchmal meinte er in dem Schnörkel ein »Halte durch, dummer Clown!« zu erkennen, aber sicher war er sich nicht.

Um die wiederkehrenden Träume von Mark fernzuhalten, murmelte Rita ABBA-Songs, anstatt Schäfchen zu zählen. Die Songs von der Vinylscheibe nutzten sich in ihrem Kopf bis auf die letzte Rille ab und schmeckten bald bitter auf der Zunge. Rita ertrug sie nicht mehr. Sie suchte eine hübsche Stelle zum Auswendiglernen in Hemingways *Fiesta*, fand aber keine. Der Text war zu trocken und knapp. Doch Alkas neue Empfehlung gab ihrem Geist Nahrung: *Wem die Stunde schlägt*.

»*Wo rauer Stoff gewesen war, da war nun alles glatt, mit einer Glätte und einem festen runden Druck und einer langen warmen Kühle, äußerlich kühl und innerlich warm, lang und leicht und fest umfassend, fest umfasst, einsam, festgesogen mit allen Konturen, beglückend, jung und liebevoll und nun ganz warm und glatt*«, murmelte Rita. Robert Jordan nahm unvermeidlich die Konturen von Mark an, undeutlich geworden durch die drei Jahre und reduziert auf die kastanienbraunen Koteletten und die schönen Hände, die den betrunkenen Nikolai am Kragen packten.

»Du solltest deine Zeit nicht verschwenden, indem du ausländische Bücher auswendig lernst«, flüsterte Josik. »Hör dir lieber von mir eine unglaublich witzige Stelle aus *Der Dicke und der Dünne* an.«

Die Zeit glättete die unglücklich verlaufene Neujahrsnacht vor drei Jahren. »Ich kann dich nicht größer machen« brannte monatelang, Tag und Nacht in Josiks Kopf. Auch die Wahrheit über Ritas Jungfräulichkeit schmerzte – nicht, weil Josik eifersüchtig war. Vielmehr hätte er bemerken müssen, dass Rita litt. Nach und nach wandelten sich die bitteren Worte in zartere Nuancen. Josik verdrängte die sexuelle Komponente und ersetzte sie mit Ritas vermeintlichem Wunsch, er möge ein ehrenhafter, erfolgreicher Dichter werden. Rita wiederum tat ihre Grobheit leid. Sie wurde sanfter, redete sich ein, dass Josiks Qualitäten als Gentleman außerordentlich seien und sie sich glücklich schätzen müsse. Er war ein liebevoller Vater und ein kultivierter Mann. Nicht zuletzt war er kein Trinker wie die meisten anderen Männer, die sie kannte.

Josik legte seinen Arm um Rita. Seine winzige Hand verlor sich in Modigliani-Linien.

7

Josik,

drei Jahre sind vergangen. Es tut mir leid, dass ich Dir nie geschrieben habe. Jetzt packt mich die Wehmut so, dass ich mich jemandem anvertrauen muss. Wie vorherzusehen war, wähle ich Dich. Du bist ein verrückter Kauz, aber doch ein feiner Mensch mit Taktgefühl.

Ich habe es Dir nie gesagt, aber ich schreibe! Ich wollte es Dir nicht erzählen, weil ich arroganterweise glaubte, ich stünde dann auf einer Stufe mit Dir. Ein hoffnungsloser Skriptomane. Nach Amerika habe ich damals einen Text mitgenommen, den Entwurf zu einem Roman. Ich war sicher, dass ich ihn hier leicht herausbringen könnte. Aber der amerikanische Buchmarkt ist so vollgestopft, dass es ihn würgt, vollgestopft mit Verlegern, die meine Anfragen nicht beantworten, sodass ich sie ebenso gut den Spatzen auf der Straße vorlesen könnte.

Meine Frau Angela könnte finanziell für mich sorgen. Sie ist sehr erfolgreich in der Nationalmannschaft der Gymnastinnen. Aber ich möchte nicht in ihrer Schuld stehen. Ich wünschte, ich hätte etwas Kapital aus meiner Näherei in Odessa abgezogen. Weit käme ich damit in Amerika nicht, aber eine Weile würde es reichen. Angela, neben ihren Qualitäten als erstklassige Sportlerin, hat sich als erstklassige Zicke entpuppt. Ich beweifle, dass unsere Ehe noch ein weiteres Jahr übersteht. Schade, denn sie wird mich den kleinen Edwin bestimmt nicht so oft sehen lassen, wie ich will.

Den einen Tag arbeite ich als Hausmeister, den nächsten als Kellner. Mein neuester Job ist im ›Caffe Reggio, Home of the Original Cappuccino‹. Ja, es gibt mit Sicherheit nichts, worauf ich stolz sein kann, abgesehen von der Tatsache, dass das Reggio Joseph Brodskys Lieblingscafé ist. Ein paar Mal hatte ich die Ehre, ihm eine Tasse Kaffee zu servieren, die er zu seinen fünf Morgenzigaretten trinkt. Stell Dir vor: ich in Kellnerschürze, vor Scheu wie gelähmt. Ich brachte kein Wort heraus.

Ich habe mich sehr verändert, seit Du mich das letzte Mal gesehen hast. Und wenn Du mich bittest, Dir mein Leben hier zu erklären, so kann ich es nicht. Wir leben nicht nur auf verschiedenen Erdhälften, sondern auf verschiedenen Planeten.

Ich könnte Dich zu einem Spaziergang durch Manhattan einladen, doch der Anblick der Wolkenkratzer ließe Dich ohnmächtig werden. Ich könnte Dir den Unterschied zwischen Disco und Progressive Rock erklären und auch, was das Wort ›hit‹ bedeutet. Doch wie soll ich Dir die Musik der Bee Gees oder von Pink Floyd so beschreiben, dass Du sie verstehst? Und wie könnte ich Dich mit meiner billigen Kost aus chinesischen Frühlingsrollen und mexikanischen Burritos bewirten?

Ich fege, ich trage Geschirr, ich lechze nach New Yorkerinnen jeden Alters. Ich habe noch nie solche Frauen gesehen: schön und meschugge. Hier sagt man ›sexy‹ dazu. Mit Zehennägeln rot wie die sowjetische Flagge laufen sie kreuz und quer über die Avenues. Ihre Füße biegen sich in Plateauschuhen, für die sowjetische Mädchen ihre Mütter verkaufen würden. Diese Amerikanerinnen sind dermaßen anders, dass sowjetische Männer mit ihnen vermutlich keine Kinder zeugen können. Und die schwarzen unter ihnen? Josik, hast Du je eine schwarze Frau in Fleisch und Blut gesehen? Ich hoffe nicht. Dein Schnäbelchen würde platzen.

Leider kann ich bei den amerikanischen Bräuten, egal, ob schwarz oder weiß, nicht so landen wie bei den russischen. Ich bin schon so weit gesunken, dass ich zur Ninth Avenue lief und eine schwarze Nutte bezahlte. Ich kam mir vor, als würde ich mit einem betäubten Panther schlafen. Für sie war ich aber kein Jaguar, sondern nur ein Schakal für zwanzig Mäuse, wie jeder andere. Mittlerweile überlegt mein gekränktes Ego sogar, meinen früheren Verehrerinnen zu schreiben, nur damit ich mein Selbstwertgefühl nicht gänzlich verliere.

Erinnerst Du Dich an den komischen Neujahrsabend, an dem ich euch Lebwohl sagte? Deine hübsche, gewöhnliche, begehrenswerte Nachbarin … ich weiß nicht mehr, wie sie hieß … wusstest Du, dass ich einen vorzüglichen – empöre Dich ruhig über diesen amerikanischen Ausdruck – One-Night-Stand mit ihr hatte? Im Nachglühen habe ich ihr ein bisschen romantischen Unsinn erzählt. Du siehst aus wie Marilyn Monroe, du solltest Schauspielerin werden … so was in der Art. Ich hoffe, sie hat mich nicht ernst genommen. Andernfalls hast Du sie, klugerweise, hoffentlich davon abgehalten. Nun, ich glaube nicht, dass ich sie mit Briefen belästigen werde. Das wäre zu grausam. Sie war so gut im Bett, so aufrichtig und natürlich.

Aber die hochtrabende Knochentasche aus Moskau, die sich auf der Stelle in mich verknallt hat, ist mir einen kleinen Scherz wert. Ich weiß noch, dass sie Kapern nicht von Anchovis unterscheiden konnte, und ich weiß auch noch, dass ich ihr ein Einzelabteil gebucht habe, weit weg von meinem. Trotzdem hat sie dreimal den ganzen Zug durchquert, sämtliche Dritte-Klasse-Waggons und Tamboure. Zum Anklopfen hat ihr Mut nicht gereicht, aber sie hat ziemlich geil durch die Tür gekeucht und am Ende ihre Visitenkarte durch den Türschlitz geschoben.

Josik hatte Marks Brief im Stapel der unkorrigierten Übungshefte versteckt. Beim Aufstehen stieß Rita den Stapel um, und da war der Brief, mit knallbuntem amerikanischem Poststempel. »*Waterloo*«, mehr konnte Rita nicht murmeln. Herz und Hüften wurden ihr schwer. Die Songs waren ihr längst ausgegangen, und

Alka schickte keine neuen. Rita wollte Mark schreiben, doch ihr fehlte ein konkreter Beweis dafür, dass er sie mochte. Zudem würde seine Ehezicke, wenn sie Ritas Brief fand, ihm das Leben noch mehr vermiesen.

Rita nahm sich vor, Alka kein Wort von Marks Plänen zu sagen. Auch Swetka würde sie nicht in den Ernst seiner Worte in Bezug auf die Schauspielschule einweihen. Sollte die ukrainische Marilyn in Moskau ruhig auf die Nase fallen.

8

»Ist es zu viel verlangt, das Kind gesund und sauber zurückzubringen?«, erkundigte sich Oma Manja.

»Als ob Sie wüssten, was gesund und sauber heißt«, erwiderte Großmutter Sheila. Wie Chilischoten aus der Dose konnte die alte Fehde stets wieder aufflammen.

Alle zwei Wochen verbrachte Sonka einen hochwertigen Sonnabend bei ihren Großeltern väterlicherseits. Es war Juni. Plangemäß kaufte Großmutter Sheila ihrer Enkelin ein Pfund junger Erdbeeren.

»In ihrem Alter kann sie Erdbeeren nicht von Kartoffeln unterscheiden«, sagte Wowik neidisch. »Du solltest sie lieber selbst essen, Mutter.«

»Du meinst, ich sollte sie lieber mit dir teilen. Ich weiß, dass du Erdbeeren liebst, aber nein, mein Sohn. Ich muss meine großmütterlichen Pflichten erfüllen. Was zu tun ist, tue ich tadellos. Salomon, lies dem Mädchen etwas vor, während ich die Leckerbissen auf dem Teller anordne.« In stummem Protest schloss sich Wowik im Bad ein.

Aus irgendeinem Grund interessierte sich Sonka nicht für Mogli. Großpapa Salomon musste in Wowiks Zimmer gehen, wo die Bücher der Familie in drei säuberlichen Reihen in einem verglasten Schrank standen. Er entschied sich rasch für ein Buch auf Wowiks Nachttisch, offenbar afrikanische Märchen.

Der Trolleybus Nummer 4 fuhr zum Darwin-Zoo. Mit Adlerblick erspähte Wowik einen freien Sitz und eroberte ihn in Windeseile für seine Mutter. Er zischelte missmutig, als Sonka auf Sheilas Schoß kletterte.

Der Juni prahlte mit subtropischen Temperaturen. In ihrem Make-up aus Beeten voller pinker Pfingstrosen sah die Lenin-Allee aus wie eine welke Diva, die ein kleines Mädchen sein will. Die verwitterten Häuserfronten, der bröckelnde Stuck verrieten überall ihre Ramponiertheit und ihr wahres Alter. Die süßen Düfte waren zu schwach, um den schlechten Atem zu übertünchen. Durch die Sonnenstrahlen tröpfelte Regen. Unter dem doppelten Regenbogen, in den Spritzlichtern auf dem Asphalt, fuhr der Trolleybus unbeirrt weiter; sein Scheißleben dauerte das ganze Jahr. Lochzangen bissen in Fahrscheine, die baumwollenen Arschbacken der Frauen quetschten sich ineinander wie raffinierte Puzzleteile. Der Bus fuhr auf die Dammbrücke, die das linke Ufer des Dnjepr mit dem rechten verband. Die Brückenpfeiler waren marode – unnütze Kämme für die Rastalocken trüben Wassers. Voller Mitleid mit der Brücke brummelte Großpapa Salomon halblaut: »Die Last des modernen Lebens wird sie zum Einstürzen bringen.« Er stöhnte, als wäre er eins mit der elenden Dammbrücke, als rollten die Busse, Autos und Lastwagen auf seinem Körper.

Die Fahrgäste drehten sich neugierig zu ihm um. »Jawohl, die Dehnungsfugen sind nicht mehr wasserdicht. Aus den Pfeilern fallen Betonstücke, in genau diesem Moment. Glauben Sie mir: Die Brücke wird einstürzen. Wenn nicht heute, dann in ein oder zwei Jahren.« Empfindsame Frauen begannen zu kreischen, obwohl die Brücke recht robust wirkte und noch einiges aushalten konnte. Ihre vier Bogen und zwei Stockwerke waren nach dem Zweiten Weltkrieg erneuert worden. Großpapa Salomon hatte als junger Ingenieur 1951 am Bau mitgewirkt. Anstelle von reinem

Stahl wurde, aus ökonomischen Gründen, Stahlbeton verbaut. Auf der oberen Brückenebene rollten die Züge vom Donbass nach Kriwoi Rog. Die untere Ebene war eine müde genudelte Fernstraße.

»He, Opa, wieso baust du keine neue Brücke?«, fragte ein junger Mann.

»Mein Entwurf ist fertig, das Verkehrsministerium muss ihn nur noch annehmen.«

Großmutter Sheila zwickte Großpapa Salomon, dass es wehtat.

»Du Schwachkopf, wieso blamierst du mich in der Öffentlichkeit? Ich steck dich in die Klapsmühle!«

Auf halbem Weg zwischen Bushaltestelle und Zoo, hinter einem Vorhang aus alten Pappelbäumen, stand eine Villa. Ihre Architektur war gänzlich unsowjetisch: unterbrochene Dachlinien, überhängende Simse, die Mauern mit Holz verschalt, eine Veranda über die gesamte Vorderseite. Das Haus besaß nicht die geringste stilistische Ähnlichkeit mit den grauen Chruschtschow-Wohnblöcken oder den senfgelben Ziegelhäusern der Stalinzeit. Es schien vom Mond gefallen zu sein. Gerüchten zufolge war es einst, als der Dnjepr-Staudamm gebaut wurde, die Residenz des leitenden Ingenieurs gewesen. Er war Amerikaner und der Name der Villa *Winona*. Was dieser elegante, unrussische Name bedeutete, wusste niemand. Man erzählte sich nur, der Ingenieur Hugh Winter habe im letzten Baujahr des Damms mit einer jüdischen Bauersfrau aus der Gegend ein Kind gezeugt.

Nun war die sonderbare Villa in ein Gerüst gekleidet. Zwei schlecht gelaunte Arbeiter eilten fluchend umher.

»Fick dich doppelt! Ich bin ein Spitzenchauffeur, aber kein Sklave! Du Säufer solltest den Job ohne mich machen!«

»Hure kreuz, Hure quer«, rief die andere Stimme, »was für scheißschwere Bretter!«

»Ich habe mein erstes Lebensjahr in diesem Haus verbracht«, flüsterte Großpapa Salomon Sonka ins Ohr. »Winona, das ist die Hauptstadt des amerikanischen Bundesstaates Minnesota. Die Heimatstadt meines amerikanischen Vaters. Er war der beste Ingenieur von Staudämmen. Meine Mutter war seine Liebste.«

Er hob Sonka auf seine Schulter, damit sie gemeinsam mit ihm das Haus bestaunen konnte.

»Hier hat meine Mutter Rosa Vaters amerikanischen Lieblingskuchen gebacken. Er heißt ›Kackhäufchen‹, ein Sahnetörtchen. Sheila, du solltest ihn auch mal versuchen zu backen.«

Mit der ganzen Kraft ihrer winzigen Hand kniff Großmutter Sheila ihren Mann. »Salomon, wir müssen dein Münchhausen-Syndrom behandeln. Das Kind ist schon zerstreut genug, lenk es nicht ab mit deinen schwachsinnigen Märchen.«

»Was heißt ›Fick dich doppelt‹, Großmutter?«, fragte Sonka. Das Wort »ficken« wurde im Kindergarten oft benutzt, doch Sonka glaubte nicht an seine Bedeutung. Ein derart unhygienischer Vorgang war einfach unmöglich. Die kleinen Schlauberger hatten die Gespräche der Erwachsenen falsch belauscht.

»Eine solche Redensart habe ich noch niemals gehört«, antwortete Großmutter Sheila.

Der Darwin-Zoo war eine Schule des Überlebens. Nur die hartgesottensten Könige der Tierwelt ertrugen die Schinderei ihres Daseins in Zap. Die Löwen bekamen oft Haferflocken zu fressen, die Paviane Kartoffelschalen. Die Giraffe schien aus Flatterstoff genäht zu sein, ihre Beine raschelten beim Gehen. Der Tiger war ein Witzbild seiner selbst: ein zerzauster Pullover mit Streifen.

Am Eingang hatten Zigeuner ihr Lager aufgeschlagen. Sie besabberten das Zooterrain mit ihrer wilden Sprache. Für etwas Fleisch, das von den Portionen der Raubtiere abgezweigt wurde, halfen die Roma dem Zoopersonal bei der Arbeit. Böse Zungen behaupteten, sie hätten drei seltene chinesische Enten gestohlen und aus ihnen Suppe gekocht. Noch bösere Zungen berichteten, sie hätten einen Grizzlybär geklaut, ihn gegrillt und das Fell zu Pelzmänteln verarbeitet.

»Ich will auf dem Elefanten reiten!« Sonka zupfte Großmutter Sheila am Ärmel.

»Mutter! Fünfzig Kopeken für fünf Minuten!«, kommentierte Wowik empört die Preisliste an der Kasse. »Das ist widerlich.«

»Wowik, ich habe dir doch gesagt: Was zu tun ist, tue ich tadellos. Hier hast du die Münze. Geh und bezahle.«

Eine junge Zigeunerin, deren Haut selbst für ihresgleichen ungewöhnlich gebräunt war, hob Sonka auf die verstaubte Schabracke des Elefanten. Die allzu muskulösen Arme der jungen Frau glitten die Schmirgelrinde des riesigen Tierkörpers herab. Dann wandte sie ihr Gesicht Wowik zu: schokodunkel, die Lippen mit Auberginenrand, pralles Fruchtfleisch der Mukosa. Kurzes, ärmelloses Kleid, blau-weiß gestreift, genau wie in Wowiks unanständigen Träumen. Sie war eine schwarze Zigeunerin, die einmalige Zap-Frucht einer internationalen Liebesnacht zwischen einem äthiopischen Medizinstudenten und einer neugierigen Roma. Sie köderte Wowik mit einem flinken Blick und lief in Richtung des Giraffengeheges.

»Mutter, mich plagt ein dringendes Bedürfnis, das ich nicht länger unterdrücken kann«, sagte Wowik mit Märtyrerstimme.

»Klein oder groß?«, fragte die Mutter.

»Groß … und sehr flüssig.«

»Ich komme mit«, sagte Großmutter Sheila. »Solche Dinge darf man nicht auf die leichte Schulter nehmen.«

»Bitte nicht, Mutter, das ist mir peinlich. Wie wäre es, wenn Vater mitkommt?«

Großmutter Sheila erinnerte sich an ihre Aufsichtspflicht gegenüber der Enkelin und an die diesbezüglich notwendige Perfektion. Aus ihrer Handtasche nahm sie einen Stapel Servietten, den sie stets bei sich trug – Klopapier war Mangelware in der UdSSR –, und überreichte ihn Wowik. Im Grunde war er ja ein erwachsener Mann.

»Also gut. Salomon, komm runter von deiner Lügenwolke und kümmere dich um deinen Sohn! Hol mich sofort, falls es ihm schlecht geht«, befahl sie.

»Halte dich ja fern von mir!«, zischte Wowik dem Vater ins Ohr.

Großpapa Salomon gehorchte bereitwillig. Anstatt beleidigt zu sein, lief er in Richtung *Winona* und Brücke zurück. »Es wird eine Schrägseilbrücke im Fächerdesign«, murmelte er, »Blondin-Luftkabel, vier Pylone, reiner Stahl. Ein Traum, eine Schönheit, ein Wunder der Verkehrsführung. Nur noch eine Zeichnung, dann schicke ich alles ans Verkehrsministerium.«

Im Kindergarten spielten die Kinder oft *Dschungelbuch*. Sonka musste immer Tabaqui sein, der Schakal. Simon spielte gern den Tiger Shir Khan. Shir Khan aß Bonbons, und Tabaqui musste das Papier abschlecken. Für ihr schlechtes Benehmen wurde Tabaqui oft von Lilka-Baghira gekratzt, von Hathi getreten, von den Bandar-Logs aus Baghiras Clique bespuckt. Doch in diesem Moment hatte Sonka weder Störenfriede noch Konkurrenz um sich. Sie fühlte sich wie die moglischste Moglierin auf der Welt.

Von Süden wehte der Wind die Düfte der Schokoladenfabrik von Zap heran. Die köstliche Luft verband sich mit den Dünsten des Zoos zu einer Märchenmischung. Der ganze große Zoodschungel kam in Sonkas süßen Besitz, als sie hoch oben auf dem Rücken des Elefanten saß: Zebras mit Zuckerguss, Karamelgiraffen, ein Leopard aus Zuckerwatte, der leckere Trüffelbär Balu und der hübsche Schakal Tabaqui aus Buttertoffee.

Weil das schwarze Zigeunermädchen fort war, holte ein alter Rom Sonka auf die Erde zurück. Niemand aus ihrer väterlichen Verwandtschaft holte sie ab. Sie verstand das als Einladung, den Zoo allein zu erkunden. Unterwegs geriet sie in ein neues Märchen, in eine von Großpapa Salomons afrikanischen Geschichten von Wowiks Nachttisch. Eine Schildkröte spielte Klavier mit ihren Krallen und sang einem Büffel mit muschelbesetztem Schwanz die Wahrheit vor. Ein Perlhuhn baute Okraschoten, Hirse und Tabak an, und der faule Hase war neidisch auf das Perlhuhn und plünderte das Feld. Danach spazierte Sonka zu den Pavianen mit den lustigen roten Popos. Sie traf auch einen Tiger und ein Kamel, ohne Märchenschmuck, aber ziemlich lebendig.

Wowik fand die schwarze Zigeunerin unter einer Pappel am Gitterzaun des Geräteschuppens. Ihre Pobacken, anders als banaleuropäische, wölbten sich einladend unter dem gestreiften Baumwollkleid, wie ein kleiner Schemel.

»Jüdischer Streber«, rief sie ihm zu, »ich sag dir die Zukunft voraus. Deine Mutter ist schlecht für dich, sieh zu, dass du von ihr wegkommst.«

»Wie kannst du es wagen«, setzte Wowik an, doch der magische Duft der Schokoladenfabrik, vermischt mit dem Muskatgeruch des Mädchens, der olfaktorisch nicht weit entfernt war von dem eines Panthers, verblüffte ihn.

»Wenn du was sehen willst, das du noch nicht kennst, gib mir zehn Rubel, und ich zeig's dir.«

Wowik kramte in seinen Taschen, als würde er Geld suchen, dabei durfte er ja, wenn er mit Großmutter Sheila unterwegs war, nie welches bei sich tragen.

Die schwarze Zigeunerin schenkte ihm ein äquatoriales Lächeln. Sie legte die lila Innenfläche ihrer trockenen schwarzen

Hand in seinen Schritt und schlug auf die straffe Naht. Wowik stand rot und starr, mit Schweißachseln und verzerrtem Gesicht.

Großmutter Sheila hatte gespürt, dass etwas nicht stimmte. Gemäß ihrer erfahrenen Berechnung lag Wowik schon anderthalb Minuten über der Zeit, die er normalerweise für sein großes Geschäft brauchte, und er war immer noch nicht zurück. Ihre Intuition führte sie schnell an einen versteckten Ort, und dort fand sie ihn. Als sie sein Gesicht sah, glaubte sie fast an das Märchen vom schlimmen Durchfall. Doch dann wurde ihr eigenes Gesicht zur Grimasse: Dicht bei ihrem Sohn stand eine unhygienische Zigeunerin, schwarz wie Pech. Noch nie hatte Großmutter Sheila ein solches Geschöpf gesehen.

Ohne Vorwarnung schlug sie der Kreatur mit ihrer Handtasche auf den Kopf. Die Zigeunerin lachte und rannte davon. Großmutter Sheila zerrte Wowik an der Hand zurück in die Mitte des Zoos, wo der Elefant gerade vom nächsten Kind erklommen wurde. Gut sichtbar für die Zoobesucher an diesem Samstag fiel Großmutter Sheila in Ohnmacht. Wowik, verängstigt und schuldbewusst, tastete nach ihrem Puls.

Die Zoolautsprecher verkündeten: »Sonka Winter wurde im Paviankäfig gefunden. Sie sucht ihre Großeltern und ihren Onkel. Wir bitten um schleunigste Abholung, sonst kommt sie ins Waisenhaus.«

Großmutter Sheila übertrug ihrem Gatten die Aufgabe, Sonka vom Zoo aus direkt nach Hause zu bringen, in die Helden-von-Stalingrad-Straße. Sie war viel zu erschüttert, um das Kind zuvor noch bei sich unter die Dusche zu stellen.

»Habe ich nicht gesagt, dass es zu viel verlangt ist?«, schimpfte Oma Manja schwungvoll mit Großpapa Salomon. Der Zooleitung war entgangen, dass Sonka nicht nur unter den Pavianen Freunde gefunden hatte. Zuvor hatte der Tiger sie zärtlich als sein Eigentum markiert und nach ihm das Kamel.

Zehn Vollbäder waren nötig, um den Darwin-Zoo von Sonkas Haut abzuwaschen.

9

Ihre erste Moskauer Nacht verbrachte Swetka auf einer Bank am Kursker Bahnhof. Die letzte Metro fuhr um ein Uhr; Swetkas Bummelzug war sechs Minuten später angekommen.

Ein Milizionär rüttelte sie im Morgengrauen wach und zeigte ihr, wie man eine Fahrkarte für die Metro kauft. Fluchend zwängte sie sich durch das sperrige Drehkreuz und betrat, nachdem sie mehrmals falsch umgestiegen war, endlich die weitläufige majestätische Gorki-Straße. Sie fand das Haus, in dem die Familie Katz wohnte: eine riesige Trutzburg aus der Stalinzeit, verziert mit rötlichem Stuck.

Eine beschürzte Dienstmagd öffnete die Tür. Leicht pikiert gewährte sie Swetka Einlass in den Palast mit hohen Decken, cremefarbenen Wänden und wuchtigen Möbeln aus Walnuss. Auf chinesischen Bildtafeln tummelten sich Hofdamen in Perlmuttgewändern. Die geschwungene Fensterfront in der Mitte trug eine schwere Frisur aus violettem Samt, die kein Tageslicht hereinließ und das Fünfzigerjahre-Ambiente vor den frechen, verantwortungslosen Siebzigern schützte.

Die Vitrine präsentierte Nathan Katz's Heldendiplome der Sozialistischen Arbeit, seine Ehrenurkunden und eine Fülle von spitzenbesetzten Häkeldeckchen. Unpassend für solch ein erlesenes Zuhause beherbergte das dicke Ledersofa vier struppige Katzen. Sie vertrieben sich die Zeit mit Katzenkurzweil, vom komatösen Pfötchen-in-der-Luft bis hin zum febrilen Scharren.

Eine Kuckucksuhr nieste zehn Uhr. Tante Ljuba, die Dame des Hauses, trat aus einem Nebenzimmer. Sie war eine müde wirkende Jüdin mit schlabbriger Strickjacke und grauem Haarknoten im Nacken. Sie sah nicht viel anders aus als die Dienstmagd.

»Bitte versuchen Sie, unsere Allotschka nicht zu stören«, bat sie Swetka nach einer steifen Begrüßung. »Sie steht sehr unter Druck und regt sich schnell auf. Sie schreibt an einer sehr bedeutenden Dissertation. Und rühren Sie unter keinen Umständen die Katzen an. Tanja wird Ihnen Ihr Bett hier auf dem Sofa machen.«

Der müde Direktor der Moskauer Fabrik für Schuhcreme roch die Veränderung in der häuslichen Chemie sofort: ein animalisch-frischer Luftzug, das billige Parfum einer jungen Schickse, ein neuer Tropfen im alten Weinschlauch seiner Wohnung. Er wusch sich die Hände und ging ins Esszimmer, wo der schwesterlich-aufgenötigte Gast aus Zap saß: Minirock, überschlagene Beine, freizügige Schenkelfilets.

Ganz allein, ohne jegliche Unterhaltung, wartete Swetka auf das Abendessen. Tante Ljuba half Tanja in der Küche; Alka verbarg sich in ihrem Arbeitszimmer, bis man sie untertänigst zum Essen rufen würde. Etwas voreilig hatte Swetka Freundschaft geschlossen mit einem Korb voller Brothäppchen, dem einzigen Nahrungsmittel auf dem noch ungedeckten Tisch. Sie knabberte die Brotkruste und formte Kügelchen aus dem Teig.

Das Abendessen wurde aufgetragen: Blumenkohlsuppe, Tomaten-Gurken-Salat, Frikadellen und Reis. Vorsichtig klopfte die Magd Tanja an eine der Türen. Die Tür flog auf, und eine Furie stürmte ins Esszimmer, dünn wie ein Streichholz, mit flammendem Haar. Grußlos setzte sie sich an die Stirnseite der Tafel.

»Wie oft habe ich schon gesagt, dass ihr diese degoutante Suppe nicht auftischen sollt! Sie schmeckt nach Urin! Frikadellen – sumpfiges Verhängnis! Reis – ungare Abscheu! Mutter und Magd, wo waren eure Ohren, als ich euch erklärte, was ein anständiges Abendbrot ist? Wenn es schon Suppe sein muss, kocht bitte Meeresschnecken, Tofu, Räucherpute und Blattsalat. Falls ihr euch das nicht merken könnt, schreibt es auf. Und wenn es schon Frikadellen sein müssen, macht sie mit Kapern und indischer Soße genießbar, außen knusprig, innen saftig und rot. So hat es Ernest Hemingway von seinem Küchenpersonal verlangt. Magd und Mutter, noch einmal werde ich nicht so nett zu euch sein!«

Belustigt betrachtete Swetka die versteinerten Frauen und den Mann, das Inbild schmallippigen Gleichmuts. Plötzlich warf Alka ihr einen Blick zu. »Ihr Gesicht, Fräulein, scheint mir von weit her bekannt. Sie gehören wohl zur mittellosen Verwandtschaft, die unsere Tür und den Hals meines lieben, sanftmütigen Vaters belagert. Oder wollen Sie bei uns Dienstmädchen werden? Da gibt es keine Hoffnung für Sie, Ihre Haarfarbe und Ihr ordinäres Gesicht verbieten es. In meiner Dissertation, falls Sie das Wort verstehen, beschäftige ich mich ausführlich mit dem Erscheinungsbild ordinärer Frauen. Sie sind der Inbegriff davon, glauben Sie mir.«

»Ich verstehe nur die Hälfte von dem, was du redest, Schätzchen. Aber ich bin nicht deine Verwandte. Ich bin die beste Freundin deiner Cousine, und ich werde an der Schauspielschule *auditionieren*. Ich erinnere mich an dein Gesicht, wer könnte es jemals vergessen? Und ich weiß noch, dass Mark aus Odessa dich abblitzen ließ. Aber *du* wolltest ihn haben, und zwar unbedingt«, sagte Swetka würdevoll. Tante Ljuba trat ihr unter dem Tisch auf den Fuß.

Doch die dreisten Bemerkungen der Betrügerin beeindruckten Alka nicht. »Stimmt, ich erinnere mich … die Frucht der Provinz! Sieh mal an, auf die Schauspielschule ... Sie amüsieren mich köstlich. Haha!«

Heimlich wechselte Tante Ljuba einen erleichterten Blick mit ihrem Mann.

Das Dienstmädchen Tanja gab Swetka ein Handtuch und führte sie in ein geräumiges Badezimmer mit zwei Toilettenschüsseln. »Das ist ein Bidet«, erklärte sie. »Es ist nicht zum Hineinpinkeln, sondern man wäscht sich damit, wenn man groß gemacht hat.«

Eine Riege französischer Parfums stand auf der Ablage. Swetka konnte die Namen nicht lesen, doch sie entkorkte jeden Flakon und tupfte ein wenig Duft auf verschiedene Körperteile: Handgelenke, Schläfen, Kniekehlen ... Sie putzte ihre Zähne und wusch ihr Gesicht und die Füße. Dann spielte sie mit dem Bidet. Die Berührung dieser Chuzpe-Fontäne gefiel ihr.

Onkel Nathan wünschte ihr nicht Gute Nacht. Er blieb bis spät in seinem Arbeitszimmer, um ihr nicht zu begegnen. Ihre krude Schönheit schwoll in ihm an, pochte im Käfig seiner Rippen. Eine so schöne junge Frau würde ihn nicht einmal ansehen. Er war Ende vierzig, fast ein alter Mann.

Swetka streckte sich auf das gestärkte, mit Spitze verzierte Laken. Das Kleid für ihr Vorsprechen hatte sie über den Sessel gebreitet: ultrakurz und geblümt, mit gewagtem Dekolleté. Sie legte das Buch mit den Shakespeare Sonetten neben sich und schlug *Sonett 130* auf. Sie flüsterte es vor sich hin, noch einmal und noch einmal. Sie beherrschte die Verse gut.

Als es vier Uhr schlug, wachte sie auf – nicht vom Kuckuck, sondern von einem heftigen Schmerz am rechten Fuß. Zwei Katzen hatte Swetkas schläfrige Gliedmaßen zu ihrer Kampfarena erkoren. Eine dritte umklammerte Swetkas Hals wie ein Pelzkragen, ohne Rücksicht auf die heiße Juninacht. Die vierte Katze schärfte ihre Krallen an den Shakespeare-Sonetten. Der hübsche kleine Gedichtband war schon ganz entstellt.

»Runter von mir, ihr Luder, ihr seid wie euer Frauchen! Husch, husch!«, warnte Swetka.

Sie stieß die Katzen mit dem Fuß weg und warf blindlings einen Schuh in die maunzende, fauchende Dunkelheit.

»Verkrüppelst du etwa meine Katzen? Wie kannst du es wagen, kulturlose Bestie? Weißt du nicht, dass jede ihrer Krallen mehr wert ist als dein ganzes, erbärmliches Leben? Du gefährdest meine Forschung! Du untergräbst meine schwache Gesundheit, proletische Deppin!«

Im weißen Leibchen und Puschelpantoffeln stürmte Alka aus dem Schlafzimmer gegenüber und versuchte, Swetka mit ihren schmalen Händen zu erdrosseln.

Im Nachthemd eilte Tante Ljuba ins Wohnzimmer. »Bitte, bitte, beruhige dich, Allotschka, gleich ist alles wieder gut! Was erlauben Sie sich, Sie arrogantes Ding? Hab ich dich nicht gewarnt, Nathan?«, schrie sie ihrem Mann im Halbdunkel zu. »Du bist viel zu nett, lässt dir von Manja immer auf dem Kopf herumtanzen!«

Wortlos schlurfte Nathan im gestreiften Pyjama in den Flur. Auf dem schwarzen Telefon aus den Fünfzigerjahren wählte er die Nummer seines Chauffeurs. »Wassili, komm bitte her, es ist dringend.« Vor Scham brachte es der Direktor nicht fertig, dem Fahrer den wahren Grund für den nächtlichen Notfall zu nennen. Für den Moment ließ er ihn glauben, es handle sich um einen Störfall in der Fabrik. Er drückte auf die Gabel und wählte eine andere Nummer.

»Hotel Swesda? Katz, Moskauer Schuhcreme. Ich brauche dringend ein Einzelzimmer für diese Woche. Der Gast trifft in einer Stunde bei Ihnen ein.«

Das Swesda war ein billiges Hotel unweit der Fabrik. Der Manager schuldete Nathan einen Gefallen.

»Der dürre Geier wird Sie zu Tode hacken, Onkel Nathan«, sagte Swetka und hob ihr Milchbein im Mondlicht auf den Rücksitz des weißen Dienstwolgas. »Sie dürfen sich das nicht gefallen lassen. Sie stehen in der prächtigsten Mannesblüte. Glauben Sie mir, ich kenne mich damit aus. Bis vor Kurzem hatte ich einen Liebhaber in Ihrem Alter. Ich schwöre bei meinen Titten, er war mein zweitbester.«

10

Aus vollem Halse gähnend, reckte und streckte sich Swetka vor der Aufnahmekommission des Theaters. Die Prüfer hielten ihre Zigarettenspitzen auf sie gerichtet. Wie die Schauspielerporträts im Kinotheater Karl Marx von Zap saßen sie in einer Reihe. Einige von ihnen kamen Swetka bekannt vor, doch sicher war sie sich nur beim Vorsitzenden der Kommission, dem berühmten Tabakow. Er glich einer feisten, sardonischen Katze. Aufgrund dieser Ähnlichkeit war er Swetka nach dem Zwischenfall von letzter Nacht kein bisschen sympathisch. Noch ein anderes, allseits bekanntes Gesicht war anwesend: ein erst seit Kurzem berühmter Schauspieler. Er trug eine gelbe Jacke und glatt gegeltes Haar. Sein Name fiel Swetka nicht ein.

»So, Fräulein Genossin Ticklick, Sie möchten uns also erfreuen ...«, gähnte der Vorsitzende der Kommission, »... mit welcher Geschichte?«

»Keine Geschichte, meine Herren. *Somnett 130* von Shakespeare«, erwiderte Swetka mutig.

Die Jurymitglieder sahen sich an. »Nun, das ist weder eine übliche Wahl noch die übliche Aussprache des Wortes. Viel Glück!«, gluckste Tabakow.

»*Der Sonne gleicht nicht meiner Herrin Schaun*«, begann Swetka, »*nie war korallenrot ihr Lippenpaar. Wär Schnee schneeweiß ...*«, sie stockte, »... wärn ihre Titten braun ...«

Sie sah, wie der Schauspieler in der gelben Jacke belustigt die Brauen hochzog, bis hoch an die Decke ihrer katzenzerkratzten Nerven.

»Humbug!«, platzte sie heraus und machte einen gewagten Schritt nach vorn. Sie beugte sich exakt so, dass die Zigarette des Schauspielers zwischen ihren halb nackten Brüsten schwebte.

»Zur Hölle mit Shakespeare!«, fuhr sie wütend fort. »Was für ein Dichter ist das, der seine Frau so beleidigt? Ihr berühmten Kerle hier, ihr strotzt vor Kraft und Hochmut. Du, Genosse Tabakow, hast in mehr Filmen mitgespielt als ich Jahre alt bin. Und du in der gelben Jacke bist auch so ein Tausendsassa. Ihr sitzt hier und denkt, dieses dumme Blondchen aus der Ukraine, der geben wir keinen Platz an unserer feinen Schauspielschule. Aber wir würden sie vielleicht ganz gern flachlegen. Männer, Männer, Männer! Schaut mich an! Meine Großmutter hat Beton gemischt. Meine Mutter hat Beton gemischt. Aber ich habe es weiter gebracht als sie. Ich habe mehr gesehen, vor allem Muschis. Ich war Krankenschwester in einer Frauenklinik, und zwar eine gute! Fünf Eileiterschwangerschaften an jedem Silvester, Frauenfüße wie Eiszapfen. Wollt ihr wissen, weshalb ich hier stehe? Ein umwerfend schöner Mann hat in der Neujahrsnacht vor drei Jahren mein Bett geteilt und mir gesagt, dass ich die ukrainische Marilyn Monroe bin und auf die Schauspielschule gehöre.«

»Genug, junge Dame, genug. Gehen Sie hinaus, damit wir Rat halten können«, sagte Tabakow und unterdrückte dabei einen Lachanfall.

Einmaliges Temperament, unglaublicher Mut, darin war sich die Kommission einig. Doch sie konnten unmöglich eine Dreißigjährige aufnehmen, vor allem nicht mit diesem furchtbaren ukrainischen Akzent, der offenbar irreparabel war.

»Ihre Stegreif-Performance hat uns beeindruckt«, sagte Tabakow zu Swetka, die man in den Prüfungsraum zurückgeholt hatte. »Doch leider, das kommt sicher nicht überraschend für Sie, können wir Ihnen keine Zusage erteilen. Aber das Maly-Theater braucht eine Büfettdame. Ihre Anwesenheit wird unsere Schauspieler erfrischen. Und wer weiß, vielleicht werden die hochklassigen Dramen und die richtige russische Diktion bei ihnen Spuren hinterlassen. In einem Jahr sehen wir weiter.«

11

Ein langer, schwüler Werktag ging seinem Ende entgegen. Der Direktor der Moskauer Fabrik für Schuhcreme hatte ein Dutzend Produktionsstörungen behoben, vier Streitigkeiten unter den Werktätigen geschlichtet und fünf Tadel in verschiedenen Strengegraden ausgesprochen. Eisern, aber gerecht war sein Ruf. Er war ein Mann, der seinen Posten zu einhundertfünfzig Prozent ausfüllte. Die Bürde der Akten und Schriftstücke würde ihn noch mindestens bis Mitternacht an sein Büro fesseln.

Es war Sommersonnenwende. Nathan Katz öffnete das Fenster und ließ die Abendluft herein, endlich reichlich gesättigt mit Sauerstoff, endlich erträglich dank ihrer neunzehn Grad. Seine Augen klebten vor Müdigkeit, sein Hemd klebte schweißnass auf seinem Rücken. Doch als er die Akte mit der Formel einer neu erfundenen Schuhcreme zur Hand nahm, leuchteten seine Augen auf wie zwei Laser. »Eine ökologisch reine Schuhpolitur auf der Basis sowjetischer Rohstoffe … sechzehn Prozent synthetisches Wachs, zwei Prozent Ceresin, Stearinsäure, Triethanomalin, Morpholin, dreißig Prozent Terpentin, organisches Lösungsmittel …«

Die volatilen Zungenbrecher waren ihm so vertraut wie Hausschuhe. Ebenso sicher fühlte er sich mit den Dramen von Reaktionsgefahr, Leck, Explosion. Anders als seine Tochter waren sie leblose Elemente. Bewährte Lehrbuchmethoden brachten sie leicht unter Kontrolle.

Von Kindheit an war die Chemie Nathans Poesie gewesen. Er war ein ernsthafter Junge, Bestschüler mit orangerotem Haarschopf, ein Vorbild an sonnenhellem Verstand. Die Aufnahmeprüfungen am Moskauer Institut für Chemietechnik schaffte er mit links. Jene Prüfungen waren so anspruchsvoll, dass nur junge jüdische Streber sie bestehen konnten. Und weil Chemie an sich kein sonderlich verlockendes Studienfach war, gab es auch keinen Grund, die Drei-Prozent-Zulassungsquote für Juden allzu streng anzuwenden.

Mit neunzehn heiratete Nathan, mit kaum zwanzig wurde er Vater. Seiner Frau blieb er stets treu, seine schwierige Tochter liebte er bedingungslos. Er hatte sehr früh lernen müssen, auf eigenen Füßen zu stehen. Seine zehn Jahre ältere Schwester Manja, die er liebevoll »gesättigtes Fettsäuerchen« nannte, war zu sehr mit sich beschäftigt gewesen, zu unstet, um Nathan die Eltern zu ersetzen, an die er sich nicht erinnerte. Oft achtete sie nur auf ihre heiß geliebte Puppe, jenes einzige greifbare Andenken an die Mutter, das Manja vor den bösen Milizionärinnen hatte retten können.

Nathans Sehnsucht nach Normalität und Sicherheit sowie die Tatsache, dass er große Verantwortung nicht scheute, beförderten ihn auf einen Karrieregipfel, wie ihn sich ein jüdischer Experte für Chemietechnik erhoffen durfte: Direktor einer kleinen Fabrik, mit zweiunddreißig. Nathan wusste, dass er am Ziel war und wünschte nicht anderes.

Dass er von Berufs wegen oft auf Pulverfässern saß, war Routine für ihn. Doch sobald er über die Schwelle der Wohnung in der Gorki-Straße trat, verloren sämtliche Natur- und Menschheitsgesetze ihre Gültigkeit, und der vorzügliche Direktor wurde mindestens so hilflos wie ein hungriger Knirps im Waisenhaus von Odessa. Seine Frau hatte von ihm männliches Durchgreifen als Vater und Gatte erwartet, doch die Elemente, die das Wesen seiner Tochter ausmachten, standen nicht im Periodensystem. Jeder Versuch einer positiven Transformation endete, wie schon vorherzusehen, mit einem Knall. Die einzige lahme Methode, die Nathan entwickelte, war die Neutralisierung durch Rubel. Mit seiner Frau verband ihn mit der Zeit nur noch die fragile Balance, die Alka ihnen gönnte, wenn sie vorübergehend besänftigt war.

Es dämmerte schon fast, als Nathan auf den Beifahrersitz des weißen Dienstwolgas plumpste. Der Chauffeur Wassili gab Gas. Bläulich im Mondlicht fuhr der Wagen über die leer gefegten Chausseen der Hauptstadt.

Nathans Kurzsichtigkeit schmolz die Strahlen der Moskauer Straßenlampen zu polyvalenten chemischen Clustern. Mit einem Blinzeln spaltete der Direktor die geschnörkelten Formeln in holprig-glänzende Moleküle, Sigma und Pi gebunden … bis auf halbem Weg zwischen Fabrik und Zuhause das Hotel Swesda scharf in den Blick rückte. Die in Nathan schlummernde Giftschlange biss sich selbst in den Schwanz und verursachte einen Kurzschluss. Ein Benzolring war geboren: leicht entflammbar, hohe Oktanzahl, süßer Duft.

Der mehrfach ungesättigte Schützling Manjas aus Zap war mit wenigen Syntheseschritten hinter einem der Fenster zu erreichen. Die furchtlose Schöne, die ihn einen Mann in der prächtigsten Mannesblüte genannt und ihre Hingabe signalisiert hatte, füllte Nathans Nase wie der Duft der großen Freiheit. Hätte er doch nur genügend Glukose in sich, um diesen Raum auszufüllen! Die Pi-Bindung schwächelte, doch der lustvolle Sigma-Magnet neckte das Gleichgewicht.

»Wassili«, rief Nathan zum Fahrer.

»Ja, Nathan Chaimowitsch«, tönte der fröhliche Bass am Lenkrad.

Das Wort »Stopp!« formte sich bereits auf den Lippen des Direktors, doch er fing es gerade noch ab. Die hohe Aromatizität der

Versuchung wurde vom stark karzinogenen Effekt einer möglichen Liebschaft auf Nathans arme Frau überwogen.

»Ach nichts, Wassili, fahr mich nach Hause.«

Wahrheit, Verantwortung, Ehrlichkeit, Tugend – der Elefant standhafter Gesinnung wachte entlang der ganzen Kalinin-Chaussee über Nathan. Doch als sich das Hotel Swesda in der Ferne verlor, riss das dünne Seil der Pi-Bindung das riesige Tier rasch zu Boden, und die vier Gesinnungspfeiler krachten zusammen. Die leuchtende Nabelschnur wurde stark wie ein Tau, und der Direktor war nicht länger Herr über die chemische Wildnis. Sein Gemüt war infiziert, und zwar irreversibel. Der Benzolring verhedderte sich in verlockende Vorgänge. Nathan würde ihn sulfonieren, hydrieren, beknien und dann alle sechs Pi-Orbitale spinkoppeln. Er schloss die Augen.

»Wassili!«

»Jawohl, Nathan Chaimowitsch«, erwiderte der allzeit bereite Bass.

»Dreh um. Hotel Swesda.«

12

Die Mädchen aus der achten Klasse von Sonkas Vater sahen schön und reif aus in ihren Schuluniformen. Braune Kleider, schwarze Schürzen. Unter ihren Brustabnähern versteckten sie Äpfel, Birnen und manchmal Melonen. Sonka fragte sich, welche Früchte sie selbst unter ihrer Uniform tragen würde, wenn sie groß war. Die Jungen der achten Klasse gefielen ihr noch besser: groß, breitschultrig, mit glänzenden Haaren. Sie rochen wie die Tiger im Zoo. Sie beobachteten ihre Mitschülerinnen mit einer Mischung aus Bewunderung und etwas anderem, das Sonka nicht so ganz deuten konnte. Manche Jungen legten ihre Hände in den Schoß der Mädchen. Ein Junge und ein Mädchen, die hinter Mama und Papa saßen, küssten sich. Sonka fragte sich, ob diese Jungen ihr Sonntagskleid bemerkten. Sie trug es, obwohl Mittwoch war und die Vorstellung eine Matinee. Der rote Vorhang hob sich.

Sonka war zum ersten Mal im Theater. Papa hatte sie, Mama und seine achte Klasse ins Gogol-Theater eingeladen, um eins der weltbesten Stücke zu erleben. *Drei Schwestern* von Anton Pawlowitsch Tschechow. Noch nie hatte Sonka einen so entsetzlich großen Kronleuchter gesehen. Der eisige Koloss konnte jeden Moment von der Decke fallen, auf ihren Kopf. Aber die Sitze waren wunderbar, warmrot, bequem für die Beine, und sie hatten Goldetiketten mit Nummern auf dem Rücken. Die Leute auf der Bühne frühstückten, obwohl es Zeit für den Nachmittagstee war.

Sie redeten über den Tod eines Vaters. Sonka erschrak; ihr war nach Weinen zumute.

Die Jugendlichen hinter Papa und Mama knutschten und fummelten und tuschelten sehr schlechte Wörter – laut genug, dass Papa sie unmöglich ignorieren konnte. Er tat aber, als höre er nichts. Eine Angestellte des Theaters kam zu ihm und sagte: »Sie müssen sich um Ihre Schüler kümmern. Sie machen Kinder hinter Ihrem Rücken und benutzen Schimpfwörter, die ich bis jetzt nur von meinem Schwiegersohn kannte. Er war zweimal im Gefängnis.«

»Dies ist ihre erste, rebellische Reaktion auf einen Klassiker. Es ist wie beim Impfen«, sagte Papa unbeeindruckt. »Aus pädagogischer Sicht ist alles in Ordnung.«

Er hatte die Klasse in zwei Gruppen geteilt. Die erste Gruppe sollte sich vorstellen, wie sich unerwiderte Liebe anfühlt, und die zweite Gruppe Eifersucht. In Wahrheit jedoch wurden die Sympathien der Jungen fast immer bereitwillig erwidert, und die Klasse war weit fortgeschritten auf dem Gebiet des neidlosen Partnertauschs.

Rita verspürte das vertraute Nagen der Scham. Sie wünschte, sie hätte Josiks Einladung abgelehnt. Auch ihre für das Theater gewählte Kleidung behagte ihr nicht: Alkas abgelegter Poncho, drei Jahre alt, geschrumpft und verfusselt vom vielen Waschen, die Rentiere senil und lahm. Die Schauspieler brüllten unnatürlich und rollten mit den Augen wie ihre Kollegen aus Bollywood. Die Darstellerin der Irina trug ein Kleid, das selbst für eine gut situierte Familie im vorrevolutionären Russland viel zu elegant war. Blau mit Saum und aufwendig bestickt. Josik raunte Rita zu, dass Irinas Kleid gemäß Tschechows Regieanweisung weiß sein sollte. Die Darstellerin war außerdem zwei Konfektionsgrößen zu groß. Das Kleid wurde mit Stecknadeln zusammengehalten und sperrte an den Seiten auf. Nach und nach achtete Rita weniger auf diese Inkongruenz und das miserable Spiel der Darsteller. Von der Bühne schimmerte ein fremdes Leben, vor der russischen Revolution – ein Leben, in dem Menschen der Mittelschicht mehrere Sprachen beherrschten und in dem das Frühstück *serviert* wurde. Rita stellte sich vor, wie es sich anfühlen mochte, Diener zu haben.

Sie fühlte sich um ein Leben betrogen, das außerhalb der Rechenklammern lag und vom sowjetischen Moralkodex als überholt abgelehnt wurde. Sie hatte glauben müssen, was die Zeitungen schrieben und das Fernsehen sendete. Sie lebte so, wie die Schule und das Bibliotheksinstitut es ihr beigebracht hatten. Die übertrieben gekleidete jüngste Schwester Irina klang so liebenswert lächerlich in ihrem Verlangen nach Arbeit!

»Wie schön, ein Arbeiter zu sein, der mit dem Morgengrauen aufsteht und auf der Straße Steine klopft, oder ein Hirte … Es reicht nicht, ein Mensch zu sein, lieber ein Ochse, ein Ackergaul sein – nur arbeiten! – als eine junge Frau, die um zwölf Uhr mittags aufsteht, im Bett Kaffee trinkt, sich zwei Stunden lang anzieht … oh, das ist furchtbar!«

Wieso fand Irina die fluchenden, stinkenden, trinkenden Arbeiter so großartig?

Sämtliche Personen des Stücks litten an Trägheit, Haarausfall oder Langeweile. Diese Leute ahnten nicht, dass ihre kindischen Wünsche und Wehwehchen nur eine makabre Parodie dessen waren, was sie im Jahr 1917 erleiden würden. Die Hälfte von ihnen würde im Bürgerkrieg umkommen oder an Typhus sterben. Falls sie überlebten, würde man sie unter Stalin ausmerzen oder spätestens im Zweiten Weltkrieg umbringen. Tschechow selbst konnte von Glück reden; er starb ein Jahr vor der ersten Russischen Revolution. Seine Figuren ließ er zurück in ihrem hauchzart gerüschten Unmut, am Rande eines riesigen Abgrunds, der ihnen, den Glücklichen, auf ewig erspart blieb.

Selbst wenn sie überlebt hätten – war die Welt, in der Rita aufwuchs, jene schöne neue, nach der Tschechows Figuren sich sehnten? Rita war dazu erzogen worden, genau das zu glauben, und ihr fehlte der Mut, allzu stark daran zu zweifeln. Ein zu großer Zweifel würde sie an eine andere Art von Abgrund führen, ohne einen Schriftsteller, der sie zur Heldin erkor und sie vor der unvermeidlichen Ächtung im weltbesten Land bewahrte. Ganz so klar konnte Rita ihre Gedanken nicht formulieren. Sie nagten deshalb umso stärker an ihr.

Oma Manja hatte sich im Rühmen der sowjetischen Lebensart stets zurückgehalten. Doch sie kritisierte sie auch nicht. Sie hatte zeitlebens hart gearbeitet. Nach dem Abschluss an der Musikschule traktierten unzählige Schüler ihr wieherndes Piano. Waren die Schüler fertig, musste Rita an die Tasten. »Musiklehrerin ist der beste Beruf für eine Frau! Nur leider fehlt dir jegliches Talent. Deshalb müssen wir dir das Gefühl für die Musik einbläuen«, sagte Oma Manja und schlug Rita auf die patzenden Finger. Nie gab es einen Gutenachtkuss, nie ein Märchen zum Einschlafen. Rührseligkeiten waren nicht zu erwarten von einer Frau, die als Straßenkind am Dnjepr-Damm aufgewachsen war, ihre Mutter die stählerne Propagandachefin, ihr Vater der aufbrausende Bauleiter. Auch das jüdische Heim in Odessa half da nicht mehr, fortschrittlich und sauber gewischt, wie es war.

Wenn sie sie nicht mit Musik drillte, ließ Oma Manja ihre Tochter so ziemlich in Ruhe und horchte sie auch nicht aus über Jungs. Der Stiefvater Abram Osipowitsch war zwar freundlich zu Rita, aber auch vollkommen gleichgültig. Als berufsmäßiger Holzbläser konnte er nur zu seinem Fagott wahrhaft liebevoll sein.

Jetzt, wo Rita vom Wohnzimmer in Oma Manjas Schlafzimmer gezogen war und im Bett des verstorbenen Abram Osipowitschs schlief, versuchte ihre Mutter, sie wieder auf den Pfad der Ehe zurückzuschicken (»oder besser, auf den Pfad des Zwerges«, wie sie spottete). Doch Rita blieb standhaft und schluckte die Kränkung mit Gleichmut. Wenigstens Sonka freute sich; sie durfte neben ihrem Papa schlafen.

Gegen ihren Willen dachte Rita oft an ihren ersten Freund, den mannhaften Nikolai. Damals, mit achtzehn, war er ihr äußerst attraktiv vorgekommen. Es war Nikolai, mit dem Rita auf jenen inwendig stürmenden Wellen ritt, zuerst auf dem Rücken, dann bäuchlings auf der alten Matratze in einer leeren Garage.

Der widerlich freundliche, törichte Schullehrer auf der Bühne, verheiratet mit Schwester Mascha, erinnerte Rita an Josik. Sie versuchte, die ärgerliche Ähnlichkeit wegzuwischen, indem sie im Geist ihre schicke neue Schallplatte aus Moskau abspielte. Chers *Take Me Home*, von Alka. Doch ihre Freude an den Songs erlosch fast ebenso schnell wie Josiks Feurigkeit im Bett. Anders als das langlebige ABBA-Wunder ging Rita die Frau mit dem endlos klirrenden Metall-BH schlicht auf die Nerven. Ein unschöner Verdacht bezüglich ihrer Cousine kam ihr in den Sinn: Alka hatte ihr die Platte geschickt, um loszuwerden, was sie langweilte.

Begleitet vom Grölen der achten Klasse kam der erste Akt an sein Ende. Der Vorhang fiel vor dem sich küssenden Darstellerpaar. Der Intendant des Theaters wurde bei Josik vorstellig. Er verlangte den umgehenden Abzug der grässlichen Homunkuli aus dem Tempel der Musen.

13

Sonntag für Sonntag hielt ein Absperrband die Strandgänger von der Ausgrabung fern. Im kleinen Hain wuchsen Linden und Weiden; die fröhlichen Wellen des Dnjepr winkten wie kleine Zehen. Die Sonne posaunte Mittag.

Der Metalldetektor summte wie wild in Petros zitternden Händen. Nikolai trieb den Bohrer in den weichen, schwarzen Grund. Petro kletterte in den Bagger. Hartnäckig wie zehn Nashörner durchwühlte er die Erde. Eine archäologische Schicht nach der anderen legte er in seinem kakofonischen Rausch frei.

Mit Hacke und Schaufel fischten sie die über die Maßen üppige Tagesbeute heraus. Mit der Schubkarre rollte Petros Schwiegermutter die Funde in den Schatten, um den Dreck abzuwaschen. Vermischt mit Skelettresten – Schenkelknochen, Rippenbogen, Schädel – würgte die Erde französische Pistolen und polnische Dolche aus dem achtzehnten Jahrhundert hervor, persische Messer und türkische Säbel mit Goldintarsien aus dem siebzehnten, Gewehre, Schrot, Silberkugeln, Krüge, eiserne Kochtöpfe, Kettenhemden, Ringe, Schnallen, Geschmeide, Münzen, Tabakpfeifen aus dem fünfzehnten Jahrhundert und immer so weiter, und schließlich Amphoren aus dem neunten Jahrhundert, Tonscherben und bronzene Pfeilspitzen.

Der Dnjepr hatte Freundschaft geschlossen mit Arifón Esaw-Yantz. Er enthüllte ihm die Geheimnisse, die er vor so vielen Generationen von Kosaken bewahrt hatte, als wolle er sie für ihren historischen Abstieg bestrafen, als wolle er sagen: »Ich schenke meine Schätze einem ausländischen Gauner, denn anders als meine vertrottelten Söhne hat er Köpfchen und Mumm.«

»Mein Alter und sein bester Kumpel haben pausenlos nach Schätzen gesucht, als sie den Dnjepr-Damm bauten«, klagte Petro, »aber außer Massengräbern haben sie nie was gefunden. Mein Alter ist beim Graben in eine Fuchsfalle geraten und hat seine Zehen verloren. Und jetzt schau nur: Wir stecken bis zum Hals in den verfluchten Schätzen und dürfen kein bisschen für uns behalten. Dr. Chef heimst alles ein und wird immer reicher. Lass uns ein paar Krüge abzweigen, Nikolai, der Chef wird's nicht merken.«

»Was willst du, aussätziger Japser?«, kreischte Petros Schwiegermutter. »Dr. Chef hat mich angestellt, damit ich dir auf die Finger gucke! Füll dir nur eine Hosentasche mit Erde, und du bist erledigt. Der liebe, gute Doktor hat mir den Lohn bezahlt, den du nie heimgebracht, sondern immer versoffen hast. Ich hab ihm geschworen, dich nicht aus den Augen zu lassen, und genau das werde ich tun, schäbiges Scheusal! Meiner armen Tochter hab ich ein neues Kleid gekauft. Und mich hat der Doktor auch glücklich gemacht, gesegnet seien seine neuen Pillen für uns Frauen.«

»Liebste Schwiegermama, biiitte, du bist schon wieder so gemein zu mir! Wenn ich reich wäre, würde ich zu meinem ersten Frauchen zurückgehen.«

Die Schwiegermutter schlug Petro mit der Faust ins Genick. »Sei still, Lamentiersack, und pass auf, sonst fährst du den Bagger in den Fluss.« Petros Hände zitterten. Er war seit einer Woche trocken, eine notwendige Bedingung, um den Job zu behalten.

»Hure quer, Hure kreuz, Weib, du solltest mir danken, dass ich deinem Petro so eine Arbeit besorgt habe, als streng geheimer

Schwarzmarkt-Archäologe!«, sagte Nikolai. Flink stopfte er sich ein paar schmutzige Silbermünzen in die Tasche, ohne dass die Schwiegermutter es merkte. Aus der anderen Tasche zog er einen Flachmann mit Selbstgebranntem. Die Hälfte des Inhalts befand sich bereits in seinem beträchtlichen Bauch.

»Nenn es, wie du willst, Kamerad. Aber glaube nicht, dass ich nicht weiß, was du für ein Schuft bist. Ich passe auch auf dich auf«, bemerkte die Schwiegermutter. Sie zog sich in den Schatten zurück und öffnete eine Flasche Limonade. Dann wickelte sie ein mit Speck belegtes Brot aus und zerteilte eine fleischige Tomate.

»Und hast *du* dich etwa bei mir bedankt für den neuen Job, Waschlappen-Petro?«, fragte Nikolai. »Du bist nur ein Wicht für den Doktor und wirst es auch bleiben. Aber *mir* vertraut er die wahren Aufgaben an. Eines Tages werde ich seine rechte Hand sein. In Moskau bin ich schon jetzt sein wichtigster Mann. Oder glaubst du etwa, Dr. Chef lässt uns diese hübschen Sachen für seine Wohnstube ausgraben? Sie werden ins Ausland verkauft! Alle zwei Monate gibt mir der Doktor einen kleinen Lieferwagen. Ich verstecke die Funde in Milchkannen und chauffiere sie den ganzen Weg nach Moskau, zu einer bestimmten Adresse im Zentrum, ein bisschen abseits der Hauptstraßen. Dort gibt es einen geheimen Club, man nennt ihn ›Salon‹, wo hohe Tiere und ausländische Diplomaten abhängen. Der Bruder vom Doktor erwartet mich dort und nimmt mir die Milchkannen ab. Er ist Maler und verkauft die Schätze an die Diplomaten. Ein Arschloch ist er außerdem, so viel steht fest: hochnäsig, gar nicht wie unser Doktor. Dr. Chef ist hart, aber gerecht und ohne Allüren. Sein Bruder ist ein arrogantes Schwein, immer ruhig und kalt, als wär er ein Graf oder so. Er lässt mich nie in den Salon. Mensch, wenn du wüsstest, was für umwerfende Bräute in diese Moskauer Clubs gehen … solche bekommst du in Zap niemals zu sehen.«

Plötzlich wurde die Absperrung von pubertierenden Kindern gestürmt. Eine ganze lautstarke Klasse rannte in Richtung Bagger, gefolgt von einem kleinen Mann. Kraftlos und außer Atem rief er: »Kinder, ihr habt meine Einführung zu Puschkins Geburtstag noch nicht zu Ende gehört!«

»He, guck dir den Wicht an«, Nikolai zeigte auf den Lehrer. »Erinnerst du dich? Der war auch am Bahnhof, als wir uns kennengelernt haben. Wusste ich's doch, der ist Lehrer. Ich war sogar bei ihm zu Hause. Den Arsch seiner Frau hab ich früher sehr gut gekannt. Ein Prachtstück war das!«

»He, Nachttopf, was willst du denn hier? Siehst du die Absperrung nicht?«, fragte Petro.

Im sommerlichen Schweißgewand erkannte Josik Nikolai nicht wieder. Am Neujahrsabend drei Jahre zuvor war das Gesicht des Raufbolds von einem Väterchen-Frost-Bart und der Winterröte verdeckt gewesen. »Tut mir leid, Genossen«, sagte er, »meine Schüler sind wegen des Geburtstags von Alexander Sergejewitsch Puschkin ganz aus dem Häuschen. Wir feiern sein hundertachtzigstes Jubiläum mit einem Spiel, die Kinder haben nur etwas übertrieben. Wissen Sie, wir suchen nach einem kleinen Ring. Der Legende nach hat ihn der Dichter irgendwo hier zur Sommersonnenwende im Jahr 1820 verloren. Letzte Woche habe ich irgendwo ganz in der Nähe einen Spielring versteckt, und jetzt weiß ich nicht mehr, wo das war.«

»He, Josif Salomonowitsch, wir haben Ihr blödes Spiel satt! Sie haben uns einen Schatz versprochen. Jetzt müssen Sie uns allen ein Eis kaufen!«, plärrten die Kinder der achten Klasse.

»Schätze …?«, wieherte Nikolai. »Schätze hast du ihnen versprochen, Kumpel Langnase? Kommt mal her, Kinder, wir zeigen euch, was ein echter Schatz ist!«

Er nahm die Schaufel und stieß sie in den Haufen frisch ausgehobener Erde. Dann warf er die fette Ladung voller Fundstücke und Knochen den Schülern vor die Füße. Die Jugendlichen johlten vor Freude und fingen an, mit den Knochen Fußball zu spielen, Schlammkuchen zu formen und sich gegenseitig zu bewerfen. »Mit euch macht es Spaß, ihr lustigen Männer! Ihr solltet unsere Lehrer sein und nicht Josif Salomonowitsch, der ist langweilig und spinnt!«

Petros Schwiegermutter kaute ihr Mittagessen zu Ende. Sie nahm einen dicken Stock und stach ihn wahllos in die Luft und in die Hintern der Hooligans. So jagte sie die Jungen zurück hinter die Absperrung. Sie sah Josik mit neandertalischem Mitleid an. »Komm her, armer Kleiner, ich geb dir ein bisschen Speck. Bist kein Säufer, das seh ich. Sogar du wärst ein besserer Mann für meine Tochter.«

14

Barmann Andrej, Swetkas zweiter Liebhaber in Moskau, weihte sie ein in die Geheimnisse der Boheme. Moskaus strenger Trenchcoat besaß viele versteckte Taschen der Freiheit, und diese Taschen platzten beinahe. Über dreihundert Wohnungen dienten dem Untergrund als getarnte Salons. Jedermann konnte jeden von ihnen besuchen, ohne eingeladen zu sein. Man musste nur die Adresse wissen und einen gemeinsamen Freund nennen können. Die Salons widmeten sich den unterschiedlichsten illegalen Interessen der Sowjetbürger. Für jeden Geschmack war etwas dabei: Politik, westliche Musik oder Mode, verbotene Bücher (einheimische und ausländische), alternative Kunst, experimenteller Sex.

In jenen dreihundert Salons blühte die wahre Demokratie. Ein Mitglied des Zentralkomitees der Kommunistischen Partei konnte dort gut und gern mit einem frisch aus der Haft entlassenen Regimekritiker Wodka trinken. Drehte sich das Gespräch dann zum Beispiel um Lenin, konnte der Dissident den Arbeiterführer laut und ungeniert einen »rotarschigen Pavian« nennen. Der Parteibonze feixte dann gelassen und schenkte dem Dissidenten die nächsten sto gramm ein. Swetka erkundete diese Inseln der Freiheit gern, auch wenn sie nicht alle Feinheiten und Schattierungen verstand. Für sie waren die Salons der lustige Zirkus von Moskau, ein verrückter Bienenstock, in dem keine Wabe der anderen glich.

Der »Philosophische Kreis« zum Beispiel traf sich in einem winzigen Zimmer am Ende einer weitläufigen Gemeinschaftswohnung. Die Gäste saßen auf einem Bücherschrank und reichten einander Tee und Wodka. Letzteren nippten sie aus der Flasche, um Gläser zu sparen. Sie redeten über unglaublich unverständliches Zeug. Auf dem Bücherschrank, inmitten einer angeregten Diskussion über Daniil Andrejews *Die Weltrose*, versuchte einer der schmuddligen Philosophen, mit Swetka zu schlafen. Sie verpasste ihm eine so derbe Ohrfeige, dass sie mit ihm zusammen herunterfiel und sich ihr Steißbein stauchte. Sie ging nie wieder zum »Philosophischen Kreis«.

Ein anderer Salon wurde von zwei uralten Frauen geführt. Sie waren einst adlig gewesen und hatten sich seitdem der Monarchie und der Dichtkunst verschrieben. Die Hälfte ihres Lebens hatten sie in Stalins Lagern verbracht. Zuerst fand Swetka auch diese Frauen langweilig. Doch die alten Damen lachten nicht über ihren Akzent und boten ihr Hilfe an, als sie vom verpatzten Vorsprechen an der Schauspielschule erfuhren. »Ich schlage vor, wir bereinigen Ihren Akzent und modernisieren Ihr Repertoire. Sie sollten es mit Ossip Mandelstams *Schmetterling* versuchen. Das Sujet des Gedichts können Sie vermutlich gut nachfühlen: Es geht um die Sehnsucht nach etwas, das man nicht haben kann. Der Dichter hat seine Verse einer wunderschönen, jungen Herzogin gewidmet, die, wie so viele von uns, in der Stalinzeit umkam. Sie trug damals einen jüdischen Namen und lebte in Ihrer Heimatstadt. Sie war die Personalleiterin am Dnjepr-Damm.«

Unaufdringlich, beim Tee, probten die Damen mit Swetka:

»O Schmetterling, o Muselmanin,
Zerschnitten dein Leichentuchkleid –
Wie übergroß stehst du und leuchtest,
Du Lebeding, sterbensbereit!

Mit Fühlerantennen, den langen,
Getaucht in den Burnus, die Haut,
O Flagge, weiße Totenhülle –
Du falte die Flügel: mir graut!«

Was für ein komisches Gedicht, noch beknackter als Shakespeare, dachte Swetka und murmelte folgsam die Verse. Sie hatte bald genug von den angestaubten Damen. Doch sie vernachlässigte sie nicht völlig. Wo sonst bekam sie kostenlosen Sprechunterricht?

Swetkas Lieblingssalon wurde von Elena Stevens geführt, einer exzentrischen Diplomatengattin, die ihre Gäste üblicherweise mit einem Drosselnest auf dem Kopf anstelle eines Hutes begrüßte. Statt eines Büstenhalters trug sie einen Kissenbezug, der mit dornigen Rosen geschmückt war. Elena hatte zwölfmal geheiratet: fünf Diplomaten, zwei Maler, zwei Dichter und drei hohe Tiere vom KGB. Ihre neun Kinder rannten rund um die Uhr zwischen den Gästen umher, ohne ans Schlafengehen zu denken. Sie plapperten Französisch, Deutsch, Urdu.

Elena Stevens bewohnte eine Villa aus dem neunzehnten Jahrhundert, nicht weit von der zentral gelegenen Arbat-Straße, versteckt in den Höfen. Die Atmosphäre ihres Salons war eklektisch und geschäftsorientiert. Niemand redete unverständliches Zeug, niemand fragte, woher Swetka kam und was sie in Moskau machte. Alles war einfach und klar. Zur Musik von Jethro Tull oder den Bee Gees verkauften Maler ihre Bilder. Schmuggler boten den ausländischen Gästen Antiquitäten an. Die Naschschale im Wohnzimmer war stets mit kleinen Bonbons gefüllt, von denen die Gäste noch bessere Laune bekamen. Zum Salon gehörte auch ein geheimes Gemach, vollständig mit Fellen gepolstert, wo Gäste mit der nötigen Zeit, die gerade keine dringlichen Geschäfte verfolgten, heiße Rezepte aus einem verbotenen Buch ausprobierten: *The Joy of Sex* von Alex Comfort, Bachelor der Medizin, Arzt.

Die männlichen Besucher des Salons waren mindestens so interessant wie Mark. Swetka war besonders beeindruckt von einem Maler. Aus den zahlreichen Frauen im Club wählte Tigrán sie aus und bat sie, ihm Modell zu sitzen. In drei Sitzungen schuf er ein ziemlich ausgefallenes Porträt auf Plexiglas – halb Gemälde, halb Skulptur. Danach ging er mit Swetka in das geheime Fellzimmer. Tigrán war haarig, witzig, geistreich. Seine Finger trugen ein Permant-Make-up aus Pfauenfarben.

Swetka war nicht ganz klar, weshalb Tigrán ihr Porträt *Grunzende Aurora* nannte. Als sie ihn fragte, erwiderte er: »Aurora war die Göttin der Morgenröte, und *grunzend* – nun, schau dir deinen Hautton an, der ist nicht zu verwechseln.« Sie trafen einander recht oft und probierten die Hälfte der Rezepte aus Alex Comforts Gourmetführer aus.

Auf der Arbeit, am Büfett des Maly-Theaters, hatte Swetka die Nase bald gestrichen voll von den Schauspielern. Sie gönnten ihr keine Ruhe. Zu Beginn hatte sie die Männer ernst genommen und ihre Moskauer Allüren für Kühnheit gehalten. Doch sie stellten sich allesamt als unglaubliche Trunkenbolde und Schlappschwänze heraus, schlimmer als Petro, Swetkas erster Ehemann. Swetka hatte Zutritt zu allen Proben, sie durfte jederzeit in die Brutstätte der Bühnenkunst spähen. Doch so recht würdigen und schätzen konnte sie die Stücke von Tschechow und Ibsen nicht.

Sie musste kichern, wenn sie an ihren ersten, unverhofften Moskauer Liebhaber dachte. Onkel Nathan war zur Sommersonnenwende nächtlings über ihre Schwelle im Hotel Swesda getaumelt – schwitzend, keuchend und nuschelnd, grün wie eine Jungfrau, aber unglaublich glühend. Hinterher lachte Swetka und streichelte sein hageres Sonnengeflecht. In seinen aquamarinblauen

Augen glitzerten Tränen. »Du süßes Mädchen, das war mein erstes Mal und auch mein letztes, sonst werden mich die Flammen verschlingen.«

Am Ende der im Voraus bezahlten Hotelwoche brachte Chauffeur Wassili Swetka zu einer riesigen Gemeinschaftswohnung mit fünfzehn Zimmern. Die Wohnung lag nahe der Metrostation Sokolniki, nicht weit vom Theater. Eines der Zimmer schien für Swetka angemietet worden zu sein. Doch Onkel Nathan kam nie zu Besuch.

*

In einer nassen Oktobernacht hielt ein kleiner Lieferwagen vor Elena Stevens' Salon. Nikolai stieg aus. Er lud seine Milchkannen aus und drückte die Türklingel. Er zündete sich eine Polar an. Er scharrte mit seinen Stiefeln im feuchten Blätterteppich zu seinen Füßen. Eine halbe Stunde musste er warten, bis Tigrán herauskam, verärgert, denn er war mitten in einer leckeren Forschungsreise mit seiner volkstümlichen Muse aus Zap gestört worden.

»Was denn, gammliger Yeti, schon wieder neue Schätze aus Zap?«

»Warum beleidigen Sie mich jedes Mal, Tigrán Armaïsowitsch? Ich darf nie mit rein! Dabei will ich doch auch mal in den Künstlerkuchen der Hauptstadt beißen und die Moskauer Bräute bewundern! Ihr Bruder ist viel großzügiger als Sie«, klagte Nikolai und verlud die Kannen in Tigráns Moskwitsch.

»Du hast deine Arbeit erledigt, jetzt verschwinde von hier«, unterbrach ihn Tigrán.

Er drehte sich um und ging wieder in den Salon.

Nikolai wartete noch ein bisschen am Eingang, in der Hoffnung auf schöne Frauen, die die Villa verließen. Tatsächlich kam eine heraus: eine modische, reizvolle Blondine. Nikolai trat auf sie zu und blickte ihr im Schein der Straßenlaterne ins Gesicht. Seine Augen wurden vor Überraschung weit.

»Naaaa sooo waaaas! Amerika-Australien! Was sehe ich da, Jeans und Leder, eine Moskauer Ziege – wer käme darauf, dass sie eine stinknormale Krankenschwester aus Zap ist? Ist eines Tages einfach nicht mehr zur Arbeit erschienen. Was für ein Rätsel, Dr. Chef in Tränen! Wie viele Wutattacken, wie viel Prügel hab ich einstecken müssen! Dabei fickt sich die Zicke in feinen Salons ihre Fotze wund!«

»Mein Freund Tigrán kommt jeden Moment. Hau ab, Schweineschakal.«

»Was höre ich da? Die Welt ist ein Dorf – zwei Brüder, ein Bettvorleger! Jetzt musst du's mir eine Stunde lang machen, dann sag ich Dr. Chef nicht, dass du seinen Bruder bumst. Ich bitte dich freundlich, hörst du? Aber ich krieg auch mit Gewalt, was ich will.«

Seinen Nachnamen hatte Tigrán nie erwähnt. Auch seine Bekannten benutzten ihn nicht. Swetka, zu gefasst, um sich zu wundern, winkte ab. »Du mieser Strolch sagst es ihm sowieso, ganz egal, ob ich dich unter meinen Rock lasse. Also sparen wir uns diesen Teil. Hätte Dr. Chef mich zurückgewollt, hätte er mich sogar am Nordpol gefunden. Er hat bestimmt eine Neue.«

Kurz darauf erschien Tigrán wieder am Eingang. Demonstrativ hängte Swetka ihren Arm bei ihm ein.

»Willst du wissen, warum du immer nur von außen gaffst?« Tigrán hieb mit der flachen Hand auf Nikolais Lieferwagen. »Ich mag dein Gesicht einfach nicht. Es ist so verdammt mittelmäßig. Ich würd's niemals malen.«

*

»Je mehr du mir von meiner Swetka erzählst, desto betrübter bin ich«, beschwerte sich Petro. »Ich wusste ja immer, dass sie was Besseres ist und ich sie nicht verdien'. Aber sie soll trotzdem wieder zurückkommen zu mir! Nur wie? Ich bin ein nutzloser, ungebildeter Säufer, und sie ist 'ne feine Lady in Moskau. Ich will zu den Genossen Lenin und Marx beten, damit sie mich reich machen. Dann fahr ich mit ihr im weißen Mercedes zum Zwiebelmeer.«

»Ja, ja, Schwachkopf, viel Glück. Während du dir einen gewichst hast, hab ich ihre Röhre gestopft, bis hoch zu den Lungen. Bis zum Roten Platz hat man sie schreien hören.«

15

Arifón Esaw-Yantz weihte seine medizinische Spezialisierung der lebensrettenden Anatomie seiner Mutter, die nicht nur Tigrán und ihn auf die Welt gepresst, sondern darüber hinaus die gesamten irdischen Ersparnisse ihres Gatten fest zusammengerollt vor den Durchsuchungs- und Beschlagnahmungsfahndern der Miliz beschützt hatte.

In seinen ersten Jahren als Arzt flutete der junge Doktor Esaw-Yantz die ihm anvertrauten dunklen Kavernen mit Licht und Hygiene. Er entwickelte eine mörderische Arzneikur gegen Syphilis und Gonorrhö. Er abladierte Zervixerosionen. Er war der Erste in Zap, der den Kaiserschnitt mit einer so winzigen Narbe durchführte, dass die Frauen danach wieder Bikinis tragen und Affären haben konnten. Er war ein derart geschickter Abtreiber, dass seine Patientinnen selbst nach mehreren solcher Eingriffe noch Kinder bekommen konnten. Er kurierte hoffnungslose onkologische Fälle bis zur vollen Genesung. Sein Wirken verbesserte die regionale Gesundheitsstatistik der Frauen dramatisch. In nur drei Jahren stieg Arifón Armaïsowitsch zum Chefarzt für Geburtshilfe auf. Einhellig, wenn auch verschieden bereitwillig, akzeptierte ihn seine Belegschaft als Zar und Gott. Neben den fünf Kindern mit seiner Ehefrau, einer Osteopathin, zeugte er sechs Kinder mit dankbaren Patientinnen sowie noch drei weitere mit Krankenschwestern aus der Klinik am Damm.

Mit den Jahren überwucherte sein ererbter Geschäftssinn den ärztlichen Eifer. Er knüpfte allerhand wichtige Kontakte in den Gesundheitsbehörden und betrieb in der Poliklinik einen illegalen Ableger für »künstliche Geburtseinleitung« – für Frauen, die ihre Schwangerschaft zu spät loswerden wollten. Schmiergelder machten ihn zu einem der reichsten Männer von Zap. Doch die obligatorischen Geldquellen langweilten ihn. Aktuell war er Feuer und Flamme für etwas Neues, das ihn beruflich *und* privat sehr erfreute.

Der Eingang zur Poliklinik lag voller fauliger Kastanien. Chlorwölkchen wehten heran; die Luft schmeckte leicht metallisch nach Blut.

Dienstag war der offizielle Pflichttag für die Passionsfruchtisierung, verkündet in roten Riesenbuchstaben auf der Patiententafel. 1931 erbaut, war die Klinik in puncto Ausstattung und Sauberkeit einst hochmodern gewesen. Seit jenen glorreichen Tagen war kein einziges neues Spekulum angeschafft worden. Das Gebäude wurde durch halbherziges Schrubben und Streichen der Fassade erhalten: Ein Jahrzehnt in Rosa wurde gefolgt von einem in Gelb, danach kam eines in Minzgrün. Die aktuelle Farbe war Muschelbraun.

In der Aufnahme verteilte eine Schwester Broschüren und Fragebogen.

Die sowjetische Frau ist es gewöhnt, auf allen Bühnen des Lebens zu brillieren. Fragt nur nach den besten Melkerinnen! Den besten Lehrerinnen! Müttern! Kosmonautinnen! Sie sind allesamt sowjetische Frauen! Aber vernachlässigen sie dabei nicht ihre wichtigste Pflicht, nämlich, die Zierde ihrer Männer zu sein? Es ist eine Aufgabe, deren freudvolle Erfüllung die sowjetischen Frauen leider vergessen haben: ihren Ehemännern heiße Nächte der Leidenschaft zu bereiten. Aus diesem Anlass hat die sowjetische Heilkunst einen weiteren, bahnbrechenden Fortschritt erzielt. Das Mutterland ruft seine Töchter auf die gynäkologischen Stühle, zur pflichterfüllenden Passionsfruchtisierung! Kommt eine, kommen alle!

Achtung: Vor Betreten des Sprechzimmers ist der Fragebogen auszufüllen. Antworten Sie so ehrlich, als würde Karl Marx persönlich Auskunft von Ihnen verlangen!

Die Schlange wand sich durch den ganzen Korridor. Eine Alte eilte nach vorn und hämmerte an die Tür des Chefarztes. »Laffen Fie mich wieder rein, Doktor Fef! Ef hat fo Fpaff gemacht, daf letfte Mal war vierfig Jahre her! Hier, ein Feburek umsonst!«

»Du, Babuschka, gehst zu meiner Kollegin«, sagte Esaw-Yantz freundlich. »Ich muss mich um die schweren Fälle kümmern.« Er suchte die lange Schlange mit seinem Adlerblick ab und wählte vom hinteren Ende die hübscheste Wartende aus. Er winkte ihr, zu ihm zu kommen. Die anderen in der Schlange zischten beleidigt. Vielleicht hatte er diese Frau schon einmal getroffen, er war sich nicht sicher. Der Körperteil, mit dem er üblicherweise zu tun hatte, war nicht das Gesicht.

Es begann recht gewöhnlich. Rita wurde wie jedes Jahr untersucht, und man bescheinigte ihr eine hervorragende weibliche Gesundheit. Dann – sie erschrak – gab ihr Doktor Esaw-Yantz einen saftigen Klaps auf den Hintern. Rita fühlte, wie Scham und Blut in ihr aufstiegen.

»Haben Sie das Formular ausgefüllt?«

Rita wurde rot wie eine Rübe. »Hier ist es.«

Dr. Chef überflog die zahlreichen Fragen. Er schnalzte vorwurfsvoll mit der Zunge.

»Wie bitte? Noch nie erlebt? Nummer eins, Goldknopf-Alarm, Nummer zwei, Eileitersturm, wirklich noch nie? Eine gesunde Stute, mit diesem Arsch kann man pflügen, und trotzdem *noch nie*? Was starrst du so? Leg dich noch mal auf den Stuhl!«

Er gab ihr eine Spritze und schickte die Schwester fort. Rita sah noch, wie eine große Krähe draußen auf dem Fenstersims mit den Flügeln schlug. Mit ihren klugen Perlenaugen spähte sie ihr direkt zwischen die Beine.

»Ich habe mir ein schönes Haus am Dnjepr zugelegt, als Datscha«, sagte Esaw-Yantz, als Rita aufgewacht war. »Komm und lebe dort mit mir, sei meine offizielle Geliebte, meine Frau hat nichts dagegen. Jetzt, wo die undankbare Swetka mich verlassen hat, brauche ich eine temperamentvolle Stute.«

»Aber, Herr Doktor, ich bin verheiratet!«

»Ich bitte dich, seit wann ist das ein Hindernis? Dein Testergebnis beweist, dass du vollkommen ausgehungert bist, was die Befriedigung deiner Leidenschaften betrifft. Und keine Zweite in Zap hat so stark wallende Hormone wie du. Wenn du weiter mit diesem riesigen Passionsfruchtisierungs-Defizit lebst, wirst du ernsthaft krank, das schwöre ich dir bei meinen dreißig Jahren Erfahrung. Ich habe noch keiner Patientin so etwas Feines angeboten, aber hier sind französische Stiefel für dich. Ich wette, du hast noch nie so schöne gesehen. Die Frau des obersten Gesundheitsfunkionärs hat sie sich aus Paris kommen lassen, leider eine Nummer zu klein. Wenn ich mir deine Ferse in der Halterung anschaue, passen die Stiefel dir.« Er streichelte Ritas Fuß mit seinen klobigen Fingern.

Rita wich zurück. Sie kletterte hastig vom Stuhl und flüchtete sich in den verspäteten Schutz des Vorhangs. Beim Anziehen linste sie durch den Vorhang nach den Stiefeln, die Dr. Chef auf seinen Schreibtisch gestellt hatte. Die Stiefel waren wunderschön, aus dunkelrotem Kalbsleder.

»Ich schicke dein Kind, egal, ob schlau oder doof, auf eine richtig gute Schule. An deinen primären Geschlechtsmerkmalen habe ich nämlich gesehen, dass du ein Kind im Vorschulalter hast.«

»Mein Ehemann ist Lehrer und kann sich selbst darum kümmern«, sagte Rita mit erstickter Stimme.

»Ich wette, er unterrichtet an irgendeiner unterbelichteten Schule in eurem Neubaugebiet. Ich aber schicke dein Kind auf eine Eliteschule mit Englischschwerpunkt!«

»Nein, danke«, sagte Rita. Sie kam aber nicht umhin zu denken, dass Sonka mithilfe des Doktors eine richtige Philologin werden könnte, wie Alka in Moskau.

Mit seinem Spekulum klopfte Dr. Chef die *Ode an die Freude*.

»Schau sich einer das Mädel an, was für eine Kornkammer der Leidenschaften!«, murmelte er, als Rita die Tür hinter sich schloss. »Nicht einmal die Schaffnerin im Schnellzug 95 hat stärker reagiert!«

Er hatte den obersten Funktionär des Gesundheitsamtes für den Bezirk Zap dazu gebracht, die Passionsfruchtisierungs-Forschung offiziell zu autorisieren. Als Sheila Winter ihre Beschwerde einreichte, war der Funktionär zuerst empört gewesen und hatte das Projekt untersagt. Doch als Arifón, ein exorbitantes Bestechungsgeld in der Tasche, den Funktionär um ein privates Treffen bat und ihm das Wesentliche des Programms erklärte, änderte dieser seine Meinung. Es war weniger das Geld, das die Entscheidung brachte, als vielmehr das Versprechen von Dr. Chef, dem Funktionär die Siegerin des Passionsfruchtisierungs-Wettbewerbs als Geschenk zuzuführen. Natürlich konnte man die Statistik ein wenig manipulieren. Die Siegerin, diese Rita Winter, wollte Dr. Chef für sich haben, und der oberste Funktionär würde die Zweitplatzierte bekommen.

*

Im klappernden Briefkasten fand Rita einen Brief mit ausländischer Briefmarke: unnatürlich grelles Blau und Orange. Sie nahm es auf sich, den Umschlag so behutsam zu öffnen, dass sie ihn wieder zukleben konnte. Der Brief enthielt keinerlei Informationen zu Marks Privatleben, sondern drehte sich nur um seine Fiktion.

Mein Roman ist im Grunde eine pikareske Saga, ein Lügenmärchen über meine Schneiderei in Odessa. Aber seit Der Pate *herauskam, gibt es zu diesem Thema kaum noch etwas zu sagen. Zumindest glauben das die Amerikaner. Doch nachdem ich jener Alka in Moskau geschrieben und eine herrlich bekloppte Antwort erhalten habe, ist mir klar geworden, wie mein Weg zum Erfolg aussehen könnte. Ich schreibe das Buch komplett neu. Es wird eine Slapstick-Persiflage. Der Titel:* Dr. Marlin. *Drei sehr besondere Frauen kommen darin vor: Deine sexy Nachbarin, Deine schöne Gattin und ihre übergeschnappte Cousine aus Moskau. Alle drei Frauen sind in den Ich-Erzähler verliebt, mein Alter Ego, wie Du leicht errätst. Am Ende reichen er und Deine Schöne einander in Liebe die Hände. Du verstehst natürlich, dass dies frei erfunden ist. Hab keine Angst: Ich verehre, was ich nicht haben kann, während Du bewahren musst, was Dir per Recht und Gesetz gehört, ob Du es nun verdienst oder nicht.*

16

Oma Manja hatte es nicht vermocht, aus ihrer Tochter eine professionelle Musikerin zu machen. Aber sie hegte noch Hoffnung für Sonka. In den Genen des Mädchens schlummerte vielleicht musikalisches Talent. Einmal im Jahr kam ein Klavierstimmer mit einer Stimmgabel, um das kapriziöse, im Krieg erbeutete Steinway-Piano zu justieren. Zweimal pro Woche zwang Oma Manja Sonka auf den drehbaren Hocker, unter der gebieterischen Aufsicht der Prinzessinnenpuppe, die oben auf dem Deckel thronte.

Sonka verband mit Musik weder Liebe noch Hass. Die Fingerübungen lernte sie mühelos, die Noten und Akkorde spielte sie ebenso fehlerfrei wie die Tonleitern in Dur, Moll und Halbtönen. *Animato* war ihr liebstes italienisches Tempo. Ohne große Probleme lernte sie die ersten kleinen Stücke, vor allem russische Volkslieder. Die Prinzessin lächelte Sonka zu; ihre wolkig blauen Augen zwinkerten.

Im Stillen zufrieden mit den Fortschritten ihrer Enkelin, krönte Oma Manja das Notenpult mit Tschaikowskis *Kinderalbum*. Die ersten Stücke waren recht hübsch: das nachdenkliche *Morgengebet*, der pausbäckige *Wintermorgen*, die lebhaft lächelnde *Mama*, der sonnige *Marsch der Zinnsoldaten*. Sonka lernte sie gern. Doch dann kam die *Krankheit der Puppe*.

Im Allgemeinen fürchtete sich Sonka vor Puppen und wollte auch keine besitzen. Die Verantwortung für ein solches anthropomorphes Wesen war ihr zu groß. Sie war ja selbst schon zerbrechlich genug. Wie sollte sie für etwas sorgen, das blutarm, leblos und wehrlos war und genau deshalb unendlich verletzlich? Der Gedanke an eine Teerunde mit Puppen war ihr zuwider, auch einen Puppenstreit oder den Arztbesuch einer Puppe verabscheute sie. Lieber spielte sie mit robusten Dingen wie Löffeln und Bratpfannen oder, noch lieber, mit Dingen, die körperlich nicht versehrt werden konnten: mit dem zarten Stoff der Träume.

Mit der Prinzessin verhielt es sich anders. Sie war fast so alt wie Oma Manja, eigenständig und klug. Ihr Gesicht war keine Babyschnute, sondern ein schönes, reifes Antlitz mit hohen Wangenknochen und griechischer Nase. Die wolkig blauen Augen, umkleidet von spärlichen Wimpern und Tonfältchen, strahlten Erfahrung aus. Zweifellos war das schmuddlige Gewand immer noch nobel: ein blauer Reifrock mit Glitzersaum. Für Sonka war die Prinzessin eine verehrte Ahnin, die sie lieber nicht anrühren wollte.

Tschaikowskis »kranke Puppe« stöhnte mit dünnem Stimmchen. Sonka gab sich alle Mühe zu verstehen, woran die Puppe litt: gestörte Verdauung, geplatzte Blase oder Radikulitis? Diese Krankheiten hatte Sonka den Erwachsenen abgelauscht. Schnell blätterte sie die Seite um. Der Titel des nächsten Stücks war: *Beerdigung der Puppe*, was nichts anderes hieß, als dass Sonka die kranke Puppe nun mit ihren eigenen Fingern langsam zu Tode spielte, anstatt sie zu heilen. Der letzte, traurige Akkord, der letzte Seufzer der Puppe. Egal, wie sehr sich Sonka beim Spielen des Stücks auch anstrengte: Diese Puppe, die ihr fremd war, weil sie aus der Traumwelt Tschaikowskis stammte, würde sterben. In stillem Boykott legte Sonka die Hände auf ihre Knie. Dicke Tränen hoppelten über ihre Wangen.

Oma Manja versuchte es im Guten. Dann rügte sie Sonka, indem sie ihren verstorbenen zweiten Ehemann beschwor. Den ganzen weiten Weg von Berlin hatte er das Klavier hergeschafft, und nun sabotierte die verwöhnte Göre ihre wertvolle musikalische Ausbildung! Als auch das nichts half, schlug sie Sonka auf die Finger. Doch das Mädchen legte die Hände nicht zurück auf die Tasten.

Nie hatte ein Telefon ein so gnädiges Sterbegeläut von sich gegeben. Sonka war froh. Wie viele Menschen ihrer Generation verstand Oma Manja einen Anruf als Akt Gottes, dem man sich umgehend unterwerfen musste. Sie pantoffelte in den Flur und nahm den Hörer ab.

»Was sagen Sie da, Kobra Aaronowna?«, begann sie in ihrem sarkastischen Tonfall. »Sie können Sonka dieses Wochenende nicht nehmen? Was zur Hölle ist los? Ein *Begräbnis* in Odessa?« Oma Manjas Stimme klang mit einem Mal furchtbar besorgt. »Wer ist gestorben? Etwa *Dod?* … Was, nicht Dod, sondern seine Frau?! Wo wohnt er? … Sie werden es niemals verraten? Nun, wenn das so ist, schreibe ich einen offenen Brief über Ihre kleine Affäre mit der Zauberpille und wie Sie Doktor Esaw-Yantz beinahe vergewaltigt haben. Meine Nachbarin Swetka hat mir alles erzählt. Ich schicke die Geschichte dem *Anzeiger* von Zap! … Aha? Ja, so ist es brav, viel besser. Sprechen Sie langsam, ich schreibe mit … Gogol-Straße 29 … Fertig.«

»Die kranke Puppe brauchst du nie wieder zu spielen«, sagte Oma Manja und knallte den Klavierdeckel zu. Sie bemühte sich nicht, vor Sonka ihre unbegreifliche Freude zu verbergen, die mit dem Rest der Musikstunde kein bisschen harmonierte. »Du bekommst auch nie wieder Klavierunterricht.«

17

Hätte Großpapa Salomon den Schnellzug 95 nach Odessa nicht mit eigenen Augen davonfahren sehen, wäre er nicht zu einhundert Prozent sicher gewesen, dass seine Frau und sein Sohn tatsächlich abgereist waren. Unziemlich für einen Mann seines Alters hüpfte er über den Bahnsteig und wisperte: »Hurra!«

Wieder daheim, verbrachte er eine Stunde mit all den unanständigen Dingen, die ihm verboten waren: Er lief barfuß durch die Wohnung, pflanzte sich im Schneidersitz auf die Couch, ließ die Kühlschranktür zwei Minuten lang offen, trank Limonade aus der Flasche.

Danach fasste er Mut und wurde ernst. Von seinem Zeichentisch nahm er die gewebten Papierbogen, reich bedeckt mit filigranen Linien und Zahlen. Er steckte die Bogen in ein übergroßes Kuvert und adressierte es: »Ministerium für Transportwesen und Verkehr«. Er verschloss das Kuvert mit Löschkalk und schlüpfte in seinen zwanzig Jahre alten Mantel.

In der nahe gelegenen Friedensstraße gab es ein Postamt, doch Großpapa Salomon fuhr mit dem Trolleybus Nummer 4 zu einer anderen Zweigstelle, von der aus er zum *Winona* laufen konnte.

Momentan stand das Haus leer und genoss die letzten Züge seiner Instandsetzung. Bevor Arifón Esaw-Yantz es kaufte, hatte das *Winona* vierzig Jahre lang als riesige Gemeinschaftswohnung gedient. Jedes der sieben Zimmer hatte eine aus drei Generationen bestehende Familie beherbergt, alles in allem an die dreißig Mieter. Dr. Chef hatte die Stadtwerke bestochen. Sämtliche Bewohner des *Winona* wurden in andere Häuser umgesiedelt oder bekamen ihren eigenen Vogelkäfig in den fernen Wohntürmen des Neubaugebiets.

Doch in den heldenhaften Dreißigerjahren, der Bauzeit des Dnjepr-Damms, hatte Hugh Winter hier ganz allein mit Rosa gewohnt, seiner einheimischen Haushälterin, seinem Feldweib. Das herrschaftliche Haus, in Wahrheit eine aus Fertigteilen gebaute Blockhütte, das Modell »Winona« aus dem Sears-Katalog, war mit dem Schiff aus Amerika hergebracht worden, damit sich der weltweit beste Erbauer von Staudämmen wie zu Hause fühlte. Als der Staudamm seine mächtigen Turbinen anwarf, verließ Hugh Winter Zap für ein noch grandioseres Projekt: Nevadas Hoover-Damm.

Als verheirateter Mann mit vier Kindern konnte er seine Liebste aus Zap nicht mitnehmen nach Amerika. Doch Rosa dankte ihm für den lebenden, blauäugigen Beweis seiner Liebe, geboren sechs Monate nach Hughs Abreise. Sie registrierte den Säugling Salomon nicht unter ihrem unmelodischen, jüdischen Familiennamen, sondern machte ihn zu einem *Winter*, kalt und elegant und dem Klang nach kein bisschen unehelich. Freundlicherweise durfte Rosa weiterhin im *Winona* wohnen, in Hugh Winters Arbeitszimmer, dem kleinsten der Räume, bis man sie und das Kind bei Kriegsausbruch nach Nowosibirsk evakuierte.

Die Anwesenheit des weltbesten Dammbauers im *Winona* bezeugten nur noch der azurblau schimmernde Fußboden des einstigen Arbeitszimmers mit seinem interessanten Muster aus roten Lilien sowie ein leeres türkisfarbenes Fläschchen Kölnisch Wasser mit Goldfries, in der Mitte des Etiketts die Zahl 4711. Rosa bewahrte das Fläschchen stets neben ihrem Bett auf. Gern öffnete sie den Verschluss und ließ Salomon die letzte Schimäre des verflogenen Duftes schnüffeln. Danach zeichnete sie Vater Hugh für die Fantasie ihres Kindes: lebensgroß, in all seiner blauäugigen Baumwollhemdenpracht, am Zeichenbrett stehend.

Salomon kannte die Farben sämtlicher Hemden des Vaters. Er wusste, wie der Vater seine Hosen gebügelt haben wollte, wie viele Jeans er besaß, welcher Kuchen ihm schmeckte, wie er sich die Haare kämmte, wie seine Bleistifte rochen und wie sorgenvoll überschattet seine Braue nach einer Nachtschicht war.

Salomon wurde selbst Ingenieur, um die wunderbaren Erzählungen über den Vater mit dem eigenen Körper zu füllen.

»Vier Pylone, Schrägseile, Fächerdesign«, murmelte er und blickte aus dem Fenster des einstigen Arbeitszimmers, das nun mit teurem Parkett ausgelegt und mit einem weißen Ledersofa möbliert war. »Es würde Sie glücklich machen zu wissen, Vater Hugh, dass ich der beste Brückenbauer der Sowjetunion bin.«

18

Aus Gründen des Anstands wartete Oma Manja zwei Wochen. Dann räumte sie ihr Sparbuch leer, packte den Koffer und buchte ein eigenes Schlafabteil im Schnellzug 95 nach Odessa. Rita und Josik sagte sie, dass sie sich einen wohlverdienten Urlaub nehme. Wann sie zurückkommen werde, sagte sie nicht.

Sie biss in das Tscheburek, das sie furchtlos von der ewigen Bahnhofsalten gekauft hatte, und nippte dazu nachdenklich am dünnen, süßen Zugtee. Ihr schweres, langzöpfiges Leben spulte sich wie in Zeitlupe vor ihr ab. Wie hatte sie nur so eine lahme Spießerin werden können, wo doch ihre natürlichen Anlagen die einer Abenteurerin und Rebellin waren? Ihre ganze Kindheit am Dnjepr-Damm war eine einzige Mutprobe gewesen: Wer traut sich, das verrottete Pferdestroh zu essen, wer wirft die tote Ratte in den Fleischwolf der Feldküche, wer klettert auf wessen Schultern, um durch das Barackenfenster zu linsen, hinter dem die Arbeiter eine Waschfrau bumsen?

Mit einer gehörigen Portion schwarzer Pädagogikmagie hatte die Erzieherin Selda Sinowiewna im Waisenhaus es geschafft, Manja zu zähmen. Jetzt, wo sie schon älter war als Selda, als sie diese zum letzten Mal sah, verstand Manja die Erzieherin sogar. Verwahrloste, traumatisierte Waisenkinder durfte man nicht mit Samthandschuhen anfassen, sonst hätten sie sich gegenseitig aufgefressen – und ihre Erzieherin gleich mit. Doch tief in ihrem wogenden Busen ahnte Oma Manja, dass ihr spannendster Lebensabschnitt noch bevorstand: Sie war längst sechsundfünfzig, doch das neue Leben raste mit Volldampf auf sie zu.

Der Zug erreichte Odessa am späten Morgen. Es war Ende Oktober, doch die Sonne strahlte wie eine Persimone im August. Oma Manja ging auf die Bahnhofstoilette, zog ein gnadenlos ausgeschnittenes Kleid an und legte ein Pfund Schminke auf. Außer einem gelackten Opernhandtäschchen ließ sie all ihre Sachen in der Gepäckaufbewahrung. In das Täschchen steckte sie ein Einkaufsnetz. Das Geld versteckte sie gemäß der alten Sicherheitsregel im Schlüpfer. Nun gehörte sie Odessa, und Odessa gehörte ihr. Sie war Teilhaberin des blauesten Meeres der Welt, das man »schwarz« nannte.

Die magische Stadt am südlichsten Saum des Imperiums war bekannt für ihre Superlative. Hier ragte die längste Treppe der Welt mit ihren einhundertzweiundvierzig Stufen. Hier wurden die Haltestellen der Straßenbahn stolz »Stationen« genannt. Französischer Boulevard, Griechischer Platz, Arkadien, Lustdorf-Allee – selbst die Topografie der Stadt umarmte die weite Welt. Die Frauen aus Odessa waren die schönsten, die Handwerker die geschicktesten, und selbst der Fischfang warf nie weniger ab als *Lastkähne, überquellend von Meeräschen*, wie es in einem bekannten Lied hieß.

Die Deribasowskaja-Straße hatte sich kaum verändert. Nur die Platanen waren mächtiger geworden. Jeder goldene Baum rief: »Hier, hier hat dir dein Dod den Antrag gemacht!«

Selbstverständlich ging Oma Manja zum Privóz, dem berühmten Markt mit der besten Auswahl an Fisch und Meeresfrüchten in der UdSSR.

»Frische Sardinen für Fischbällchen und Fischkoteletts! Ein Rubel das Kilo, zwei Kilo, zwei Rubel! Geh nicht um die Ecke, bleib stehen und schmecke!«

Oma Manja hatte die köstliche Küche Odessas vollkommen vergessen. Sanft geräucherte, fettige Silberscheibchen von Fischen, frisch wie Jungfrauenwangen, waren auf kleinen Tellern zum Kosten ausgelegt. Seemänner schmuggelten Kochrezepte aus aller Welt ein, die dann in den Brunnenhöfen unter den Schattengittern der Weinreben ausprobiert wurden.

Im jüdischen Waisenhaus war schon eine schlichte Fischsuppe ein Festmahl gewesen, ebenso kleine Fischkuchen, im Fleischwolf gemahlen, gemischt mit Ei, Salz, Pfeffer und Mehl, und dann in die Bratpfanne geworfen. Diese bescheidenen Speisen aßen die Kinder nicht einfach so. Sie hatten von ihnen geträumt, sie im Geiste erschaffen, verehrt und bewundert.

Am Stand einer Privóz-Verkäuferin packte Oma Manja eine dralle Sardine am Kopf. Sie führte den Fisch an ihre Lippen und zog behutsam ein Stückchen zartes, salziges Fleisch ab. Es zerging sofort auf der Zunge. Sie legte das Filet auf eine bereitwillig gereichte Brotkruste und krönte es mit einer straffen Tomate, die eine Gemüsehändlerin ihr reichte.

Oma Manja kaufte ein Kilo Sardinen, ein Kilo Tomaten, eine Wassermelone, Pfirsiche und einen Blutwurstkringel.

Sie lief die Küste entlang. Ganz Odessa war zu sehen. Vom Opernhaus bis zum Grashalm befand sich alles am richtigen Fleck. Exakt, einfach und klar. Von einem hohen Geländer hingen Jungen und angelten Weißfische. Greise saßen über Schachbretter gebeugt, vertieft in eine knifflige Partie, vielleicht ihre letzte. Umso mehr musste sie mit odessitischer Meisterlichkeit gespielt werden. Eine Mutter rollte ihr Töchterchen im Kinderwagen zum Ufer – die neueste Schönheit Odessas.

Oma Manjas verpasstes Leben mit Dod erschien zum Greifen nah in dieser luxuriösen Stadt, die viel besser zu ihr gepasst hätte als das Zap der Nachkriegszeit. Ihre gemeinsamen Kinder, allesamt Söhne, wären ebenso schön gewesen wie Mark, ja, noch schöner! Manja hätte all die köstlichen Gerichte gekocht, und man hätte sie »Madam« genannt, wie es sich bei gut betuchten Jüdinnen schickte. Und eine Klavierlehrerin aus Odessa rangierte natürlich eine ganze Klasse über einer aus Zap. Warum nur hatte sie Vera damals auf der Deribasowskaja nicht sofort angefallen und in Stücke gerissen? Weil die kleine Klette Rita an ihrem Rockzipfel zog und die andere Klette, Mark, an Dods Hosenbein. Und weil Selda noch immer Macht über sie hatte.

Warum hatte sie zugelassen, dass der Krankenpfleger Goldberg in Nowosibirsk mit ihr schlief? Aus Hoffnungslosigkeit und Entbehrung. Ihr zweiter Ehemann war ein netter Kerl gewesen, das schon, aber auch der größte Langweiler, den man sich vorstellen konnte. Nicht einmal ihn zu tyrannisieren machte Spaß.

Die Schandflecken ihrer Fehlentscheidungen verteilten sich über die Leinwand ihres verpfuschten Lebens. Doch nach jahrzehntelangem Umherirren, am frühen Abend ihrer Biografie, just als Odessa ins Dämmerlicht tauchte, wurde endlich der richtige Pinsel in die richtigen Farben getaucht. Die Linie, die Manja ziehen würde, war die eines Flugzeugs, das von der Startbahn abhob.

Sie schlang ein Tuch um ihre prächtige Gestalt, denn die Brise war kühl. Sie ging fort vom Meer, ein paar Straßen nach Norden, in die Gogol-Straße.

Kein gewöhnliches Haus, einst das Heim einer reichen Familie, nun in Gemeinschaftswohnungen geteilt. Die Farbe blätterte ab, doch die Karyatiden trugen noch immer die Last der Fassade. Plötzlich, als wäre der Geist einer Dammgöre in sie gefahren, reckte Oma Manja den Arm und griff einer Karyatide an den nackten Stuckbusen. Sie stemmte die Haustür auf, rannte die Treppe nach oben und drückte die Klingel.

Dod Knoblauch saß neben seiner verwaisten Singer-Nähmaschine. Sein Aussehen hatte sich seit Kriegsende kaum verändert, doch innerlich war er kraftlos. Vera war gestorben, und Mark hatte ebenso wenig aus Amerika zum Begräbnis kommen können wie Dods eigener Vater Aaron vom anderen Ufer des Styx.

Vera, voller Frohsinn und Güte, war nicht allzu klug gewesen, aber stets gut gelaunt und fürsorglich. Mit den Jahren hatte Dod sie mehr und mehr geliebt. Sie war nicht die Liebe seines Lebens, aber eine gute Ehefrau, und sie umgab ihn noch ganz. Er quälte sich hoch, weil die Klingel hartnäckig schrillte.

Eine seltsame Madam stand auf der Terrasse, halb Operndiva, halb Clown. Zweifellos eine potenzielle Kundin, auf Empfehlung gekommen. In der einen Hand hielt sie ein elegantes Lacktäschchen, in der anderen ein Einkaufsnetz. Räuchersardinen lugten aus altem Zeitungspaper, rote Tomatenbälle verdrängten zarte Pfirsiche.

»Ich nehme keine Schneideraufträge mehr an«, sagte Dod. »Ich bin in Trauer.«

»Ich bin nicht hergekommen, um ein Kleid zu bestellen. Ich bin gekommen, um dein Leben zu heilen.«

Durch die Matrjoschkaschichten der Schminke schimmerte etwas Vertrautes. Dann löste die Schauspielerin auf einen Streich ihre braun gefärbte Haarpracht und zog ohne Vorwarnung die Träger ihres Kleides nach unten.

»Manja? … Manja-Marzipanja!«, japste Dod in ihrer alten Liebessprache.

Die Nachbarn in der Gemeinschaftswohnung legten die Ohren an die Tür und lauschten dem Seufzen, Stöhnen und Lachen. »Arme Marzipanja, armes Kindchen, komm her, ich heile dich auch.«

»Ein feiner Witwer ist das«, bemerkte Madam Grabower vom Zimmer gegenüber. In der Gemeinschaftsküche schnitt sie die

Beute auf: Sardinen und Blutwurst. Oma Manja hatte das Netz mit den Privóz-Köstlichkeiten am Eingang vergessen.

19

Vom Institut für Technische Forschung, wo er als Entwicklungsingenieur angestellt war, nahm Wowik Trolleybus 4. Er hatte die Arbeit anderthalb Stunden früher als üblich beendet. Sein gesamter Fachbereich begoss heute die Pensionierung des leitenden Ingenieurs. Gegen siebzehn Uhr weilten die Kollegen in verschiedenen Stadien der Trunkenheit, vom leichten Schwips bis zum Schnarchen am Zeichenbrett. Außerdem war heute Zahltag. Wowik hatte für seinen Fleiß zwanzig Rubel Prämie bekommen. Diese Summe konnte er für sich behalten, ohne dass Großmutter Sheila es merkte.

Am Darwin-Zoo stieg er aus. Die Zigeuner kampierten noch immer am Eingang, trotz Regen und Graupel. Die schwarze Amazone sprang noch immer von Käfig zu Käfig. Wowik wartete, bis sie in seine Nähe kam, und zeigte ihr einen Zehnrubelschein. Er atmete hart, sein Hals war eng. Das Mädchen lachte wieder breit wie der Äquator, wischte sich die Hände an demselben gestreiften Baumwollkleid ab, das sie seit Juni trug, und bedeutete ihm, ihr zu folgen. Als er gehorsam hinter ihr hertaumelte, fiel ihm der Kopf von den Schultern und geradewegs in die sehnige Hand der Zigeunerin. Dort zerbröselte seine linke Gehirnhälfte und verquirlte sich zu Piña Colada.

Sie liefen zum Damm, vorbei am *Winona*, das frisch geweißt und wunderschön dastand, hin zu den schäbigen, schimmligen

Betonkämmen der Staumauer, von Ratten bewohnt, von Müll übersät. Die schwarze Zigeunerin bückte sich unter einen der Kämme. Sie rutschte mit Wowik einen steilen, schlammigen Hang hinunter, bis zu einem großen Gullydeckel. Unter dem Deckel, schon unter dem Flussbett, lag ein Luftschutzkeller aus dem Zweiten Weltkrieg. Die Zigeunerin fädelte ihre Finger durch das Loch in der Mitte, und der Deckel gab den rauen, schwarzen Schlund frei. Sie gab Wowik einen Schubs und leuchtete den Weg mit einer Taschenlampe.

Sie stiegen eine endlose Treppe hinunter. Lichtstrahlen zitterten über die Betonwände und erhaschten sonderbare, mit Kreide gezeichnete Bilder, die unglaublich hässliche, Furcht einflößende Kreaturen darstellten. Wowik sah eine Schildkröte mit zwei Köpfen, einen dreiäugigen Makaken, einen Ara mit Hörnern. Am unteren Ende der Treppe fuhr er zusammen: Da war ein Bild von zwei Tigerjungen, die sich eine Wirbelsäule teilten. Als er mit dem Mädchen den Boden des Bunkers erreichte, wurde der feuchte Mief so mannigfaltig wie die Algen des Dnjepr. Sollte Wowik seine Jungfräulichkeit wie ein Wels verlieren – am Flussgrund?

»Ich bin Aza, und ich habe dich hergebracht, damit du ein paar Freunde von mir kennenlernst«, sagte die schwarze Zigeunerin.

»Welche Freunde? Ich will nur dich!«

»Ohne sie gibt es mich nicht.« Azas Zähne bildeten einen krassen Kontrast zu ihrem Gesicht. Sie richtete die Lampe in eine Ecke des Bunkers. Ein kurzer Blick genügte Wowik. Er fiel bewusstlos auf den stinkenden Boden.

Im Hauch sanften Sonnenlichts wachte er auf. Es regnete nicht mehr. Die Zigeunerin musste ihn ohnmächtig die vielen Stufen nach oben geschleppt haben. Sie patschte ihm auf die Wangen und lachte. »Was bist du nur für ein frommes Lämmchen, du bist gleich umgekippt beim Anblick der armen Tierchen.«

Wowik hatte nicht im Geringsten erwartet, dass die Kreidebilder an der Wand schreckliche Doubles in der Wirklichkeit hatten: Der Bunker war mit lebenden Mutanten gefüllt, von der zweiköpfigen Schildkröte bis zum Albtraum der siamesischen Tigerjungen.

»Ich zeichne sie an die Wand, damit ich mich, wenn sie sterben, an sie erinnern kann. Die Fabrikdämpfe sind schuld, dass die Tiere so geboren wurden im Zoo. Der Tierarzt hat mir gezeigt, wie man sie umbringt. Er selbst war sich dafür zu fein. Aber das Töten ging mir gegen den Strich, deshalb habe ich das Gift aus der Spritze gedrückt und sie stattdessen mit Wasser gefüllt. Die Tiere habe ich hierhergebracht. Sie brauchen viel Fleisch.

Ich will nicht mit jedem Mann schlafen, aber ich brauche das Geld, um den Tieren Essen zu kaufen. Du bist mir sympathisch, sonst wärst du nicht hier. Wir hätten auch in die Büsche am Zoo gehen können. Falls du mich noch willst – es kostet dich nichts.«

Sie trat ans Tageslicht und hob ihr Baumwollkleid hoch. Wowik wurde in den nächsten Schock katapultiert, nicht wegen der Fauna, sondern der Flora. Zwischen Azas Schenkeln prangte eine schwarze Anthurienblüte mit einem pinken Spadix. Der Wind blies von der Schokoladenfabrik in Richtung Damm, und Wowik schlug mit dem Knie gegen die Mauer. Er tat es mit Absicht und mit all seiner Kraft, um das Jaulen in seinen Lenden zum Schweigen zu bringen.

»Mein *Winona* liegt wirklich spektakulär. Ich habe nicht nur den besten Blick auf den Dnjepr, sondern auch auf erstklassigen Hardcore-Porno, keine hundert Meter von hier.« Dr. Chef zeigte durch das Fenster des neu tapezierten Wohnzimmers.

»Das ist eine echte Negerin, Dr. Chef«, sagte Petro. Er war gebannt, wischte sich Leim und Schweiß von der Stirn.

»He, Petro, du Depp, das Fenster ist nicht nur für dich! Beweg deinen Arsch und lass mich auch gucken! Mein Gott, wie die sich rollen und biegen«, schnaufte Nikolai.

»Kennst du die zwei?«, fragte der Doktor.

»Den Typen hab ich schon mal irgendwo gesehen. Aber die Negerin kommt meist allein. Sie steigt jedes Mal in den Bunker und kommt so nach ’ner halben Stunde wieder hoch.«

»Wieso hast du mir das nicht früher erzählt, alter Schafschädel!«

»Der Schwanz steht bis zu den Wolken!«

»Französischer Tittenauflauf!«

»Orientalischer Möseneintopf!«

»Amerikanisches Sandwich mit Whiskeyeiern!«

»Das Negerweib würde in meinem Passionsfruchtisierungs-Fragebogen glatt eine Eins mit Sternchen bekommen! Holt sie mir her, wenn ihr Stecher fort ist. Und seid vorsichtig, krümmt dem Mädchen kein Haar, ihr räudigen Hunde. Ich brauche sie für den obersten Gesundheitsfunktionär. Er wird glücklich sein, träumt schon lange von Ebenholz. Ich würde es selbst ausprobieren, doch das schwarze Fleisch macht mir Angst. Und findet heraus, was sie dort unten im Bunker treibt.«

20

In der gewölbten Spiegelhaut des Samowars verzerrten sich die Gesichter von Ritas Gästen. Es waren Kolleginnen aus der Bibliothek: Galka von den Zeitschriften und Lenka aus dem Lesesaal. Die Frauen blickten auf zu Rita, weil sie Verwandte in Moskau hatte und in der Abteilung für fremdsprachige Literatur arbeitete. Der Posten verlangte eine hohe Qualifikation: die Fähigkeit, ausländische Buchtitel mithilfe eines Wörterbuches ins Russische zu übersetzen. Die Frauen beneideten Rita auch, weil sie einen Ehemann hatte. Galka war eine alte Jungfer, Lenka litt an einem mehrfach gebrochenen Herzen und zog ein Bastardkind groß.

»Erzähl uns die Spanien-Geschichte von diesem Hemingway«, bat Lenka. »Du hast gesagt, darin kommt ein amerikanischer Soldat vor, der ein Mädchen im Schlafsack verführt.«

»Ach, der Schlafsack, natürlich, ihr denkt ja ständig an Sex. Aber ich will euch ein Geheimnis verraten: In dem Buch gibt es noch viel bessere Stellen«, sagte Rita stolz. Sie hatte eine neue, ziemlich eindeutige Beschreibung auswendig gelernt.

»*Dann war da der Duft des zerdrückten Heidekrautes, und unter ihrem Kopf das rauhe Gewirr der zur Erde gebogenen Stengel*«, sprach Rita so sanft, als würde sie beten, »*und alles war rot für sie, orangefarben, goldgelb von dem Sonnenlicht auf ihren geschlossenen Augen.*«

Rita schloss ihre eigenen Augen, doch hinter den Lidern fand sie im schwachen elektrischen Licht des Dezemberabends nur Grau und Braun. »*Für ihn war es ein dunkler Weg, der nach Nirgendwo führte und weiter nach Nirgendwo und abermals weiter nach Nirgendwo und noch einmal nach Nirgendwo, immer und ewig nach Nirgendwo, schwer auf den Ellbogen in die Erde gekrampft nach Nirgendwo, dunkel, ohne Ende nach Nirgendwo.*« Mit jedem hervorgestoßenen »Nirgendwo« wurde Ritas Stimme lauter. Und als Jordan spürte, wie sich die Erde regte unter Maria und ihm, stand den beiden Bibliothekarinnen unwillkürlich der Mund offen. Rita machte sich bereit für den Höhepunkt im Heidekraut, doch …

»Ritotschka, würdest du deinen Kurs in fremdsprachiger Literatur leiser abhalten? Ich kann mich nicht konzentrieren«, rief der bis dahin unsichtbare Josik vom Küchentisch.

Die Bibliotheksdamen verehrten Josik, weil er Literat und Ehemann war. Sie tauschten einen Blick. Ungeschickt hüstelnd erhoben sie sich von den Stühlen und ließen ihren Tee stehen. »Wir dürfen den letzten Trolleybus nicht verpassen, nach zehn fahren sie nur einmal pro Stunde«, nuschelten sie beinahe gleichzeitig. Sie banden sich die selbst gestrickten Schals um und schlüpften in ihre billigen Mäntel.

»Wieso hast du meine Gäste verscheucht?«, wollte Rita wissen.

»Tut mir leid, Ritotschka, ich wollte nicht, dass sie gehen. Aber ich muss eine wichtige Klassenarbeit korrigieren. Ich werde gehängt, wenn ich das nicht bis morgen schaffe.«

»Ist dir schon mal aufgefallen, dass wir keine Freunde mehr haben? Du hast sie alle verschreckt mit deinen Schrullen.«

»Frauen von niedriger Intelligenz sind nutzlose Gesellschaft, nicht förderlich für die geistige Entwicklung.« Josik rang nach Atem. Er fühlte, wie die eigenen Worte ihm die Luft aus den Lungen drückten und ihn zu dieser unvermeidlichen Streitigkeit drängten.

»Wie bitte?« Rita stemmte ihre Hände in die Hüften. »Du wagst es, mir gegenüber von geistiger Entwicklung zu sprechen, wo du noch nicht einmal deine Schüler im Zaum halten kannst?«

»Meine Fähigkeit oder Unfähigkeit, im Unterricht für Disziplin zu sorgen, hat mit Geistigkeit nicht das Geringste zu tun.«

»Dann vielleicht die Tatsache, dass wir seit Monaten nicht mehr miteinander ins Bett gehen? Du hast dich längst im Toten Meer der russischen Literatur aufgelöst! Jetzt wo wir *es* nicht mehr tun, brauche ich wenigstens jemanden zum Reden. Mit dir kann ich kein normales Gespräch führen, aber diese Frauen hören mir wenigstens zu.«

»Sei nicht ungerecht, Ritotschka. Ich weiß, dass wir schon eine Weile nicht mehr im Bett waren. Ich hatte in letzter Zeit zu viel Stress.«

»Weißt du eigentlich, dass ich die Siegerin im Passionsfruchtisierungs-Wettbewerb bin?«

»Was bedeutet dieser monströse Ausdruck?«

»Das wirst du nie verstehen. Dieses Forschungsprogramm rettet Frauen vor Männern wie dir! Frauen, die spüren, dass sich die Erde bewegt! Aber wozu rede ich, wo du doch die, wie du so gern sagst, *Allusion* sowieso nicht verstehst.«

Josik blinzelte wie verrückt. Seine Wimpern verfitzten sich, die obere Reihe brach die untere ab, die schwarzen Kommas fielen leblos auf seine Wangen.

»Aber es geht nicht nur um mich«, fuhr Rita schonungslos fort, »deine Tochter scheint dir auch nicht mehr wichtig zu sein. Andere Leute wissen viel besser als du, was Sonka braucht. Doktor Esaw-Yantz hat versprochen, sie auf die beste Schule von Zap zu schicken, mit Englischschwerpunkt!«

»Seit wann geht meine Tochter diesen Arzt etwas an? Und wozu sollte Sonka das sinnlose Gebrüll lernen? Wird sie denn nach Amerika fahren? Alle schönen Dinge des Lebens können und sollen im Russischen ausgedrückt werden. Außerdem hat Sonka einen Lehrer zum Vater. Sie wird *meine* Schule besuchen, unter *meiner* pädagogischen Führung.«

Rita holte tief Luft, ehe sie ihr Trumpf-Ass auspuckte.

»Eine sehr wohlhabende, großzügige Person hat mir angeboten, in einer luxuriösen Villa zu wohnen. Siehst du diese Stiefel? Wenn nicht, überrascht es mich auch nicht. *Italienisch*, wie die von Sophia Loren! Denkst du vielleicht, ich hab sie gekauft? Sie kosten mehr, als du verdienst. *Er* hat sie mir geschenkt. Er, Dr. Chef Esaw-Yantz. Und wenn jetzt nicht *sofort* ein Wunder geschieht oder wenn ich noch ein einziges Wort über deine dämliche russische Literatur hören muss, verlasse ich dich auf der Stelle!«

Josik konnte sich nicht rühren. Er öffnete den Mund, schloss ihn wieder, und sagte dann: »Aber bei Leo Tolstoi … Karenin … er hat Anna tatsächlich vergeben.«

*

Lieber Josik,

die Unmöglichkeit, zum Begräbnis der eigenen Mutter zu reisen, ist ungeheuerlich. Man hatte mich gewarnt, dass ich unter keinen Umständen in die UdSSR zurückkehren darf. Aber damals hat mich der Magnet aus Übersee so stark angezogen, dass ich ihm folgen musste. Nun zeigen die Pole zu beiden Seiten des Ozeans ein unüberwindliches Minus, die leichtsinnige amerikanische Freiheit ebenso wie die Sowjets, die die Daumenschrauben immer fester ziehen. Dieses verfluchte Magnetfeld kann ich nie im Leben bezwingen, egal, wie oft ich mit dem Kopf gegen den Eisernen Vorhang renne.

Nun zu etwas anderem. Du wirst es nicht glauben, aber das spielt keine Rolle. Als Brodsky vor ein paar Wochen ins Caffe Reggio kam, zum x-ten Mal in diesem Jahr, habe ich endlich Nägel mit Köpfen ge-

macht. Ich habe ihm seinen Kaffee gebracht und den vollen Aschenbecher geleert – er las gerade Dante – und ihm einfach von mir erzählt: von Odessa, meiner Auswanderung, meinem Roman. Ich dachte, er würde mich mit einem seiner berühmten Flüche davonjagen. Stattdessen bat er freundlich um mein Manuskript.
Ich habe später die Mülltonnen in der Nähe des Cafés abgesucht, doch mein Manuskript war nicht drin, also hat Brodsky es vermutlich mit nach Hause genommen. Aber auch wenn er meinen Roman in die allerletzte Mülltonne ganz am Ende der Straßen geworfen hat, wäre ich ihm nicht böse. Es genügt mir, dass ich mit ihm sprechen durfte. Ich werde meinem Sohn von dieser Begegnung erzählen, wenn er groß ist, obwohl ich bezweifle, dass es ihn interessiert. Ich bezweifle auch, dass er Brodsky jemals von Emily Dickinson unterscheiden kann. Seine Mutter wird es ihm nicht beibringen, und ich sehe ihn immer seltener.

Das Warten ist verdammt schwer. Ich habe Brodsky schon seit einer Weile nicht mehr im Reggio gesehen.

Grüß Deine schöne Frau, falls sie noch die Deine ist.

Mark

21

Großmutter Sheila klopfte an die Sprechzimmertür und ging ohne Aufforderung und ohne sich um die Schlange zu scheren hinein. Sie trug eine enge, auberginenfarbene Jacke mit einem Zopfmuster, dessen rechte Strickmaschen sich auf dem flachen Untergrund gegenseitig erwürgten.

»Ich verlange Genugtuung! Sonst schreibe ich im *Anzeiger* einen enthüllenden Artikel über Sie.«

»Ich könnte dich auf der Stelle enthüllen und beglücken, wenn du appetitlicher wärst«, kicherte Arifón Esaw-Yantz.

»Sie alter Wüstling! Wissen Sie eigentlich, dass Sie meinem Sohn die Frau geraubt haben? Oder besser gesagt: dass Sie ihn von einer schlechten Frau befreit haben? Aber das Leid meines armen Josik ist unerträglich für eine Mutter. Seine Ehre wird mit Füßen getreten!«

»Reg dich ab, es geschieht ihm ganz recht. Wenigstens brauchst du dir um deinen jüngeren Sohn keine Sorgen zu machen. Er treibt sich oft in der Nähe meiner Villa herum. Meine Leute sagen, er besorgt es dort einer garstigen Zigeunerin, und zwar so gut, dass sie meine Passionsfruchtisierung nicht braucht.«

Großmutter Sheila verriet ihren Schock über diese unerwartete, demütigende Neuigkeit nur in Form zusammengepresster Lippen. Sie hatte geglaubt, dass ihr spontaner Kampfeinsatz im Darwin-Zoo Wowiks Gedanken an die schwarze Zigeunerin wirkungsvoll ausgelöscht hätte.

»Meine vom Pech verfolgten Söhne müssen ihre Fortuna anderswo suchen. Meine Familie braucht dringend die Ausreiseerlaubnis nach Israel. Hier ist eine Liste von Ausgaben, deren Erstattung die sowjetische Regierung von Emigranten vor der Ausreise verlangt. Ich stelle sie Ihnen in Rechnung.«

Sie reichte Esaw-Yantz ein Blatt Papier, das mit ihrer nüchternen Blockschrift bedeckt war.

1. Kosten für die Hochschulausbildung für Sheila, Salomon, Josif und Wladimir Winter:	*4 x 5.000 Rubel =*	*20.000 Rubel*
2. Obligatorische Zollabgabe für die Aberkennung der sowjetischen Staatsbürgerschaft:	*4 x 500 Rubel =*	*2.000 Rubel*
3. Reisepässe:	*4 x 200 Rubel =*	*800 Rubel*
4. Schmiergeld für die umgehende Bearbeitung der Anträge:		*10.000 Rubel*
	Gesamtbetrag:	*32.800 Rubel*

Esaw-Yantz sah Großmutter Sheila an wie ein Hundetrainer, dessen unbegabter Schützling völlig unerwartet einen kühnen Trick gelernt hat.

»Du willst, dass ich dir zweihundertdreizehnmal dein einstiges Klinikgehalt bezahle? Oder den Preis von zwei Wolgas?«

»Ich messe kostbares Leben nicht in kleinlichen Summen. Es sind zweiunddreißigtausendachthundert Rubel, Sie sehen es schwarz auf weiß.«

»Ich will deinen Wunsch erfüllen, Sheila Winter.« Dr. Chef nahm die Miene eines gnädigen Königs an. »Nicht weil ich einen Skandal fürchte oder mich um deine dussligen Söhne schere, sondern weil du mich an meine Mutter erinnerst. Ich denke, sie hätte auch so gehandelt. Die Summe, die du verlangst, ist kein Pappenstiel, auch nicht für mich. Ich werde sie deiner rebellischen Schwiegertochter abziehen, meinem Passionsfruchtisierungs-Star. Ich wollte ihr ein kleines Vermögen vererben, aber nun muss sie ohne auskommen. Wenn du wüsstest, wie genüsslich sie sich in meinen Armen windet! Dein Sohn gehört hinter Gitter – zehn Jahre für das sexuelle Aushungern seiner Frau. Und jetzt geh, Sheila Winter, ich habe genug von dir.«

Arifón Esaw-Yantz räumte die Patientenakten und Rezepte von seinem Tisch. Aus der Schublade nahm er ein altes Zahnpulverdöschen. Mit einem Glasstreifen für Abstriche fügte er das reinweiße Puder zu zwei sauberen Linien und rollte eine Hundertrubelnote zusammen, die er zuvor von einer dankbaren Patientin bekommen hatte. Sein kantiger Zeigefinger presste seine linke haarige Nüster zu. Das Ende des Geldscheins hob er an die rechte haarige Nüster. Das Puder schoss in den dunklen Trichter. Für den Eigenbedarf benutzte der Doktor altbewährte Substanzen. Er riskierte nicht, sein eigenes Medikament einzunehmen, das die Passion seiner Testpersonen entfachte.

Lustlos, gefühllos saß Dr. Chef da. Sein Gesicht wurde rosig wie das eines Säuglings. Nur seine Mutter hatte ihn so gesehen. Dann begann seine Nase zu tropfen.

22

»Mutter, ich kann nicht nach Israel ziehen«, sagte Josik respektvoll, aber entschieden. Sein Blick ruhte nicht auf Großmutter Sheila, sondern verfing sich im Schlangenmuster ihrer auberginenfarbenen Jacke. »Ich habe mein Dasein dem Lehren der russischen Literatur geweiht. Was soll ich in Israel? Ich will nicht in dieses heiße gefährliche Land. Und es gibt noch einen Grund für mich zu bleiben: Ich weiß, dass Rita zu mir zurückkehren wird.«

»Unfug! Sentimentaler Schwachsinn! Eine Schande ist das!« Großmutter Sheilas grau melierte Locken bebten wie in einem Orkan. »Gesetzt den Fall, sie kommt wirklich zurück von diesem Fellmonster – wie kannst du sie dann noch in deinem Bett dulden?«

»Körperlichkeit ist mir nie wichtig gewesen, Mutter. Und bitte trage diese Jacke nie wieder in meiner Gegenwart. *Ihre Schlingen zwingen mich, den Todeswalzer von Laokoon zu tanzen.*«

Großmutter Sheila verschluckte sich an der abscheulichen Frechheit ihres Ältesten und an seinem dünnen Tee. Doch sie hielt ihren Zorn im Zaum. Wenigstens blieb Josiks, von Dr. Chef finanzierter Anteil an den Auswanderungskosten unangetastet. Die achttausendzweihundert Rubel sicherten einen sorgenfreien Anfang in Israel.

»Du bist ein erwachsener Mann, auch wenn du dich nicht so benimmst«, sagte sie leise und deutlich. »Tu, was du willst.«

Mit ihrer winzigen Hand schlug sie auf den klebrigen Küchentisch, um das Gespräch zu beenden. Dann gab sie Josik das Zeichen, ihr in den Astrachanpelz zu helfen.

Sonka lag im Bett und dachte nach über das neue Wort, das sie zu Beginn des langen Gesprächs aus der Küche gehört hatte: *Ehebruch*. Großmutter Sheila hatte es benutzt. Der feierliche Klang gefiel Sonka. Sie hoffte, dass Großmutter Sheila bald gehen würde, damit sie ihren Papa und die Wohnung wieder ganz für sich hatte. Die Wohnung erstrahlte dann im Glanz seiner märchenhaften Geschichten über die russische Literatur. Er erzählte so lebendig, dass Tschechow, Turgenew, Dostojewski und Puschkin für Sonka schon zur Familie gehörten. Endlich hörte sie, wie die Tür ins Schloss fiel. Sie wartete ein Weilchen; Papa würde hereinkommen und ihr Gute Nacht wünschen. Aber Papa ließ sich Zeit. Und Sonka schlief ein, gleich nach ihrem Entschluss, aufzustehen und ihn zu holen.

Als Großmutter Sheila fort war, setzte sich Josik hin, um einen Brief nach Amerika zu schreiben. Er entwarf eloquente Passagen in Erwiderung auf Marks unverschämte Behauptungen: seine provokanten Beschreibungen der kapitalistischen Welt, seine Ambitionen als Schriftsteller und besonders seine prophetischen Worte in Bezug auf Rita. Doch Josiks Sprachmächtigkeit schwand dahin, sobald er den Stift aufs Papier setzte. »Mark, oh Mark«, begann er mehrmals und fuhr fort wie ein schlechter Schreiberling vom *Anzeiger* in Zap. Er zerriss den Brief und nahm stattdessen sein Notizbuch zur Hand.

Rita fehlte ihm schrecklich. Ihr Muskatduft auf der Ausziehcouch war längst verflogen. Während der kurzen Telefonate klang ihre Stimme abgewetzt und verzerrt. Sie sprachen nur über Sonka:

wer sie vom Kindergarten abholen sollte, ihre Sachen waschen, ihre Stiefel trocknen. Zwei Tage nach ihrer ungestümen Flucht hatte Rita Josik zum ersten Mal mit dieser Stimme angerufen und Sonkas Pendelrhythmus diktiert: »Eine Woche bei dir, eine bei mir. Alles klar?« Josik versuchte, sich an ihre natürliche Stimme zu erinnern. Buchweizenhonig, mit einer Note von Teer, wenn sie stritten. Nun stellte er sich vor, wie Rita gänzlich unaufgeregt harmlose Wörter sagte. »Möhre« zum Beispiel, »Tisch« oder »Socke«. Der makellose Stimmfluss tröstete ihn.

Er holte das heilige Pergament mit Puschkins Handschrift hervor und hängte es über den Schreibtisch. Jeden Tag berührte er die nicht zu entziffernden Schnörkel. Die Tintenkritzel übermittelten ihm elektrisierende Botschaften. Sie nahmen die Gestalt von Gedanken an. »Gut gemacht, Scheißkerl«, oder »Nimm dir Vers vier noch mal vor, Schwachkopf«, oder »Jetzt übertreib nicht, du Narr!«.

Seine in Arbeit befindlichen Gedichte brauchte Josik nicht länger zu verstecken. Er musste auch nicht mehr warten, bis Rita schlief, um schreiben zu können. Er schrieb nun überallhin, nicht nur in sein Notizbuch, sondern auch auf Servietten oder auf den Spiegel im Bad, mit Zahnpasta.

Er lief kreuz und quer durch die Wohnung und deklamierte seine entstehenden Verse laut und hingebungsvoll. Die Verse zu hören, machte es leichter, ihre Schwächen zu korrigieren. Sonka störte das Vortragen nicht im Geringsten. Blieb sie über Nacht im *Winona*, rezitierte Josik seine Zeilen gern nackt.

Liebesgedichte glückten ihm nicht; sie blieben lasch wie seine Männlichkeit. Viel besser vermochte er es, Speisen sprachlich heraufzubeschwören: »*Der nackte Sternenleib des Störs, die Riesenäpfel ein lebend'ges Babylon*«.

Eines Tages erinnerte er sich, auf dem Klo sitzend, an eine Begebenheit aus seiner frühen Jugend. Am Massandra-Strand bei

Odessa hatte ein hübsches, noch kindliches Mädchen ihn freundlich angeschaut, ehe sie mit Mark lange schwimmen ging.

»*Das jüngste Meer der Welt, noch keine Alge spross in ihrer Leiste*«, rief er plötzlich beim Ziehen der Spülung. Er wurde rot vom letzten Wort, doch er ließ es so stehen.

23

Zur üblichen späten Nachmittagsstunde kam Wowik zum Bunker. Die Zigeunerin war nicht da. Länger als eine halbe Stunde konnte er nicht auf sie warten, ohne dass Mutter Verdacht schöpfte. Enttäuscht und mit muhenden Lenden kaufte er sich in einem Gastronom auf dem Heimweg ein Sahnetörtchen.

In der Nacht wälzte er sich im Bett, gequält von einem Albtraum: Die Mutanten aus dem Bunkerzoo waren geflohen und befanden sich plötzlich im Wohnzimmer, wo sie über Mutter herfielen. Obwohl seine Amazone nicht vorkam im Traum, erwachte Wowik mit einer frischen Qualle auf dem Laken. Das nasse Ärgernis hatte ihn nicht mehr belästigt, seit Aza seine Freundin geworden war.

Gleich am nächsten Tag ging er wieder zum Bunker, außerplanmäßig und obwohl er Mutters Zorn riskierte. Er hatte eine Taschenlampe dabei. Die Monstermutanten brauchten ihr Fressen und eine kurze Lüftung des Bunkers, also würde Aza mit Sicherheit dort sein. Sie war es aber nicht. Wowik fasste sich ein Herz und stieg die Treppe hinab, vorbei an den gespenstischen Bildern. Er murmelte selbst erfundene Mantras, um sich Mut zuzusprechen. Als er den Boden des Bunkers erreichte und seine Nase im Ärmel vergrub, erschien nichts, vor dem er sich fürchten musste. Der schmutzige Raum war leer.

Wowik lief zum Darwin-Zoo. Die Zigeuner schnatterten, dass sie Aza nicht mehr gesehen hätten, und zwar seit dem Tag, wie

Wowik ausrechnete, an dem er sie zuletzt getroffen hatte. »Schwarze Haut, schwarzes Glück«, meinte ein alter Rom.

*

Die Packer hatten soeben die Möbel der Winters auf den Lastwagen geladen, um sie zum An- und Verkauf zu bringen. Zwischen Kisten und Kartons schritt Großmutter Sheila durch das ausgeräumte Wohnzimmer. Sie hielt einen geöffneten Brief in der Hand und las laut daraus vor. Großpapa Salomon, sichtlich geknickt, folgte ihr wie angebunden und streckte die Arme nach ihr aus.

»Hiermit lehnen wir Ihren Entwurf für den Neubau der Dammbrücke als Schrägseilbrücke im Fächerdesign ab. Die Gründe liegen in den exorbitanten Kosten und der technischen Irrelevanz«, zitierte Großmutter Sheila. »Das Verkehrsministerium ist der Überzeugung, dass die alte Brücke ihrem Zweck noch fünfzig Jahre dienen wird.«

»Sheila, der Brief war an mich adressiert. Wieso hast du ihn aufgemacht?«

»In unserer Familie gibt es keine Geheimnisse, Salomon. Und nun hör auf zu jammern wegen deines unnützen Entwurfs. Denkst du vielleicht, das Verkehrsministerium hat nichts Besseres zu genehmigen? Haben sie sich etwa nicht klar genug ausgedrückt? Du hast es versucht und bist gescheitert. Nun kannst du ruhigen Gewissens nach Israel ziehen. Mit ein bisschen Glück wirst du schon bald Obst und Gemüse verkaufen. Einfache Arithmetik beherrschst du ja hoffentlich noch.«

Wowik saß unauffällig in der Ecke. Er faltete gestärkte weiße Bettwäsche und legte sie in einen Koffer. Er sah noch untröstlicher aus als sein Vater.

»Kopf hoch, mein Sohn!« Großmutter Sheila nahm eine Bürste, um Wowiks Haare zu striegeln. Dies war ein zärtliches Zugeständnis von ihr, denn gewöhnlich benutzte sie dafür einen Zinkenkamm. »Wo wir gerade von Früchten sprachen … wann denkst du, gibt es in Israel die ersten leckeren Erdbeeren?«

»Im Mai«, sagte Wowik höflich und gedankenverloren.

»Die richtige Antwort lautet: um sieben Uhr morgens!« Großmutter Sheila gelang es, Wowik zu trösten. Wenigstens die Rettung ihres besseren Sohnes war ihr für diesmal geglückt.

*

Apokalyptischer Tierkreis lebt hinter dem Eisernen Vorhang

Soeben hatte der Anhänger die Zollstation Rozvadov-Waidhaus an der tschechoslowakisch-westdeutschen Grenze ohne besonderes Vorkommnis passiert. Der Tagestourist Klaus K., Betreiber einer Pferdefarm in Neukirchen, war auf dem Rückweg vom Viehmarkt in Brno. Er hatte dort eine braune tschechische Warmblutstute gekauft. Er freute sich sehr, hatte er doch das Tier hinter dem Eisernen Vorhang äußerst günstig bekommen. Alle Papiere waren in Ordnung, und der bundesdeutsche Zollbeamte wünschte K. eine angenehme Heimfahrt.

K. hatte kaum in den zweiten Gang geschaltet, als die braune Stute, deren edles Maul durch den Schlitz ragte, selbiges öffnete, als wolle sie Lebwohl wiehern. Stattdessen ließ sie einen steinerweichenden Raubtierschrei hören. Der Zollbeamte rieb sich die Augen und zwickte sich. Er träumte aber kein Märchen von den Bremer Stadtmusikanten. Er zog seine Waffe, ließ K. anhalten und öffnete den Anhänger.

Der erfahrene Bayer arbeitet seit zwanzig Jahren beim Zoll. Er hat in seiner Laufbahn reichlich Schmuggelware beschlagnahmt und mehrere Grenzübertreter gestellt. Trotzdem wurde er, seinen eigenen Worten zufolge, beinahe ohnmächtig beim Anblick dessen, was er auf dem Boden des Anhängers fand, versteckt im duftenden Heu.

Die vier riesigen gelben Katzenaugen, die in ängstlicher Symmetrie glommen, und die zwei Mäuler mit den klappernden Reißzähnen gehörten zu einem nahezu ausgewachsenen Tiger mit zwei Köpfen. Die nähere Inspektion offenbarte Tigerzwillinge mit einer gemeinsamen Wirbelsäule. Ihre missliche Lage machte sie relativ harmlos, was ihre Fähigkeit zum Angriff betraf. Doch aus nächster Nähe waren ihre Mäuler und ihr Gestank apokalyptisch. K. hatte die Stärke des Beruhigungsmittels falsch eingeschätzt. Das Mittel hatte – Pech für den Schmuggler, Glück für die bedauernswerten Kreaturen – im entscheidenden Moment seine Wirkung verloren.

K., von Interpol gesucht, ist spezialisiert auf den Schmuggel seltener und exotischer Tiere für private Sammler. Während seines Verhörs behauptete er, er habe die Tigerzwillinge für zweitausend Dollar von einem reisenden tschechischen Rummel erworben. Die Rummelleute wiederum hätten sie im ukrainischen Zaporoschje von einem Mann namens Nikolai gekauft. K. behauptet, der Rummel habe von Nikolai noch viele andere Mutanten bekommen, etwa eine zweiköpfige Schildkröte und einen fünfbeinigen Makaken. Aber sie waren weniger wert, und K. kaufte sie nicht. Die Tiger hatte er zur Verschiffung an einen japanischen Sammler mutierter Tiere bestimmt, dessen Vertreter im Privatflugzeug nach München kommen sollte.

»Hätten die Viecher unterwegs ins Gras gebissen, hätte ich sie an Ausstopfer verkauft«, fügte K. zynisch hinzu, »obwohl das natürlich viel weniger eingebracht hätte.«

Der berühmte deutsche Tierchirurg Dr. Hach trennte die Tiger. Sie überlebten die Operation, starben jedoch vierundzwanzig Stunden danach. Gewebe- und Blutproben der Unglücklichen wurden am Max-Planck-Institut analysiert. Die Ergebnisse lassen vermuten, dass die Ursache der Genveränderung in der starken industriellen Verschmutzung im Raum Zaporoschje liegt. Aufgrund einiger Elemente im Blut schlussfolgern die Wissenschaftler zudem, dass in Zaporoschje eine geheime Chemiewaffenfabrik stehen muss. Obwohl die dürftige Datenlage nicht ausreicht, um eine offizielle Untersuchung einzuleiten, will die CIA Berichten zufolge der Sache mittels Wirtschaftsspionage nachgehen.

STERN Magazin, 14. Oktober 1979
Bundesrepublik Deutschland

24

Alka sprang vom Tisch auf, warf die Serviette zu Boden und stellte ihren Teller neben das Stuhlbein.

»Habe ich dir nicht exakt erklärt, was ich essen muss? Elch, Bergschaf, Wildbret und Antilope, in dieser Reihenfolge. Dazu Wildgeflügel: Moorhuhn, Beifußhuhn, Wachtel, Patagonische Dampfschiffente und Stockente, serviert mit Kartoffelbrei und Soße. Dazu jede Menge Früchte wie Mango und Avocado, und natürlich Gemüse: Rosenkohl, Mangold, Brokkoli und Artischocken mit Sauce Vinaigrette. Ich muss diesen Speiseplan einhalten, damit meine Dissertation ein Erfolg wird. Und was zur Hölle ist das? Hackfleisch mit Möhren? Magd Tanja, du sabotierst meine Arbeit! Kapiert das dein Hühnerhirn?«

Die Magd zappelte nervös. Onkel Nathan legte seine gütige Hand auf Alkas mageren Unterarm. »Meine Liebe, wir können im November keine Mangos bekommen, nicht in unseren Breiten.«

Alka stürmte aus dem Esszimmer und warf ihre Zimmertür hinter sich zu. Sie nahm ihre Hemingway-Bibel von Carlos Baker zur Hand. Seite sechshundertfünfundzwanzig, Hemingways Essgewohnheiten. Sie prüfte nach, ob ihre Anweisungen an die Magd präzise gewesen waren. Das waren sie, bis auf den letzten Buchstaben. Alka hatte die Seite nicht ohne Grund auswendig gelernt.

Die verblüffende Ähnlichkeit zwischen ihr und Ernest Hemingway trat immer stärker zutage. Alka durfte sie nicht länger ignorieren, sondern musste sie gründlich erforschen.

Ein kühner Gedanke kam ihr. Sie war im April 1947 geboren, demnach im Juli 1946 gezeugt worden. Carlos Baker erwähnte, dass Hemingway 1946 einen Briefwechsel mit dem sowjetischen Romanautor und Dichter Konstantin Simonow begann, der wenig später die USA bereiste. Hemingway lud Simonow ein, mit ihm Speerfische angeln zu gehen. Alkas Mutter Ljuba hatte 1946 als Sekretärin im Moskauer Schriftstellerhaus gearbeitet. Möglicherweise hatte sie Simonow nach Amerika begleitet. Sie würde das niemals zugeben, doch Alka würde die alte Lügnerin zum Reden bringen. Trotz der Behauptung von Carlos Baker, Simonow und Hemingway hätten sich nicht getroffen, weil Simonows Terminplan zu voll war, mochte der sowjetische Romancier durchaus eine Möglichkeit gefunden haben, den legendären amerikanischen Autor zu treffen. Und Alkas Mutter war mit ihm nach Key West gereist. Wenn man Hemingways Liebe zu den Frauen bedachte, so hätten ihn die Reize, über die Ljuba im Jahr 1946 verfügte, durchaus bezaubern können. Dem dümmlich-netten Nathan hatte man anschließend eine Lüge aufgetischt, in Gestalt einer Tochter. Auf den ersten Blick hatte Alka zwar Nathans aquamarinblaue Augen und die roten Haare geerbt, doch ein echtes Gegenargument war das nicht.

Eine andere Version klang zunächst reißerisch, jedoch bei genauerer Überlegung mehr als plausibel: Hemingway hatte Leopoldina geschwängert, seine liebste kubanische Hure. Mutter zu sein, konnte sich die Hure aber nicht leisten, und Hemingway war zudem mit Martha Gellhorn verheiratet, die kein uneheliches Kind duldete. Als das Baby zur Welt kam, wurde es nach Moskau geschickt, um bei Ljuba aufzuwachsen, was ziemlich praktisch war, denn Ljuba war allem Anschein nach unfruchtbar. Nathan, in diesem Fall Ljubas Komplize, hatte Alka ebenso belogen, was seine Vaterschaft anging. Die zwei »L« in ihrem Namen, Alla, zeigten mit Riesenfingern auf Leopoldina und unterstrichen die Wahrheit dieser Version. Leider war der Schriftsteller Simonow in diesem Herbst verstorben, kurz bevor es Alka einfiel, ihm einen Brief zu schreiben und nach den Hintergründen zu fragen.

Ehrlich gesagt verunsicherte Alka die Vorstellung, das Kind einer Hure zu sein, wenn auch einer legendären. Sie grübelte weiter, bis sie die endgültige Geschichte herausfand, mit der sie schließlich vollauf zufrieden war. Die unglaubliche Kühnheit dieser dritten Version nahm ihr den Atem, doch ihre Intuition schrie es heraus: Diese finale Story war die wahrhaftigste.

Jedermann wusste, dass Hemingways letzte Ehefrau Mary im Jahr 1946 eine Eileiterschwangerschaft hatte. Ihr linker Eileiter war plötzlich geplatzt, als das Paar auf seinem Weg nach Ketchum, Idaho, durch Casper, Wyoming, kam. Der leitende Chirurg am Memorial Hospital von Natrona County befand sich gerade auf einem Angelausflug, und Marys Leben hing den ganzen Tag lang am seidenen Faden. Carlos Baker hatte sich nicht gefragt, warum der leitende Chirurg abwesend war, sondern die Geschichte mit dem Angeltrip blind geglaubt. In Wahrheit jedoch traf sich der Chirurg mit einer Ärztekommission der CIA, die ihn mit der neuesten Technologie aus ihren streng geheimen Laboren vertraut machte, mit deren Hilfe man Marys Embryo am Leben erhalten konnte. Bei seiner Rückkehr in die Klinik wandte der Chirurg das Gelernte an. Der lebende Embryo wurde heimlich in die Doppelagentin Ljuba eingepflanzt, und die künftige Alka flog in einem neuen Bauch nach Moskau.

Selbstverständlich ging Marys Eileiterschwangerschaft auf das Konto der CIA oder des KGB, das wusste Alka nicht so genau, und es spielte auch keine Rolle.

Dem arglosen Nathan wurde somit ein streng geheimer Auftrag erteilt, ohne dass er es ahnte: Er zog die (ja, ja, ja, und nochmals ja!) *biologische Tochter von Ernest und Mary Hemingway* groß. Aus welchem Grund die CIA, oder war es der KGB, an Alkas Überleben interessiert war, blieb noch zu klären, doch im Prinzip war das nicht Alkas Forschungsschwerpunkt. Sie entschied sich für die Vermutung, dass Amerika mittels der Gene des rebellischen Genies die sowjetische Literatur unterminieren wollte. Das Kind sollte die Denkweise der sowjetischen Leser verändern. Und das stimmte ja auch. Wenn Alkas Dissertation vollendet war, würde in der sowjetischen Philologie und Literatur nichts mehr so sein, wie es war. In jedem Fall würde Alka schon bald die Wahrheit aus ihrer alten Leihmutter prügeln.

Ganze kritische Passagen, vollständige Kapitel, wurden aus der Dissertation gestrichen. An ihre Stelle traten neue, an Fiktion grenzende Texte. Der besorgte, einfühlsame Professor Worobjow riet Alka zu einer Pause – sie war eindeutig überarbeitet. Doch Alka hörte nicht auf ihn.

Die einzige Freizeitbeschäftigung, die sie sich gönnte, war das Schreiben von Briefen. Vor Kurzem hatte sie von Rita einen Brief mit erstaunlichem Inhalt erhalten. Nach den üblichen Unterwürfigkeiten hieß es da plötzlich:

Allotschka, ich habe Josik für immer verlassen. Unsere Bekannten behandeln mich wie eine Aussätzige, aber ich werde dafür umso luxuriöser und hingebungsvoller verwöhnt. Wer mein Gönner ist, kann ich Dir noch nicht verraten. Ich darf nur sagen, dass ich in einem wahren Palast wohne, einer legendären Villa namens Winona. *Die Sache ist so geheim, dass ich es nicht wage, Dich anzurufen. Onkel Nathan und Tante Ljuba dürfen NICHTS wissen!*

Diese Bitte war überflüssig, denn Alka hatte, seit sie zehn Jahre alt war, ihren Eltern nichts mehr anvertraut.

Kurz darauf kam ein Brief von Josik.

Alla, es kostet mich große Überwindung, Dir zu schreiben, und ich will Dir die Einzelheiten ersparen. Aber Rita hat mich für Geld und Reichtümer verlassen. Sie werden ihr Untergang sein. Ich weiß nicht, warum meine geistige Nahrung sie nicht sättigen konnte. Ich wäre Dir dankbar für jeden Rat, den Du mir geben kannst, besonders im Hinblick auf Deine Erfahrung mit Rita. Du hast sie immer beeinflusst, und sie hat immer zu Dir aufgeblickt. Ich fürchte, ihre Seele schwebt in großer Gefahr.

Alka wusste, dass Josik sie nicht mochte, seine Höflichkeit hin oder her. Sie war nicht unerfreut, dass er nun vor ihr kniete, am Boden zerstört, wenn auch nur auf dem Papier. Sie schrieb eine Antwort:

Josik, so leid mir Deine Lage auch tut, muss ich dennoch vermuten, dass die Ursache für Dein eheliches Missgeschick in Deiner Borniertheit liegt. Du liest keine ausländische Literatur! Hier ist mein Rat: Lies Hemingway, er hat für alles eine Erklärung. Ein paar Bücher von ihm findest Du bestimmt in Deiner Provinzbibliothek.

Deine Dr. Alla Katz.

Alka genoss ihre Gewitztheit, als würde sie einen Kuchen mit Sahne bestreichen. Sie nahm ihren Montblanc-Füller zur Hand, ein Geburtstagsgeschenk ihres Vaters, und parfümierte den nächsten Briefbogen mit Magie Noire von Lancôme. Sie kalligrafierte:

Lieber Mister Mark Knoblauch,

vielen Dank für das Geschenk, es hat mich unbeschadet erreicht. Ich muss Ihre Aufmerksamkeit jedoch auf die Tatsache lenken, dass Sie Kapern und Anchovis mit falschen Etiketten gekauft haben. Wie ich am Silvesterabend vor drei Jahren sagte, sind Kapern kleine Zappelfische und Anchovis tropische Früchte. Falls Sie es jedoch schaffen sollten, mich mit anderen Hochzeitsgeschenken zu beeindrucken – diese können auch mündlicher Natur sein –, so werde ich in Erwägung ziehen, meine Verlobung mit dem Botschafter von Trinidad-Tobago aufzuschieben.

Mit den besten Wünschen,
Dr. Alla Marlin Katz

*

Geh sofort zurück zu Zwerg Ausrufezeichen falls nicht Komma wird Sonka nach Odessa geholt Punkt, telegrafierte Oma Manja aus Odessa nach einem Telefonat mit Josik. Die Adresse des *Winona* hatte sie aus ihrem geografischen Gedächtnis rekonstruiert. Ganz Zap hatte vor Oma Manjas Abreise über das neue Bauprojekt von Doktor Esaw-Yantz getratscht. Und ganz Zap wusste auch, wo das legendäre *Winona* stand. Natürlich stand der stotternde Josik völlig neben sich und wusste nicht einmal die Telefonnummer seiner entlaufenen Frau. Es gab auch keinen Eintrag im Telefonbuch, dafür hatte Doktor Esaw-Yantz gesorgt. Oh, wie streng und gebieterisch hätte Manja ihrer gefallenen Tochter die Leviten gelesen! Wie vernichtend überlegen hätte sie sie zurückgeschickt in die Helden-von-Stalingrad-Straße!

Ein Teil von ihr hatte Mitleid mit Rita. Schließlich war sie selbst dem Ruf der Liebe gefolgt, indem sie Zap verließ und zu

Dod zog. Aber diese Liebe war echt. Was Rita für einen Mann empfand, der ihr Vater sein könnte, blieb Oma Manja ein Rätsel. Sie machte sich keine Illusionen über Ritas Charakter, aber eine Mätresse, die sich aushalten ließ, sollte sie um keinen Preis sein. Manja beschloss, gleich morgen früh mit dem Zug nach Zap zu fahren, für eine Woche. Sie würde die Ordnung in ihrem verlassenen Reich wiederherstellen. Ehe sie den Hausflur der Gogol-Straße 29 betrat, schlug sie der Karyatide kampfeslustig auf den nackten Po.

Dod war nicht allein. Oma Manja hörte eine mürrische Frauenstimme aus dem Zimmer. Sie legte ihr Ohr an die Tür.

»Dod Aaronowitsch«, sagte die Frau vorwurfsvoll, »haben Sie doch Mitleid mit uns armen Mädchen! Wir müssen jetzt in einer normalen Textilfabrik arbeiten, für einen Hungerlohn! Mark hat uns immer sehr gut bezahlt, keine Nutte hat besser verdient. Dod Aaronowitsch, haben Sie Mitleid mit unseren Kindern! Lassen Sie uns wieder Jeans nähen, sonst müssen wir bald auf den Strich gehen!«

Augenblicklich verschwanden die Gedanken an Rita aus dem Geist der besorgten Mutter, und das Gespräch zwischen Mark und Josik, das sie drei Jahre zuvor in ihrer Zap-Küche belauscht hatte, wurde allgegenwärtig. Ohne zu klopfen, öffnete Oma Manja die Tür. Und ohne auf Dod zu achten, tätschelte sie der mausgrauen jungen Näherin die Schulter. »Komm in einer Woche wieder, du wurdest erhört.«

25

Dieser Mark beeindruckte sie sowohl sprachlich als auch materiell. Mitte Dezember kam das Päckchen aus Amerika an, als es in Moskau nur erfrorene Mandarinen zu kaufen gab und die Provinzler in den langen Schlangen sich dafür gegenseitig abmurksten. Alka öffnete das Päckchen und wickelte das raschelnde, halbtransparente Papier auseinander. Sie verstand nicht gleich, worum es sich bei dem Geschenk handelte. Ein Gewimmel aus weißen Maden und der Gammelgeruch trübten ihre Erkenntnis. Doch dann erkannte sie einen großen, eiförmigen Brocken in Rot und Orange. Mango, eine echte Mango – wie ein Moskauer Sonnenuntergang bei klarem Wetter. Mango, Papa Hemingways Lieblingsobst! Alka hatte noch nie eine gesehen, sie hatte lediglich in der *Großen Sowjetischen Enzyklopädie* nach Fotos von tropischen Früchten gesucht, als sie Papas Speiseplan studierte.

Sie hob die faulige Frucht dicht an ihr Gesicht, um sie näher zu untersuchen. Die Mango war wochenlang unterwegs gewesen. Sie hatte den stürmischen Atlantik überquert, und ihre Maden blinzelten Alka mit amerikanischen Augen an. Sie schienen modische Sonnenbrillen zu tragen. Alka bedauerte, dass sie das wunderbare Geschenk nicht kosten konnte. Zum Teufel mit ihren Zimperlichkeiten, sie musste die Mango im Garten eingraben, damit sie Wurzeln schlug und zu einem mächtigen Baum wuchs, den das nordische Klima nicht schreckte. Eine kleine Key-West-Festung für Hemingways einzige Tochter.

Das Päckchen enthielt auch eine Postkarte mit üppigem Palmenmotiv und Meerblick:

Meine Dr. Marlin,

nehmen Sie dieses frisch in Key West gepflückte Geschenk an, zum Beweis meiner schwülen Leidenschaft für die Diva des Nordens. Nur sie kann mich erretten. Zur Hölle mit dem Eisernen Vorhang, mein Verstand ist im Eimer! Schon bald werde ich mich an Bord eines Frachtschiffs schleichen und zu Ihnen eilen – schwanzwedelnd und flossenwindend. Wir werden heiraten, einander ehelichen, für die Ewigkeit getraut werden, bis Präparatoren uns ausdörren.

Ihr Knoblauch-Hai

*

Alka sagte sich, dass diese Reise ein Schreiburlaub sei, in dem sie unermüdlich weiterforschen würde. Abgesehen von diesem Vorwand war sie einfach nur neugierig. Sie stieg in den Schnellzug 95 nach Süden, um den ganzen Weg bis Odessa am Schwarzen Meer zu fahren. Sie würde dort auf den Spuren ihres bald eintreffenden Bräutigams wandeln, der zweiten, nach Papa, treibenden Kraft hinter ihrer Dissertation. Sie musste die Heimat ihres künftigen Gatten besser kennenlernen, damit die Ehe eine harmonische wurde. Sie wusste noch nicht, was Odessa mit ihrer Dissertation zu tun haben könnte, doch sie würde den entscheidenden Hinweis mit Sicherheit finden, wie immer. Zudem war der Hafen Odessas das wahrscheinlichste Ziel für Marks amerikanisches Frachtschiff. Es wäre töricht, schon nach so kurzer Zeit mit seiner Ankunft zu rechnen, aber wer weiß? Alka würde ihn abholen, den Erschöpften, Seekranken, und ihn unter die Fittiche ihrer bräutlichen Fürsorge nehmen.

Sie hatte ihrer Mutter befohlen, Tante Manja anzurufen, die seit Kurzem in Odessa lebte, unrechtmäßig verbandelt mit keinem anderen als Marks Vater. Welch verheißungsvolle Unmoral! Normalerweise verachtete Alka Liebespaare fortgeschrittenen Alters, doch in diesem Fall gab sie ihren großzügigen Segen. Selbstverständlich hatte Tanta Manja gegen den einwöchigen Aufenthalt ihrer Nichte nichts einzuwenden.

In Alkas Augen war Odessa eine dekadente Stadt, bröckelnd, aber mondän, vulgär und zugleich würdevoll. Die Odessiten glotzten und beschimpften sie nicht wie die Leute in Zap. Sie glitten auch nicht gleichgültig an ihr vorüber, sondern besprenkelten sie mit flüchtigen Blicken, lachten genüsslich und äußerten sich mittels unverständlicher Idiome, die vermutlich zu einem Jargon für Eingeweihte gehörten.

Die Gemeinschaftswohnung war so schlimm, wie Alka sie sich vorgestellt hatte. Unhygienisch bis in die Ritzen, aber voller Katzen, die Alkas geliebten Hemingway-Haustieren nicht unähnlich waren. Das Erste, was Tante Manja ihr zeigte, war die Badezimmerwand, dekoriert mit zehn hässlichen Hufeisen-Klobrillen: eine für jede der zehn Familien, die sich die Wohnung teilten. »Dod und ich benutzen die marmorgraue«, sprach Tante Manja.

Sie und Dod wohnten auf einer Fläche, die so groß war wie Alkas Moskauer Wohn- und Esszimmer zusammen. Fußboden und Möbel waren nicht auszumachen, denn überall lagen ausländische Modemagazine herum. Sämtliche Schwarzmärkte Moskaus hatten keine derart gewaltige Auswahl zu bieten.

Alka stolperte auf Schritt und Tritt über Schneidermaßbänder. Anstelle von Teppichen floss ein Mississippi aus Seide über den Fußboden. Ein Everest aus Walkstoffen thronte in der Ecke.

Dünen aus Crimplene erhoben sich neben Lawinen aus Spitze. Jeansfjorde überlappten mit Brokatoasen. Alka war in Hemingways Reiseglobus gelandet, übersetzt in Textilien. Ohne zu zögern, verzieh sie einer braunen Kakerlake, die auf dem seidigen Mississippi dahinsegelte.

Tante Manja war ganz anders als sonst: überaus freundlich, ohne zu sticheln, und überaus abgelenkt, als wäre der Besuch ihrer Moskauer Nichte völlig nebensächlich. Was Dod anging, so mochte Alka ihn viel lieber als ihren eigenen Vater. Er war nicht eben mit reichlicher Bildung gesegnet (was durfte man schon von einem einfachen Schneider erwarten?), aber dafür ziemlich witzig. Das einzige Ärgernis mit ihm waren die endlosen Geschichten über seinen Vater, der in den Dreißigerjahren an Typhus gestorben war, »Zaps bester Krinoline-Experte, ein Frauenheld, wie du ihn dir nicht vorstellen kannst!« Doch als Dod Alka in der *Vogue* eine schicke Cordjacke zeigte und ihr anbot, diese aus dem Cordhain am Fensterbrett kostenlos für sie zu nähen, zögerte sie nicht. Dod brauchte nur drei Anproben, und die Jacke umschloss Alka königlich-elegant in der aktuellen Farbe des Schwarzen Meeres, Dezembertaupe, »um dem Bräutigam voll ausstaffiert zu begegnen«.

Natürlich verlor Alka kein Wort über ihre leidenschaftliche Liebe und die gemeinsame Zukunft mit Mark, obwohl ihr die Zunge juckte, Tante Manja, die Zeugin ihres vermeintlichen Scheiterns drei Jahre zuvor, von der vollständigen und bedingungslosen Kapitulation des stilvollen Schufts in Kenntnis zu setzen. Sie fragte Dod lediglich, ob er Post von seinem Sohn habe, der Sohn habe ja das Vaterland verlassen, nicht wahr, und sie sammle für ihre Doktorarbeit Informationen über sowjetische Flüchtlinge aus erster Hand. Der gutmütige Dod gab Alka die Briefe sofort. Sie begann eifrig zu lesen, doch die Briefe schienen ihr allesamt langweilig: Marks Sohn, seine Scheidung, eine Liste von Dingen, die er für seinen Hausstand gekauft hatte. Merkwürdig uneitel schrieb er außerdem noch, er kellnere im Caffe Reggio. Kein Wort darüber, dass das Café ihm gehörte.

Onkel Dods verstorbene Frau war das einzige Thema, das Tante Manja nicht duldete. Sie hatte sogar von ihm verlangt, dass er Veras Bild von der Wand abhängte. Alka wartete, bis ihre Tante zum Einkaufen zum Privóz-Markt fuhr. Sie nutzte Manjas Abwesenheit, um als Nichte den Wunsch zu äußern, die Familie ihres neuen Verwandten besser kennenzulernen. Bereitwillig und freundlich gab Onkel Dod ihr den Karton mit seinen Jugenderinnerungen, beginnend mit einem Porträtfoto seiner Frau Vera aus dem Jahr 1942. Alka fiel auf, dass die junge Frau auf dem Bild einer ihr bekannten Person stark ähnelte … Wer mochte das sein?

»Wenn du wissen willst, wie Mark entstanden ist«, sagte Dod, »musst du dir Odessa im Zweiten Weltkrieg vorstellen. Die Schulbücher berichten nur von Galgen und Massengräbern. 1941 war es auch wirklich so, als die rumänischen Nazis Odessa besetzten. Vera könnte es dir erzählen, wenn sie noch da wäre. Sie hat damals nur überlebt, weil sie überhaupt nicht jüdisch aussah. Ich war an der Front, in Weißrussland. Mir war egal, ob ich lebte, so unglücklich war ich ohne meine verlorene Manja. Als ich schon völlig hoffnungslos war, kam ich 1942 während eines Fronturlaubs heimlich nach Hause. Mittlerweile hatten die Deutschen selbst Odessa besetzt, und die Stadt begann, wieder zu leben wie vor dem Krieg. Es gab kein Blutvergießen mehr, die Straßenbahnen fuhren, die Theater waren voll. Die Deutschen liebten Odessa, sie wollten einen arischen Ferienort für ihr Drittes Reich hier errichten. Schiffe aus aller Welt liefen den Hafen an. Es war ein Fest ohne Ende. Ich habe Vera zuerst am Pier gesehen. Sie wehrte sich gerade gegen die Avancen eines großen, bärtigen Kapitäns aus Amerika. Ich riss Vera regelrecht aus seinen Armen. Eine Woche verging, und wir waren verlobt, noch eine Woche, und schon war Mark in der Backröhre.«

Alka starrte zum Horizont. Vom Langerón-Strand mit der unverbauten Sicht wäre sie die Erste, die das Frachtschiff des erschöpften Mark erblickte. Der Winter in Odessa war launisch. Als Alka ankam, hatten Jasmin und Christrosen, betört von den milden Temperaturen, in den Beeten geblüht. Nun war kaum eine Woche vergangen. Der Strand lag schneebedeckt, und die Wellen waren zu braunen Stalagmiten gefroren. Nachdenklich kratzte Alka das Eis von einer Welle. Ein großer, bärtiger Kapitän ... Wie immer hatte sie ihren Carlos Baker zur Hand. Sie schlug nach, was Hemingway 1941 und 42 getrieben hatte.

Auf Seite vierhundertzweiundachtzig gab Ernest seiner Martha mit der Rückseite der Hand eine leichte Schelle. Wegen dieser Lappalie fuhr sie seinen geliebten Lincoln in einen Graben und setzte ihn danach an einen Baum. Offenbar machte diese egoistische Kreatur von einer Ehefrau Papa sehr traurig. Alka seufzte voller Mitgefühl.

Seite vierhundertzweiundachtzig kam direkt vor dem dicken Bilderteil in der Mitte des Buches. Das glänzende Album begann mit einem Porträt der jungen Hadley. Verblüfft merkte Alka auf. In Gedanken legte sie Veras Bild neben das von Hadley und konnte keinen Unterschied erkennen. Vera glich Hadley wie ein Ei dem anderen. Unverzüglich formte sich ein brillantes wissenschaftliches Theorem, genauer gesagt ein Axiom, in Alkas Hirn. Schon zum zweiten Mal hatte der treue Biograf Papas seine Intuition außer Acht gelassen.

Papa hatte die Nase gestrichen voll gehabt von seiner ungehobelten dritten Frau. Er brauchte eine Pause. Er aktivierte seine Verbindungen zur kubanischen Botschaft und bat um einen Düsenjet, um nach Odessa zu fliegen. Er schwärmte für die Sowjetunion und wusste, dass Odessa zu dieser Zeit nicht allzu stark in den Krieg verwickelt war. Die Botschaft konnte ihm keinen Düsenjet geben, sondern machte ihn stattdessen zum Kapitän eines Schiffs, das nach Odessa fuhr.

Die erste Frau, die der inkognito reisende Papa in Odessa erblickte, war Vera. Ihre Ähnlichkeit mit Hadley verblüffte ihn ebenso wie Alka. Er hatte niemals aufgehört, Hadley zu lieben, und er hatte sich niemals verziehen, sie für Pauline verlassen zu haben. Somit *dachte* der arme Dod nur, er habe Vera aus den Armen des großen, bärtigen Amerikaners gerettet.

Alka fragte Dod nach Marks Geburtstag. Zehn Monate nach dem Streit mit Martha, neun Monate nach Hemingways Ankunft in Odessa. Diese Beweisführung war zu schwerwiegend, um ignoriert zu werden. Und so entstand Hemingways vierter Sohn.

Alka brach in Tränen aus. Welch schwere Opfer man von ihr verlangte! Mark und sie waren Halbgeschwister! Wie sonst waren ihre Geistesverwandschaft und der Scharfsinn, den sie beide besaßen, zu erklären? Doch gemäß dieser tragischen Entdeckung war ihre Liebe zueinander inzestuös. Sie durfte nicht sein. Selbst wenn Mark schon morgen mit seinem Frachtschiff in Odessa einlief – Alka wäre nicht da, um ihn in ihrer neuen Cordjacke zu begrüßen.

Sie sagte kein Wort zu Tante Manja und Dod, dem armen Gehörnten, der einen Sohn aufgezogen hatte, der nicht sein eigener war. Dod war so nett zu ihr, sie wollte ihn nicht verletzen. Und nun, wo ihr ein glückliches Eheleben versagt blieb, forderte das Schicksal offenbar von ihr, Nonne zu werden. Eine Braut der Philologie. Aber sie würde sich nicht so betrügen lassen. Papa wäre nicht einverstanden damit. Er war niemals anderen Leuten zu Willen gewesen, hatte niemandem gehorcht, nicht einmal dem Tod. »*Afraid o' nothing*«, wie Papa schon als Kind gesagt hatte. Wie ihr wahrer Vater würde Alka eine vergnügungssüchtige Abenteurerin werden, und noch dazu eine wahre Kennerin der Männer. Aber dafür musste sie zunächst einmal richtigen Sex haben. Sie musste den armenischen Maler anrufen, gleich nach ihrer

Ankunft in Moskau. Er war bestimmt nur ein Namensvetter des schrecklichen Arztes aus Zap. Und überhaupt musste sie aufhören, so argwöhnisch zu sein – und sich daran erinnern, von wem sie ihre Abenteuerlust und ihren Mut geerbt hatte.

Jawohl, sie musste es noch einmal probieren mit diesem Tigrán Esaw-Yantz. Er hatte sie angerufen, kurz nach ihrer Begegnung im Schlafsack. Durch Zufall hatte Alka selbst den Hörer abgenommen und ihn an seinem leichten Akzent erkannt. Er lud sie zu einer Ausstellung ein. Doch weil ihr Ärger noch rauchte, gab sie zur Antwort, stolz auf ihren Geistesblitz, dass Dr. Marlin Katz im Krieg zwischen Tansania und Uganda den Heldentod gestorben sei, in Verteidigung der Freiheit der unterdrückten afrikanischen Schwestern und Brüder. Danach hatte Tigrán erwartungsgemäß nicht wieder angerufen. Aber sie würde ihn finden und sein Interesse erneut wecken.

Mister Hai Knoblauch,

wir können nicht zusammen sein. Auf geheimen, gefährlichen Wegen habe ich aufgedeckt, dass wir Halbgeschwister sind und vom selben berühmten Samen abstammen: dem Ernest Hemingways. Deshalb ist eine Liebe zwischen uns leider unmöglich. Melden Sie sich nie wieder bei mir. Ich kehre zurück zu meinem Verlobten, dem Botschafter von Rhodesien und Zaire.

Dr. Marlin Katz

*

»Sie wissen ja, Monsieur Esaw-Yantz, dass ich Ihre Arbeit sehr schätze«, sprach der französische Botschafter in der Sowjetunion, Baron Bruno Jaune-Gris. Er war auf Tigráns blank gewetztem

Sofa ebenso daheim wie in den Gemächern des Kreml, ein geniales Chamäleon der Diplomatie.

»Sie haben eine großartige Zukunft vor sich. Und ehrlich gesagt nutze ich Ihren derzeitigen Status als unbedeutender Künstler, um Ihre Bilder zu kaufen, solange man sie noch bezahlen kann. Ich nehme diesen See im Mondschein und dieses Stillleben mit Trauben, die brennende Kirche und diese Fette vor dem lila Teppich. Ich bezahle fünfhundert Dollar pro Bild. Ich verhehle Ihnen nicht, dass ich Gewinn machen will. Aber ich bin kein Halsabschneider. Als Ihr Freund und Bewunderer, der schon einige Sammlererfahrung auf dem Kunstmarkt besitzt, will ich Ihnen, falls Sie sie hören wollen, meine Meinung sagen: Diese letzten beiden Bilder, *Dr. Marlin* und *Grunzende Aurora*, sind *les choses extraordinaires*. Ihre Art, mit Mischtechniken zu arbeiten, ist etwas, das ich noch nie gesehen habe. *Un peu* wie Klimt, aber viel raffinierter, als die scheinbare Schludrigkeit vermuten lässt. Ich könnte ein Riesenvermögen machen, wenn ich dieses Duo in zehn Jahren weiterverkaufe. Aber hören Sie auf meinen Rat: Stellen Sie diese beiden Porträts auf Ihrer Abschiedsausstellung aus und nehmen Sie sie mit nach Paris. Und nicht zuletzt: Finden Sie eine dritte Frau, die sich zu malen lohnt, sodass die Schönheiten ein Triptychon bilden. Nennen Sie es *Trois Déesses Soviétiques*, *Drei sowjetische Göttinnen*. Sie wissen schon, eine Verkörperung jener *anderen* russischen Frauen, absolut anti-sowjetisch, aber trotzem noch immer, und zwar zutiefst, Produkte des Roten Reiches. Die Bilder werden ein Hit und Sie ein reicher Mann.«

Es war zwei Monate vor Tigráns geplanter Ausreise nach Frankreich. Er würde sein kleines Atelier dem Staat überlassen müssen und der UdSSR seine Schulden bezahlen – wie Großmutter Sheila. Die Bilder, die er dem französischen Botschafter verkaufte, würden diese Kosten decken. Seine Abschiedsausstellung wurde in Elena Stevens' Salon vorbereitet. Bruno Jaune-Gris war so freundlich, auch die bereits bezahlten Bilder Tigráns zeigen zu lassen.

*

Josik,

Du wirst es nicht glauben! Heute Morgen kam Brodsky ins Caffe Reggio. Und wo, glaubst Du, hat er seine Zigarettenpackung abgelegt? Auf meinem Roman, überaus eselsohrig und kaffeebefleckt. Das Herz ist mir in die Hose gerutscht. Ich stand so neben mir, dass ich nicht mit Brodsky reden konnte. Ich glaubte, es sei ein Traum, aus dem ich mich wach zwicken muss. Doch Brodsky, stell Dir vor, sagte zu mir: »Gar nicht übel, gar nicht mal so schlecht. Rau wie Schmirgel, aber ich habe gelacht wie verrückt. Ich vermittle Sie an meinen Freund, der Verleger ist. Einverstanden?«

Und er steckte sich eine Zigarette an und bat um meine Telefonnummer.

26

In jeder Schicht erblickten einhundert Paar falscher Levi's das Licht der Welt. Tagsüber schluderten die Näherinnen in Odessas Textilfabrik plumpe Baumwollnachthemden und Unterröcke, nachts zauberten sie in geheimer Schwarzarbeit feinste Jeansnähte und verdienten sich die ersehnten Gehälter der besten Nutten. Eine Stunde voller kryptischer Telefonate hatte Manja gebraucht, um Marks eingerostete Kontakte zu reaktivieren und die Ketten des Jeansgeschäfts zu ölen, damit sie wieder ratterten. Über die ganze Stadt verteilt gab es Souterrains, in denen produziert wurde. Im ersten wurde zugeschnitten, im zweiten genäht, im dritten wurden die Nieten und Label angebracht, im vierten wurde verpackt. Zwischenhändler nahmen die fertige Ware in Empfang, und dann, versteckt in den Schaffnerkabinen der Personenzüge, steppten die Jeans Tausende von Kilometern quer durch das riesige Land. Die Gewinne wuchsen in geometrischer Progression. Manjas Komplizen erkannten in ihr sehr schnell eine natürliche Autorität.

In den ersten Monaten fand Manja es aufregend, das Herz eines profitträchtigen Abenteuers zu sein. Doch schon bald wurde die Angelegenheit so berechenbar wie Beinlänge und Bundweite – ein Selbstläufer, der nicht einmal mehr gefährlich war, weil großzügige Schmiergelder Manja die Milizionäre vom Hals hielten. Manja langweilte sich. Das Geschäft ließ ihrer Fantasie wenig

Raum. Die Stofffarbe: *denim* oder *indigo*. Die Beinweite: *straight* oder *boot cut*. Die Farbe der Nähte: gelb oder weiß. Die eng gesteckten Alternativen wurden von den aktuellen amerikanischen Trends vorgeschrieben. Man musste sie sklavisch befolgen, um die sowjetischen Kunden zufriedenzustellen. Manja träumte davon, ein wenig Chilipulver in die Routine zu streuen.

Dod führte sein gewohntes Metier fort. Er nähte maßgeschneiderte Kleidung für die gut situierten Mesdames und Messieurs von Odessa. Matrosen brachten ihm Kataloge und Magazine aus Übersee, Dod wählte daraus seine Entwürfe und kopierte die ausländischen Moden ohne Makel.

Ihre Romanze blühte so prächtig wie das Jeansgewerbe.

»Bevor Vera starb, war es nur das Rattern der Nähmaschine, das mich nicht schlafen ließ«, sagte die Nachbarin aus dem Zimmer gegenüber, Madame Grabower, wie zu sich selbst, aber in bester Hörweite Manjas in der Gemeinschaftsküche. »Jetzt ist noch geiles Gestöhne dazugekommen. Ich frage mich, weshalb manchen Menschen in fortgeschrittenem Alter jedes Schamgefühl abgeht.«

»Und ich frage mich, weshalb manche hässliche Frauen nichts Besseres zu tun haben, als die Freuden anderer zu belauschen«, sagte Manja wie zu sich selbst, aber in bester Hörweite von Madame Grabower.

Beschäftigt, wie sie war, hatte sie ihre Fahrt nach Zap immer wieder verschoben. Die ganze vorige Nacht hatte sie versandbereite Jeans auf Qualität kontrolliert. Nun, am späten Nachmittag, wachte Manja langsam auf, ihre nackte Quittenform noch eine Schlummerkammer. Albträume aus Vergangenheit und Gegenwart tropften von ihren Brüsten: Rita gebar einen haarigen Drachen, Selda, die Erzieherin aus dem Waisenhaus, versuchte, Dod in der Wolga zu ertränken, die tote Vera erhob sich aus ihrem Grab und verlangte ihren früheren Platz in Dods Bett zurück.

Die Tür hatte sich soeben hinter einer Kundin geschlossen, die Dods Zimmer mit einem modischen Mantel aus einem deutschen Katalog verließ. Wunderschön geschneidert, passte der Mantel wie angegossen auf den korpulenten Körper der Dame. In rosiges Tageslicht getaucht, in Sicherheit nach ihren Albträumen, erschien Manja hinter dem improvisierten Raumteiler, der das Bett versteckte. Sie ließ ihr Haar über Dod und seine Nähmaschine wallen.

»Doddy, warum musst du immer nur der Nachahmer sein? Kannst du nicht etwas schneidern, das so schön ist wie das Schwarze Meer? Kannst du nicht die Sonne nähen? Oder die Platanen oder den Julihimmel? Dein Leben, mein Leben, unsere Liebe? Nähe den Dnjepr-Damm, den Krieg, Odessa, das Waisenhaus! Nicht für die Mesdames, sondern für mich! Ich zeichne für dich, was ich mir vorstelle.«

»Wieso eigentlich nicht? Für dich würde ich sogar Puschkins Zwiebelmeer nähen«, erwiderte Dod, und Manja nahm seinen Notizblock und Bleistift zur Hand. Es war das erste Mal, dass sie etwas anderes als Noten zu Papier brachte.

Hosen mit Meeresduft, luftige Strandblusen mit Knöpfen aus frischen, in flüssiges Kupfer getauchten Blüten, Heringsgräten und ausgestopfte Möwen als Broschen. Vom Privóz brachte Manja klappernde Krebse, um sie an die Revers wollener Sakkos zu nähen.

Ihre Entwürfe gruppierten sich um gewisse Themen: *Das Schwarze Meer*, *Die Herzogin vom Damm*, *Die verlorene Tochter*, *Das Waisenhaus von Odessa*, *Am Privóz-Markt* sowie *Ich gebe dir mehr*. Auf seiner Singer stickte Dod das Label *Marzipanja* und nähte es auf Kragen und Rocktaillen.

»Deine Entwürfe sind sogar für mich eine Herausforderung«, beschwerte er sich scherzhaft. Er hatte noch nie ein schulterfreies Kleid genäht, noch nie ein Rückendekolleté geschnitten, bei dem die Ritze zwischen den Pobacken hervorlugte.

Ohne es zu ahnen, erfand Manja eine Haute Couture für Odessa. Drei Leben hätten ihr nicht gereicht, um alle Modelle zu tragen, die sie entwarf, und so schickte sie heimlich ein Kleid aus ihrer *Herzogin-vom-Damm*-Kollektion an die Schwiegermutter des Bürgermeisters, deren Großnichte in der Näherei für Jeanslabel arbeitete. Es war ein sehr kurzes Abendkleid aus königsblauer Seide, mit spitzenbesetztem Saum. Ein halbes Jahrhundert lang hatte die alte Prinzessinnenpuppe ein solches Kleid getragen. Einstmals hatte Manja eine Kopie des Kleides in der Konfektionsgröße ihrer Mutter gesehen: im Schrank der elterlichen Baracke, zwischen Militärmänteln und Arbeitsjacken.

Die Schwiegermutter des Bürgermeisters trug das Kleid zum Geburtstag des Staatsanwalts, und die Geliebte des Ersten Sekretärs zwang sie, ihr zu sagen, woher sie das Kleid hatte. Die Geliebte des Ersten Sekretärs erzählte es der Frau des Staatsanwalts, die es wiederum der Schwester des KGB-Generals erzählte. Schon bald bestellte die gesamte Partei- und Komsomol-Elite Odessas die *Marzipanja*-Kollektion. Die gewagten Entwürfe erregten die Elite über die Maßen – ein tiefer Ausschnitt, eine freie Schulter, ein halb nackter Hintern, eine vollnackte Draufgängerin –, zu tragen nur bei den geheimen Zusammenkünften der Insider, schamlosen Saunabanketten.

Jetzt, wo Manja sicher im Sattel saß, begann sie, die verwöhnten, ewig meckernden Ziegen zu hassen, die ihre neuen, sündhaft teuren Kleider nur brauchten, um ihre letzten Skrupel abzulegen. Manja vergeudete ihr Talent an sie. Sie beschloss, ihre Schöpferkraft allen Frauen zu schenken: Kranführerinnen, Putzfrauen, Köchinnen, Fließbandarbeiterinnen, Lehrerinnen. In den dämlichen Jeans glichen sie einander wie Bohnen im Topf, doch Manjas textile Denkanstöße würden ihnen Charakter verleihen.

Innerhalb einer Woche krempelte sie ihr Unternehmen um. Die Jeansproduktion wurde eingestellt, um Platz zu schaffen für

Manjas frisch entworfenes Prêt-à-porter. Sie kaufte preiswerte Stoffe ein, um die Modelle erschwinglich zu machen, und ließ Dod die Schnittmuster vereinfachen. Dann brachte sie die Muster ihren Näherinnen. Ihre Zwischenhändler lieferten die erste Serie der Kollektion *Das Schwarze Meer* in der Stadt aus, zum Preis von gewöhnlicher sowjetischer Fabrikware, fünf bis zehn Rubel das Stück. Das Volk von Odessa verschlang die Neuheiten und verlangte nach mehr.

*

Das Gesicht des Oberstaatsanwalts war grob gemeißelt und unterschied sich kaum vom wuchtigen Mobiliar in seinem Büro. Ohne eine besondere Farbe oder andere Merkmale verkörperte dieses Gesicht den siegreichen Typus einer seit Generationen andauernden Darwin'schen Auslese: der sowjetische *Mann von Macht*. Der Oberstaatsanwalt hätte diese ehrwürdige Position nicht erreicht, wenn er Wimpern oder sinnliche Lippen besessen hätte – Launen des Aussehens, die ihn vom Pfad des redlichen Denkens abgebracht hätten.

»Warum haben Sie aufgehört, gefälschte Jeans zu produzieren?«, fragte er das Schneiderpaar, nachdem er sie mittels einer ominösen Vorladung in sein Büro bestellt hatte. Der *Mann von Macht* drehte sich zum obligatorischen Lenin-Porträt hinter seinem Rücken, wie um Erlaubnis zu bitten für die unorthodoxe ideologische Analyse, zu der er kurz vor seinem Termin mit dem straffälligen Pärchen durch brillante Gedankengänge gelangt war.

»Ohne es zu wissen, haben Sie unserem Land einen nützlichen Dienst erwiesen. Dank Ihnen konnten die Bürger der Sowjetunion Dampf ablassen. Sie denken nur dann an das Leben im Kapitalismus, wenn sie etwas haben wollen, das es im Sozialismus nicht gibt. Zum Beispiel ein Paar Levi's. Aber seit Sie diese Marktlücke füllen, bekommen die Leute ihre Fälschungen, für die sie so lange gespart haben. Ist das Bedürfnis gestillt, werden sie wieder glücklich und denken nicht länger an Freiheit oder ihr Verlangen nach *mehr*. Deshalb hat der KGB entschieden, Sie nicht zu behindern. Doch jetzt auf einmal verlassen Sie den rechten Weg, Genossen Katz und Knoblauch! Ich muss Sie für Ihren ungeplanten Geniestreich noch einmal loben, denn Sie wissen natürlich nichts von den Methoden der allerweisesten Parteiführer. Wir sind durchdrungen vom Denken und Planen unserer großen Lenker Marx und Lenin. Ihre neuen Modekollektionen sind sehr gut für *uns*, die Auserwählten, die zähen Kämpfer, das Bollwerk sowjetischer Moral und Sittlichkeit. *Wir allein* können den Versuchungen von Lust und Dekadenz, die Sie in Ihre Entwürfe einnähen, widerstehen. Das ist eine sinnvolle Übung im Austreiben böser Geister, sogar verbunden mit einem netten Nebeneffekt.«

Der Oberstaatsanwalt senkte die Stimme und näherte sein Gesicht dem Manjas. »Als meine Frau Ihr Modell aus der Reihe *Ich gebe dir mehr* anzog, habe ich wieder mit ihr geschlafen, das erste Mal seit zwanzig Jahren! Aber nachdem Sie die ganze Stadt mit ihren lüsternen Albernheiten belieferten, bemerkte meine Frau ihr geliebtes klandestines Gewand an einer Fischverkäuferin vom Privóz, und die Tochter des Bürgermeisters sah eine Bluse, die sie von Ihnen gekauft hatte, am Leib einer Kokotte auf der Deribasowskaja. Einfache Menschen, die nicht geschult sind im Widerstand gegen Verlockungen, könnten anfangen zu begreifen, dass sie *Individuen* sind, und vom Individualismus ist es nur ein winziger Schritt zur Dekadenz und zum Vaterlandsverrat. Man hat mir berichtet, dass Sie begonnen haben, Ihre Ware in andere Städte zu liefern, damit die Krankheit sich ausbreitet. Sagen Sie nichts, ich weiß, dass es stimmt! Versprechen Sie mir hier und jetzt, dass Sie diese gefährliche Torheit beenden und sich wieder der bewährten Herstellung von Jeansfälschungen widmen. Andernfalls ergreife ich Maßnahmen, die Sie bitter bereuen werden.«

»Wir versprechen es«, äußerte Dod ernst, woraufhin sich der Oberstaatsanwalt von seinem Thron erhob und dem Paar die Tür wies.

*

»Wir werden einen hohen Preis bezahlen, Marzipanja«, sagte Dod. Er löschte das Licht und zog seine Hausschuhe aus.

»Zur Hölle mit dem Preis! Ich habe schon die ersten sechsundfünfzig Jahre meines Lebens nicht so verbracht, wie ich wollte. Das war teuer genug«, sagte Manja entschlossen und bauschte ihr Meerjungfrauenhaar über das gemeinsame Bett.

»Also gut. Mit dir Jeanshosen für Genosse Gott zu nähen, ist das beste Schicksal, das ich mir wünschen kann«, antwortete Dod. Er schlüpfte unter die Decke und in die Nacht.

*

Josik,

ich weiß nicht, was mit meinem Vater los ist. Er antwortet nicht mehr auf meine Briefe, seit drei Monaten schon. Weißt Du, was er hat? Ich hoffe, es ist nur sein neu gefundenes Glück mit Deiner Schwiegermutter, das ihn die Zeit vergessen lässt.

Mark

27

Noch nie hatte Alka einen Salon besucht. Doch nun war der Zeitpunkt für ihr schicksalsträchtiges Debüt bei Elena Stevens gekommen. Sie war froh, dass sie ihre Wohnung viel zu zeitig verlassen hatte. Nathans Fahrer Wassili kannte Moskau wie seine Westentasche, und Alka hätte ohne Weiteres von ihm verlangen können, dass er sie im beheizten Komfort des weißen Dienstwolgas zum Salon chauffierte. Doch die Geheimhaltung ihrer Mission musste gewahrt bleiben, und zwar genauso, wie Alkas Gleichmut angesichts der Kälte dem von Papa nicht nachstehen durfte. Trotz der zentralen Postleitzahl und der Entfernung von lediglich zwei Metrostationen war der Weg zu dem gesuchten Gebäude zwischen den schneesturmgepuderten, katzenbepissten Arkaden von Eingängen sehr schwer zu finden.

Elena Stevens öffnete die Tür mit einem festgeschweißten Blumentopf auf ihrem Haupt. Lianen fielen ihr wie eine giftgrüne Mähne bis zu den Knien.

»Marlin Katz«, stellte sich Alka mit vollem Ernst vor. Die Gastgeberin schaute sie an und schien sie blitzartig zu erkennen. »Es ist mir eine Ehre, Sie zu empfangen!« Ein kleiner Junge zog Elena am Rock und kreischte: »Lass sie nicht rein, Mama, sie hat Stacheldraht anstatt Haare!«

»Achten Sie nicht auf Tristan«, sagte Elena Stevens sanft, »er ist mein neunter Sohn, frei von Karma.« Als Willkommensgruß überreichte sie Alka ein winziges Bonbon, das diese brav in den Mund nahm. Alle regelmäßigen Besucher schätzten die Großzügigkeit, mit der im Salon stimmungsaufhellende Pillen angeboten wurden. Die Eingeweihten kannten die Köstlichkeit unter ihrem geläufigen Namen: Fenamin. Mit einem Schlag zog sich die Kälte zurück, und Alka fühlte sich sexy und voll knospender Schönheit. Sie schlüpfte aus ihrem Polarfuchsmantel. Darunter trug sie ein Etuikleid aus zartem Jersey, dessen Brustabnäher mit Geschick und Absicht zerrissen waren. Laut der Verkäuferin vom Schwarzmarkt war das Kleid ein Modell der Marke *Marzipanja*, ein im Aufstieg begriffenes, alternatives amerikanisches Modelabel. Alka kicherte leise über den schmalzigen Markennamen; sie erinnerte sich, dass dies Onkel Dods Kosename für Tante Manja war. Auf dem Etikett im Kleid stand *Waisenhaus*, und diesmal kicherte Alka bitterlich laut, denn das Wort beschrieb ihren Gemütszustand wie kein zweites. Jawohl, was war sie denn, wenn nicht eine Waise? Papa hatte vor fast zwanzig Jahren Selbstmord begangen, und ihre wahre Mutter, Mary Hemingway, obwohl noch am Leben, ahnte nichts von ihrer Tochter. Alka musste Mary einen innigen Beichtbrief schreiben und beten, dass die gute alte Frau die entsetzliche Wahrheit anerkannte. Sie musste nur noch Marys Anschrift herausfinden.

Eine Schale mit einer Auswahl teuren Konfekts und eine Flasche Massandrawein mit Gläsern glänzten auf einer Kommode im Entrée. Seit einer Woche mied Alka Süßigkeiten, weil Papa nichts Süßes gegessen hatte. Er hatte seine Zuckerration in Form von Alkohol konsumiert. Alka war ihr ganzes Leben lang süchtig nach Schokolade gewesen und litt nun unter Entzugserscheinungen. Sie hatte versucht, ein wenig Alkohol aus dem Keller ihres Vaters zu trinken, und davon Leberschmerzen und Brechreiz bekommen. Aber jetzt goss sie sich ein Gläschen ein und leerte es in einem Zug. Es schmeckte fantastisch.

Die Villa schwirrte von oxymoronisch verschiedenen Gästen: Penner in verschlissenen Jeans, mit langen, läusewimmelnden Haaren unterhielten sich heiter oder ernsthaft mit smarten Herren im Smoking. Die Themen reichten von Kartoffelbrei bis Kierkegaard. Teure kubanische Zigarren kreuzten ihren Rauch mit dem von Selbstgedrehten der proletarischen Marke Polarkreis. Aus den verschiedenen Räumen schnappte Alka Gesprächsfetzen muttersprachlichen Französischs und Englischs auf. Im Autopilot bewegte sie sich durch das Labyrinth des verschlungenen Korridors, bis sie das Herzstück des Salons erreichte: Tigráns Ausstellung im Bankettzimmer. An der Tür verletzte sie sich beinahe an einer grässlichen, pinken Chimäre, die nahezu dreidimensional von der Decke hing: erst nackte Titten, dann ein Pfirsicharsch … die riesige, dunkle Acrylglasplatte hielt ein unglaublich saftiges Spektrum von Pinktönen fest, Schicht um Schicht, fast schon ein Basrelief, eine nackte Blondine mit Haar wie Zuckerwatte. Etwa dort, wo die Genitalien der Braut hingehörten, war eine leere Stelle, ein richtiges Loch. Alka steckte einen Finger hindurch.

Die anderen Bilder waren weniger scheußlich. Alka erkannte einige von ihnen wieder, von ihrem ersten und letzten Besuch im Atelier, insbesondere den See im Mondlicht und die dicke Frau vor dem lila Teppich. Es gab auch das beängstigende Porträt eines südländischen Bösewichts, vollkommen aus Hühnerfedern gemacht. Alka wich zurück. Eine diffuse Erinnerung regte sich in ihr, doch sie konnte und wollte ihr nicht nachgehen. Was würde Papa sagen, wenn sie sich von jedem Krähenschreck aus der Vergangenheit einschüchtern ließ?

Tigrán war nirgends zu sehen, doch sein Name flatterte in verschiedenen Akzenten durch den Raum. Jemand erkundigte sich nach ihm. »Er ist in einer wichtigen Besprechung«, meinte jemand anderes mit vielsagendem Zwinkern.

Die Gäste folgten Alka mit neugierigen Blicken. Sie flüsterten miteinander. Alka kannte es nicht anders, so verstörend war ihre Aura, die Bürde ihres Andersseins. Sie trat an ein großes Frauenporträt. Das linke Schulterblatt auf einer Blechtafel, das rechte auf taupefarbener Schmirgelpappe, ein bleiches Mumiengesicht mit schreiend grünen Augen, ein roter Mantel, eine blaue Rüschenbluse und ein gelber Pulli mit V-Ausschnitt (natürlich, die Kanarienbrüste! – sie wurde unwillkürlich rot), und anstelle von Haar kupferner Stacheldraht.

Alkas Herz machte einen Adrenalinsprung. Welch eloquenter Beweis für Tigráns Liebe! Wie tief er in ihre zerquälte Seele vordrang, wie wahrhaftig er ihren unbeugsamen Genius darstellte! Sogar ihre silbernen Ringe steckten in grotesker Ähnlichkeit an den übertrieben lang gemalten Fingern: die Handgranate aus Bernstein, der Delfin, der turmalinäugige Löwe, der türkise Kuss am ausgestreckten kleinen Finger. Sie las den Titel, und auch der stimmte genau: *Dr. Marlin*.

Innerhalb von Sekunden war Alka von Gästen umringt, die sie mit Applaus überschütteten. Ein beängstigender Monsieur im Smoking, mit Seidenschal um den Hals, küsste ihr die Hand. »*Enchanté*, es freut mich sehr, die Muse eines Meisterwerks kennenzulernen!«

Alka rang nach Luft. Plötzlicher Ruhm passte keineswegs zu ihrer geheimen Mission. Sie nickte kurz und verschwand durch eine nahe gelegene Tür in den Raum dahinter.

Sie brauchte eine Weile, um sich nach der Starkstrombeleuchtung der Ausstellung an den schwachen Kerzenschein zu gewöhnen. Sie bemerkte, dass der ganze Raum mit Fell ausgelegt war. In der Mitte, verwegen und unterschiedlich hoch, baumelten zwei schwere Milchtropfen. Eine dunkle Alraunenwurzel bearbeitete ein riesiges Marshmallow, wieder und wieder. Darunter klatschte ein haariges Schwalbennest nass schmatzend gegen das Marshmallow. Ein kleiner, weißer Oktopus kitzelte das Nest. Gleichzeitig wurden die Milchtropfen beinahe auf dem Fellboden zerquetscht. Sie gaben ein gieriges Grunzen mit ukrainischem Akzent von sich. Alka erschauerte. Sie wollte fliehen, doch es war zu spät.

»Marlin-Stachelschwein!«, sagte Tigrán freundlich und setzte seine lustvollen Bewegungen fort. »Wie schön, dich endlich wiederzusehen! Warum hast du dich am Telefon nicht zu erkennen gegeben, als ich dich angerufen habe? Möchtest du dich zu uns gesellen?«

Swetka lachte wiehernd über ihre glücklose Rivalin. Tigrán schlug sie auf den Arsch – in vollem Ernst. Swetkas Benehmen war der klare Beweis für die unüberwindlichen Unterschiede zwischen ihnen. Sie hielt Tigráns Einladung an Alka für einen makabren Scherz, doch er hatte es so ernst gemeint, wie es sich für einen wahren Künstler ziemte. Die meisten Salondamen Moskaus hätten einen solchen Vorschlag zu schätzen gewusst, wenn nicht sogar angenommen.

Alka schrie auf und rannte durch die Ausstellung zurück, mitten durch die kichernde, gaffende Menge, die sich vor ihr teilte. Sie schnappte sich ihren Polarfuchsmantel und sprintete die Wendeltreppe hinunter. Sie spürte kaum, wie sie zu einer Metrostation der Ozeanlinie gelangte und die Überfahrt zur *Finca Vigía* buchte. »Abscheulich! Herabwürdigend! Brünstig befellltes Kopuliergemach! Zapschlange im Heimatnest! Armenischer Killerwal mit Elritzenschuppen!«, fluchte sie. Die Fahrgäste drehten sich erstaunt nach ihr um.

Sie stürmte in ihr Elternhaus an der Gorki-Straße und warf den Mantel ab. Die Katzen umringten sie, sprangen auf ihren Rücken und wickelten sich um ihren Hals.

»Bürgerin Ljuba Katz: Zeig auf der Stelle Reue für dein Benehmen und deinen ehrlosen Lebenslauf!«

»Was redest du da, Tochter?«, Ljuba zitterte ängstlich.

»Tochter? Tochter? Jetzt wird sich zeigen, ob du das Wort ›Tochter‹, das Lieblingswort des großen Ernest Hemingway, in deinem Lügenmaul gurgeln darfst! Ich fordere eine Erklärung: Wo bist du Anfang Juli 1946 gewesen?«

»Allotschka, bitte komm zu dir, hier ist ein saftiges Steak, genau wie du es magst. Woher soll ich wissen, was ich damals gemacht habe? Das ist dreiunddreißig Jahre her!«

»Ich sehe, du bist nicht bereit, mir Auskunft zu erteilen! Aber ich warne dich, das hier ist kein Kaffeeklatsch, sondern ein offizielles Verhör! Es ist in deinem Interesse, präzise zu sein, sonst wird Friendless dich beißen. Hast du Ernest Hemingway in Amerika kennengelernt?«

»Ich bin nie in Amerika gewesen, mein Schatz!«

»Aber du hast den Schriftsteller Simonow dorthin begleitet! War er nicht dein Geliebter?«

»Gott bewahre, mein Herzblatt, dein Vater und ich waren frisch verheiratet! Wie kommst du nur auf so etwas?«

»So, so, also *war* er es vermutlich, das höre ich am widerspenstigen Ton deiner Stimme. Hast du auch mit Ernest Hemingway geschlafen?«

Ljuba brach vor Angst in Tränen aus.

»In Ordnung, versuchen wir es anders«, fuhr Alka schonungslos fort. »Hast du den Fötus aus Mary Hemingways Eileiter im Reagenzglas nach Moskau gebracht, oder wurde dir das Kind eingepflanzt, damit du es austrägst? Wer waren deine Auftraggeber? CIA? FBI? KGB?«

Ljuba versuchte, Alka in den Arm zu nehmen, um sie zu beruhigen, doch Dr. Marlin schob sie angewidert von sich. »Dein Gebrabbel beweist mir, dass es der KGB war. Du hast ein Kind in dir *getra-*

gen, dass dir nicht *gehörte*: *mich*, die Tochter von Ernest Hemingway! Sein Traum, zu Lebzeiten verwehrt! Aber jetzt wird alle Welt, dank meines Buches, die Wahrheit erfahren! Und du, Lump«, wandte sich Alka an den säulenstarren Nathan, »hast meine Existenz von vorn bis hinten besudelt! Ich trage den jüdischen Makel im Pass, ohne das kleinste bisschen jüdisch zu sein! Ich habe ausschließlich angelsächsische Wurzeln! Ich hätte *alles* werden können: Diplomatin, Schauspielerin ... aber ich bin nur eine Doktorandin, der man eingebläut hat, dass sie damit zufrieden sein muss! Das wirst du bereuen, du ... du ... Ehemann mit Hörnern bis zum Himmel, den ich fälschlicherweise mein ganzes Leben lang ›Vater‹ genannt habe!«

Nathan versuchte, Alka bei der Hand zu fassen, doch sie biss ihn mit der vollen Kraft ihrer großen Schneidezähne in die Daumenwurzel. Ohne ihren Pelzmantel rannte sie aus der Wohnung, um eine neue Überfahrt zu buchen.

Für einen unendlichen Moment presste Nathan die Augen zusammen und wartete darauf, dass der Schmerz nachließ. Hinter seinen Lidern tanzten zerrissene Molekülhaufen, zuck-tupf-dreh. Der Biss seiner Tochter beschleunigte seinen Puls wie eine Benzolexplosion. Kalter Schweiß floss aus seinen Achseln, dann kochte er heiß, dann endlich verkroch sich der Schmerz. Nathan musste jetzt ein richtiger Mann sein, wie letzten Juni, in seiner einzigen, hochoktanigen Nacht der Verfehlung. Ein Mann in prächtigster Blüte, der sich auch so benahm: pfeilschnell, mitreißend, allmächtig, während die schöne Glukosegeliebte unter ihm schmolz. Er taumelte, süß betankt, und schlug die Augen auf: kein Pantoffelschwächling aus der Gorki-Straße, sondern der mächtige Moskauer Schuhcremedirektor.

»Ljuba, such die Nummer der Van-Gogh-Klinik aus dem Telefonbuch und ruf an«, befahl er in seiner Fabrikstimme. »Sie müssen ein äußerst behendes Biest einfangen.«

*

Unter Tage wurde die Erde erobert und die Zeit besiegt. Die Savanne rumste an den Polarkreis. Innerhalb von Sekunden fielen die Bären Wyomings und die Antilopen Kenias der wendigen Schützin zum Opfer. Von der Ozeanlinie hüpfte Alka geradewegs in den blauen Bauch des Atlantiks. Am Haken ihrer Rute glimmerten seltsame Fische. Papa erlegte Delfine und Haie.

»Papa, ich bin genauso gut wie du!«

»Besser, du bist besser als ich, Tochter!«, erwiderte Papa mit seinem entwaffnenden bärtigen Lächeln.

Plötzlich näherte sich eine Gruppe weiß geschürzter Jäger mit Gewehren und Netzen. Das ist ein Fehler, sie verwechseln Dr. Marlin mit einer Löwin oder Jaguarin, sie ist sich nicht sicher. Der Mann in der Mitte ist sehr groß und trägt auch einen Bart. Aber er ist es ja – Papa! Ist er böse auf sie, oder stellt er ihren Mut auf die Probe? Der weiß gewandete Ernest zielt mit dem Gewehr auf sie, wie gemein!

»Nein, nein, Papa, bitte erschieß mich nicht! Bin ich denn nicht dein schraubengehörntes Kudu-Kaninchen?«

»Ein fesches Äffchen bist du«, antwortete der Bärtige in gewöhnlichem Russisch. Er ergriff Marlin beim Schopf und drückte sie zu Boden.

»Ach herrje, so scharfe Zähne, so nadelfeine Venen. Ist ja schon gut, bist ein braves Mädchen. Jetzt kommt dein echter Papa zu dir: Papa Clozapin.«

28

Josik war allein zu Hause, es war Ritas Wochenende mit Sonka. Er bereitete eine Unterrichtsstunde über Puschkins letztes Duell für seine achte Klasse vor. Man hatte ihm mitgeteilt, dass der Schuldirektor der Stunde beiwohnen würde.

Puschkin verteidigte seine Ehre, zum Äußersten getrieben von dem schamlosen französischen Schurken d'Anthès, der Puschkins Frau öffentlich den Hof machte und den Dichter einen gehörnten Ehemann nannte. Die Duellregeln waren gnadenlos: nur zehn Schritt Entfernung. Puschkin schoss als Erster. Seine Kugel, unglaublich, traf den Kupferknopf am Offiziersmantel von d'Anthès. Der Knopf rettete dem Wüstling das Leben und ermöglichte ihm, seinerseits einen Schuss abzufeuern und Puschkin tödlich am Bauch zu verwunden. Doch wie zum Teufel hatte das weiche Kupfer d'Anthès vor der Kraft der Kugel schützen können? Josik fragte seinen Kollegen, den Physiklehrer, und erfuhr, dass die Kugel den Kupferknopf tatsächlich tief in die Brust des Gegners hätte drücken müssen, sodass dieser auf der Stelle gestorben wäre. Somit verlor das tragische Duell seinen dunkelromantischen Aspekt – Puschkin hatte vermutlich einfach danebengeschossen.

Josik gab sich alle Mühe, seiner Lektion eine heroische Wendung zu geben, doch es wollte ihm nicht gelingen. In nervöser Anspannung zog er eine Socke aus, dann die andere. Der Dichter war in der prächtigsten Mannesblüte gestorben, und Josik konnte nichts dagegen tun. Bestürzt zog er sich Hemd und Hose aus und saß noch eine Weile so da. Er wollte Puschkins Erhabenheit im Tode herausstellen, aber Unglück blieb Unglück, und so traten Tränen in Josiks Augen.

Er schlug sein Vorbereitungsbuch zu und sah hoch zum heiligen Schnörkel an der Wand über dem Schreibtisch. »Hör auf, wegen mir zu heulen! Arbeite lieber an deinem Gedicht über den Algenschoß, Dummkopf«, bauchrednerte sein Ururgroßvater durch das unleserliche Gekritzel.

Gehorsam zog Josik seinen Schlüpfer mit dem Gänseblümchenmuster aus und ging ins Wohnzimmer. Um sich besser konzentrieren zu können, legte er sich auf den Buchara-Teppich. Die Webfäden piksten. Josik nieste Staub, das zinnoberrote Ungetüm war seit mindestens fünf Jahren nicht mehr ausgeklopft worden. Aber die Schwiegermutter war fort, und so konnte niemand Josik deswegen nerven. Er packte das ihm aufgetragene Gedicht beim Schopf:

»Kein jüng're̓s Meer als dieses Mädchen,
noch keine Alge spross in ihrem Schoß,
das Schwarze Mehr weckt sie in mir,
die blanke Braut, die mich liebkost.«

Er rieb sich an der Wolle und spürte Rita unter sich. Seine Männlichkeit straffte sich gegen die Teppichwolle. Ehe er nachdenken konnte, besaß er sie schon, begleitet von rhythmischem Gesang:

»Wassertopf und Pfannenstiel
Wer's nicht glaubt, der weiß nicht viel
Teppichschlingen um den Schaft
geben müden Gliedern Saft.«

Als er still dalag, als die wilde kleine Schwarzmeerwelle unter ihm verebbt war, tönte Oma Manjas Fagottstimme: »Der schmutzige Teppich muss ausgeklopft werden, er braucht eine Tracht Prügel!« Dann fragte Marks Stimme: »Wo ist deine schöne Frau? Ist sie noch die Deine?« Und die Stimme, in der Josik Puschkin erkannte, antwortete: »Nein, ist sie nicht! Ein Unhold hat sie entführt, entkorkt, entehrt, zum Gespött gemacht, ihre Seele gestohlen. Auf zum Duell mit dem Feind!«

Josik zog seinen geblümten Schlüpfer wieder an, die alte Hose, das Hemd und den Hasenfellmantel. Er nahm einen Teppichklopfer, rollte den Buchara-Teppich zusammen und schleppte ihn die Treppen hinunter. Der Fahrstuhl war natürlich kaputt.

Im Hof legte er den Teppich auf ein verschneites Blumenbeet, warf Schnee darauf und fing an, ihn mit dem Klopfer zu bearbeiten. »Verfluchter Schurke Dr. Chef, das ist für meine Frau! Und hier noch ein Hieb vom Nachttopfzwerg, der seiner Frau keine Stiefel kaufen kann!« Der Schnee auf dem Teppich wurde grauschwarz, als kämen seine schrecklichen Sünden ans Licht, bereit, sich austreiben zu lassen.

Josik holte Luft. Er zog eine Linie in den Schnee. »Auf die Plätze!«, schrie er den Teppich an. Mit einem Mal erschien ihm die Lösung des rätselhaften Puschkin-Duells: Gegen die Regeln hatte der kriminelle d'Anthès eine kugelsichere Weste getragen.

»Der Schurke trägt einen Panzer und der Dichter nicht! Der Dichter ist ehrlich! Ich reiß dir den Panzer vom Leib, d'Anthès, kein Kupferknopf kann dir mehr helfen! Ich rette die Sonne der russischen Poesie und ändere den Lauf der Geschichte! Du bist des Todes!«

Aus dem Buchara-Teppich troff Zinnoberblut. Josik musste husten und niesen.

*

»Sie wissen ja, dass ich selten mit Lob um mich werfe, Josif Salomonowitsch, aber Ihre Unterrichtsstunde war in der Tat inspirierend. Mir hat gefallen, dass Sie dem allerkleinsten, am wenigsten respektierten Schüler der Klasse die Rolle Puschkins zuteilten, während der gefürchtete Raufbold d'Anthès spielen musste. Der Kleinste war am Ende der Größte. Ich weiß nicht, ob Ihre Version mit dem Panzerhemd stimmt, aber Sie haben es vermocht, die Ehre der russischen Literatur zu retten und die Geschichte neu zu schreiben, wenn auch nur für eine Stunde. Ihre Schüler waren zum ersten Mal interessiert und involviert in den Unterricht. Meinen Glückwunsch, Sie haben sich gerade selbst vor dem Rauswurf bewahrt«, sprach der Direktor.

Josik lauschte Pawel Wladimirowitsch durch das Funkengestöber hinter seinen Lidern, durch die Sturzfluten aus seiner Nase. Er war in fünf Schichten Schalwolle gewickelt und hatte neununddreißig Grad Fieber.

29

Rita verließ das *Winona* dreimal pro Woche. Im schwarzen Dienstwolga fuhr Nikolai sie zur Maniküre, zur Pediküre und zum Friseur. Dr. Chef vertraute seinem Chauffeur. Er wusste, dass dieser sich keine Eskapaden mit Rita erlauben würde. Trotzdem hätte er wetten können, dass der Kerl, trotz eines frommen Schwurs auf die Ehre seiner Mutter, die schwarze Zigeunerin im Bunker ausprobiert hatte, ehe er sie zur Datscha des obersten Gesundheitsfunkionärs spedierte.

In ihrem ersten *Winona*-Monat ging Rita noch arbeiten. Doch die Gerüchte verbreiteten sich schnell, und die Kolleginnen schauten Rita schief an. Ihre Freundinnen Galka und Lenka sprachen nicht mehr mit ihr und drehten sich weg, wenn Rita in ihre Nähe kam. Regelmäßige Nutzer der Bibliothek taten es ihnen gleich. Als sich Rita bei Doktor Esaw-Yantz beklagte, rief er die Leiterin der Bibliothek an. Sie war früher seine Patientin gewesen: eine ledige Frau, vier Abtreibungen in drei Jahren.

»Du brauchst nicht mehr zur Arbeit zu gehen, aber du bekommst weiterhin dein Gehalt. Du kannst es auf dein Sparbuch einzahlen«, sagte er, als er aufgehängt hatte.

Sonka verbrachte jeweils eine Woche im *Winona* und eine in der Helden-von-Stalingrad-Straße. In den *Winona*-Wochen brachte Nikolai sie in den Kindergarten und holte sie wieder ab. Sonka hasste den Weg zum Kindergarten und wieder zurück.

Nikolai erzählte ihr entweder Gruselgeschichten oder lachte grimmig. Sonka traute sich nicht, es ihrer Mutter zu sagen.

Ritas neuer Kleiderschrank war voll mit ausländischer Mode. Im Bad stand eine solche Auswahl an Parfums und Cremes, wie Alka sie niemals erträumt hätte. Im Wohnzimmer, eingepasst in eine Vitrine, stand ein Plattenspieler mit Kassettenrekorder – ein ganzes Haus voller Musik. Neben einer vollständigen Sammlung an sowjetischem Schlager gab es jede Menge amerikanischen Jazz sowie ein paar sehr alte Klassikplatten aus den Dreißigerjahren, offenbar zurückgelassen vom großen Dammingenieur. Saint-Saëns' *Danse Macabre*, Bachs *Sarabande*. Spielte man sie nacheinander, entstand eine seltsame, ballähnliche Sequenz.

Unter dem großen Sony-Fernseher stand ein magisches Philips-Gerät: ein Videorekorder mit Videokassetten von BASF. Die »Ziegel der Unfreiheit«, nannte sie Rita für sich. »Zweitausendundsiebenundachtzig Dollar«, sagte Esaw-Yantz stolz. »Dein Ehemann müsste zehn Jahre lang dafür arbeiten, ohne zu essen.« Die Videosammlung bestand in der Hauptsache aus Erotika, doch es gab auch mehrere Hardcorefilme. Rita durfte anschauen, was und wie sie wollte. Sie mochte *Emmanuelle* und *Angélique*, aber sie hasste *Rotkäppchen* – ein Porno voller nackter Mechanik, nicht unspannend in seiner Unverblümtheit und Akribie, doch schon beim dritten Mal langweilig.

»Als Bibliothekarin liest du bestimmt gern«, sagte Esaw-Yantz eines Tages. »Was sagst du zu solchen Büchern?« Er legte ihr handgebundene, auf der Schreibmaschine getippte Ausgaben vor. Es waren Übersetzungen von Büchern, von deren Existenz Rita nur durch Gerüchte wusste. Bücher, über die sich ihre Kolleginnen heimlich die Mäuler zerrissen: *Lady Chatterleys Liebhaber*, *Lolita*, *Das Liebesleben der Hyäne*, *Wendekreis des Krebses*.

»Betrachte sie als Vitamine. Ausländische Literatur als Nahrungsergänzung zu deiner Passionsfruchtisierungs-Therapie«, sagte Dr. Chef.

Bücher wurden eine noch ergiebigere Quelle für Ritas Fantasie als Filme. Rita simmerte, dann kochte sie auf dem orientalischen Bett, dessen Pfosten wie Minarette und Türmchen aussahen, im Hintergrund die Tapete in Rosa und Schwarz. Übergart warf sie Bukowski oder Miller zur Seite und lag erschöpft in den zerwühlten schwarzen Seidenlaken.

Der Preis, den sie zahlen musste, um diese verborgene Daseinsdimension kennenzulernen, war ihrer Meinung nach ihre innere Opposition und Auflehnung. Sie schaute nicht mehr nach links oder rechts, sondern fuhr auf der hell erleuchteten Geschlechterallee der ihr bislang verwehrten Selbstfindung. Ihr Tank war voll, das Auto neu, und es hatte viele Pferdestärken. Rita fühlte sich den verklemmten Damen Tschechows ebenso überlegen wie Hemingways Frauenfiguren. Die Szene im Heidekraut in *Wem die Stunde schlägt* schien ihr jetzt wie aus dem Kindergarten. Neue Passagen von unglaublicher Frivolität prägten sich ihrem bereitwilligen Gedächtnis mühelos ein. »*Die Möse ist es, wo du hinwillst. Sag Lady Jane, daß du ihre Möse willst. John Thomas und die Möse von Lady Jane!*« Sie konnte kaum glauben, dass sie dieses Wort las. Dann die aristokratisch-raffinierte, nabokovianische Ménage-à-trois. Rita schwirrte der Kopf von der komplizierten Syntax und Diktion. Sie musste jeden Satz dreimal lesen und zeichnete schließlich die Topografie der Figuren aufs Bett.

Doktor Esaw-Yantz stellte absichtlich keine Putzfrau ein, obwohl er sich eine Armee von ihnen hätte leisten können. Seine Begründung dafür war aber nicht, dass er seine Liebschaft mit Rita geheim halten wollte.

»Du hast allen Grund, dich privilegiert und glücklich zu fühlen. Ich hätte dieses Haus mit zwanzig Frauen füllen können, alle mit fast so hohen Passionspunktzahlen wie du und ebenso hübsch. Aber ich habe nun mal ein Faible für dich. Du allein darfst dich an den Schönheiten dieser Villa und an meiner strammen Umarmung erfreuen. Wenn du aber den ganzen Tag lang herumsitzt und Kaviar mit Schokolade in dich hineinstopfst und an dir herumspielst, wirst du aus dem Leim gehen und eine unförmige Medusa werden. Das wollen wir nicht, hab ich recht? Deshalb sei so nett und putze das Haus. Es muss so sauber sein wie mein Operationssaal. Ich kontrolliere.«

Manchmal fragte sich Rita, wie es wohl wäre, offiziell verheiratet und gleichzeitig zufrieden zu sein, zum Beispiel mit jemandem wie Mark zusammenzuleben, vielleicht in Amerika. Doch solche Gedanken waren dumm, nutzlos und schädlich. Vorerst sah sie Doktor Esaw-Yantz als eine Gottheit an, die sie nicht hinterfragen durfte, sondern der sie wie eine fleißige Schülerin zu gehorchen hatte. Er erschien etwa dreimal pro Woche, entweder tagsüber, wenn Sonka im Kindergarten war, oder spät abends, wenn sie in ihrem Zimmerchen im Dachgeschoss schlief, umgeben von ausländischen Barbiepuppen, die ihr zuwider waren.

Sonka hatte beschlossen, ihre lumpige Prinzessinnenpuppe nicht ins *Winona* mitzunehmen. Sie hatte Angst, dass die Barbies sie anfeinden würden, weil sie anders war. Nachts hörte Sonka seltsames Hexengeschrei und gruseliges Schweinegrunzen, das sie sich nicht erklären konnte. Mama sagte ihr, sie brauche sich nicht zu fürchten, es sei nur der Wind vom Dnjepr, an dem das *Winona* so dicht stand.

*

»Du denkst wohl, du hast dir 'ne fette Torte geangelt? Jetzt kriegst du mich als Zuckerguss obendrauf. Ich hab dich angelogen an jenem Silvesterabend, als ich gesagt hab, du bist hässlich geworden. Ich war besoffen und sauer auf Dr. Chef. Und dann hab ich dein Zwergenmännlein gesehen. Du bist gar nicht fett, ich meine, na ja, du bist rundlich, aber wer behauptet denn, dass ich rundlich nicht mag? Jetzt dreh dich um und sei still.«

Die Brache hinter dem Plattenbaugebiet hatte seit vielen Jahren tagsüber keinen Menschen gesehen. Ritas Nase war gegen den breiten Rücksitz aus beigem Leder gedrückt. Das ganze Fahrzeug bebte im festen Rhythmus.

»Du denkst, ich bin der Idiot vom Dienst beim Doktor und mach nur, was er mir sagt? Nein, meine Liebe, da liegst du falsch. Ich mach, was ich will, ohne dass er es merkt. Falls es dir noch nicht aufgefallen ist: Der Doktor ist ein Junkie, der macht es nicht mehr lange. Wie viele Dnjepr-Schätze hab ich geklaut und vertickt! Und den ganzen Freakzoo aus dem Bunker! Dr. Chef hab ich gesagt, dass dort unten nichts war, aber ich hab alle Mutanten an die Tschechen verkauft! Ich kann längst schwimmen im Geld, und bald klaue ich dich von Dr. Chef, und wir fliehen aus Zap.«

Nikolai erhob sich von den Knien und plumpste in den Sitz. »Dr. Chef erfährt nichts von unserem kleinen Geheimnis, kapierst du? Falls doch, muss dein Zwerg dran glauben. Ich mach den mit links fertig. Patsch – und kein Mensch erfährt, was passiert ist.«

Rita drehte ihren Kopf zum Fenster und wischte mit den Fingerknöcheln über die beschlagene Scheibe. Diesmal war keine schöne Hand da, um Väterchen Glut aus dem Auto zu werfen.

»So, meine Schöne«, Nikolai fasste sie am Kinn und drehte ihr Gesicht zu sich, »jetzt zeigst du mir ein paar Tricks, die dir Dr. Chef beigebracht hat. In einem kommunistischen Land darf man keine Geheimnisse haben. Wie geht Rückwärts-Meringue? Dr. Chef prahlt immer damit. Wir haben viel auszuprobieren ... Hure kreuz, Hure quer, mach nicht so ein Gesicht, das steht dir nicht und hebt deine jüdische Nase hervor. So ist es besser.«

»*Und da war ich nun am Stoßen. In Hundestellung. Die Hunde wussten schon, warum.*« Das Bukowski-Zitat schoss Rita bereitwillig in den Sinn.

*

In der pädagogischen Teestunde breitete die Kindergärtnerin Galina Michailowna Decken auf dem Fußboden aus und wies die Kinder an, sich im Kreis hinzusetzen. »Heute, Kinder«, begann sie, »sprechen wir über Berufe. Raumfahrer fliegen zu Venus und Mars, Mumps und Masern heilt unser Arzt, Rechnen und Lesen lehrt uns der Lehrer, seinen Besen schwingt der Straßenkehrer.« Galina Michailowna grunzte vergnügt über ihre improvisierten Verse. Weil es schwierig war, dieses herausfordernde Sprachmuster für den Rest der Ansprache beizubehalten, wechselte sie über in Prosa, stellte aber das Verdienst jeder Disziplin besonders heraus.

»In der Sowjetunion gibt es noch viel mehr Berufe. Hör auf zu zappeln, Lilka, sonst hau ich deinen Hintern so rot wie gestern. Also, Kinder, Wladiks Mama ist Pilotin. Sie fliegt meilenweit am Wolkenhimmel. Ljowas Mutter ist Köchin, sie bereitet lecker sahnige Eintöpfe zu. Lilkas Mutter fährt eine Draisine bei der Eisenbahn, solche Frauen werden gebraucht. Es sind ja nicht die Pilotinnen, die unsere Waggons bis ans Gleisende von Kuschugum bringen. Simons Mama ist Näherin, auch das ist wichtig. Pilotinnen haben ja keine Zeit, für uns Schlüpfer und Unterröcke zu nähen.«

Galina Michalowna hielt inne, um der noch immer zappelnden Lilka den hochverdienten Klaps zu verpassen – und um den dramatischen Höhepunkt der Lehrstunde vorzubereiten.

»Sofia Winter«, wandte sie sich mit vollem Namen an Sonka, »was arbeitet *deine* Mama?«

»Sie ist Bi-blio-the-ka-rin«, antwortete Sonka eifrig stammelnd.

»Seht ihr, Kinder: Sofia hat dieses schwere Wort ganz umsonst gelernt. Ihre Mutter ist keine Bibliothekarin. Ihre Mutter ist eine soziale Parasitin, die sich noch dazu aushalten lässt. Das bedeutet, dass sie nicht arbeiten will und mit einem Mann zusammenwohnt, der nicht ihr Ehemann ist.«

»Bu-uuu-uuuhhh!«, dröhnten die Kinder, Simon und Lilka am lautesten.

»Jawohl, genau, das ist buh!«, bestätigte Galina Michalowna. »In der Sowjetunion gibt es nur sehr wenige Menschen, die dermaßen schlecht sind. Leider geht ein Kind von so jemandem in unsere Gruppe. Diese schlechten Leute sind fast immer Juden. Für die haben wir keine Sowjetrepublik und auch keine Trachtenpuppe.«

30

Tigrán eröffnete Swetka das Ende ihrer dreimonatigen Liebschaft an einem Abend in einem guten armenischen Restaurant, gefolgt von einer wundervollen letzten Nacht. Doch Swetka nahm die Trennung weit weniger leicht, als sie geglaubt hatte, obwohl ihr klar war, dass der bald auswandernde, deutlich ältere Maler gänzlich andere Interessen hatte als sie. Unbekümmert und sonnig als Modell und Geliebte, war ihre ungebildete Art doch zu gewöhnlich für ihn. Sie war durch und durch spießig und spielte nur ein wenig Boheme. Tigrán und sie passten zusammen wie ein Delfin und eine Sau. Trotzdem war Swetka sehr traurig. Sie verschüttete Kaffee in der Theaterkantine. Abends, wenn sie die Schauspieler bediente, nippte sie heimlich allzu oft an der Schnapsflasche. Ein neuer Liebhaber, der es mit Tigrán aufnehmen konnte, erschien auch nicht so schnell am Horizont, wie sie gehofft hatte.

Sie war ein schwarzes Schaf im scheinheiligen Moskau. Sie ertrug es nicht, das neue Jahr mannlos zu begrüßen, verlassen und verwaist in irgendeinem blöden Salon, wo die Gespräche der Leute zu kultiviert waren oder die Klamotten zu schick, und wo sie ihr schleppendes Ukrainisch kaschieren musste. Es wäre auch peinlich, bei Elena Stevens aufzutauchen, obwohl sie dort inzwischen ein und aus ging. Sie könnte die mitleidigen, herablassenden Blicke für die abservierte Geliebte nicht aushalten, nicht nach dem brausenden Beifall, den sie bei der Eröffnung von Tigráns Ausstellung bekommen hatte, als *Grunzende Aurora* festlich enthüllt wurde (sie war im Liebesakt mit dem Maestro im Fellzimmer zu abgelenkt gewesen, um den gleichen Applaus für ihre glücklose Rivalin zu hören).

Am 29. Dezember, als die Kerze des alten Jahres bis auf den Docht niedergebrannt war, fuhr sie zum Kursker Bahnhof und buchte eine Liege für den Schnellzug 95. Zurück in die Heimat – ins altbekannte, ausgelutschte, aussichtslose Zap.

Sie hatte nicht erwartet, eine der Konstanten ihres Zap-Lebens ruiniert vorzufinden: die nette, trottlige, gastfreundliche Familie Winter. Das nachbarliche Nest war geplündert. Mit leiser, erstickter Stimme berichtete Josik von der Auswanderung seiner Familie, dem späten Liebesglück und dem Verschwinden seiner Schwiegermutter in Odessa und schließlich von Ritas beschämendem Streich. Sie war in Swetkas Fußstapfen getreten. Als sie das hörte, brach Swetka unwillkürlich in ein vulgäres Gackern aus.

Sie deckte den Tisch mit der Salami und den Mandarinen, die sie aus Moskau mitgebracht hatte. Nachdem sie Sonka schlafen geschickt hatten, tranken sich die beiden Erwachsenen durch den Silvesterabend, rein platonisch. Josik genehmigte sich zwei Gläser Wodka und drei Kelche Bärenblut-Wein.

31

Die Ärzte waren sich einig in ihrem Urteil, dass es für Alka noch zu früh war, um das neue Jahr daheim zu begrüßen. In ihrem Einzelzimmer im Van Gogh war sie besser aufgehoben. Nathan hatte den Klinikleiter bestochen, damit er Alka ein Zimmer mit Toilette und Waschbecken gab.

Am Silvesterabend würde es ihr an nichts fehlen. Nathan und Ljuba brachten ihr eine vollständige, ordnungsgemäße Hemingway-Mahlzeit und schenkten ihr einen schwarzen Samtoverall mit Silberfäden.

»Vater, geh zu Doktor Burunduk und frage, ob ich den Kühlschrank im Aufenthaltsraum benutzen kann. Mutter, sortiere meine Parfums im Bad«, kommandierte Alka.

Das Portemonnaie in Nathans Ledertasche war leicht zu finden. Sechzig Rubel, genug für zwei Flugtickets und zwei Taxis. Blieb noch die Frage, wie Alka die Krankenschwestern bestechen könnte. Sie versteckte das Geld unter ihrem Kopfkissen. Falls überhaupt, würde Nathan den Fehlbetrag erst entdecken, wenn sie schon längst in der Luft war. Da sie keinen Bräutigam, keinen Liebhaber und kein Zuhause mehr hatte, musste sie sich mit der viertbesten Option begnügen – dem Ort, wo man sie wenigstens liebte und bewunderte: Zap, mit seiner dämlichen Rita, deren neues Leben sie sehr interessierte.

»Alles Gute für dein neues Jahr, Allotschka«, sagte Ljuba mit schwacher Stimme.

»Alles Gute für euer neues Jahr, Mutter und Vater«, sagte Alka mit einem betörenden Lächeln. Sie sah beinahe normal aus. Ein erstaunlicher Fortschritt; die Eltern hatten sie seit der Pubertät nicht mehr lächeln sehen.

Als die Schritte der Eltern um die Stationsecke bogen, rief Alka die diensthabende Schwester. »Reicht das, damit du deinen nicht ärztlichen Mund hältst und mich unbemerkt aus der Klinik schleust?«

Ohne sentimentales Bedauern nahm Alka ihre Ringe ab – die Silberschlange, die Bernsteingranate, den Mondsteindelfin, den Löwenkopf mit Turmalinaugen und Chers Türkiskuss – und schüttete sie in die aufgehaltene Schwesternhand.

Am Klinikeingang warteten Taxis im Überfluss, um die glücklichen Psychopathen nach Hause zu bringen.

Selbst wenn die Amerikaner eine Atombombe auf Moskau geworfen hätten, hätte das Personal der Van-Gogh-Klinik Stunden gebraucht, um Alkas Verschwinden zu bemerken. Ärzte, Wärter und Schwestern waren vollauf mit der Verabschiedung des alten Jahrs beschäftigt. Es wurde reichlich getrunken, und niemand dachte mehr an die Patienten.

32

Schlafsack – flauschige Zuflucht der Schüchternen, Hüter der Träume, lang bewährte Verpackung für zu transportierende Bilder. Jetzt schützte er die lappenumwickelten *Dr. Marlin* und *Grunzende Aurora*. Tigrán lächelte bei dem Gedanken, dass die Modelle für beide Bilder den Schlafsack mit ihm geteilt hatten.

Das Porträt seines Bruders, *Dr. Hades*, weiße Hühnerfedern auf Teer, passte nicht mehr hinein. Tigrán würde seinem Bruder ohnehin nicht gestatten, nicht einmal seinem Porträt, mit seinen »Mädchen« zu reisen. Was, wenn der Teer die kostbaren pinken Lippen der *Aurora* befleckte oder *Dr. Marlins* durchsichtige Blusenspitze beschmutzte? Tigrán verstaute den geknebelten, lappengepolsterten und klebebandgewürgten Bruder in der Gepäckablage des Abteils. Für die Mädchen im Schlafsack hatte er eine eigene Liege gebucht: Schlafwagen erster Klasse, Schnellzug 95 nach Zap.

Er würde das neue Jahr bei seinem Bruder begrüßen. Eine Nacht musste für den leidigen Abschiedsbesuch genügen, den er sich auch hätte sparen können, wäre da nicht die Notwendigkeit, seine zwei besten Bilder an einem sicheren Ort fern von Moskau zu deponieren. *Dr. Hades* würde er Arifón großzügigerweise zum Abschied schenken.

Doch Zap war nur ein Zwischenstopp auf Tigráns Reise. Auf der jungfräulichen ersten Seite des neuen Jahres, den leeren Schlafsack als einziges Gepäck, würde er anschließend den Schnellzug 55 nehmen. Zap–Jerewan. Er konnte unmöglich für immer auswandern, ohne Armenien mit einem Besuch zu beehren, jene ursprüngliche Heimat, die er noch nie gesehen hatte.

*

Dr. Chef öffnete persönlich die Tür. Die Zärtlichkeit der Brüder entlud sich in einem minutenlangen Ringkampf. Unter gegenseitigen Tritten und Püffen betraten die Männer das *Winona* und beschimpften einander dabei mit schlimmen Wörtern. Aus reiner Künstlergewohnheit ließ Tigrán die Eingangstür einen Spalt weit offen. Entgegen seiner Chefmanier vergaß Arifón zu kontrollieren – er war ziemlich high.

»Ich, in Hühnerfedern und Teer? Träum ich, Bruder, oder meinst du das ernst als Abschiedsgeschenk?«

»Ich hätte das Bild für tausend Dollar verkaufen können, aber ich bringe es dir. Behalt es, es ist eine gute Investition.«

»Du hättest ein normales Bild malen können, das mein gutes Aussehen unterstreicht! Aber du bist nie ein richtiger Maler gewesen, hast nie auf deinen großen Bruder gehört. Hättest du normale Bilder gemalt, würde man dich nicht rausschmeißen aus der UdSSR.«

»Denk, was du willst. Du kannst dein Porträt auch auf den Müll werfen. Aber diese beiden Bilder hier sind wichtig, hüte sie wie deinen Augapfel.« Tigrán zog den Reißverschluss des Schlafsacks auf, löste die Dutzenden Klebebandmeter, wickelte einen Hektar Lappen ab.

»*Dr. Marlin*, *Grunzende Aurora*.« Dr. Chef stupste die Gemälde an und verzog das Gesicht. »Wie schon gesagt, hoffnungsloses Geschmiere! Komische Weibsbilder, die eine dick, die andere dürr, darauf kann ich verzichten. Ich kapiere diese blöde moderne Kunst nicht und würde keine lumpige Kopeke dafür bezahlen.«

Selbstverständlich erinnerten die von Tigrán interpretierten Frauen Arifón weder an seine einstige leckere Lende noch an die verrückte Moskauerin, die er vor einigen Jahren im Zug kennengelernt und gleich darauf wieder vergessen hatte.

»Und diesen Schund soll ich in meinem Haus aufheben?«

»Ja, und zwar, bis ich dich bitte, mir die Bilder auf sicherem Weg zukommen zu lassen. Tu es für all meine unbezahlten Mühen mit deinen scheußlichen Schätzen.«

»Unbezahlt, das wolltest du selbst! Hättest einen guten Schnitt machen können.«

Tigrán vermummte die Damen wieder. Nikolai und Petro trugen die Bilder nach oben. Arifóns Porträt vergaßen sie zwischen Pelzmänteln und Stiefeln im Flur.

»Und bitte behandle die Mädchen besser als deine Patientinnen«, fügte Tigrán hinzu. »Lass die Finger von ihnen, bis ich sie brauche.«

»Da du von meinen Patientinnen sprichst – ich habe da etwas, auf das ich sehr stolz bin. Komm runter, Schätzchen!«, rief Arifón voller Genugtuung.

Langsam stieg Rita die zum Schlafzimmer führende Treppe herab, in arithmetischer Balance zwischen Modenschau und Aalgleiten. Ihre tägliche Arzneidosis hatte soeben zu wirken begonnen.

»Sieht sie etwa aus wie schlecht behandelt? Mein Star der Passionsfrucht, meine *G-Spot*-Siegerin!« Dr. Chef kraulte Ritas Nacken, und ihr glänzender, kastanienbrauner Pferdeschwanz fing Feuerglut an den Wurzeln. »Diese junge Frau wird sicher auf irgendeine Weise missbraucht«, dachte Tigrán. Er machte sich keine Illusionen über den Bruder. »Trotzdem scheint sie einverstanden zu sein mit ihrem Los … als besäße sie ein düsteres Geheimnis, das sie zufriedenstellt. Doppelt verdichteter Mond, Licht in Ketten gelegt, schwarze Trauben, bald zu Rosinen verdorrt. Mit Sicherheit nicht im Besitz von Dr. Hades, sondern von ihm geborgt.«

Chromatische Unterwasserwallungen machten Tigráns Finger gierig nach seinen Ölkreiden.

»Rita, das ist mein Neujahrsgeschenk für dich: ein echtes Porträt aus der Hand eines Malers, den viele Schwachköpfe in Moskau für begabt halten.« Dr. Chef zeigte auf seinen Bruder. »Und dir gebe ich die letztmalige Chance, etwas Vernünftiges zu malen. Wenn diese Frau ein schlechtes Modell ist, kannst du mich auf der Stelle umbringen. Mein treu ergebener Nikolai wird sie vor deinen lüsternen Gedanken beschützen. Wage nicht, sie auch nur unzüchtig anzusehen.«

Er musste Tigrán nicht zweimal fragen. Ausnahmsweise einmal stimmte der Maler seinem Bruder voll und ganz zu. Mit *Rosinen-Cora*, wie er das dritte und letzte Porträt seiner *Déesses Soviétiques* nennen würde, würde er endlich etwas Exzellentes erschaffen, wenngleich sich seine Idee von Exzellenz von der seines Bruder unterschied wie Kalk von Käse. Diese Muse würde ihn in bislang unerreichte Höhen tragen. Die Zeit drängte, er hatte nur eine Nacht.

*

Für den Silvesterabend hatte Dr. Chef Rita angewiesen, sich mit äußerster Sorgfalt zu kleiden. Er hatte Nikolai zum Schwarzmarkthändler geschickt, der für die textilen Bedürfnisse des *Winona* sorgte. Nikolai kam mit jeder Menge neuer Ware zurück, geschmuggelt und importiert. Rita musste anprobieren und auswählen, und sie musste auch einige Stücke behalten, die ihr nicht gefielen: eine ordinäre Bluse, schlampige Hotpants. Doch Nikolai ließ nicht mit sich reden, und Rita musste diese Sachen auch tragen: zum Friseurtermin und zur Kosmetik. Beide Male nahm der schwarze Dienstwolga den Umweg über die Brache hinter der Plattenbausiedlung.

Auf dem Etikett des blauen Wickelkleids, dass Rita für den Silvesterabend ausgewählt hatte, stand *Verlorene Tochter*. Der Name gefiel ihr, er markierte ihren asozialen Status, der sie auf bedrückende Weise stolz machte. Das Kleid, so hatte der Händler erklärt, stammte von einer neuen amerikanischen Marke namens *Marzipanja*. Rita wusste nicht, wie ihre Mutter von ihrem neuen Mann genannt wurde. Genauso wenig traute sie ihrer Mutter zu, dass diese Kleider entwarf. Sie ahnte auch nicht, dass das Kleid ihrer eigenen, fehlgängerischen Persona gewidmet war. Das letzte Mal, dass sie von ihrer Mutter gehört hatte, war in Form jenes wütenden Telegramms, vor Monaten zugestellt, und sie war erleichtert gewesen von der darauffolgenden Stille.

Selbst wenn Dr. Chef nicht erwähnt hätte, dass sein Bruder Maler war, so hätte das Gesicht des Gastes den Künstler in ihm verraten. In Tigrán bündelte sich all das männlich Wunderbare, das bei den anderen Männern, die Rita kannte, nur in Teilen vorkam. Er war dunkel wie Arifón, aber in ein Halo gütigen Lichts getaucht, nett und schludrig wie Josik, aber in Moskauer Sachen gekleidet. Er besaß Marks geistreiche Hände, aber nicht manikürt, sondern fröhlich gefärbt. Zum Glück erinnerte nichts an Tigrán an Nikolai. Tigráns Karten waren allesamt Trümpfe. Mit diesem Mann würde Rita bis zum Nordpol fliehen, falls er es wünschte.

»Kommt rasch herbei zu Schnaps und Speise, das alte Jahr geht auf die Reise!«, tönte Arifón.

Fünf dralle, stark stachelnde Nadelbäume waren nötig gewesen, um den Neujahrsbaum des *Winona* zu errichten, der die Hälfte des dreißig Quadratmeter großen Raums einnahm, den Dr. Chef »Bankettsaal« nannte. Petro war gerade mit dem Schmücken fertig geworden. Er goss sich Wodka auf die blutenden Hände zum Desinfizieren und hinter die Binde, um sich aufzumuntern.

Ein weiß gedeckter Tisch, hoffnungslos überdimensioniert für die Anzahl der Esser, stand in der Mitte des Zimmers. Rita hatte sich alle Mühe gegeben, die Silvestermenüs ihrer Mutter nachzuahmen, doch ihr kulinarisches Talent war noch bescheidener ausgeprägt als das musikalische. Ihr Stör lag albtraumgeplagt unter der Decke aus Rote Bete, das Rindfleisch ihres Bœuf Stroganoff schmatzte wie Gummistiefel in der Soße, schwarzer und roter Kaviar vermischten sich auf fetten Brotscheiben. Die exklusiven Zutaten für den echten Oliviersalat, wie ihn der russische Adel vor der Revolution gegessen hatte, waren ohne die Beziehungen von Dr. Chef nicht zu bekommen. Jede Hausfrau wäre bei ihrem Anblick vor Freude in Ohnmacht gefallen. Doch unter Ritas Kommando drängten sich das nussbraune Moorhuhn, die Kalbszunge, die Hummer, Kapern, Anchovis und die zwanzig Wachteleier im schlammigen Madeirawein panisch aneinander. Die Servierplatte erinnerte Tigrán an die berüchtigte Planierraupenausstellung, von der er Dr. Marlin zu sich nach Hause getragen hatte.

»Das gefällt mir überhaupt nicht!«, donnerte Dr. Chef. »Ich habe mein geliebtes Weib ins beste Kurhotel Sotschis geschickt und meine vierzehn wunderbaren Kinder allesamt in kaukasische Skigebiete. Ich lasse ein Vermögen springen, um an diesem Feiertag mit dir zusammen zu sein. Ich biete dir eine Bühne, verwöhne dich mit einem Porträt … und du? Jaaa, im Bettgetänzel bist du die Beste, aber was ist mit den weiblichen Pflichten, von denen dich niemand entbunden hat? Du hast mich blamiert, und ich werde dich dafür morgen bestrafen: keine Passionsfruchtisierungs-Arznei, dafür einhundert Rumpfbeugen!«

»Also mir«, erlaubte sich Tigrán zu sagen, »schmeckt alles vorzüglich.«

»Halt den Mund, du brotloser Hakuna Matata! Du würdest einen Eimer Farbe fressen, ohne zu zucken!«

Petro störten niedere Arbeiten nicht, doch für Nikolai war es eine Beleidigung, den verhassten Esaw-Yantz-Bruder bedienen zu müssen. Mit einem verkrampften Grinsen schenkte er Tigrán armenischen Kognak ein. Tigrán tat so, als kenne er Nikolai nicht.

33

Zaps letzter Abend des Jahres 1979 war ein phlegmatischer Weichling, kaum ein Nullgrader. Unter den Stiefeln schmatzte der Schneematsch. Neujahrsbäume, von zappischen Schultern hängend, wateten die Straßen entlang. Trolleybusse furzten durch den Schmodder.

»Chauffeur, kennen Sie die *Villa Winona*?« Alka wandte sich an den ersten freien Fahrer in der Taxischlange am Flughafen.

»Alle kennen das *Winona*!«, lachte der Fahrer. »Sind Sie sicher, dass sie dorthin wollen?«

»So sicher, wie Ihre Frage mit Sicherheit anmaßend ist.«

Dieser weibliche Fahrgast hatte etwas Verstörendes an sich. Der Fahrer beschloss, in der Nähe des *Winona* zu warten, für den Fall, dass die Frau sich geirrt hatte und zurückfahren wollte. Extrageld am Silvesterabend war nicht zu verachten.

Immerhin, Rita hatte nicht übertrieben, als sie das *Winona* fast einen Palast nannte! Es sah sehr amerikanisch aus, wie Papas letztes Haus in Ketchum, nur weiß getüncht.

Alka probierte die Tür, und diese gab unerwartet leicht nach. Sie stellte sich vor, dass es Rita erschrecken und lähmen würde vor Glück, wenn sie sie überraschte.

Sie schlich den dunklen Flur entlang, zu einer Flügeltür am anderen Ende. Von dort hörte sie Gläserklingen, Besteckkratzen und gedämpfte Männerstimmen.

Sie stellte sich auf die Zehenspitzen und spähte durch die Scheibe am oberen Türrand: Jawohl, Rita saß an der Festtafel, in einem schamlos ausgeschnittenen Wickelkleid. Sie war geschminkt und sah überaus modisch aus, sehr ausländisch. Sie war nicht allein. Nicht *einer*, sondern *vier* Männer leisteten ihr Gesellschaft. Zwei davon wirkten wie Arbeiter. Sie waren offenbar die Bedienung, sie füllten Rita und den beiden anderen Männern die Teller und Gläser.

»Nicht schlecht, verhurtes Cousinchen«, dachte Alka.

Die beiden anderen Männer saßen Rita gegenüber, mit dem Rücken zur Tür. Alka konnte lediglich sehen, dass sie groß und dunkel waren. Plötzlich stand einer der Männer auf und lief gemütlich in Richtung Tür. Ihr flüchtiger Blick in sein Gesicht ängstigte Alka, ohne dass sie wusste, warum. Sie machte sich klein. Zum Glück öffnete sich der Türflügel nach außen, sodass sie im Winkel zwischen Ecke und Tür verborgen blieb.

»Ich hätte sie bestrafen sollen, indem ich ihr das Porträt verbiete. Aber ich mag diese Stute zu sehr«, sagte der Mann mit einem armenischen Akzent, der Alkas Blut gefrieren ließ. Sie schlug vor Schreck die Augen zu. Hühnerfedern flatterten unter den Lidern. Der grässliche Arzt, Moskau–Odessa, Schnellzug 95 … Er war jetzt Ritas Geliebter! Deshalb hatte sie in jenem Brief seine Identität nicht enthüllt!

Die Tür blieb offen, und das elektrische Licht aus dem Raum fiel auf die Nische an der Wand gegenüber. Alka öffnete die Augen. Die Hühnerfedern verschwanden nicht, sondern nahmen die Gestalt eines schwarz-weißen Monsters an, dessen Gesicht das von Doktor Esaw-Yantz war. Alka fragte sich, was dieses Bild aus Tigráns Salon in Zap zu suchen hatte. Waren das alles nur Nebenwirkungen der Behandlung, die man ihr im Van Gogh aufgezwungen hatte? Sie schloss die Augen erneut und öffnete sie wieder – diesmal sachlich, nüchtern, entschlossen.

Sie schielte wieder in den Raum. Rita saß da wie eine Puppe. Der zweite Mann stand auf, um sich eine Zigarette anzuzünden. Die pfauenbunten, Flammen entfachenden Finger hätte Alka unter Tausenden wiedererkannt.

»Die Hure! Die Schufte!«, flüsterte sie. »Brüder des Grauens! Doppelt läufiges Nuttenluder!« Die Wochen im Van Gogh hatten sie gelehrt, dass eine Abenteurerin keinen Lärm machen durfte. Wer sein Ziel auf leisen Sohlen verfolgte, erreichte viel mehr.

Sie hatte weder eine doppelläufige Boss-Flinte noch Papas rotes »Kaisergewand« zur Hand. Trotzdem musste sie sich umbringen; sie hörte Papas Befehl laut und deutlich.

Sie fand die Küche. Sie zog ihren Nerzmantel aus und kniete sich vor den Ofen. Sie drehte das Gas auf und steckte ihr Gorgonenhaupt hinein.

»Lebwohl, Papa Ernest! Lebwohl, Mama Mary! Lebwohl, Haifisch Mark! Lebt wohl, armenische Schurken!«

Zum Glück war sie noch nicht bewusslos, als die wahre Erleuchtung über sie kam und sie durchbohrte. Nein, das Schicksal forderte nicht den Freitod von ihr! Das musste sie einsehen, egal, wie sehr sie sich wünschte, es wäre anders! Papa befahl ihr ohne Widerrede, eine Nonne des Wortes zu werden, eine Braut der Philologie und Literatur, die ihm diente. Dafür musste sie zumindest ihr Buch fertigschreiben. Sie zog den Kopf aus dem Ofen. Noch halb benommen, richtete sie sich auf und ging aus der Küche. Vorsichtig schloss sie die Tür hinter sich.

Draußen wartete, wundersam, einladend, das Taxi.

»Zurück zum Flughafen«, sagte Dr. Marlin zum Fahrer. »Sie hatten recht. Es war die falsche Adresse.«

*

Arifón Esaw-Yantz fühlte sich schläfrig. Wahrscheinlich machte sich langsam das Alter bemerkbar. Der Nachmittag voller Spielereien mit Rita rächte sich jetzt, und die Wirkung des weißen Puders war verpufft.

»Ich vertraue dir meinen Star an«, murmelte Dr. Chef. Er trottete zur Tür hinaus und hoch ins Schlafzimmer, taumelnd vor Erschöpfung. »Ich erwarte das beste Porträt der Welt.«

»Worauf wollen wir dich zeichnen, Göttin?« Tigrán steckte sich eine Zigarette an.

»Ich habe eine Idee«, sagte Rita, »aber erst muss Dr. Chef einschlafen.«

Während Dr. Marlin ihren Kopf im Ofen hatte, rannte Rita die Treppe hoch. Und während Arifón auf dem orientalischen Bett in seinen zweiten Traum glitt, befreite Rita die Bettdecke von dem schweren, schwarzen Seidenlaken, das noch nach ihr duftete. Wie ein Komet flog sie zurück in den Bankettsaal.

Tigrán nickte anerkennend. Seide war der am wenigsten geeignete Untergrund für Ölkreiden, doch er vertraute seinen Senneliers sogar auf diesem rutschigen Terrain. Er riss die gerahmte Reproduktion eines Rubens-Stilllebens von der Wand und spannte die Seide darauf.

Er tauchte in die Blautöne der Kreiden, ging bis an die Grenzen dieses mächtigen Reichs, dämpfte die schillernden Töne, zähmte die fluoreszierenden, konterkarierte die camaïösen … bis er zu seiner Überraschung die ideale Farbe erblickte, von der er geträumt hatte. Er fand sie im Wickelkleid seines Models, rund um die schmelzenden Eisberge des Busens: das ultimative, wahrhaftige Blau des Sewansees aus den Erzählungen seiner Mutter. Er konnte es kaum erwarten, bei Anbruch des neuen Jahres den Schnellzug 55 nach Jerewan zu nehmen, um zu sehen, wie sich die Wirklichkeit zu seiner Eingebung verhielt. Er musste diese

Erfahrung machen, bevor er seinen Flug nach Paris antrat, sonst würde ihm auf ewig etwas Wichtiges fehlen.

»Dein Haar gleicht dieser schwarzen Seide. Schneide mir eine Strähne ab!«, befahl der Maler. Rita griff bereitwillig nach der Nagelschere. Mit Holzleim klebte Tigrán das glänzende Büschel auf den teuren Stoff.

»Denkst du, ich seh nicht, wie du sie anglotzt? Noch so ein geiler Blick, und ich ramm dir deine Kreiden in den Arsch!«, schnaubte Nikolai auf seinem Wachposten am Fenster.

»Hunde bellen, doch die Karawane zieht weiter«, erwiderte Tigrán.

»Hund? Hast du gerade Hund gesagt? Du denkst wohl, weil du mit Kreide schmierst, bist du besser als ein einfacher Arbeiter? Und die Frauen, die du flachlegst, sind schöner als meine? Damit du's weißt: Diese Zicke, die du da kritzelst – ich knall sie öfter als Dr. Chef!«

»Komm her, Fickfresse, meine Faust will dich knutschen«, sagte Tigrán ruhig. Die Männer sprangen auf und fingen an, sich zu prügeln, hart und kantig wie eine Kohlezeichnung. Rita versteckte sich in einer Ecke. Sie biss sich auf die Lippen, halb entsetzt, halb entzückt. Wieder wurde ein echter Männerkampf um sie geführt, diesmal zwischen ihrem Maler und ihrem Vergewaltiger.

Die Hiebe der Gegner kollidieren: Kreuzschraffur, Faustring, Knöchelklaps, Paarschraube, Skelett, Lendenknick, Ochsenlöwe, Tigerbär, Menschenbiest … und dann drei Splitterhiebe auf den Schädel, boom, zack, peng!

Die schwere Hülle Nikolais sackt zusammen und regt sich nicht mehr. Die Flasche erstklassigen armenischen Ararats liegt in Scherben. Blutige Fliegenpilze, in Kognak getränkt, wachsen auf dem weißen Teppich. Die entscheidende dritte Kraft der Keilerei, lange missachtet, die zwischen zwei Proletariern tickende

Bombe des Zorns, zwischen dem weißen Clown und dem roten: Petro – der mit dem gütigeren Herzen und der weicheren Faust, zu lange gemobbt, hat sich selbst mit einem Streich erlöst und sich in neue Höhen katapultiert, in ein neues Leben.

»Danke«, sagte Tigrán und stand auf. Er hatte Prellungen, eine blutige Nase, Blut auf dem Pullover, vermutlich einen gebrochenen Finger. Egal. Er sammelte seine verstreuten Ölkreiden ein, glättete die schwarze Seide im Rahmen, wischte einige Linien weicher und nahm das letzte Stück weißer Kreide zur Hand. Ruhig, am unteren rechten Bildrand, in sorglos-smartem Kursiv, signierte er das dritte Bild seines Triptychons: *Rosinen-Cora*.

»Uns bleibt eine Stunde, bis Dr. Chef aufwacht«, sprach Petro mit neuem Selbstvertrauen. »Pack deine Bilder zusammen, solange er breit ist und man ihn in Steaks schneiden kann, ohne dass er es merkt.«

Er zog dem bewusstlosen Nikolai den Schlüssel des schwarzen Dienstwolgas aus der Hose und holte eine Aktentasche mit Zahlenschloss aus Arifóns Arbeitszimmer. Rita zog nur ihren neuen Zobelpelz an. Den Rest ihrer feinen Garderobe ließ sie ohne Bedauern zurück. Das vollendete Werk *Trois Déesses Soviétiques* wurde mit Klebeband umwickelt und im Kofferraum des Wolgas verstaut.

In den ersten Stunden des neuen Jahres rollte der schwarze Dienstwolga allein über die holprige Dammbrücke. Der verschlissene Asphalt brauste unter den schnellen Reifen. Petro flog mehr, als er fuhr; der Wolga schien kosmische Geschwindigkeit zu erreichen. Rita wurde in den Rücksitz gedrückt.

Tigráns Nacken vor ihr strahlte Wärme ab. Dieser tröstliche, sichere Nacken beschirmte sie, wenn auch nur für Minuten, vor ihrer Zukunft, über die sie nicht nachdenken wollte, denn dort warteten die ausgelatschten Schuhe ihres alten Lebens aus zweiter Hand. Ach, würde sich doch der große Künstler zu ihr umdrehen und sie bitten, mit ihm zu gehen, in ein fernes Land! Aber die Helden-von-Stalingrad-Straße lag schon unter den Rädern des Wolgas, und die gähnenden Hauseingänge klagten Rita mit gesichtslosen Vorwürfen an.

»Geh zurück zu deinem Mann«, sagte Petro mit Bestimmtheit. Rita nickte ohne jede Begeisterung.

»Die Bilder brauchen einen guten Platz«, sagte Tigrán zu Petro. »Lass sie hier, bis ich aus Armenien zurück bin.«

Rita warf Tigrán einen traurigen Blick zu. Sie hatte genug Abenteuer erlebt; ihr Tank war leer. Petro brachte sie zur Wohnungstür und schaute wehmütig zur Wohnung gegenüber.

Mit einem miefigen Seufzer öffnete sich die Tür der Winters. Josiks Kinnlade klappte ab, er brach in Tränen aus. Sonka wachte auf, kam barfuß in den Flur gelaufen und fing vor Überraschung auch an zu weinen.

Swetka äugte neugierig aus der Küche, eine Zigarette in der Hand, ehe sie ein verblüfftes Kichern hören ließ. Vor Schreck schnappte Petro nach Luft.

»Petro, alter Lümmel, was machst du denn hier?«

»Swetka!« Petro gewann schnell die Fassung wieder. »Ich bin gekommen, um deine Träume zu erfüllen.«

*

»Frag mich nie nach meinem Leben im *Winona*, und versuch niemals, mit mir zu schlafen«, flüsterte Rita auf dem quietschenden Klappsofa in Josiks Ohr. Ihre Stimmung war schon auf null, genau wie der Spiegel der Passionsfruchtisierungs-Droge in ihrem Blut.

»Das versteht sich von selbst, Ritotschka«, sagte Josik. Er wollte ein Beispiel aus *Anna Karenina* zitieren, doch er stoppte sich rechtzeitig. »Wenn du noch willst, kannst du Sonka auf die Schule mit Englischschwerpunkt schicken«, sagte er stattdessen.

*

»Geschenkt ist geschenkt, Patientin Katz«, sagte die Van-Gogh-Schwester fest. »Dein Vater ist ein hohes Tier, der kauft dir neue Ringe. Diese hübschen da gehören jetzt mir. Die Ärzte haben ständig nach dir gefragt, ich musste ihnen literweise Wodka einflößen, damit sie aufhören. Du denkst wohl, das war leicht, dürres Irrlicht? Wenn du mich weiter so nervst, sag ich dem Arzt, er soll dich wieder zu Papa Clozapin bringen, und danach zu Papa Edison!«

34

Zwei seltsame Brüder

Hat eine Mafia-Fehde die Leben von Dr. Arifón Esaw-Yantz und seinem Chaffeur Nikolai Gownik am Silvesterabend beendet? Interpol ist sich nicht sicher und wird es vermutlich nie sein, denn die Todesfälle ereigneten sich nicht nur in der Sowjetunion, sondern in Zaporoschje, einer ukrainischen Stadt. Die uns vorliegenden Informationen werfen ein faszinierendes Schlaglicht auf das Leben und die Verbrechen in der sowjetischen Provinz, verborgen nicht nur vor der Außenwelt, sondern auch vor den Menschen in Moskau. Denn Dr. Esaw-Yantz, ein bekannter Frauenarzt, war gleichzeitig der Kopf eines Schmugglerrings, der kosakische Antiquitäten illegal in den Westen verkaufte und damit reich wurde. Hinzu kommt, dass sein Bruder, der bekannte Maler und Regimekritiker Tigrán Esaw-Yantz, vermisst wird.

Die Todesumstände der Opfer sind unklar. Forensische Spezialisten vor Ort mussten die verbrannten Überreste anhand von Zahnarztakten identifizieren. Die Toten wurden im Haus des Arztes entdeckt. Die sogenannte *Villa Winona* ist in Wahrheit eine Blockhütte aus dem Sears-Katalog, importiert in den 1930ern als Unterkunft für den amerikanischen Ingenieur Hugh Winter, der den Dnjepr-Staudamm geplant und erbaut hat. Das Gebäude ist offenbar explodiert. Die Leiche von Nikolai Gownik wurde in der Küche gefunden. Vermutlich wollte er sich dort eine Zigarette anzünden. Die Stärke der Explosion spricht dafür, dass das Gas schon viele Stunden zuvor aufgedreht wurde, entweder absichtlich oder zufällig. Zahlreiche Kognakflaschen, die man in den Trümmern fand, deuten darauf hin, dass die Opfer zu betrunken waren, um die Gefahr zu riechen.

Die Geschichte gibt noch mehr Rätsel auf. Einige Wochen später erschien der Bruder von Esaw-Yantz, Tigrán, nicht wie geplant für seinen Flug nach Paris. Der Maler, von den sowjetischen Behörden aufgefordert, das Land zu verlassen, war laut seinen Moskauer Freunden nach Zaporoschje gereist, um mit seinem Bruder den Silvesterabend zu verbringen. Doch hat man keinerlei Spuren von seiner Leiche gefunden. Tigrán Esaw-Yantz ist bekannt für seinen schöpferisch-revolutionären Stil. Er verwendet Mischtechniken auf geformten Leinwänden, manche an Drähte gehängt. Westliche Sammler seiner Kunst sind bestürzt, weil der Künstler sein berühmtestes Werk bei sich hatte, das Diptychon *Dr. Marlin* und *Grunzende Aurora*, zuletzt gezeigt anlässlich seiner Abschiedsausstellung in einem Moskauer Untergrundsalon.

In Kooperation mit der sowjetischen Polizei, die den Export von Antiquitäten im großen Stil verhindern will, hatte Interpol bereits zu den Esaw-Yantz-Brüdern recherchiert. Allerdings begegneten ihnen die Sowjets nach den Todesfällen und dem Verschwinden mit dem üblichen hartnäckigen Schweigen. Ein Ermittler von Interpol teilte uns mit: »Es war, als ob diese Menschen nie existiert hätten. Man hat sie sozusagen aus dem Bild retuschiert.«

The Daily Mail, 25. Januar 1980

*

Othello auf den Kopf gestellt

Interpol schätzt, dass der berüchtigte sowjetische Frauenarzt und Schmuggler Dr. Arifón Esaw-Yantz archäologische Fundstücke im Wert von fünfzig Millionen Dollar außer Landes gebracht hat. Doch seine kriminellen Machenschaften beschränkten sich nicht auf den illegalen Export von Antiquitäten. In dem Mann steckten noch deutlich mehr Ehrgeiz und Einfallsreichtum. Er war in die Herstellung und den Vertrieb von illegalen Drogen verwickelt. Drogen sind nichts Ungewöhnliches in der Sowjetunion, auch wenn sich die offizielle Informationspolitik darüber ausschweigt. Doch die Bürger der Sowjetunion haben, wie jedes Volk, durchaus Freude an einem saftigen Skandal. Drogen in Verbindung mit Sex und Mord sind dort ebenso unwiderstehlich wie im Westen, und der mysteriöse Fall des Dr. Arifón Esaw-Yantz bietet von allen drei reichlich.

1976 startete der in seiner Heimatstadt Zaporoschje, kurz Zap, als »Dr. Chef« bekannte Mediziner etwas, das sich mit »Passionsfruchtprogramm« übersetzen lässt – vorgeblich mit dem Ziel, das Sexleben von Frauen zu verbessern. Bei näherer Betrachtung entpuppte sich das Programm jedoch als offener sexueller Missbrauch. Frauen wurden aufgefordert, sich einem »Testeingriff« zu unterziehen, während dessen ihnen ein starker Cocktail aus Kokainderivaten und Schlafmitteln verabreicht wurde. Der Doktor hatte sodann Sex mit den Patientinnen und bewertete sie. Die Frauen mit den höchsten Punktzahlen erhielten die potente Drogenmischung regelmäßig. Sie wurden erpresst, bestochen und manipuliert, bis sie einwilligten, Konkubinen zu werden. In der Folge bestach Dr. Esaw-Yantz ukrainische Funktionäre, indem er ihnen diese Frauen zuführte. Einer von ihnen war der Leiter der Gesundheitsbehörde für den gesamten Bezirk Zap. Eine betroffene Frau, die Bibliothekarin mit den Initialen R. W., behielt der Doktor für sich. R. W. hat ausgesagt, dass er regelmäßige und demütigende Sex-Experimente mit ihr durchführte. Weshalb sie bei ihm blieb? Angst, Geld, Sucht. In der Neujahrsnacht konnte sie fliehen, in jener Nacht, in der Esaw-Yantz bei einer Gasexplosion in seinem Haus umkam.

Selbst in einem Land, das für die brutale Behandlung von Regimegegnern und grassierende Korruption in höchsten Kreisen bekannt ist, hat es so etwas noch nicht gegeben. Anfang Februar wurde der oberste Gesundheitsfunktionär des Bezirkes Zap ermordet in seinem Landhaus gefunden. Die Umstände sind unklar. Der Mann wurde mit dem Trageriemen eines Stoffbeutels erwürgt. Sein Chauffeur sagte aus, dass eine junge Frau, die er als schwarze Zigeunerin beschrieb, im Keller der Datscha gefangen gehalten wurde. Seit dem Mord ist sie spurlos verschwunden.

Sunday Mirror, 3. Februar 1980

*

Papa hätte gelacht

Nur wenig dringt durch die Mauern von sowjetischen Irrenanstalten, in denen Regimegegner gefangen gehalten und unter Drogen gesetzt werden, anstatt dass man sie in den Hinterkopf schießt oder nach Sibirien schickt. Doch ebenso wie eine Zigarre manchmal nur eine Zigarre ist, gelangen ab und an auch wahre Verrückte in diese Kliniken. Und hin und wieder hört man draußen von ihnen.

A. K. ist die Cousine der Frau, die von Dr. Esaw-Yantz versklavt und in seiner ukrainischen Villa in der schmutzigen Industriestadt Zap gefangen gehalten wurde. A. K. behauptet, Dr. Esaw-Yantz und dessen Bruder, einen bekannten Maler und Dissidenten, der sie angeblich zuvor in Moskau vergewaltigt hatte, ermordet zu haben. Sie sagt, sie sei am Silvesterabend nach Zap geflogen und habe in der Küche des Doktors das Gas aufgedreht.

Die Passagierlisten der Flughäfen von Moskau und Zap scheinen, wie zu Silvester in der Sowjetunion häufig der Fall, lückenhaft geführt worden zu sein. Laut den Flugbegleitern hatten keine Passagiere Ähnlichkeit mit A. K. Allerdings räumen die Begleiter auch ein, sie seien möglicherweise nicht vollkommen nüchtern gewesen. Das Trinken im Dienst rund um den Jahreswechsel ist ein in der sowjetischen Gesellschaft weithin verbreitetes und geduldetes Vergehen. Die Ärzte und Pfleger der Van-Gogh-Klinik sagen aus, dass A. K. die Station zu keinem Zeitpunkt verlassen hat. Aber auch hier kann Trunkenheit nicht ausgeschlossen werden.

Bei A. K. wurde eine schwere wahnhafte Störung diagnostiziert. Sie hält sich für eine brillante Schriftstellerin und Literaturwissenschaftlerin sowie für die Tochter von Ernest und Mary Hemingway. In den Unterlagen der Ex-Doktorandin wurde ein Brief an Mary Hemingway gefunden, in dem A. K. darlegt, sie sei während Marys Eileiterschwangerschaft, die von der CIA ausgelöst wurde, aus dem Eileiter entnommen und in die Gebärmutter der Doppelagentin L. K., A. K.s Mutter, verpflanzt worden. Der Brief wurde nicht abgeschickt. Offenbar war es A. K. nicht gelungen, Mary Hemingways aktuelle Anschrift ausfindig zu machen.

Zu guter Letzt behauptet A. K., sie unterhalte eine Liebesbeziehung mit einem aufstrebenden Literaturstar, dem in den USA lebenden russischen Autor Mark Knoblauch. Sie glaubt, dass Knoblauch Hemingways Sohn ist, gezeugt mit einer anderen Frau, was die beiden zu Halbgeschwistern mache.

Mister Knoblauch leugnet jegliche Kenntnis dieser Verbindung. Er sei A. K. lediglich einmal begegnet, auf einer Familienfeier am Silvesterabend vor ein paar Jahren, und habe danach keinen Kontakt mehr zu ihr gehabt. Nichtsdestotrotz zeigte A. K. unserem Moskauer Korrespondenten einen zweifellos von Herrn Knoblauch verfassten und mit echter Briefmarke des US Postal Service frankierten Brief. Er beginnt mit den Worten: »Meine liebe Marlin, wenn du Nabokovs *Ada* liest, wirst du erkennen, dass es kein Hindernis für unser Zusammensein gibt. Ich komme nach Moskau, sobald ich kann.« Dies erklärt A. K.s jüngsten Fluchtversuch aus der Van-Gogh-Klinik. Sie bestach dafür eine Pflegerin mit einer Auswahl begehrter und schwer erhältlicher Delikatessen, darunter roter und schwarzer Belugakaviar, Kapern, Anchovis und Champagner. Die Pflegerin meldete die Flucht, und die Ausreißerin wurde beim Verlassen der Klinik durch einen Notausgang gestellt.

The New York Post, 9. April 1980

*

Ein passioniertes Begräbnis

Westeuropäische und amerikanische Zeitungen haben unseren berühmten Doktor Arifón Esaw-Yantz, Chefarzt für Geburtshilfe und Frauenheilkunde, schamlos verleumdet. Schmuggler, Rauschgiftsüchtiger, Konkubinenhändler – wir in Zap verurteilen diese absurden Anschuldigungen!

Jene westlichen Journalisten hätten das leidenschaftliche Begräbnis sehen sollen, das auf dem »Krautfriedhof« stattfand und dem zwanzigtausend Menschen beiwohnten, die meisten von ihnen dankbare Patientinnen.

Trauernde Frauen trugen den Sarg des geliebten Arztes, der nicht nur ihre Krankheiten und Beschwerden heilte, sondern auch ihrem Privatleben mit seiner Passionsfruchtisierungs-Methode neue Würze verlieh. Eine allseits bekannte, am Bahnhof von Zap tätige Tscheburek-Verkäuferin mit dem Spitznamen »Lispelfurie« brachte es auf den Punkt, wie es Frauen mit Bildung nicht wagten. Sie warf sich auf den Sarg und schluchzte hemmungslos: »Doktor Fef, lieber, guter Doktor Fef! Dank ihm hab ich wieder die Fauer gefpürt!«

Zap Anzeiger, 7. März 1980

IV

Süß und salzig

1

6. Juli 1985

Nauset Beach, Massachusetts

Verfluchter Josik,

dass Du Dich seit fünf Jahren nicht muckst, ist unfassbar. Ich muss zugeben, dass mir Deine verrückten Briefe fehlen, die jedes westliche Lexikon schmücken könnten, weil sie das Stichwort »sowjetische Propaganda« mit Leben erfüllen. Hat man Dir das Gehirn derartig gewaschen, dass Du nun Angst hast, mir zu schreiben? Oder hast Du – endlich einmal – etwas Normales, Logisches, Wahrhaftiges zu Papier gebracht, und die Briefe wurden von der Zensur konfisziert? Oder hast Du endlich einmal ein Schimpfwort benutzt oder eine Sexszene beschrieben?
Josik, warum zum Teufel bist Du nicht da, um mit mir um meinen Vater zu trauern? Du trauerst ja sicher auch um Deine Schwiegermutter, während Du selbst, Feigling, den ich angebettelt hatte, mein Geschäft zu übernehmen, noch am Leben bist! Die Schuld an alldem liegt bei mir. Ich hatte vergessen, Vater zu sagen, dass er den Oberstaatsanwalt und seine mörderische Clique nicht verärgern darf. Neue Einwanderer aus Odessa haben die schreckliche Geschichte an ihren Rockschößen mitgebracht – nichts davon hat je in einer Zeitung gestanden.
Doch die Show geht weiter, Josik, und Du darfst mich eine Berühmtheit nennen. Hast Du von meinem Bestseller gehört? Brodsky sei

Dank, ich küsse ihm die Füße, jawohl! Mein Dr. Marlin *hat Aufsehen erregt.* The New Yorker *(das schickste Magazin in Amerika, falls Du es nicht weißt) hat mich interviewt und in voller Schönheit abgelichtet.*

Übrigens: Hast Du meinen One-Night-Stand Swetka in Eurem Perestroika-Film Body Hydraulic *gesehen, den wir hier auf Video haben? Gütiger Himmel, was für eine Figur, auch jenseits der fünfunddreißig! Und Du weißt ja, ich war derjenige, der sie zum Schauspielern animiert hat. Sie schuldet mir eine Second-Night-Standing-Ovation. Nicht, dass ich das gerade nötig hätte. Mit einem Mal gehören mir sämtliche sexy Frauen der Stadt. Nicht nur die russische Diaspora, sondern auch die einheimische Weiblichkeit in allen Schattierungen. Ein Regenbogen von Creme bis Schwarz – und was für ein Temperament, ein richtiger Jagdgalopp!*
Die verrückte Alka aus Moskau schreibt mir noch immer haufenweise Briefe über ihre eingebildeten Abenteuer. Sie hat hier Furore gemacht! Sie hat behauptet, das Haus jenes kriminellen Arztes aus Zap, auf dessen Story sich die amerikanische Presse gestürzt hat, niedergebrannt zu haben. Mir tut es ein bisschen leid, dass ich sie so verarscht habe. Betrachte ich neben meinem schlechten Gewissen jedoch die knisternden Dollars, die mir Dr. Marlin *einbringt, so habe ich Alka viel zu verdanken. Ich könnte es mir sogar leisten, eine ganze Hütte an der Aspinet Road in East Orleans zu mieten, mit Meerblick.*

Dein reicher, berühmter Mark

2

6. Juni 1980

Die Dammschleusen flussabwärts wurden für ein riesiges Lastschiff geöffnet. Der Dnjepr nahm das Aussehen eines sturmgepeitschten Ozeans an, mit Wellen, die wie eine Herde wild gewordener Bullen rannten, doppelt so schnell wie der Schnellzug 95. Die grelle Junisonne stand im Zenith. Die kahle Platte des Vielfraßfelsens in der Flussmitte war kaum zu sehen.

Der Strand war sonntagslaut, der Sandstreifen dicht mit Decken befleckt. Familie Winter ließ ihre Gurken- und Tomaten-Brote im Schatten einer weitschweifigen Weide zurück und fand ein freies Plätzchen im Sand, um sich zu sonnen. Man hatte saure Sahne dabei, um den unvermeidlichen Sonnenbrand zu behandeln. Sonka presste ihren Bauch auf ihre alte, dünn gewordene Babydecke, rosa mit weißen Enten. Rita und Josik ließen sich auf einem größeren, raueren Bettlaken nieder. Rita lag teilnahmslos auf dem Rücken und blickte durch eine italienische Butterfly-Sonnenbrille, Zeugnis ihrer kostpieligen *Winona*-Zeit, in den Himmel. Neben ihr stützte sich Josik auf seinen linken Ellbogen. Er hob die rechte Hand, wie um Ritas Bikiniverschluss zu berühren. Seine Finger flatterten in luftiger Liebkosung, wagten aber nicht zu landen.

»Ihr seid heute ein wahrer Iwan der Schreckliche«, sprach Josik zum Fluss. »Dabei solltet Ihr Alexander Sergejewitsch Puschkin die Ehre erweisen. Heute ist sein hunderteinundachzigster Geburtstag.«

Seit ihrer Rückkehr aus der Dickens-Klinik, wo sie eine Entziehungskur gemacht hatte, war Rita sehr still. Josik umwarb sie behutsam, und er hielt sein Versprechen. Das war nicht schwierig; er war viel zu beschäftigt damit, der Literatur und der Schule zu dienen.

Sonka begann, ein tiefes Loch zu graben. Sie grub in einiger Entfernung vom Ufer, um das Grundwasser zu erreichen, das sie mit einer feuchten Sandburg flankieren wollte. Ihr erstes Schuljahr war vorbei, und sie war nun zweifach verliebt, in Simon und in die englische Sprache. Natürlich hatte Simon nur Augen für Lilka.

Alle Welt wunderte sich, weshalb Simon und Lilka auf Zaps Englischschule gingen. Die Schulleiterin trug den Lehrern auf, diese störrischen Proletarierkinder, deren Eltern weder Funktionäre des regionalen Parteikomitees noch leitende Angestellte von Kaufhäusern waren, zu dulden. Kein Mensch hätte sich träumen lassen, dass die beste Schule der Stadt eine Bestechung für jene Frauen war, die bei der Passionsfruchtisierung Bestwerte erzielt hatten und seitdem die Geliebten von hohen Funktionären waren. Der neue Direktor des Gesundheitsamtes hatte ein Verhältnis mit der Mutter von Simon, der Näherin, der Direktor des Altersheims mit Lilkas Mutter, der Draisinenfahrerin. Um den hohen Funktionären zu schmeicheln, hatte Arifón Esaw-Yantz seine Testergebisse derart frisiert, dass diese Frauen die meisten Punkte vorweisen konnten. Doch die wahre Siegerin war immer noch Rita.

Die ersten englischen Wörter, die Sonka lernte, fühlten sich gewichtig und glatt an, wie Murmeln. Jedes einzelne Wort war ein Schatz: *cat*, *dog*, *fountain pen*. Das lateinische Alphabet war überaus elegant. Sonka genoss ihr Privileg, sie war jetzt anders, jemand Besonderes. Bald schon fühlte sie sich allmächtig, denn sie konnte nahezu alles benennen, was sie erblickte. Sie konnte ihre Murmeln mittels fairer Regeln miteinander verbinden und beobachten, wie sich *to be* gleich einer Regenbogenfarbe in *is* oder *are* wandelte, je nachdem, wie viele *roses*, *noses* oder *boys* sie zu erwähnen wünschte. Doch dann wollte Sonka ihre Gedanken ausdrücken, und die simpelste Syntax ließ sie im Stich.

Der Sand wurde feucht, das Wasser war nicht mehr weit. Sonka baute eine Sandburg für Simon, sie schaufelte, bis ihre Hand auf einen Stein traf. Der Stein war recht groß, so groß wie ein Pferdekopf. Er sah zerkratzt aus. Sonka schaute genauer hin und sah, dass der Stein mit Schrift bedeckt war, so ähnlich wie Keilschrift. Doch dann erkannte ihr Papa, dass es zweihundert Jahre altes Kyrillisch war.

Mit einiger Mühe lasen Sonka und Papa gemeinsam:

Wer diesen Schatz findet, ist eine Schweineschnauze, ein Stutenarsch, ein ungetaufter Hund, eine Schlangengeburt, ein Krampf in meinem Schwanz … Was der Teufel scheißt, musst Du fressen! Rühr diesen Schatz an, und Deine Eier sollen platzen, und Deine Mutter soll im Arsch sein! Dafür küss meinen Kosakenarsch.

Entgegen seiner Gewohnheit, bei unanständigen Wörtern rot zu werden, wedelte Papa aufgeregt mit den Händen. »Das ist ein alter Kosakenfluch, er bewacht einen Schatz! Da muss etwas drunter sein!«

Unter dem Stein fanden sie ein halb verrottetes Tuch. Sonka wagte nicht, es zu berühren, also musste Papa übernehmen. Es schien sich um eine bestickte Schärpe zu handeln. Papa faltete sie vorsichtig auf. Zwischen den alten Fäden verbarg sich ein winziger Ring.

Papa rang nach Luft. Er wischte den Ring an seiner Handfläche ab. Ein scheuer Türkis öffnete sein schläfriges Auge. Der Ring entsprach voll und ganz der bekannten Beschreibung, die Fassung stimmte ebenso wie die kleinen Initialen D. W. für Darja Woronzowa, Puschkins Zarin des Herzens zu jener Zeit.

Papas schmaler Leib bebte, dann schlotterte er. Eine Träne entschlüpfte seinem Augenwinkel und wurde vom Wind in einem Bogen bis vor zur Nasenspitze geblasen. Papa steckte sich den Ring fest an den kleinen Finger. Er passte, als wäre er damit geboren worden.

»Alexander Sergejewitsch Puschkin!«, rief Papa und schaute hoch zur Sonne. »Du hast ihn für mich hinterlassen! Ich wusste es! Ich wusste, ich darf dieses unwirtliche Land nicht verlassen, diese ermüdende Arbeit! Jetzt bin ich für all meine Mühen entschädigt. Ich habe wiederbekommen, was mir am teuersten war: meine Rita. Und nun habe ich dich. Doch ich weiß auch, was du von mir forderst! Ich muss mich deines Geschenkes würdig erweisen.«

Er zog seine Badehose hoch und schlug sich auf die Hüften. »Vielfraßfels, ich will auf deiner kahlen Krone stehen, vor den blauen Wassern des Dnjepr, und mit den Händen nach der Sonne greifen.«

Er tippte Rita sanft auf die Schulter. »Ritotschka, ich gehe schwimmen.«

»Sei vorsichtig, der Fluss ist gemein«, murmelte sie und starrte dabei in die Sonne. Dann gab sie dem Schlummer nach, den die Hitze ihr schickte.

Sonka wartete am Ufer auf Papa und verlor rasch das Gefühl für die Zeit. Ein Traum fesselte sie. Sie war mit ihrer Prinzessinnenpuppe zu Puschkins Zeiten auf einem Ball, genau wie es Papa so gern erzählte. Die Puppe und Sonka walzerten durch den Saal und sprachen Englisch. Schöne Herren machten ihnen den Hof, und sie machten Wirbelwinde mit ihren Pfauenfächern.

*

Rita und Sonka erwachten mit Sonnenbrand. Josik war noch nicht zurück. Sie sprangen auf. Sie brauchten eine halbe Stunde, um eine Telefonzelle zu finden. Ein Tauchertrupp wurde gerufen und mühte sich redlich beim Durchharken des Dnjepr. Nach einer Woche versuchten sie es noch einmal.

Nach einem Monat nahm Rita ihren Mut zusammen und meldete ein R-Gespräch nach Israel an. Sie hörte Großmutter Sheilas jähes Zischen und Wimmern. Es war schwierig, zu trauern und dabei die Kosten des R-Gesprächs nicht zu vergessen. Es war die Pflicht einer Gattin, auf ihren Mann aufzupassen. Die Schuld klebte auf ewig an Ritas Händen. Nein, nach Zap würde Sheila nicht kommen: Solange man Josik nicht fand, war er für sie auch nicht tot.

Großmutter Sheila hatte im Moment viel um die Ohren. Fatalerweise hatte sie nicht gewusst, dass jüdische Frauen in Israel so schwarz sein konnten wie Pech. Sie hatte mehrere Herzinfarkte simuliert, und trotzdem hatte Wowik eine äthiopische Jüdin geheiratet. In einigen Tagen würde diese Frau Mulattenzwillinge gebären.

*

»Ein doppeltes Unglück: Josik ein winziges in den Augen der Welt, doch für mich riesengroß. Und dieses hier ist winzig für mich und groß für die Welt: In Indien ist ein Zug entgleist, sieben Waggons sind in den Abgrund gestürzt, achthundert Tote.« Ihren ersten mehrteiligen Satz gab Rita an Josiks erstem Todestag von sich. Sie hatte in letzter Zeit ihre Abende nach der Arbeit damit verbracht, in alten Zeitungen nach Weltkatastrophen zu suchen. Sie schnitt die Berichte aus und klebte sie in ein Notizbuch.

Ihre Kolleginnen in der Bibliothek gaben ihr den Spitznamen »Doppelwitwe, Kopf und Zahl« und informierten die Nutzer über

Ritas Lage. Es kam oft vor, dass die Nutzer von einer anderen Bibliothekarin bedient werden wollten. In ehrbaren Zap-Kreisen war Ritas Ruf hoffnungslos ruiniert. In ihrem Wohngebiet konnte sie nicht einmal mehr zum Bäcker gehen.

*

Rita gab ihr Bestes, um Onkel Nathan in Würde zu empfangen. Sie hatte die Wohnung nahezu sauber geputzt, und doch flatterten in den zugigen Zimmern noch Spinnwebensegel. Rita machte eine Menge Oliviersalat. Sie zerkochte die Kartoffeln und vergaß die wichtigsten Zutaten: saure Gurken und Erbsen. Ihre Haare waren wirr und rochen nach Zoo.

Onkel Nathan bemerkte Sonkas schmuddlige Kleidung. Das Kind trug sie wohl seit mindestens einer Woche. Am zweiten Tag seines Besuchs kaufte er drei Fahrkarten nach Moskau. Seit die vielen Versuche, Alka wieder an ihr Zuhause zu gewöhnen, missglückt waren und die Van-Gogh-Klinik für psychisch Kranke ihr lebenslanges Heim werden musste, brauchte die Familie kein Dienstmädchen mehr. Somit standen zwei der fünf Zimmer leer. Es wäre leicht, für Rita in einer Moskauer Bibliothek Arbeit zu finden.

Tante Ljuba staunte, dass ein so großes Mädchen seine alte Lumpenpuppe nicht hergeben wollte. Doch sie war klug genug, nicht darauf zu drängen. Stattdessen flickte sie die ältliche Prinzessin, so gut sie konnte. Die Puppe wurde ein richtiger Bühnenstar, sie trug ein gewagtes Kleid aus Alkas alten Levi's mit Schlag und Tante Ljubas Spitzennachthemd.

Tante Ljuba ließ das unbenutzte Klavier im Wohnzimmer stimmen. Eine alte Pianistin kam zweimal pro Woche, um Sonka zu unterrichten. Das Mädchen war freudig überrascht: Tschaikowskis *Kinderalbum* hörte mit der *Beerdigung der Puppe* nicht auf. Es folgten *Walzer*, *Mazurka* und *Die neue Puppe*.

3

April 1989

Werter Mark Knoblauch,

mein Name ist Nathan Katz, ich leite die Moskauer Fabrik für Schuhcreme. Wir kennen einander nur indirekt. Ich bin der Vater von Alla, die Sie am Silvesterabend 1976 in Zap kennengelernt haben. Meine Schwester Manja hat damals vergeblich versucht, Sie mit Alka zusammenzubringen. Mir ist klar, wie ungebührlich es von mir ist, Ihre knappe Zeit während Ihres Aufenthaltes in Moskau in Anspruch nehmen zu wollen. Aber meine Tochter ist schon sehr lange krank, und ein Teil ihrer Krankheit hat mit Ihnen zu tun, auf eine Art, die ich kaum glauben kann. Sie sagt immer wieder, Sie hätten ihr einen Heiratsantrag gemacht. Ich habe zudem Ihren Bestseller Dr. Marlin *gelesen und konnte nicht umhin, in der Protagonistin meine Tochter zu erkennen, dargestellt mit mehr Spott als Bedauern. Dies ist, selbstredend, Ihre Sache als Schriftsteller. Aber als Mann von Würde sollten Sie meiner Meinung nach Ihr Versprechen einlösen, damit Alka Frieden findet. Ich habe keine Ahnung, wie Sie es bewerkstelligen werden, aber das Leid meiner Tochter muss ein Ende haben. Meine Nichte Rita, die Sie auch aus Zap kennen, hat sich bereit erklärt, Sie zur Klinik zu begleiten.*

*

»Geh in den nächsten Schmuckladen und kauf zwei Ringe, die wie Eheringe aussehen, für zehn Piepen das Stück«, instruierte Mark seine derzeitige Freundin Heather von der NYU, eine attraktive Slawistik-Doktorandin Ende zwanzig. Er hatte sie für sein triumphales Comeback in Moskau aus New York mitgebracht. Für sie war es die langersehnte erstmalige Exkursion in das Land ihrer Studien, voller romantischer Spannung. Im Spiegel der Frisierkommode tat Heather, als betrachte sie eine weiße Emailleverzierung oben am Bettpfosten. Gleich darunter sah sie Marks Kopf mit zerzaustem Morgenhaar, ein paar Ponysträhnen fielen ihm auf die Stirn. Das Hotel Kempinski, mit Blick auf die Moskwa, war frisch renoviert und trotzdem schon hoffnungslos überholt, mit Bädern, die sich danach sehnten, besser geputzt zu werden.

»Und lerne diesen Abschnitt auswendig, wo ich das Lesezeichen hingesteckt habe. Übe, ihn sehr langsam vorzutragen. Als würdest du jemandem vorlesen, dessen Englisch sehr rostig ist.« Aus dem zerknüllten Ameisenhaufen der Laken warf Mark ein dickes Buch. Er verfehlte Heathers Schläfe um Millimeter.

Sie verbarg ihre freudige Aufregung. Sie hatte sich nicht geirrt: Mark Knoblauch war ernsthaft an ihr interessiert. Sein ironisch-subtiles Werben um sie, in Form seines Auftrags, billige Eheringe zu kaufen, und seiner Bitte, die berühmte erotische Stelle aus *Wem die Stunde schlägt* auswendig zu lernen, verschleierte geschickt seine wahren Absichten. Mark Knoblauch war ein toller Mann, groß, mit grauen Schläfen und schönen Händen, mit einem verletzlichen Zug um den Mund, mit hoher Stirn und beißend scharfem Geist. Er war in seinem Element, ein widerstrebender Starautor, der im Ausland lebte und die Verehrung in der alten Heimat mit gespieltem Frohsinn abwehrte, als wäre sie ein übertriebener Preisnachlass in einer teuren Boutique.

Heather saß neben ihm während der Lesung im Haus der Schriftsteller. Die Zuhörer lachten, bis ihnen die Tränen kamen, als Mark die Szene mit seiner Heldin, einer verrückten Philologin, und dem zwielichtigen Frauenarzt im Nachtzug vortrug. Die Zuhörer klatschten sich die Hände blutig und standen eine Stunde lang Schlange, um ein Autogramm zu erhaschen. Heather bemerkte stutenbissige Neidblicke in ihre Richtung.

Für einen Sonntagnachmittag ohne Lesungen und Termine plante Mark irgendeine Familiensache. Er wollte eine ans Krankenbett gefesselte, ihn innig verehrende Cousine besuchen, begleitet von einer anderen Moskauer Fan-Cousine, einer Witwe. Dass sie dabei sein durfte, verstand Heather als Zeichen tiefen Vertrauens, als Beweis wahrer Nähe. Unter Marks harter, sarkastischer Schale verbarg sich eine zarte Puddingfüllung. Mit seinen Akrobatikkünsten im Bett verhielt es sich ebenso.

Auf der Fahrt in die Klinik sagte er ihr, sie solle sich über nichts wundern. Aber wie konnte das eine Doktorandin der Slawistik überhaupt, deren Schwerpunkt Dostojewski war? Der Abend nach dem Klinikbesuch würde allein ihr gehören. Bevor er ihr in einem romantischen Restaurant mit einheimischer Küche die Ehe antrug, würde Mark ihr das Moskau des April 1989 zu Füßen legen.

Wolkenschwärme schwammen in den Pfützen und zerflossen zu redseligem Regen. Heather musste stinkenden Autos in eintönigen Farben ausweichen. Sie kam sich vor, als tanzte sie auf der Schlagader der Weltgeschichte, im nassen Nacken der slawischen Alhambra. Auf den Straßen wurde kreuz und quer demonstriert. Riesige Marlboro-Plakate hingen auf Augenhöhe mit Lenin-Porträts. Freiheitstrunkene Moskauer riefen Parolen und zertraten mit ihren Turnschuhen den Regenbogen in den Pfützen. Die Sonne, aus ihrem Schönheitsschlaf erwacht, brach sich in den primitiven Bildmosaiken am Kalinin-Prospekt.

Mitten im Medaillenklirren obdachloser Kriegsveteranen übertrugen Lautsprecher die Sitzungen des Parlaments. Keine Stunde verging, ohne dass wieder ein einstiger Volksfeind rehabilitiert wurde. Die Passanten jubelten, als hätte ihr Lieblings-Fußballverein noch ein Tor geschossen.

Vor dem neu eröffneten McDonald's an der Gorki-Straße wartete eine von der Miliz bewachte Schlange. Nur die Schlange vor Notre-Dame war länger. Ein Hamburger kostete dreimal so viel wie ein Drei-Gänge-Menü im armenischen Restaurant nebenan. Die wenigen Glücklichen, die den Fast-Food-Tempel bereits in seliger Verfassung verließen, teilten ihr Erlebnis jenen mit, die noch im Schmerz des Wartens verharrten. »Probiert die Apple Pie, das reinste Paradies!«, »Vergesst nicht den Big Mac! Ehrenwort, so was Leckeres habt ihr noch nicht gegessen!«

Mark beobachtete dieses Moskau mit seiner typisch hochgezogenen linken Braue und legte den Kopf schief. Man hatte ihm die Wiedererlangung der sowjetischen Staatsbürgerschaft angeboten, und es hatte ihm besondere Freude bereitet, das Angebot abzulehnen.

Durch den Metropalast, der sich unter ganz Moskau erstreckte, gelangten sie bis zum Stadtrand, wo sich die Van-Gogh-Klinik befand. Sie trafen die verwitwete Cousine am Ausgang der Metro. Sie war um die vierzig und sah weder wie eine alte Flamme noch wie eine künftige Rivalin aus. Vielleicht war sie vor fünfzehn Jahren sehr attraktiv gewesen mit ihren mandelbraunen Augen, den hohen Wangenknochen und dem kastaniendunklen Haar. Doch die asiatische Mondform ihres Gesichts war zu rund, ihre Züge zu scharf gewürzt, wie in einem schmutzigen Witz gefangen. Sie war ziemlich elegant gekleidet, aber mit der typisch russischen Übertreibung: eine giftgrüne Jacke mit zu stark gepolsterten Schultern, ein zu enger Jeansrock, ein zu roter Lippenstift.

Man hätte mehr Ehrfurcht und Zurückhaltung von ihr erwarten können, stille Bewunderung oder wenigstens eine verwandtschaftliche Umarmung. Doch Rita benahm sich überaus selbstbewusst, als wäre sie der Star.

Sie gewährte Mark einen Händedruck, aber keine Umarmung und keinen Kuss, obwohl sie sich dreizehn Jahre nicht gesehen hatten.

Rita verzog das Gesicht, als sie nahe dem Klinikgebäude ein riesiges Plakat von Swetka erblickte. Sie hatte vor ein paar Jahren die Hauptrolle in *Body Hydraulic* gespielt, einem freizügigen, tabulosen Kinohit über eine Edelprostituierte. Ihr Ruhm war von Lemberg nach Magadan und von dort in die weltweite russische Diaspora gerollt.

Mark hatte Lust verspürt, seine volkstümliche Muse wiederzusehen. Dank ihm hatte sie immerhin den richtigen Weg zum Erfolg gewählt. Durch gemeinsame Bekannte fand er leicht ihre Telefonnummer heraus. An seinem dritten Abend in Moskau sagte er Heather, er müsse die russische Verlegerin von *Dr. Marlin* treffen. Swetka freute sich ungemein, ihn zu sehen, und hätte den Abend sehr gern im Bett beendet. Doch ihre *naivité*, die Ehrlichkeit, die Mark einst so erfrischend fand, war verschwunden. Stattdessen trat das Vulgäre stärker hervor, überschminkt von Überheblichkeit und Maßlosigkeit. Er hätte ebenso gut mit einer Modezeitschrift oder einem Kinoposter ins Bett gehen können. Also verließ er Swetkas Wohnung, nachdem sie zusammen eine Flasche Whiskey geleert hatten.

»Ich warte draußen auf dich«, sagte Rita mit ruhiger Stimme. »Wenn sie mich sieht, beginnt sie wieder, mit Sachen zu werfen. Sie hält mich immer noch für eine Hure und Verräterin.« Der Prozess, in dessen Verlauf Trauben zu Rosinen werden, hatte bei Rita schon eingesetzt, doch das machte sie umso schöner. Sie hatte abgenommen, sie war nun aparter, und ihre sehr helle, leuchtende Haut verriet ein glühendes Innenleben.

»Alkas Zustand ist mir unheimlich. Sie weiß genau, wie ich an jenem Silvesterabend mit den Esaw-Yantz-Brüdern zusammensaß. Sie hat sogar mein blaues Wickelkleid beschrieben. Sie behauptet, dass sie dort war und in der Küche das Gas aufgedreht hat, aber das kann natürlich nicht stimmen. Sie hat die Klapsmühle seit zehn Jahren nicht verlassen. Aber Onkel Nathan sagt, sie hat ihm an jenem Silvesterabend sechzig Rubel gestohlen. So viel kostet ein Flug nach Zap und zurück.«

Alka saß majestätisch auf ihrer Liege, mager wie eh und je. Sie trug ein pedantisch enges, cremefarbenes Kleid und trommelte mit ihren weißen, vorn abgerundeten Plateauschuhen auf den Boden. Sie lebte noch in den späten Siebzigerjahren und harmonierte kein bisschen mit der überdimensionierten Kreischmode der Gegenwart. Ihre stark geschminkten, aquamarinblauen Augen traten noch immer hervor, mittlerweile von Krähenfüßen umrahmt, die von den Augenwinkeln aus losmarschiert waren. Wie Rita war Alka kein bisschen überrascht, Mark zu sehen.

»Sind Sie die Standesbeamtin?«, fragte sie Heather.

Mark gab Heather ein Zeichen, und so nickte Heather und tat, als wunderte sie sich nicht.

»Sie können das nicht verstehen, doch ich bin die Tochter des großen Hemingway und selbst eine berühmte Schriftstellerin. Sie haben sicher in den Zeitungen über mich gelesen«, verkündete Marks Cousine. »Weniger bekannt jedoch ist die Tatsache, dass er mein Halbbruder ist. Ich lebe voll und ganz für die Literatur, deshalb wird es keine Nachkommen geben, womit sich das Problem genetischer Fehlbildungen erübrigt.«

Dann wandte sich die Frau an Mark. »Ich habe deinen Roman gelesen. Löblicherweise bin ich die Heldin, das beweist deine Liebe. Du bist sehr genau im Wiedergeben meines komplexen Charakters, auch wenn du mir in mancher Hinsicht zu stark schmeichelst. Meine Forschung zu Hemingway hast du unkundig dargestellt, aber das kann ich kaum besser von dir verlangen. Mein Verlöbnis mit Präsident Bush habe ich gelöst. Du verstehst, dass es für dich kein Zurück gibt?«

Im Befehlston flüsterte Mark mit Heather. Manchmal war er so, macho-russisch. »Das ist eine Scheinhochzeit, sag einfach, was eine amerikanische Beamtin sagen würde!«

»Willst du mit der hier anwesenden Frau die Ehe eingehen, bis dass der Tod euch scheidet?«, fragte Heather auf Englisch. Sie schaffte es kaum noch, nicht erstaunt zu wirken.

»Bis dass wir Hand in Hand aufgestellt werden, ausgestopft von den Jonas Brothers aus Yonkers, den besten Präparatoren Amerikas«, erwiderte Mark feierlich.

»Und willst du diesen Mann zu deinem rechtmäßigen Ehemann nehmen, bis dass der Tod euch scheidet?«

»So wahr wir herrschen werden über die Angst und den Schmerz«, sagte Alka ernst, mit schwerem russischen Akzent.

Mark steckte einen kleinen Ring an ihre ringlose Hand und einen großen an seine eigene.

»Jetzt sag auf, was du gelernt hast!«, zischte er Heather ins Ohr.

»*Dann war da der Duft des zerdrückten Heidekrautes, und unter ihrem Kopf das rauhe Gewirr der zur Erde gebogenen Stengel*«, begann Heather und hielt inne nach dem ersten Satz. Schlagartig wurde ihr klar, dass diese primitive Persiflage in der Irrenanstalt ein raffinierter literarischer Trick war, mit dem Mark ihre eigene Verlobung vorwegnahm. Erst jetzt war ihr aufgefallen, dass die Szene ihren Namen beinhaltete! Heather, die Heide! »*... und alles war rot für sie, orangefarben, goldgelb von dem Sonnenlicht auf ihren geschlossenen Augen. Für ihn war es ein dunkler Weg, der nach Nirgendwo führte und weiter nach Nirgendwo und abermals weiter nach Nirgendwo und noch einmal nach Nirgendwo, immer und ewig nach Nirgendwo, schwer auf* *den Ellbogen in die Erde gekrampft nach Nirgendwo, dunkel, ohne Ende nach Nirgendwo.«*

Sie liebte Mark immer mehr, diese geheimnisvolle Seele, diese Schatztruhe voller Wunder. Sie lächelte und hatte keinerlei Einwände, als Alka die Augen schloss und Mark in etwas umklammerte, das sie in ihrer geistigen Umnachtung für einen Kuss hielt.

Die Schwester stürmte ins Zimmer und bedeutete den Besuchern zu gehen. Länger als fünf Minuten durfte diese Patientin keinen Besuch haben, sonst wurde sie äußerst aggressiv, bekam schreckliche Wutanfälle und musste fixiert werden. Den berühmten Schriftsteller erkannte die Schwester nicht: sie hatte in ihrem ganzen Leben noch kein Buch gelesen. Sie zog eine Beruhigungsspritze auf und stach sie blitzschnell in Alkas nackten Unterarm.

»Heiratisierung, Liebesgetümmel, Fingergeplauder … die Vermählung von Dr. Marlin und ihrer Rute … auf Handlungstumulte erfolgtes, inzestuöses Impromptu …«

»Hinlegen, Katz, und Schluss mit dem Papperlapapp«, sagte die Schwester und drehte die federleichte Gestalt Alkas zur Wand.

»Wilde Hochzeitsnacht, Zappelgetöse der Kameras von Pamplona bis nach Petoskey«, fügte Alka gähnend hinzu, »kein Erröten bei den Worten ›Titte‹ und ›Schwanz‹ … das sind doch nur Vögel.«

*

Rita saß auf einer Bank am Eingang, ein Buch in der Hand, natürlich *Dr. Marlin*. Ihr Gesichtsausdruck: vertieft und gleichzeitig vorwurfsvoll. Erkannte sie sich in einer der Figuren?

»Geh zur Metrostation und warte dort auf mich«, sagte Mark zu Heather. »Ich muss eine dringende Familienangelegenheit regeln. Es dauert nicht lange.«

Dieses russische Stressroulette warf Heather beinahe aus der Bahn. Doch sie schaffte es, die lässige Miene der sturmerprobten Spezialistin für die Dostojewski'sche Psyche zu wahren. Sie biss sich auf die Lippen und watete durch kniehohes Gras in Richtung Kliniktor. Dort versteckte sie sich hinter einer Pappel, um Mark und seine Cousine heimlich zu beobachten.

»Glaub ja nicht, dass ich ein Autogramm von dir will. Das ganze Buch ist eine Beleidigung. Du hast mich als geiles Ding dargestellt, so war ich nie.«

»Ich habe mein geheimes Verlangen nach dir in die fiktive Figur gelegt. Du warst schon immer die Laute, deren Saiten ich spielen wollte.«

»Und wo waren deine musikalischen Finger, als derbe Daumen mich zupften?«

Mark fasste die Quasten an den Enden von Ritas langem, blauen Schal. Er wickelte ihn um seine Handgelenke, immer weiter, bis er Rita dicht an sich gepresst hielt. Sie atmete in seinen Adamsapfel. Sie hob den Kopf, und Mark küsste sie geradewegs auf den Mund.

4

Um endgültig frei zu sein, musste er nur die Leinwand hinter sich lassen.

»Wandstreicher – Landstreicher, Wandstreicher – Landstreicher«, kreiste es in Tigráns Kopf. Er lag in seinem warmen Schlafsack, einen glucksenden Bergbach zur Seite. Der Stoff speicherte noch das Aroma der Moskauer Wohnung, all die Atome, die Tigráns zahlreiche Frauen in wohligen Seufzern ausgeströmt hatten. Der leichte Terpentinduft nach *Dr. Marlin* und der *Grunzenden Aurora* haftete noch im Flanell. Die Nacht klebte an Tigráns Schlafsack wie das getrocknete Blut eines Opferlamms.

Tigráns Geld war alle, die Ölkreiden aufgebraucht. Aus farbigem Tuffstein stellte er neue Farben her und verkaufte kleine Bilder an Touristen, gezeichnet auf Blättern, leeren Bierflaschen, Steinen. Er wusch sich im eiskalten See.

Armenien steckte tief im Gestein, wie ein Fuß im Stiefel. In seinen nassen ausgetretenen Schuhen stieg Tigrán immer weiter nach oben, hinauf zu kargen Dörfern mit immer dünnerer Luft. Die raue, monochromatische Schönheit der Frauen lockte seine Männlichkeit … ein allzu später, tierhafter, unerotischer, kinderwünschender Weckruf.

Nach all den Jahren in der Großstadt, gefährlich grelle Paradiesvögel vor Augen, ruhte Tigráns müder Blick nun auf der Kuh melkenden Sokhak oder der Stall fegenden Ashken, als sei er ans

Ziel gelangt. Seine Gene hatten ihn für das Landleben bestimmt, mit einem Weinberg und zehn Söhnen. Im Grunde Russe, war er der armenischen Schrift unkundig. Jetzt lernte er ihre sonnigirdenen Zeichen.

Der Termin für den Flug rückte näher, doch Tigrán spürte den Bienenstachel des Künstlers nicht mehr in sich. Seine Atome lagen über die Seen und Täler verstreut, über Berge und Felsen. Er war selbst ein unverrückbarer Teil der Landschaft geworden, trocken und matt. Das blaue Geräusch des Sewansees dämpfte alle inneren Stimmen. Tigrán hatte das Geheimnis der Farben erfahren, nun wollte er nicht mehr malen.

Das letzte mögliche Datum seiner Rückkehr mit dem Schnellzug 55 nach Nordwesten huschte an ihm vorbei und beeindruckte ihn nicht mehr als eine Lerche am frühen Morgen. Am Tag des Fluges ging er zur Dorfpost und telegrafierte an Petro: »Lass die drei Mädchen frei, wann und wie du willst. Behalte das Lösegeld.«

5

Die Kommission der Schauspielschule hatte sich stets zugutegehalten, wahrem Talent den Vorzug vor erkauftem zu geben. Doch diesmal konnte sie der wahnwitzigen Summe von zehntausend Rubel pro Kommissionsmitglied, offeriert von einem anonymen Wohltäter, nicht widerstehen.

»Welch gute Wahl eines Gedichts, Mandelstam, sowohl mutig wie auch gewagt!« Der berühmte Tabakow lobte Swetka und meinte es beinahe ernst.

»Solide Leistung bezüglich der Aussprache, gutes Bemühen im Gedächtnistraining«, quetschte der gelbjackige Dolow aus sich heraus. Swetkas breites Ukrainisch war weiterhin unverfälscht, und sie war beim Rezitieren nicht weniger als dreimal hängen geblieben.

»Hoffentlich findet sie ihre Nische, wo sie dumme Dienstmädchen oder Melkerinnen spielen kann«, schloss die Kommission, und so kam es dann auch, bis in die Perestroika-Zeit hinein, als die überreife Swetka die Hauptrolle in *Body Hydraulic* ergatterte.

Nachdem er Tigráns kryptische Nachricht aus Armenien erhalten hatte, verkaufte Petro das Triptychon für dreißigtausend Dollar an den französischen Botschafter Bruno Jaune-Gris. Außerdem machte er den Vorrat an Passionsfruchtisierungs-Arznei in Dr. Chefs Aktentasche zu schnellem Cash. Swetka erlaubte ihm, während ihres Studiums ihr Zimmer zu teilen. Er wurde ihr dankbarer Knecht.

*

Zehn Jahre bewahrte Baron Bruno Jaune-Gris die sowjetischen Göttinnen auf seinem Dachboden auf. Halb erwartete, halb befürchtete er Tigráns Rückkehr. Er selbst würde bald in Rente gehen. Seine rheumatischen Knochen sehnten sich schmerzlich nach der Milde des Mittelmeerklimas, und nach einer besonders hässlichen Szene, die sein linkes Knie machte, um gegen den russischen Winter zu protestieren, kontaktierte der Botschafter eine Pariser Agentur für Kunst, deren Leiter er kannte. Sein Gewissen war rein; er hatte lange genug gewartet. Er hätte mehr verdienen können, doch er bat die Agentur, seine Identität geheim zu halten. Trotzdem ermöglichten ihm *Les Déesses* den Erwerb einer ansehnlichen Villa in Nizza.

6

Dem Hades entrissen

Seit der sowjetische Dissident Tigrán Esaw-Yantz am Silvesterabend vor zwölf Jahren auf rätselhafte Weise verschwand, zusammen mit seinem viel diskutierten und selten gesehenen Diptychon, zwei Frauenporträts in Mixed-Media-Technik, kurzzeitig ausgestellt im Untergrundsalon von Helena Stevens, hat man nichts mehr von ihm gehört. Das blieb so bis letzte Woche, als ein anonymer Verkäufer bei Christie's in New York ein Triptychon von Gemälden aus der Sowjetära zur Auktion anbot: *Trois Déesses Soviétiques.* Als die Bilder enthüllt wurden, ging ein Raunen durch das Publikum, denn Experten für sowjetische Kunst erkannten zwei der drei Bilder als Werke von Mr. Esaw-Yantz, *Dr. Marlin* und *Grunzende Aurora*. Das dritte Werk, *Rosinen-Cora*, wurde noch nie zuvor gesehen.

Dr. Marlin assoziiert die betrogene, schizophrene Intelligentzija, verloren in den Falten des Eisernen Vorhangs, während *Grunzende Aurora* den physisch-fleischigen irresistiblen Ruf des Proletariats hören lässt, welches das System depraviert hat. *Rosinen-Cora*, auf schwarzer Seide gezeichnet, bildet die logische Fortsetzung und den Höhepunkt des Triptychons. Das Bild ist eine Offenbarung. Der tragisch-geistige Gestus der Blautöne lebt im gepeinigten Gesicht des Modells, welches im Gegensatz zu den zwei früheren Musen von Esaw-Yantz in nahezu schockierendem Realismus dargestellt ist, voll banger Vorahnung, dunkel hindeutend auf den nahenden Niedergang des Sowjetreichs, und vielleicht auch auf den tragischen Tod des Künstlers durch die Hand der russischen Mafia. (Man hat vermutet, aber nicht bewiesen, dass Mr. Esaw-Yantz in die Schmuggelgeschäfte seines Bruders verwickelt war.) Eine gemeinsame Expertenkommission vom Museum of Modern Art und dem Centre Pompidou in Paris hat das neue Porträt autorisiert und dem Künstler eindeutig zugeordnet. *Trois Déesses Soviétiques* wurde vom MoMA für fünf Millionen Dollar angekauft und soll noch in diesem Jahr ausgestellt werden.

The New York Times, 10. April 1992

*

Freche Kunst auf alten Mauern

Das Sewankloster wurde 1991 wiedereröffnet. Die Wände seines Dormitoriums sind mit derart frivolen Wandgemälden bedeckt, dass sie, besäßen die Bewohner nicht ihren gnädigen Sinn für Humor, eine große Ablenkung für die heiligen Gedanken sein könnten, welche die Studenten des Göttlichen pflegen müssen. Als die Mönche in das Sewankloster zurückkehrten, lud der Rektor Tigrán Esaw-Yantz ein, Kunst zu unterrichten und die Dormitorien zu gestalten. Der Maler hatte 1980 eine glänzende Karriere im Westen ausgeschlagen, unheilbar infiziert von der Passion für seine historische Heimat. Vom Horizont der Kunst und des Lebens vollkommen verschwunden, hält man ihn im Westen noch immer für tot.

Er bereut nichts. Das Einzige, was er vermisst, sagt er, sind seine Ölkreiden von Sennelier.

Armenien Heute, 8. Mai 1992

7

Auf einen Streich: Piskarische Sensation löst literarisches Rätsel

Nur durch Zufall blieben dem tief erschütterten Zaporoschje Todesopfer erspart, als in den schwülen frühen Morgenstunden des 6. Juli 1992 die Dammbrücke einstürzte. Lediglich die letzten drei Kohlewaggons eines Güterzuges auf dem Weg in den Donbass fielen in den Fluss. Seitdem ist in der Stadt alles zusammengebrochen. Das rechte Ufer ist abgeschnitten vom linken. Bis ein Umgehungskonzept erarbeitet wurde, hat halb Zap die Arbeit geschwänzt, und tut dies auch jetzt noch, wo der öffentliche Transport längst umgeleitet ist, denn den Arbeitern werden schon seit Monaten keine Löhne mehr gezahlt. Busse und Fähren sind leer unterwegs, unnütze Dieselflatulenzen ausstoßend. Das Verkehrsministerium hat angekündigt, dass die Dammbrücke neu gebaut wird. nach den Plänen von Salomon Winter, einem fünfundachtzigjährigen, in Israel lebenden Alzheimerpatienten. Es wird eine verbogige stählerne Schrägseilbrücke im Fächerdesign. Die Pylone werden einhundertfünfundsechzig Meter hoch sein. Die geschätzten Kosten liegen bei zwei Milliarden Griwna.

Doch ungeachtet dieser sicht- und planbaren Neuigkeiten wollen wir in die Tiefen des Dnjepr schauen – nicht, um der alten Brücke nachzutrauern, sondern, um ein mysteriöses Tierreich zu erkunden.

Der Einsturz der Brücke hat die Welse aus ihren Lieblingshöhlen gescheucht, den versunkenen Bauernhäusern am Flussgrund.

»Sonst fang ich nie was«, sagt der arbeitslose Hobbyangler Andrej Moronow, »und meine Schwiegermutter zetert und meckert. Der erste Mann meiner Frau war Alkoholiker, und meine Schwiegermutter glaubte bis jetzt, dass ich auch zu nichts tauge.«

Beim Fischen in der Nähe der einstigen Vielfraßschnelle fing Moronow, nur mit Angelrute und Leine, einen riesigen Wels von einhundertdreizehn Kilogramm Gewicht und zweieinhalb Metern Länge. Binnen Sekunden, nachdem er die Rute an seinem Angelgurt festgemacht hatte, hatte der Fisch schon fünfhundert Meter Schnur abgespult. Blasen an den Händen, Haut aufgerissen, schlimme Rückenschmerzen und Sonnenbrand … drei Stunden währte der Kampf. Danach war Moronow erledigt. Es war, als hätte er ein kleines Auto in sein Boot gehievt. Das Wasser stand Moronow und seinem Boot bis zum Hals. Der Wels ist mit Sicherheit ein Kandidat für das *Guinness-Buch der Rekorde*.

»Zum Ausweiden musste ich ihn mit einer Kettensäge aufschneiden. In seinem Riesenmagen war haufenweise ekliges Zeug aus dem Flussbett. Aber plötzlich, mit Schleim überzogen, steckte da ein Miniring mit so einem blauem Steinchen.«

Mordukowa, eine kräftig gebaute Frau, zeigt ihre taudicken Finger. »Er passte nicht mal an meinen kleinen Finger, also hab ich in schätzen lassen. Der Gutachter ist ausgeflippt, als er ihn sah, und hat gleich in Moskau angerufen.«

Das winzige Schmuckstück passte zufälligerweise exakt auf die Beschreibung von Puschkins berühmtem Ring, den die Gräfin Woronzowa ihm geschenkt hatte und den Alexander Sergejewitsch, gemäß der bekannten Legende, im Sommer 1820 beim Schwimmen im Dnjepr verlor, als er auf dem Weg nach Süden war. Derzeit unterliegt der Ring der Jurisdiktion des Ukrainischen Kulturministeriums und wird im Heimatmuseum von Zap ausgestellt. Mit dem Zerfall der UdSSR sind die Ukraine und Russland zu Gegnern geworden, und beide Länder beanspruchen nun die Rechte an diesem kostbaren Juwel der Literatur.

»Meine Tocher ist ein richtiger Pechvogel«, bemerkt Mordukowa. »Ihr erster Mann war ein hoffnungsloser Penner und Säufer, und jetzt ist er das Schoßhündchen von unserer berühmten Schauspielschlampe Swetka. Was für ein Hurensohn! Und ich dachte, du wärst auch zu nichts gut«, sie klapst Moronow gutmütig auf die Schulter. »Aber dieser Wels verheißt uns vielleicht neues Glück.«

Schwiegermutter und Schwiegersohn grinsen Seite an Seite in die Kameras. Aufgefächert in ihrer Hand hält die Frau den Finderlohn: vier Fünfzig-Dollar-Noten.

»Ich hoffe sehr, dass der Ring bei uns im Heimatmuseum bleibt«, sagt Benzion Pipkin, zweiundachtzig Jahre, Museumswärter, »obwohl ja die normalen Leute heutzutage nichts mehr für die Kultur übrighaben. Eigentlich war das schon in den Siebzigerjahren so, als die Sowjetunion noch vereint war. Damals wurden die Leute gezwungen, in unser Museum zu kommen, das gehörte zu ihren Ausflügen mit Kulturprogramm. Kolchosniks, Fabrikarbeiter … sie langweilten sich jede Sekunde und schauten ungeduldig zum Ausgang. Viele nippten heimlich an ihren kleinen Flachmännern mit Wodka. In all meinen Jahren in diesem Musem habe ich nur einen einzigen wahren Kulturliebhaber getroffen. Ein kleiner junger Mann, sah ein bisschen wie Puschkin aus, war Schullehrer und vermutlich auch Dichter. In den späten Siebzigern war das. Ich hoffe, er hat vom Fund des Ringes gehört. Falls ja, freut er sich ganz bestimmt.

… *aus der Moskauer Zeitung* Argumente und Fakten,
30. August 1992

8

Juni 1994

Josik, ach Josik,

ungezügelt braust der Atlantik am Nauset Beach um meine Füße. Doch je ungestümer er tobt, desto stärker vermisse ich das Schwarze Meer, meine amniotische Schüssel mit ihren dummen Schleimfischen. Ich kann kaum glauben, dass ich etwas dermaßen Dämliches tue: Ich schreibe einen Brief an einen Toten. Hier an diesem goldenen Sandstrand werde ich ihn zukleben und ins Meer werfen. Der Dnjepr ist Teil des Atlantiks, und nach dem Gesetz der Brown'schen Bewegung werden einige Moleküle meiner Tinte eines Tages Deine Knochen erreichen, wenn die Welse unter jenem Felsen sie hervorgerülpst haben. Es eilt nicht; in Deinem Flussbett hat die Zeit nichts mehr zu melden. Seit der Kindheit habe ich mich Dir überlegen gefühlt, in der Literatur und im Leben. Doch jetzt kommt es mir vor, als wäre ich Dein kleiner Bruder geworden. Ich habe Deine wunderschöne Frau in Leviratsehe geheiratet, ein Secondhand-Ehemann. Ob ich ihrer würdiger bin, als Du es warst, kann ich nicht garantieren. Unerkannt blickt unsere Frau von den Wänden des MoMA auf Millionen von Menschen herab. Sie kennt die menschlichen Lastergruben, vor denen selbst meine schwärzesten Manuskriptseiten babypink werden.

Als sie nach Amerika zog, hat Rita Dein Notizbuch in ihren Koffer gelegt, zusammen mit jenem Schriftstück von 1820, das angeblich

Deine – und meine – Abstammung von Puschkin beweist. Das Notizbuch blieb jahrelang ungeöffnet, bis es, inmitten einer immensen Schreibblockade, in meine untätigen Hände fiel. Beim ersten habe ich gegrient, beim zweiten hämisch gelacht, und dann stellte ich entsetzt fest, dass Deine Gedichte verdammt großartig sind: urwüchsig-primitiv, unbeugsam-bekloppt steigern sie sich bis zum Genie. Ich kenne nichts Vergleichbares. Ich war sofort neidisch und bin es noch. Du ahnst ja nicht, wie gut Deine Verse sind, Du Hohlkörper, den die russische Sprache zu ihrer Trompete erkor.
Weil mir selbst kein neues Buch, und schon gar kein Bestseller glückte, habe ich einen Band Deiner Gedichte zusammengestellt. Dass Du tot bist, war ein Riesenvorteil für die Vermarktung. Ich garnierte die Gedichte mit einer frechen Biografie, die Dein Unvermögen als Mann, Gatte und Lehrer in Triumphe verwandelte. Ich krönte dieses Gebräu mit einer fantasievollen Erzählung Deines letzten Tages, basierend auf Sonkas und Ritas Berichten. Ich stellte mir vor, dass Du jenen berühmten Türkisring gefunden hast, den Puschkin beim Schwimmen im Dnjepr bekanntlich verlor und den Du immer besitzen wolltest. Kurz nach Erscheinen des Buchs wurde der dämliche Ring rein zufällig im Dnjepr gefunden – welch Laune des Glücks! Der Erfolg des Buchs und meine Tantiemen blähten sich wie Dein verschollener Leichnam. Ich wünschte, Du hättest die Kritiken gelesen: »Den literarischen Schicksalskreis schließend, das Rätsel seiner Nachkommenschaft lösend, bauchredet Puschkin durch einen jüdischen Urenkel«, und anderen Unfug. Ich erwähnte, dass mein Verwandtschaftsgrad zu Puschkin dem Deinen entspricht, doch niemand achtete darauf. Man hat mir auf ewig die Rolle Deines Knappen verpasst, Du verfluchter, hässlicher Zwerg! Dir hat Puschkin eine Sequenz seiner Gene vermacht, mir nur einen zweihundertjährigen Furz.
Josik, oh Du beschissener Josik, wenn Du bloß Deine Sonka im Meer sehen könntest! Ihr Badeanzug eine zweite Haut, schwimmt sie auf und ab. Rechte Hand saust nach oben, linker Fuß streckt die Zehen

ans Licht. Sie gleicht ihrer Mutter, das ist ein Glück. Die Jungs von hier, darunter mein Edwin, träumen von keinem anderen Mädchen, ohne Aussicht auf den kleinsten Erfolg.
Du siegst, Du siegst auf ganzer Linie. Doch hier kommt Deine bittere Pille zum Nachtisch: Sonka schert sich einen Dreck um Gedichte, egal, ob von Puschkin oder von Dir; sie hat die russische Sprache vollkommen vergessen.

Quellenangaben

S. 9, 16: *Selten nur fliegt ein Vogel …* Aus: Nikolai Gogol, *Die Schreckliche Rache*. Erschienen in: Nikolai Gogol. Erzählungen. Deutsch von Ruth Fritze-Harschmann. Dieterich'sche Verlagsbuchhandlung Leipzig, 1957.

S. 26, 120, 177: *Frankreichs Grab, das blut'ge Waterloo!* Im Original:

»Und Harold stand auf diesem Schädelgrunde,
Dem blut'gen Waterloo, auf Frankreichs Grab.«

Aus: Lord Byron, *Childe Harolds Pilgerfahrt*. Dritter Gesang, Strophe 18. Deutsch von A.H. Janert. Verlag des Bibliographischen Instituts Hildburghausen 1868.

S. 27: *Ein Eichbaum ragt am Meeresstrande …* Aus: Alexander Puschkin, *Ruslan und Ludmila*. Erste Strophe. Aus dem Russischen von Ganna-Maria Braungardt Zitiert nach: https://www.welt.de/print-welt/article572932/Der-Mann-der-hundert-Legenden-Alexander-Puschkin-zum-200-Geburtstag.html (Aufruf am 20.08.2019).

S. 37: *Pernod ist ein grünlicher Absinthersatz …* Aus: Ernest Hemingway, *Fiesta*. Einzig autorisierte Übertragung von Annemarie Horschitz-Horst. Rowohl Taschenbuch Verlag, Hamburg 1950.

S. 47: *Brett sah verdammt gut aus …* ebd.

S. 87: *The street was dark again and I kissed her …* Aus: Ernest Hemingway, *The Sun Also Rises*. Copyright 1926 by Charles Scribner's Sons, renewal copyright 1954 by Ernest Hemingway.

S. 92: *Wo bin ich? Was tue ich? Weshalb?* Aus: Leo Tolstoi, *Anna Karenina*. Aus dem Russischen von Hermann Röhl. 2010 Anaconda Verlag GmbH Köln. Der Text folgt der Ausgabe Berlin: Aufbau 1957.

S. 119: *Liebes jüdisches Jünglein …* Jiddisch von Esther Jonas Märklin.

S. 178: *Wo rauer Stoff gewesen war …* Aus: Ernest Hemingway, *Wem die Stunde schlägt*. Deutsche Übertragung von Paul Baudisch. S. Fischers Bibliothek im Suhrkamp Verlag. Lizenzausgabe mit Genehmigung des Bermann-Fischer Verlags, Amsterdam. Veröffentlicht in Frankfurt am Main unter Zulassung US-W-2022. Erstes bis dreißigstes Tausend 1948. Erstausgabe Stockholm 1947. Die Rechtschreibung des Zitats wurde an die im Roman verwendete neue deutsche Rechtschreibung angepasst.

S. 199: *Der Sonne gleicht nicht meiner Herrin Schaun …* (mit Fehlern vorgetragen). Aus: William Shakespeare, *Die Sonette*. Zweisprachige Ausgabe. Neu übersetzt von Christa Schuenke. Deutscher Taschenbuch Verlag, München 1999.

S. 208: *Wie schön, ein Arbeiter zu sein …* Aus: Anton Tschechow, *Drei Schwestern und andere Dramen*. Aus dem Russischen von Andrea Clemen. Fischer Taschenbuch Verlag, Frankfurt am Main 2008.

S. 217: *O Schmetterling, o Muselmanin …* Aus: Achtzeiler IV. In: Ossip Mandelstam, *Mitternacht in Moskau*. Gedichte 1930–1934. Aus dem Russischen übertragen und herausgegeben von Ralph Dutli. Ammann Verlag, Zürich 1986, © neu: S. Fischer Verlag, Frankfurt am Main.

S. 245, 350: *Dann war da der Duft des zerdrückten Heidekrautes …* Aus: Ernest Hemingway, *Wem die Stunde schlägt*. Deutsche Übertragung von Paul Baudisch. S. Fischers Bibliothek im Suhrkamp Verlag. Lizenzausgabe mit Genehmigung des Bermann-Fischer Verlags, Amsterdam. Veröffentlicht in Frankfurt am Main unter Zulassung US-W-2022. Erstes bis dreißigstes Tausend 1948. Erstausgabe Stockholm 1947.

S. 300: *Die Möse ist es, wo du hinwillst …* Aus: D. H. Lawrence, *Lady Chatterleys Liebhaber*. Aus dem Englischen übersetzt von Axel Monte. Deutscher Taschenbuch Verlag, 2. Auflage, München 2010.

S. 303: *Und da war ich nun am Stoßen …* Aus: Charles Bukowski, *Das Liebesleben der Hyäne*. Deutsch von Carl Weissner. Deutscher Taschenbuch Verlag, München 1999.

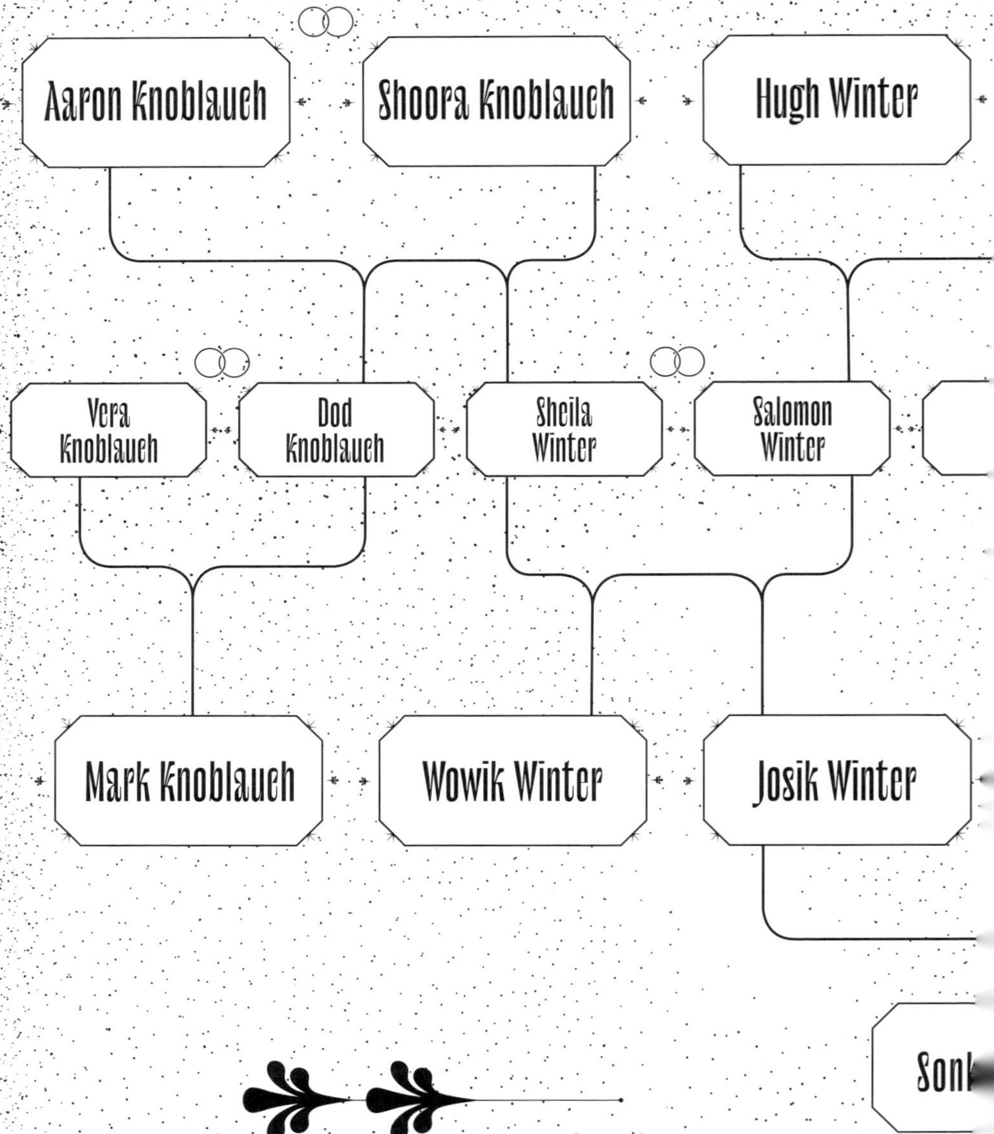

Aaron Knoblauch
Shoora Knoblauch
Hugh Winter
Vera Knoblauch
Dod Knoblauch
Sheila Winter
Salomon Winter
Mark Knoblauch
Wowik Winter
Josik Winter
Sonk